작은 공화국

"역사는 산맥을 기록하고
나의 문학은 골짜기를 기록한다."

지리산 3
이병주

한길사

이병주전집 편집위원

권영민 문학평론가 · 서울대 교수
김상훈 시인 · 민족시가연구소 이사장
김윤식 문학평론가 · 서울대 명예교수
김인환 문학평론가 · 고려대 교수
김종회 문학평론가 · 경희대 교수
이광훈 경향신문 논설위원
이문열 소설가
임헌영 문학평론가 · 중앙대 교수

1권 잃어버린 계절
병풍 속의 길
하영근
1939년
허망한 진실

2권 기로에서
젊은 지사의 출발
회색의 군상
기로에서
하나의 길
바람과 구름과

지리산 3권 작은 공화국
패관산 | 7
화원의 사상 | 87
선풍의 계절 | 159
기로 | 253

4권 서림西林의 벽
빙점하의 쌍곡선
먼짓빛 무지개
원색의 봄
폭풍 전야

5권 회명晦明의 군상
운명의 첫걸음
피는 피로
비극 속의 만화
어느 전야

6권 분노의 계절
허망한 정열

7권 추풍, 산하에 불다
가을바람, 산하에 불다
에필로그

작가후기
지리산의 사상과 「지리산」의 사상 • 김윤식
작가연보

괘관산

칠선 계곡의 봄은 개울물을 타고 왔다. 겨울 동안 금속성에 가까웠던 개울물 소리가 음향의 도를 높이는 듯하더니 부드러움을 더해갔다.

2월 말에서 3월 초, 하늘도 땅도 산도 나무도 눈빛을 반영하고 눈에 쌓인 채 지리산의 모습은 겨울 치장 그대로 변함이 없는데 물소리만 달라진 것이다.

"두령, 개울물 소리 들어보십시오."

깊은 밤, 잠을 이루지 못하고 있는 듯한 하준규에게 박태영이 말을 건넸다.

"개울물 소린 왜요?"

준규는 반듯이 누워 눈을 감은 채 물었다.

"봄 소리처럼 들리지 않소?"

"벌써 3월이니 봄이 올 만도 하지."

"그런 게 아니라, 주위가 모두 겨울 풍경 그대론데 물소리만 달라졌단 말입니다."

준규는 귀를 기울이는 듯 말이 없었다. 그러다가

"음, 달라진 것 같애. 뭐라고 할까, 조금 부푼 듯한 느낌 아뇨?"

"겨울 동안 내내 금속성에 가까운 카랑카랑한 소리였는데…….".
"아마 눈에 보이지 않게 얼음이 얇아지는 모양이지? 얼음이 녹아 수량이 불고, 얼음 모서리가 닳아 둥글게 되고……. 그러니까 물소리도…….".

보일 듯 말 듯한, 들릴 듯 말 듯한 빛깔과 음향을 찾아낸다는 것도 하나의 기쁨이다. 그것은 자연의 신비에 참례하는 것이 되기 때문이다.

"전 도령은 음악가 소질도 있나봐. 음에 대한 감각이 그처럼 예민한 것을 보니 말요."

음악가! 생각해보지도 않았던 얘기다. 그러나 베토벤 같은 음악가가 된다는 것은 얼마나 영광스러운 일일까. 나폴레옹의 유럽 정복이 물거품 위에 새겨놓은 발자국과 같다면, 베토벤은 우주의 크기만한, 천체의 넓이만한, 그리고 한량없이 깊은 또 하나의 세계를 구축해놓지 않았을까. 순수하여 침범할 수 없고, 고도로 추상되어 견고하기 짝이 없고, 눈에 보이지 않은데도 확실하게 존재하는 영원한 세계를 구축하는 과정에서 베토벤은 누구에게도 불행을 주지 않았다. 이웃의 손가락 하나 상하게 하지 않았다. 나폴레옹의 영광엔 범죄의 냄새가 있지만, 베토벤의 영광엔 조그마한 티 하나 없다. 그것은 맑게 갠 가을 하늘의 만월과도 같다. 아아, 위대한 베토벤! 인생엔 베토벤처럼 사는 길도 있는 것이다. ……태영의 뺨에 소리 없이 눈물이 흘러내렸다. 밤은 깊어가고, 그는 잠에 빠져들었다.

날이 밝았다. 아침의 대기 가운데도 벌써 봄 소식이 있었다. 바람의 한기는 여전한데도 바늘 끝 같은 가시는 없어져 있었다. '푹석' 하는 소리는, 가지에 쌓인 눈을 떨고 나무들이 기지개를 켜는 소리다.

이렇게 시간마다 날마다 조금씩조금씩 봄이 다가오는 듯하더니, 어느 사이엔가 눈이 녹았다. 소쩍새 소리가 들리기 시작하고, 구르새 소리도 가끔 섞였다. 뱁새가 계곡의 굴곡을 따라 날고, 물방아새는 '찌거덕 찌거덕' 하는 묘한 소리로 울었다. 드디어 녹아 없어진 눈 자국에 새파란 풀이 움을 돋우고, 마른 나뭇가지에 물이 돋았다.

'봄! 봄은 과연 희망의 계절인가.'

일본의 동경은 이미 폐허가 되었다는 소식이고, 숙자가 살고 있는 대판도 거의 회진되었다는 소식이다.

미군이 마닐라에 상륙했고, 유황도에선 일본군이 전멸했다고 전한다. 어떤 구석을 후벼 파도 일본이 살아남을 길은 없다. 일본의 패망이 바로 눈앞에 있었다.

'그런데 그것이 희망일까.'

작년까지만 해도 박태영은 일본의 패망을 곧 조국의 독립과 결부시켜 장미 빛깔의 꿈을 그렸다. 그러나 이제 와서 보니 그건 역사의 하나의 고빗길에 지나지 않을지 몰랐다. 다시 다른 빛깔의 비참이 시작되는 의미밖에 없는 역사의 고빗길! 권창혁의 말을 들으면 우울하기만 하다.

"이처럼 뱀이 없는 민족은 드물다. 이처럼 저항력이 없는 민족도 드물다. 한일합병이 있게 한 그 정신 상태가 조금도 고쳐지지 않고 그냥 지속되고 있다. 뿐만 아니라, 민족의 중추 신경이 완전히 마비되어버렸다. 일본이 망하건 흥하건 우리는 이와 같은 민족을 상대로 하여 앞으로의 계획을 짜야 한다는 사실을 잊어선 안 된다. 소련을 종주국으로 섬기자는 놈도 나올 것이다. 중국을 받들자는 놈도 나올 것이고, 미국의 한 주州가 되었으면 하고 바라는 놈도 나올 것이다. 세력을 가진 놈은 모두 그러한 부류일 거고, 그러지 말라는 놈, 그렇게 되어서는 안 된다는 놈은 무력하고 허탈한 채 방황할 것이다. 이것이 나의 의견이다.

이것이 내가 허무주의자가 되지 않을 수 없는 이유다. 모래는 흘러가고 금만 남아야 할 텐데, 금은 흘러내리고 모래만 남을 것이 뻔하다. 그래도 희망이 있다고 우기겠는가."

허무의 사상을 이겨 남아야 한다는 뜻으로 말한다면서 어느 겨울 밤 권창혁은 이런 말을 했었다.

권창혁은 또 말했다.

"그러나저러나 일본은 패망해야 한다. 그때의 사실에 직면해서 우리는 어떻게든 몸부림쳐야 한다. 그런데 성패를 기약할 수 없을 바에야 가장 옳고 바르게 스스로의 인간을 지닐 수 있는 방향을 택하여 내실을 풍부하게 해야 한다."

그러기 위한 기대로서의 이 봄을 희망으로 번역할 수 있지 않을까 하고 태영은 자신의 우울을 벗겨버리려고 애썼다. 태영의 우울은 이러한 고민에, 온다던 김숙자가 나타나지 않은 사실이 얽혀 있기 때문이기도 했다.

해동이 되면 경찰 토벌대가 들이닥칠 것은 틀림없었다.

보광당은 이동 준비를 서둘지 않으면 안 되었다.

이동할 지역은 괘관산으로 정했다. 백운산, 장안산 등도 후보에 올랐지만, 화전을 일굴 수 있는 평원을 끼고 있다는 것이 괘관산을 택한 최대의 이유였다. 지리산은 변화무쌍해서 공수 양면으로 유리한 곳이긴 하지만, 오지가 될수록 개간할 평지가 없었다. 식량 보급원을 갖지 못한 보광당으로서는 울면서 보금자리를 떠나야 했다.

괘관산은 함양군 북단에 전라도와 접경해 있는 큰 산이다. 소백산맥의 지맥이 얽혀 대소의 산을 중첩시킨 가운데 우뚝 솟은 산이기도 한데, 주위엔 너그럽게 비탈진 초원과 풍부한 물이 있어 보광당의 자활지로선 가장 적당하다고 할 수 있었다. 뿐만 아니라, 괘관산은 지리산처럼 이름나 있지 않아, 산세가 비교적 유순해도 지리산보다 더한 벽지로서 인근에 촌락이 없고, 따라서 찾는 사람도 드물었다.

괘관산으로 가기로 의견을 합친 때는 2월 하순, 두령이 이끄는 제1진이 출발한 때는 3월 20일이다. 3월 20일까지 늦춘 것은 김숙자를 기다려야 하기 때문이었다. 제2진이 떠난 때는 3월 25일이었다. 박태영은 제3진으로서 3월 31일까지 김숙자를 기다리다가, 늦어도 4월 3일까지는 괘관산에서 합류하기로 되어 있었다.

권창혁은 태영과 함께 남았다.

4월 2일이 되었다. 내일이면 괘관산으로 출발해야 한다. 그런데도 김숙자는 나타나지 않았다. 괘관산은 칠선 계곡의 그 자리로부터 90리 길, 그렇게 멀다고 할 수는 없으나, 떠난 뒤 김숙자가 나타나면 연락을 취하기가 힘들다. 설혹 연락이 되었다고 해도 마천, 의탄을 거쳐 함양읍을 20리 거리에 두고 북상하는 도중에 경찰 지서가 있기도 해서, 소수의 인원으로는 통과하기가 어려울 것이다.

박태영은 초조한 나머지 내일 새벽 떠날 준비를 갖춰놓고 차 도령을 데리고 벽송사로 향했다. 벽송사 주지와 김숙자에 관해 의논해둘 필요가 있었던 것이다.

박태영과 차 도령이 벽송사 근처에 이르렀을 땐, 긴 해도 저물어 절간 이곳저곳에 헌등軒燈이 켜져 있었다.

두 도령은 벽송사 뒤쪽 산허리에서 절의 동정을 살폈다. 경찰이 수시로 드나들어 보광당과 벽송사의 관계를 살피고 있다는 정보를 들었기 때문에 매사에 조심해야 했다.

한참 동안 바위를 끼고 절 쪽을 바라보는데 왠지 이상하다는 느낌이 솟았다. 여느 때 같으면 법당과 노전 쪽에만 헌등이 켜져 있는데, 대소의 건물이 골고루 헌등을 달고 있는 것이 우선 이상했다.

"특별한 불공을 하는 긴가?"

차 도령이 속삭였다.

"아닌 것 같애. 무슨 일이 있는 것 같다."

태영이 중얼거렸다.

"불공이 아니라면 저렇게 등을……."

"불공이 있대도 불을 저렇게 켜놓을 턱이 없어. 등유가 모자라 큰일이라고 스님이 걱정하는 소릴 들은 적이 있거든."

"그럼 무슨 일일까."

"글쎄."

눈과 귀를 총동원하여 까닭을 짐작해보려고 했으나 전혀 알 수가 없었다. 두 도령은 좀더 접근해보기로 하고 기어내려 노전 바로 뒷문 가까운 언덕에 엎드렸다. 개울물 소리와 풀벌레 소리가 들릴 뿐, 적막이 천지를 덮고 있었다. 절 쪽으로부턴 아무 소리도 없었다. 풍경 소리마저 없었다. 바람도 자고 있었다.

"불공은 틀림없이 아니다. 목탁 소리도 없잖아."

태영의 말에 차 도령이 고개를 끄덕였다.

"무슨 일일까."

까닭을 알 수 없어 불안이 더했다.

한 시간쯤 지났다.

노전 뒷문이 소리 없이 열리더니, 윤곽으로 봐서 스님 차림의 그림자가 살금 빠져나오고 문이 다시 소리 없이 닫혔다. 그 사람은 담을 끼고 움직였다. 음력 스무날이라 달이 아직 뜨지 않아 그 행방을 멀리까지

쫓을 수가 없어 태영과 차 도령은 그 그림자의 뒤를 따랐다.
 앞서 가는 사람은 스님이었다. 벽송사의 스님이라면 다 알고 있는 차 도령이
 "저건 송산 스님입니다."
하고 중얼거렸다.
 "송산 스님이 웬일일까?"
 송산 스님은 칠선 계곡으로 빠지는 길을 조심조심 걷고 있었다. 그 길을 그대로 가면 보광당의 산막에 이른다.
 약간 고함을 질러도 절에 들리지 않을 지점까지 가서 뒤를 밟는 사람이 없다는 것을 확인하고 차 도령이 불렀다.
 "송산 스님."
 송산은 흠칫 발을 멈췄다.
 "차 도령입니다. 이분은 전 도령이고요."
 송산은 두 도령을 알아보고 길가 바위 틈에 쭈그리고 앉았다. 태영과 차 도령은 숨을 죽이고 송산의 말을 기다렸다.
 "지금 산막으로 가는 길이오."
 "왜요?"
 "낭패한 일이 생겼소. 오늘 해질 무렵 어떤 청년 하나하고 젊은 여자 둘이 절로 왔는디, 그 뒤 순사들이 들이닥쳤단 말요. 순사들이 젊은이들에게 수갑을 채우고 짐을 뒤졌는디, 여자들 짐에선 많은 약품이 나오고, 청년의 짐에선 책이 나왔소. '너희들, 보광당으로 가는 놈들이지?' 하고 경찰서로 연행할라캤는디, 해가 저물고 순사도 둘뿐이라서 그런지 내일 아침에 가기로 하고 젊은이들을 절에 가둬놓았소. 경찰서에 연락도 한 모양잉께 내일 아침엔 증원 부대가 올 끼요."

태영은, 청년은 이규일 것이고, 여자 가운데 하나는 김숙자일 것이라고 추측했다.

"순사들이 사방에 불을 켜달라고 하고, 아무도 밖으로 나가면 안 된다고 호통을 쳤는디, 주지 스님이 꾀를 내어 가까스로 내가 빠져나왔소."

"그들을 어디다 가둬두었소?"

"칠성각 안에요."

"경찰도 그 안에 있소?"

"그렇소. 교대로 지키고 있는 모양입니다."

태영은

'두령이 있었으면…….'

하는 아쉬움을 간절하게 느꼈다. 그런데 그런 생각은 하나마나였다. 태영은 생각한 끝에 송산 스님에게 물었다.

"칠성각 오른쪽에 허물어져가는 조그만 비각 같은 게 있는데, 그거 뭣 하는 거요?"

"옛날 어떤 사람이 시주로 세운 긴디, 수리를 하자니 돈이 없고, 허물어버리자니 그렇고 해서 그냥 둔 거요."

"그럼 좋습니다, 스님은 절로 돌아가십시오. 그리고 우리가 무슨 짓을 하더라도 본 체 만 체하십시오. 뒤에 묻거든, 절에 갇혀 있는 사람들을 보광당이 마중하러 왔다가 순사들과 옥신각신하는 사정을 알고 한 짓이라고 버티어야 합니다. 주지 스님께도 그렇게 전하고요. 그리고 우리들이 그들을 구해내다가 손실을 끼치면 언제고 꼭 보상해드리겠다고 하더란 말도 전해주십시오."

태영은 이렇게 이르고 산막으로 돌아왔다.

산막에 남아 있는 인원은 권창혁을 합해 모두 일곱 명이었다. 이 일곱 명으로 작전 계획을 짜야 했다.

작전 계획을 세밀히 짰다. 벽송사에 누를 끼치지 않기 위한 연극 대본까지도 준비했다.

박태영으로선 단독으로 당해보는 첫 시련이었다. 그는 우선 흥분을 가라앉히고 침착해야겠다고 다짐했다.

달이 어느덧 솟아 있었다.

각자 맡은 짐을 지고 칠선 계곡의 산막을 뒤로한 때는 오전 1시, 괘관산으로 가는 길목 가까운 데에 짐을 벗어놓은 때는 1시 30분, 권창혁을 그곳에 남겨놓고 벽송사 근처에 도착한 때는 1시 50분경.

초저녁에 켜져 있던 헌등은 대개 꺼져 있었으나, 칠선각 앞마당을 비추는 헌등만은 켜져 있었다.

박태영과 차 도령, 서 도령, 백 도령, 문 도령은 칠성각 뒷담을 소리 없이 넘었다. 임 도령은 비각에 접근하여 준비해온 마른 나무를 비각 앞에 깔고 석유를 부었다. 문 도령과 차 도령이 곤봉을 들고 칠성각 문 옆에 살짝 붙어 서는 것을 확인한 즉시 임 도령이 성냥을 그어대게 돼 있었다. 박태영은 엽총을 들고 차 도령 뒤에 서고, 서 도령과 백 도령은 문 도령 뒤에 섰다.

임 도령이 성냥을 그어댔다. 마른 나무에 석유까지 뿌려져 있어, 불길이 순식간에 올랐다.

"불이야!"

"불이야!"

외치면서 임 도령은 칠성각 앞뜰을 건너 뒤쪽으로 뛰었다.

예상한 대로 칠성각 문이 탕 열렸다. 순사 하나가 얼굴을 내밀었다.

오른쪽에서 불길이 오르고 있을 뿐, 문 옆에 착 붙어 선 도령들이 보일 까닭이 없었다.

경찰관은 뭐라고 소리를 지르며 밖으로 나왔다. 그 순간, 차 도령의 곤봉이 순사의 어깨를 내리쳤다. '아이쿠' 외마디 소리를 지르며 순사 하나가 거꾸러지자, 태영은 칠성각 안으로 들어서서 총부리를 일어서려는 순사의 가슴팍에 대고 손을 들라고 외쳤다.

손을 들고 선 순사를 문 도령 등을 시켜 결박하게 하고 박태영은 오들오들 떨고 있는 이규와 여자들을 향해 지껄였다.

"아무 말 말고 내 말만 들어라. 약속대로 너희들이 오늘 올 줄 알고 이곳까지 마중을 나왔었는데, 보니까 순사들이 따라오고 있더라. 그래서 우리들은 숨어버렸다. 이때까지 너무 오래 기다리게 해서 미안하다. 밤중이 되길 기다리느라고 그랬다. 인제는 안심해라. 우리 산막이 바로 요 아래 있으니, 거기 가서 편히 쉬도록 하자."

벽송사에 누를 끼치지 않기 위해 순사에게 들리게 하려고 꾸민 대사였다. 이어 태영은 이규와 여성들의 손목을 살폈다. 다행히 수갑은 차지 않고 있었다. 박태영은 서 도령에게 이규 일행을 데리고 가라고 일렀다.

태영은 순사들 결박이 끝날 때까지 지켜보고, 차 도령의 곤봉에 맞은 순사의 상처가 대단치 않다는 걸 확인하고서야 자리를 떴다.

태영과 차 도령, 문 도령, 임 도령은 절에서 나와 중들이 비각의 불을 끄는 것을 먼빛으로 보면서 집결 장소로 향했다.

산모퉁이를 돌면서 차 도령은

"계획대로 한 치 한 푼도 안 틀리게 해치웠다."

하며 흐뭇해했다.

집합 장소에선 모두 떠날 준비를 하고 기다리고 있었다.

"규야, 얘기는 이따 하자."

"숙자 씨, 인사는 천천히 하고……."

태영은 간단히 말하고 앞장서서 밤길을 걷기 시작했다.

"날이 밝기 전에 남천강까진 가야 한다. 차 도령은 맨 뒤에서 오며 새로운 손님들을 돌봐라."

의탄까지의 길은 비교적 수월했다. 달빛 아래 웅크리고 있는 의탄 마을을 멀찌감치 바라보는 우로迂路를 택해 남천강변까지 빠져나오니, 시계가 새벽 다섯 시를 가리키고 있었다. 온몸이 땀에 흠뻑 젖었다.

"여기서 조금 쉬어 가자."

모두들 짐을 깔고 말없이 앉았다.

쉬는 동안 아무도 말하는 사람이 없었다.

"권 선생님, 피로하시죠?"

태영이 물었다.

"뭘, 견딜 만하구먼."

권창혁이 대범하게 답했다.

병곡면 송평리 뒷산을 지날 때 날이 훤히 밝았다. 그 산을 지나니 원산천이 나왔다.

맑은 시내에 땀을 씻고 어젯밤 준비한 주먹밥을 먹었다.

그때 처음으로 태영은 김숙자의 모습을 자세히 볼 기회를 가졌다.

"오느라고 수고했어."

태영이 숙자의 곁에 앉으며 조용하게 말했다. 숙자는 말문이 막힌 듯 태영의 얼굴을 말끄러미 보다가 곧 고개를 숙였다. 그리고 눈물을 닦았다.

"모르는 분이 계시니 소개를 해야지?"

태영이 말하자, 숙자는 고개를 들고,

"나와 가장 가까운 친구 진말자입니다. 이분이 바로 그 박태영 씨." 하고 소개했다.

"첨 뵙겠습니다."

진말자는 가볍게 고개를 숙여 보였다. 말투가 일본 사람이 한국말 하는 투를 닮아 서툴렀다. 갸름한 얼굴에 맑은 눈이 이지적으로 빛나 인상적이었다.

"말자는 일본 육군 병원의 정식 간호부였습니다."

숙자가 보충 설명을 했다.

"부끄럽습니다."

말자는 다시 한 번 고개를 숙였다.

"이군, 놀랐지?"

태영이 이규에게 말을 걸었다.

"아직도 얼떨떨하다."

이규의 얼굴엔 난처한 심정이 그대로 나타나 있었다.

사실 이규는 아직까지 박태영과 같이 산에서 지낼 마음의 각오가 되어 있지 않았다. 김숙자와 진말자를 보광당의 산막에 데려다줄 겸 박태영을 만나보고 돌아갈 작정이었다.

그런데 뜻하지 않은 일로 괘관산까지 동행하지 않으면 안 될 사정이 되어버린 것이다.

이야기를 시작하면 끝을 모르게 된다. 모든 얘기를 미뤄두고 주먹밥을 마저 먹어야 했다.

주먹밥을 먹고 시냇물을 떠서 한 모금 마시더니 숙자가 반색을 했다.

"아아, 이 물! 물만 마시고도 살 수 있을 것 같애."

말자도 물을 마셔보더니 동감이란 듯이 고개를 끄덕였다.

"물만 먹고 살 수 있으면 신선이 되는 거요. 그러니 괘관산으로 가는 길은 신선이 되러 가는 길이오."

박태영이 웃으며 말했다.

한나절을 거기서 푹 쉬고 다시 길을 이었다. 길이 가파르고 험했다.

'신선이 되는 길은 험난하다.'

그 험난한 길을 쉬어가며 여섯 시간을 걸어서야 중허리에 구름을 두른 괘관산을 바라볼 수 있는 지점에 이르렀다.

"저게 괘관산이다."

차 도령이 소리를 질렀다.

모두들 걸음을 멈추고 산을 바라봤다. 저마다 나름대로 감회가 있었다.

김숙자는 태영과 같이 생활할 수 있는 보금자리로 보았다.

진말자는 미지의 생활을 앞두고 두려움과 흥분에 떨었다.

권창혁은 두보杜甫의「망악」望嶽이란 시를 연상했다.

    대종하처재 垈宗何處在

    제로청미료 齊魯靑未了

    ……

    피흉생층운 披胸生層雲

    결자입귀조 決眥入歸鳥

다시 걸음을 이어 고갯길을 넘었을 때

"전 도령!"

하고 부르는 소리가 겹겹의 메아리를 울렸다.

두령 하준규가 바로 건너의 고갯마루에까지 마중을 나와 있었다.

반 달 만의 상봉이었는데, 태영은 준규를 만나자 눈물이 핑 돌았다. 준규 역시 같은 기분인 것 같았다. 태영은 그러한 감정의 움직임에 놀랐다. 숙자를 만났어도, 이규를 만났어도 눈물이 핑 도는 그런 감정은 느끼지 않았기 때문이었다.

준규는 일행 가운데 이규의 얼굴도 있고 낯선 얼굴도 있는데도 개의치 않고 박태영을 다시 만났다는 감격이 우선 벅찬지 한 손으론 태영의 손을 잡고 한 손으론 태영의 어깨를 두드리며 기뻐했다.

"이로써 우리 보광당의 이동은 전원 무사히 완료됐다."

이어 준규는 다른 도령들과 악수를 나누고서야 이규와 숙자와 말자의 인사를 받았다. 느끼지 못한 가운데 어떤 우애보다 강한 동지애가 보광당 당원 사이에 가꾸어져 있었다는 사실을 태영은 준규와의 재회를 계기로 확인할 수 있었다.

괘관산 동녘 기슭 움푹 팬 곳에 조그마한 개울을 앞으로 하고 다섯 개의 산막이 벌써 완성되어 있었다. 반달 동안의 작업으로서는 엄청난 성과라고 아니할 수 없었다. 통나무를 포개 '후테'풍으로 지은 산막이지만, 널판때기를 포개 지붕으로 하고, 안펠라를 발라 벽 내부로 하고, 온돌에 덕석까지 깔아놓았으니 거의 완전무결한 성새城塞라고 할 수 있었다.

준규는 산막을 숙자와 말자에게 안내해 보이며,

"이 조그마한 산막이 여성 동지를 위한 산막입니다, 만일 혼자 오시면 마을에 가서 여성 동지를 한둘 징발해올 작정이었습니다."
하며 다섯 개 산막의 한가운데 있는 산막을 가리켰다.

밤엔 성대한 축하연이 열렸다. 연회장인 큰 산막의 정면 벽엔 호피가 걸려 있었다.

축하연은 노동식의 사회로 진행되었다.

"오늘은 1945년 4월 3일, 음력으론 2월 21일입니다. 요일은 화요일. 왜 이렇게 날짜에 대해서 자세히 말하는가 하면, 우리 보광당으로선 역사적인 큰 기념일이 될 것이기 때문입니다. 바로 이날 우리 보광당은 지리산 칠선 계곡에서 이 괘관산으로 이동을 무사히 완료했습니다. 뿐만 아니라, 멀리 일본에서 건너온 김숙자, 진말자 씨를 우리의 동지로서 맞이한 날이며, 이규 씨를 동지로서 맞이한 날이기도 합니다. 우리 모두 박수로써 새로 맞은 동지들을 환영합시다."

박수 소리가 크게 일었다.

박수가 멎자, 노동식이 다시 말을 이었다.

"새 동지들을 맞고 보니, 우리 보광당의 총세는 30명으로 늘어났습니다. 그 가운데 소가 한 마리 끼여 있습니다만, 소도 당당한 우리의 동지입니다. 농사일을 하면 우리의 20배나 되는 역량을 발휘합니다. 그런 뜻에서 오늘 밤엔 우리 유쾌하게 즐깁시다. 술도 준비되어 있으니, 마시고 싶은 사람은 얼마든지 마시십시오. 술이 모자라면 괘관산의 물이 있습니다. 그 물로도 충분히 취할 수 있을 겁니다. 두령님의 인사가 있겠습니다만, 그에 앞서 우리 도령들이 자기소개를 합시다."

도령들의 자기소개는 강태수 소년부터 시작해서 차례로 거슬러 올라가 마지막에 하준규가 하고, 이어 두령으로서의 인사말로 넘어갔다.

"하늘 아래 이처럼 착한 모임은 없을 줄 압니다. 하늘 아래 이처럼 아름다운 모임은 없을 줄 압니다. 그러니까 하늘 아래 이처럼 즐거운 모임도 없으리라 믿습니다. 우리가 덕유산 은신골에서 모여 길게는 1년 4개월, 짧게는 반년 동안을 같이 지내옵니다만, 한 사람도 병든 사람이 없습니다. 한 사람도 나쁜 짓을 한 사람이 없습니다. 착하고 올바르고 아름다운 노릇만 하는 사람은 병들지 않는다는 증거로서도 우리 보광당은 성스러운 모임입니다. 보광당은 민족의 양심입니다. 보광당은 민족의 희망입니다. 혹독한 일본도 우리를 침범하지 못할 것입니다. 그밖의 어떤 사악한 세력도 우리를 해치지 못할 것입니다. 저 지리산, 이 괘관산이 우리를 감싸줍니다. 바로 이 조국의 산하가 우리를 보호해줍니다. 우리가 정당한 한, 우리에게 패배가 있을 까닭이 없습니다. 비록 우리의 육체는 죽을지 몰라도, 우리의 정당함은 영원한 승리로 남을 것입니다. 결론을 짓자면, 보광당은 우리의, 민족의, 조국의 영원한 승리를 위해 있는 것입니다. 영원한 승리를 위해 앞으로 우리는 더욱 분발합시다. 두령으로서의 인사는 이상으로 맺겠습니다."

산막이 터질 듯한 박수와 환성이 울렸다. 박수와 환성이 멎기를 기다려 준규는 다음과 같이 덧붙였다.

"아까 여러분도 들으셨겠지만, 지난 새벽 우리 박태영 동지, 즉 전 도령과 차 도령, 서 도령, 백 도령, 임 도령, 문 도령, 그리고 권창혁 선생님께서 우리 보광당을 위해 새로 맞이하게 된 동지들을 위해 벽송사에서 큰 공을 세웠습니다. 그 동지들의 공이 없었던들 오늘 밤의 이 축연은 있을 수가 없고, 보광당이 존속될 까닭이 없고, 새 동지들을 맞이할 수도 없었을 것입니다. 그런 뜻에서 진두 지휘를 한 전 도령과 그밖의 동지들을 치하하는 박수가 있었으면 합니다."

다시 박수와 환성이 산막을 뒤흔들었다. 홍 도령인 노동식이 섰다.

"그럼 다 같이 축배를 듭시다. 술을 들 사람은 술을, 물을 들 사람은 물을!"

축배가 있은 후 식사가 시작되었다.

식사가 끝나자, 노래를 비롯한 갖가지 장기의 피로가 있었다.

여흥의 틈을 이용해서 박태영이 일어섰다.

"아까 새로 맞은 동지에 대한 간단한 소개가 있었습니다만, 미리 알아두는 게 좋을 것 같아서 몇 마디 더 첨가하겠습니다. 이규 군은 나의 중학 시절 동기생입니다. 그러니까 두령님의 4년 후배가 됩니다. 지금 동경제국대학 학생입니다. 조선 사람이 제국대학에 다닌다고 해서 명예로울 것은 없지만, 일본놈들이 기를 쓰고도 들어갈 수 없는 일본 제일의 최고 학부에 조선 사람이란 차별의 벽을 뚫고 입학할 수 있었다는 것은 대단한 일입니다. 그런데 이군은 일본놈들 또는 그들을 추종하는 놈들과 부화뇌동하지 않고 우리와 같은 운명의 길을 걷기로 작정했으니 진심으로 환영해야 될 줄 압니다. 앞으로 여러분의 교양 향상을 위해서 노력할 것입니다. 진말자 씨는 지난번 대판 대공습 때 부모님을 잃으셨다고 합니다. 그러한 슬픔 속에서도 우리의 건강을 보살펴주기 위해서 멀리 현해탄을 건너오셨습니다. 간호부로서의 전문 지식과 전문 기술을 가지고 계신 분이 우리 곁에 있으니 안심하고 전투하고 안심하고 부상할 수 있게 되었습니다. 김숙자 씨도 우리를 도우려고 간호 기술을 배워오신 분입니다. 진말자 씨의 조수로서 성의를 다하실 분입니다. 이분들을 위해 다시 한 번 박수가 있길 바랍니다."

박수와 환성이 다시 한 번 울렸다. 그 소리가 멎자, 박태영은 사회자를 보고 김숙자에게 노래를 시키도록 청했다.

김숙자는 부끄러운 듯 일어섰으나, 낭랑하고 감동적인 목소리로 「봉

선화」를 불렀다. '재창'을 청하는 소리가 이곳저곳에서 터졌다.

밤이 깊도록 축연은 계속되었다.
김숙자와 진말자는 어젯밤 이후 원산천가에서 잠깐 눈을 붙인 것밖에 잠을 자지 않고 강행군을 한 뒤인데도 피로를 느끼지 않고 축연의 분위기에 말려들었다. 이규도 이상스러운 감동에 사로잡혀 자기가 괘관산으로 오게 된 것을 후회하지 않을 마음으로 물들고 있었다.
자정이 가까워졌을 때 노동식이 일어나서 말했다.
"우리 보광당의 노래가 있습니다. 아니, 곡이 있습니다. 유명한 베토벤 선생이 우리를 위해 지어놓은 곡이 있습니다. 환희의 송가로 알려져 있는 것이 그겁니다. 그 곡에 맞춰 우리 전 도령이 가사를 짓게 되어 있는데, 너무나 중대하게 생각해서 아직 완성을 못 보고 있습니다. 그래서 오늘 밤엔 우리 민족의 노래 아리랑을 합창하고 산회할 수밖에 없습니다."
아리랑의 구슬픈 가락이 괘관산의 산신을 깨워놓았다. 산회에 앞서 도령들이 외친 '두령 만세' 소리를 듣고 산신은 괘관산의 주인이 나타났다는 사실을 짐작했을 것이다.

개간 작업이 시작되었다.
황무한 땅이 사람의 의지와 노력에 의해 생산성을 갖게 되는 과정은 감동적일 수 있다. 그런데 그 감동은 인간의 엄청난 땀에 의해 비로소 마련된다. 노동의 고통이 곧 감동의 내용인 것이다. 아니, 노동의 고통을 감동으로 번역할 수 있을 때 노동은 신성하다는 달관이 생겨나는지 모른다.

먼저, 경지로서 적당하다고 판단되는 지역을 선정했다. 그 지역의 잡목을 베어내고 뿌리를 뽑아낸다. 그리고 큰 돌, 작은 돌을 치운다. 그 뒤, 소가 쟁기질을 한다. 쟁기질한 흔적을 괭이로 파헤친다. 마른 풀을 가려내어 불사르면 그 재가 거름이 된다. 다음에 이랑을 만든다. 이랑이 만들어지길 기다려 갖가지 씨앗을 뿌린다.

조를 뿌리기도 했다. 육도陸稻 씨앗을 뿌리기도 했다. 콩을 심기도 하고, 팥을 심기도 했다. 감자와 고구마도 심었다. 때를 기다려 경지를 넓혀 메밀도 심을 것이다. 호박·오이·수박·참외도 심을 것이다. 1인당 2백 평의 땅을 활용해야 1년 동안의 자급자족이 가능하다는 계산 아래 6천 평의 개간과 파종을 목적으로 하고 작업을 진행했다.

노동에 익숙지 못한 권창혁, 이규, 김숙자, 진말자도 피로의 기색을 보이지 않고 작업에 참여했다.

"고달프지?"

햇볕에 벌겋게 된 이규의 얼굴을 보고 박태영이 물었다.

"고달프긴……. 이처럼 노동이 유쾌하다는 건 상상도 못 했다."

이규의 정직한 대답이었다.

"마음 탓인지 나날의 일이 고통스럽지가 않아요."

이것은 김숙자의 말이었고,

"누구를 위해 어쩌자는 건지도 모르는 일만 해온 저로선 평생 처음으로 보람 있는 일을 한다는 기분입니다."

이건 어느새 어색한 말투를 씻어버린 진말자의 상냥한 말이었다.

그러나 육체의 피로는 심했다. 과격한 노동에 지쳐 서로 얘기할 여가도 없이 4월 한 달을 바쁘게 지냈다.

이때의 이규의 일기엔 다음과 같은 글귀가 있다.

'원시적인, 가장 원시적인 노동을 통해서 인간을 회복한다는 건 놀랄 만한 발견이다.'

'희망이니 기대니 하는 것에 전연 개의치 않고 어떤 역사의 흐름에 자기 자신을 맡겨버린다는 것, 밤에 앉아 새벽을 기다리는 느낌, 이것이야말로 건강한 사상이며 건전한 생활이다.'

'부모님이 얼마나 걱정하고 계실까. 그런데도 나는 든든한 마음으로 지낼 수 있는 까닭은 무엇일까. 내 생활이 건전한 데서 온 결과일 것이다. 비굴하지 않게, 죄스럽지 않게 살고 있다는 사실, 이것만 갖고도 인간은 고민 없이 살 수 있는 것이다.'

태영은 그 일기를 읽고 아무 말도 하지 않았으나 속으로 웃었다.

'이규는 아직 센티멘털리스트다. 이러한 생활이 1년 이상 계속되고, 그러고도 앞날이 막연하다면 그는 견딜 수 없을 것이다.'

이 무렵 권창혁 씨는 태영의 위로에 대해서 이런 말을 했다.

"먹고산다는 것이 힘겹다는 걸 알아야지. 비록 감옥살이는 했어도 이때까지 나는 너무나 편하게 살아왔어."

이런 말 저런 말을 전해 들은 하준규는

"심한 노동을 시키는 게 미안했는데, 그런 생각을 안 해도 좋을 것 같아 마음이 놓인다."

하고 만족한 웃음을 웃었다.

보광당 도령들과 거의 때를 같이하여 반천골 청년들도 괘관산으로 들어와 북쪽에 자리 잡고 개간 작업을 시작하고, 거림골 청년들도 괘관산 남쪽에 자리 잡고 개간 작업을 하고 있었다. 그러나 모든 준비가 보광당 도령들만큼 되어 있지 않아, 농구나 씨앗을 빌려주지 않으면 안 될 사정이 왕왕 있었다. 그런 때면 하준규는 이편이 부족해도 빌려주라고 했다. 무엇인가가 모자라면 사십 리나 떨어진 아랫마을까지 구하러 가는 고통을 겪고도 그렇게 하니, 도령들 가운데서 약간의 불만이 일기도 했다.

거림골 청년들과 함께 이규의 둘째 큰아버지인 이홍설, 그리고 성한주, 이현상도 옮아와서, 이규와 그의 둘째 큰아버지 이홍설의 극적인 상면이 이루어지기도 했다.

이규는 둘째 큰아버지 이홍설이 거림골 청년들과 함께 있다는 소식을 듣고 박태영과 함께 고개 하나를 넘어 둘째 큰아버지의 산막을 찾았다. 이홍설은, 몇 해 동안에 어른이 되어버린 조카를 보자 반가움보다 당황함이 앞서는지,

"네가 여기 웬일이고?"

하며 울먹이고,

"이런 디는 네가 올 디가 아니다. 내 혼자만으로도 되는디."

하고 요령부득한 말을 어물어물했다.

개간과 파종으로 4월을 지내고 미루어오던 괘관산 도령들의 합동 대회를 연 것은 5월 10일이다.

바로 어제 독일이 항복했다는 소식을 라디오를 통해 듣기도 해서, 괘관산 도령들의 합동 대회는 이 소식의 전달을 벽두의 선물로 하여 축제적인 기분으로 시작되었다.

"바로 어제 독일은 연합국 앞에 무조건 굴복했습니다. 작년에 이태리가 항복했으니, 추축국으로선 일본만 남은 셈이 되었습니다. 그러나 일본이 아무리 발악한다고 해도 운명의 마지막 고비에 이르렀다고 하겠습니다. 일본이 패망하는 날, 우리의 역사는 다시 시작됩니다. 그날

이 얼마 안 가 올 것이니, 우리는 기쁨으로 독일 항복의 소식을 맞이해야겠습니다. 그런 까닭에 우리의 이 합동 대회를 '연합국 승리 만세'를 외침으로써 시작할까 합니다."

사회를 맡은 노동식이 이렇게 말하자, 보광당 본부 앞뜰에 모인 150명의 도령들은 일제히 소리를 높여 외쳤다.

"연합국 만세!"

도령 150명의 내역은 이러했다. 칠선골 출신 30명, 반천골 출신 70명, 거림골 출신 50명.

회의 순서 처음은 합동한 뒤의 조직체 이름, 조직의 방법과 형태에 관한 토의였다. 미리 간부들끼리 대강 사전 합의를 본 문제이지만 되도록이면 전원의 의견을 활발하게 발표케 하자는 방침이었기 때문에 회의는 처음부터 약간 혼란을 보였다. 우선 명칭 문제가 난항했다.

독립 청년단獨立靑年團으로 하자는 의견도 나오고, 청년 독립단으로 하자는 의견도 나왔다. 당黨으로 하자는 의견도 있고, 회會로 해야 한다는 의견도 있었다.

이리하여 수습 못 할 상황이 되자, 거림골의 차범수가 일어서서 발언권을 얻었다.

"현재 보광당의 조직이 가장 잘 되어 있습니다. 우리의 모임은 그것을 강화하는 방향으로 나아가야 가장 효과적일 것입니다. 그러므로 나는 보광당의 명칭을 그냥 사용하는 것이 좋을 줄 압니다."

이 동의에 재청이 있고 삼청이 있었다. 반천골에서 이의가 나왔다. 그러나 거수로 표결한 결과 차범수의 동의가 채택되어 명칭을 보광당으로 하기로 결정했다. 조직의 방법과 형태는 두령을 선출한 후에 그 두령을 중심으로 성안成案하자는 의견이 채택되어 두령 선출의 절차로 옮아갔다.

　명칭을 보광당으로 하자고 제의한 차범수의 저의엔 두령의 자리를 자기가 차지하겠다는 요량이 있을 것이라고 박태영은 짐작했다. 칠선골 출신 도령의 수는 30명밖에 안 되는데 거림골과 반천골의 수는 압도적으로 많으니, 종다수 결정으로 한다면 하준규의 당선은 무망한 노릇이었다. 칠선골 도령들의 동요가 눈에 보이는 듯했다. 이와 같은 공기를 눈치챈 하준규가 발언권을 얻어 말했다.

　"나는 차범수 씨가 우리의 두령으로서 가장 적합하다고 생각해서, 선거니 선출이니 할 필요없이 만장일치로 차범수 씨를 추대하기를 제의합니다."

　그러자 차범수가 일어섰다.

　"보광당의 핵심을 만든 사람은 하준규 씨입니다. 그분은 보광당을 훌륭하게 육성해왔습니다. 우리가 보광당의 명칭을 그냥 받들자고 한 바이니, 두령으로 하준규 씨를 추대해야 될 줄 압니다."

　하준규는 차범수가 자기의 선배라는 점을 들어 다시 한 번 차범수를 추천했다. 차범수도 다시 한 번 아까의 말을 되풀이했다.

　이러한 응수를 지켜보고 있던 이현상이 발언권을 청했다.

　"차범수 씨와 하준규 씨가 선후배의 관계여서 서로 사양하는 뜻은 이해할 수 있지만, 애국 조직을 이끄는 지도자를 선출하는 마당에선 사적인 감정은 배제되어야 할 줄 아오. 그러니 합동 단합을 시도하는 이 마당에서는 민주적 절차에 의해 선거를 하는 것이 가장 합리적이라고 생각하오."

　이현상의 참고 발언을 받아들여 후보자를 차범수, 하준규로 정하고 거수 표결을 하기로 했다.

하준규 자신은 두령의 자리를 넘겨주어도 무방하다는 담담한 심정인 모양이었지만, 칠선골 도령들의 심정은 그렇지가 않았다. 자기들의 영웅이 엄연히 두령의 자리에 있어야 했다. 이것은 박태영의 생각이기도 했다. 이현상이 그런 발언을 한 것은 공정한 마음에서가 아니라, 표결만 하면 수를 많이 가진 거림골의 차범수가 당선될 것이라고 보고 한 것이라는 짐작도 들어, 태영은 불안감을 억제할 수 없었다. 태영은 반천골 도령들이 모여 있는 뒤쪽을 돌아보았다. 반천골 70명의 향배가 두령을 결정할 것이란 생각에 따른 반사운동 같은 행동이었다. 조금 전에 차범수와 하준규가 서로 사양하는 아름다운 장면을 보였으니, 서투른 작용을 한다는 건 치사할 뿐 아니라 위험한 노릇이었다. 태영은 그저 건성으로 낯이 익은 몇 사람과 시선을 맞추고는 얼굴을 돌렸다. 무슨 자리라고 하는 것, 그리고 선거라고 하는 것이 가슴을 설레게 한다는 사실을 태영은 처음으로 경험했다.

  호명의 순서를 어떻게 하느냐가 문제였다.

  "연령순으로 하는 게 타당할 거요."

하는 이현상의 의견이 나왔다.

  그렇게 하기로 합의를 본 다음, 노동식은

  "호명하실 분을 이현상 선생님으로 했으면 좋겠는데, 여러분들의 의견은 어떻습니까?"

하고 물었다.

  "좋습니다."

하는 동의가 이곳저곳에서 나왔다.

  "나도 거수를 해야 하니까 호명은 이 선생님이 맡아주십시오."

하고 노동식이 사회석을 떠났다.

거수를 계산하기 좋게 한 줄을 스무 명씩으로 정돈했다. 계산 책임자를 권창혁, 이홍설, 성한주 씨로 정했다.

"지금부터 호명을 하겠소. 그분을 지지하는 분은 손을 드시오."

이현상이 이렇게 말하고,

"차범수 씨."

하고 호명했다.

거림골 도령들의 손이 일제히 올랐다. 칠선골 도령들은 꼼짝도 않고 있었다. 반천골 도령 가운데서 손을 든 사람은 7명이었다.

"56명이오."

하고 성한주 씨의 말이 있자,

"56명 틀림없소."

하고 이홍설, 권창혁 씨가 확인했다.

"하준규 씨."

이현상이 호명했다.

칠선골 도령들이 일제히 손을 들었다. 반천골 도령들도 거의 전부가 손을 들었다. 박태영은 가벼운 흥분을 느꼈다. 동시에 안심하는 숨을 쉬었다.

"92명이오."

성한주 씨의 보고에 이어 이홍설, 권창혁 씨의 확인이 있었다.

"이로써 보광당의 두령은 하준규 씨가 선출되었습니다. 선포합니다."

이현상의 선포가 있자, 만장에서 박수가 일었다.

이어 부두령 선출이 있었다. 이것은 선거할 필요없이 하준규의 추천을 만장일치로 승인했다. 부두령은 거림골의 차범수, 반천골의 김은하 金殷河가 되었다.

그리고 조직 편제는 다음에 발표하기로 하고, 우선은 반천골, 거림골, 칠선골 단위를 그대로 지녀나가기로 했다.

하준규의 간단한 인사말이 있었다. 이어 전원의 단체 선서가 있었다.

5월의 하늘은 맑고 신록의 냄새는 신선하고 그윽했다. 꾸미지 않은 가운데 성스럽고 장엄한 감동이 괘관산을 둘러싸는 듯했다. 하준규, 차범수의 청으로 이현상의 축사가 있었다.

"여기 인민의 아들들이 뜻을 같이한 모임을 가졌습니다. 일제에 항거하여 조선 인민으로서의 생명과 긍지를 지키고자 하는 것이 그 뜻일 줄 압니다. 존경과 축하의 마음을 금할 수가 없습니다. 내가 재작년 지리산에 들어왔을 때에는 거림골에 십여 명의 청년이 있을 뿐이었습니다. 그런데 오늘은 150명으로 불었습니다. 불과 몇 방울밖에 안 되던 물이 개울물 정도로 불었다고 하겠습니다. 그런데 이 정도로는 논 몇 마지기를 관개할 수 있을 뿐입니다. 그러나 여러분이 인민의 아들로서의 신념과 방향을 옳게 지니기만 하면 머잖아 이 모임은 조선 인민 2천만의 희망을 대변하고 그 힘을 흡수하는 대하大河가 될 것이라고 믿어 마지않습니다. 인민의 아들로서의 신념이란 인민을 못살게, 인민을 불행하게 하는 조건을 분쇄해야 한다는 신념이며, 올바른 방향이란 그렇게 해서 진정한 인민의 조국을 건설하는 방향입니다.

인민이란 무엇이냐? 특권을 업고 행패를 부린 적이 없는 백성, 재산을 미끼 삼아 남을 착취한 적이 없는 백성, 스스로 땀 흘려 노동함으로써 생활을 지탱했으며, 그런 까닭에 수탈당하고 지배만 당해온 어진 백성을 뜻합니다. 인민은 귀족도 아니며, 부르주아도 아니며, 또는 귀족이나 부르주아에게 아첨하는 비열한 기생충도 아니며, 살려는 의지를 오직 자신의 노동력에만 의지하는 노동자, 농민을 말하는 것입니다. 이

나라뿐만 아니라 전 세계 인구 절대 다수를 차지하고 있는 노동자, 농민이 곧 인민인 것입니다. 앞으로 다가오는 역사는, 나라는, 사회는 이와 같은 인민의 역사이며, 인민의 나라이며, 인민의 사회일 것입니다. 소수의 이익을 위해서 다수가 희생되는 그러한 부조리는 기필 시정되어야 할 것이며, 시정되고야 말 것입니다. 나는 오늘 확대 단합을 이룩한 이 모임이 이러한 신념과 방향을 지니고 나갈 것을 간절히 권고합니다. 일본의 패망은 바로 눈앞에 있습니다. 그러나 일본의 패망으로 문제가 해결되는 것은 아닙니다. 인민을 위한 인민의 나라를 만드는 것이 목적이어야 합니다. 그러기 위한 투사로서, 혁명가로서 여러분은 노력하고 충실해야 하겠습니다. 나는 이 모임을 지켜보며 1927년 10월 강서성 정강산에 모여든 중국의 애국자들을 연상했습니다. 그들의 수는 보잘것없었으나, 신념과 방향이 옳았기 때문에 오늘날 중국 대륙의 반을 지배하는 조직으로 확대되어 있습니다. 전후에 기대할 것이 있다면 바로 그들의 동향입니다. 이 모임이 이상 내가 말한 바와 같은 신념에 투철하다면 전진하는 역사의 선두에 서는 빛나는 혁명 단체가 될 것이고, 그러지 못하면 조국과 인민에게 아무런 보람도 갖지 못한 도당의 하나로서 잊혀지고 말 것입니다. 무릇 혁명에 대한 의욕이 없는 단체는 도당일 수밖에 없습니다. 혁명이란 무엇이냐? 반만 년 역사 속에 누적되어온 민족의 병근病根을 송두리째 뽑아 없애자는 의지의 발현입니다. 수탈하는 자가 있고 수탈당하는 자가 있게 한 제도를 분쇄하자는 의지의 발현입니다. 인민의 고혈을 짜 먹은 지배자 계급을 박멸하자는 의욕입니다. 우리가 일제에 항거하는 것은, 일제뿐만 아니라 일제의 침략이 있게 한 세력에 대한, 그리고 이에 편승한 계급과 세력에 대한 항거에까지 투쟁을 확대하자는 뜻이며, 그렇게 함으로써만이 비로소 보람을 갖게 되는 것입니다. 혁명은, 일체의 병근을 잘라버리고 생명을 새롭게 해야 한다는 인민의 요청이기도 합니다. 혁명! 이거야말로 우리의 지상 명령입니다. 인민과 혁명에 봉사하는 당으로 발전할 것을 다시 한 번 강조하고, 보광당의 앞날에 영광 있기를 축복합니다."

이러한 동안에도 토벌대의 내습에 대한 준비는 착착 갖추어지고 있었다.

칠선골, 거림골, 반천골 단위로 3개 대대를 편성하고, 일단 유사시의 배치 계획도 세우고, 이곳저곳의 광산에서 모아온 다이너마이트와 유리병으로 화염병도 만들었다. 화염병은 강 도령이라는 폭약 전문가가 있어서 꽤 좋은 성능의 것을 만들 수 있었다. 사이다병 또는 맥주병에 폭약을 다져 넣고 거기 발화의 도관導管을 달았다. 그 가운데 몇 개를 시험해보았더니 굉음이 엄청났다. 그만한 굉음을 내는 화염병을 3백 개만 확보하면 웬만한 규모의 토벌대쯤은 놀라게 하기에 충분했다.

멀리서 보면 총 같고 가까운 적에겐 창처럼 곤봉처럼 쓸 수 있는 목총도 만들었다. 거림골 대대는 엽총 두 자루와 38식 장총을 가지고 있고 반천골 대대엔 전연 총기가 없었기 때문에, 하준규는 엽총 한 자루와 장총 한 자루를 반천골 대대로 보냈다. 칠선골 대대는 송평에 있는 파출소를 기습해서 99식 소총 두 자루와 실탄 60발을 탈취하는 전과를 올렸다.

원산리 뒷산에 나가 있던 전초前哨로부터 약 3백 명을 헤아리는 토벌대가 송평리에 집결했다는 정보를 입수한 것은 5월 25일 저녁이고, 각 병력이 주요한 지점에 매복하는 계획을 완료한 것은 26일 새벽 세 시였다. 그날은 음력 4월 14일이어서 달이 밝았다. 병력 배치와 연락은 달빛이 있어서 수월하게 순조롭게 진행되었다.

배치에 앞서 하준규가 내린 지시는 다음과 같았다.

"우리들이 매복해 있을 장소는 전부 길보다 높은 곳이다. 그러니 화염병을 던질 때는 거리를 잘 재어 적이 접근했을 때 터지도록 각별히 조심하라. 불을 붙여 다섯까지 헤아린 후에 던지면 되니, 당황하지 말고 바로 그들의 발목에서 터지도록 하라. 지휘자는 화염병의 폭발이 산발적으로 되지 않도록, 한꺼번에 다섯 개씩 터지도록 조절하라. 가능한 한 부상은 입히되 죽이진 말도록 하라. 총을 쏘아야 할 경우엔 아무리 가까운 거리에서라도 사람이 맞지 않도록, 총이 있다는 사실을 알릴 정도로 쏴라. 포로를 잡으면 안 된다. 포로처럼 처치 곤란한 건 없다. 그들을 추격할 땐 추격하는 척하여, 그들이 부상자를 데리고 도망칠 수 있도록 여유를 주어야 한다."

하준규는 최전선을 담당했다. 송평리에서 괘관산으로 들어오자면 꼭 지나야 할 길목인 산허리에 감쪽같이 매복하여 전투 개시를 알릴 권총을 빼 들고 있었다. 교대로 잠을 자고 주먹밥으로 배를 채우고 나니 달빛이 희미해지고 아침 놀이 끼기 시작했다. 놀은 이편을 숨겨주는 이득도 되지만, 공격할 대상을 흐리게 하는 약점도 된다. 그런데 태양이 솟아오를 때까지 적의 동정은 없었다.

태양이 솟아 들과 골짜기를 환히 비출 무렵, 토벌대의 선두가 산모퉁이를 돌았다. 그들은, 괘관산까진 아직 삼십 리를 남긴 그런 곳에 보광당이 매복해 있을 리는 없다고 생각했는지 등산이나 소풍을 하는 것처럼 걸어오고 있었다. 인원은 7~8명, 탐색 임무를 띤 선발 분대임이 틀림없었다.

준규는 본대가 나타나기까지 그 선발대를 공격하지 않기로 하고, 1

킬로쯤 후선에 자리 잡고 있는 차범수에게 연락병을 보냈다.
"선발대가 7~8명 지나가는데, 그놈들을 그냥 통과시켜 반천골 동지들이 해치우도록 연락하시오."
조금 있으니 선발대 중에서 둘이 오던 길로 도로 돌아가고 있었다. 도중에 아무도 없으니 본대가 진출해도 좋다는 신호를 하기 위한 것이라고 준규는 판단했다. 아니나 다를까, 그 두 선발병이 산모퉁이에서 기를 흔들었다. 이윽고 국방색의 군단이 밀집 대형 그대로 산모퉁이를 돌아 4~5미터의 간격을 두고 다섯 대로 나뉘어 올라왔다. 적당한 곳에서 산개散開할 요량으로 우선 안심하고 행군하는 것으로 보았다.
준규는 일순 망설였다. 선두를 거림골 동지들의 담당 지역까지 보낸 뒤 공격해야 할까, 지금 당장 공격해야 할까 해서였다. 지금 공격하면 불과 24~25명의 병력으로 2백 명이 넘는 적 세력을 감당해야 하는 것이다. 그러나 할 수 없다고 생각했다. 기습은 일당백의 효과를 낸다. 준규는 신속하게 명령을 내렸다.
"화염병 준비!"
토벌대의 선두가 준규의 왼쪽 시야에 들어왔다. 이편의 매복선은 줄잡아 20미터는 되었다.
"점화!"
명령이 나직이 차례차례 전해졌다.
"쾅! 쾅!"
처음 화염병이 터지자, 수십 발의 화염병이 다음다음으로 터져, 고요한 산골은 그 음향만으로 수라장이 되었다. 밀집한 토벌대의 대형이 순식간에 흐트러져, 들판에서 뒹구는 놈, 건너편 산언덕으로 기는 놈…… 그 당황하고 혼란한 꼴은 요절복통할 지경이었다. 거림골 대대 쪽에서도 화염병 터지는 소리가 났다.

준규는 고함을 질렀다.

"무기도 버리고 탄약도 버리고 오던 길로 돌아가라! 그럼 살려준다!"

그리고 이 말을 되풀이하라고 도령들을 시켰다.

이 말이 들렸는지 한 놈이 오던 길로 뛰자 모두 우르르 따랐다. 준규는 엽총을 공중에 쐈다.

"총과 탄약을 버려라! 버리지 않으면 쏜다!"

총을 들고 뛰는 놈도 있고, 버리고 가는 놈도 있었다. 준규는 무기를 얻기 위해 한 놈쯤 부상시켜야겠다고 작정하고 무기를 든 채 뛰어가는 놈 아랫도리를 향해 총을 쏘았다. 그놈은 뒹굴었다.

"무기를 안 두고 가면 모조리 쏜다!"

준규는 다시 한 번 고함을 질렀다.

전투는 싱겁게 끝났다.

토벌대는 9명의 부상자와 대부분의 총기를 포기하고 퇴각해버렸다.

토벌대의 퇴각을 확인한 후 토벌대 부상자들을 치료해주는 한편, 총기를 주워 모아보았더니, 거의 모두가 목총이고 진짜 총은 20정밖에 안 되었다. 탄환은 2백여 발.

토별대 부상자들을 응급 치료만 해주고, 기어가든 걸어가든 마음대로 하라고 이르고 모두 괘관산으로 돌아왔다. 이편엔 한 명의 부상자도 없어 다행이었다.

"무기와 탄약이 대량으로 들어왔으니 앞으론 걱정 없다. 그런데 모처럼 토벌 작전을 벌이면서 목총을 들고 오다니, 그만큼 우리를 깔보았단 말인가?"

하준규가 이렇게 중얼거리자, 곁에 있던 간호원 진말자가 웃으며 말했다.

"일본 군대도 총이 모자라요. 총이 자꾸 없어지는데 생산이 뒤따르지 못하는 모양입니다. 출정하는 군인들 전송을 나가보면 알아요. 작년까진 병정 다섯 명에 총 한 자루꼴로 메고 있었는데, 금년 들어선 열 명에 한 자루도 돌아가지 못하는 모양이었습니다. 일본 군대의 병정들에게 총이 모자라요. 총이 없는 병정들이 우글우글하고 있습니다."

"이 노획한 총을 가지고 신나게 전투해보고 싶은데 그럴 기회가 없을지 모르겠군."

"그럴지 모르죠."

괘관산에 다시 평화가 돌아왔다. 두령으로서의 하준규의 위치가 굳어졌다. 동시에 영웅 하준규의 이름이 인근에 파다하게 퍼졌다.

6월도 중순에 접어들었다.

괘관산 골짜기에는 녹색의 향연이 펼쳐졌다. 풍려한 향연이라고 해도 좋았다. 도령들이 이룬 밭 이랑에서 봄철에 뿌린 작물들이 무럭무럭 자라고 있었다.

이렇게 풍려하다고 할 수 있는 녹색의 향연 속에서 그러나 도령들은 굶주리고 있었다. 작물의 수확이 아직 멀었다. 보리철로선 아직 일렀다. 칠선골 도령들이 마련한 양식으로 백 명을 먹여 살리는 꼴이 되었으니 식량이 바닥난 것은 당연했다. 두령의 입장을 이해하지 못하는 바는 아니었지만 그것이 칠선골 도령들의 불평거리가 되었다.

산나물을 캐고 애서 사냥도 했지만, 그야말로 곡기가 있어야 영양이 된다는 사실이 뼈저리게 느껴졌다. 두어 주먹 쌀이나 보리쌀을 넣고 산나물을 비롯한 푸성귀와 산새들의 고기를 섞어 삶아보았자 허기진 창자를 메울 순 없었다.

넉넉잡고 한 달만 참으면 된다고 정신력을 발동해보라고 타이르기도 하고, 일본이 망해가는 상황을 전해주는 라디오의 뉴스를 전하기도 하며 사기를 북돋워보려고 애썼지만, 도령들의 안색이 초췌해지는 만큼 정신도 시들어가고 있었다.

"생명의 대적은 기아가 아닌가. 기아를 이겨낼 정신력이란 없다."

권창혁이 하영근한테서 받아온 돈을 내놓고 그걸로 식량을 구해보라고 두령에게 권했다.

보광당의 식량 대책 회의가 열렸다.

회의 결과 다음과 같이 결정했다.

1. 반천골 책임자이며 보광당 부두령인 김은하가 도령 9명을 인솔하고 식량 조달을 위해 출동한다.
2. 그들은 발칫골에 임시 본부를 두고 사람을 시키건 자신들이 직접 활동하건 최소한 쌀 다섯 섬, 보리쌀 다섯 섬, 콩 다섯 섬, 밀 다섯 섬을 구하기로 한다.
3. 식량이 구해지는 대로 본부로 운반하되, 목적량이 찰 때까진 철수하지 않는다.
4. 고갯마루 '가' 지점에 오후 다섯 시까지 연락자를 둔다. 필요가 있으면 본부에서 응원 인원이 나가든지 교대하든지 한다.

이 결정에 따라 김은하 부두령이 돈 5백 원을 가지고 반천골, 거림골,

칠선골에서 각각 3명씩 차출한 인원 도합 9명과 더불어 출발한 것은 6월 20일이었다.

쌀 서 말이 우선 운반된 것은 6월 23일이었다.

괘관산 골짜기에선 그것만으로도 화색이 돌았다.

김은하의 쪽지엔 다음과 같이 적혀 있었다.

'발칫골의 사정은 괘관산의 우리 사정과 조금도 다를 것이 없습니다. 그래서 동네 사람들에게 돈을 주어 시장 또는 다른 동네에서 구해 오도록 일렀습니다. 그들의 식량도 같이 구해준다고 해야 성의를 낼 것 같아서 값을 후하게 치를 작정입니다. 보릿고개 막바지가 돼서 목적량을 모으긴 힘들 것 같으나 최선을 다할 작정입니다.'

"이렇게 쉽게 구할 수 있다는 걸 알았더라면 일찍 서둘 걸 그랬지."

서 말의 쌀을 각 대대에 사람 수대로 나누면서 두령은 혼잣말을 했다. 두령이나 태영이나, 인근 마을에선 식량을 구할 수 없을 것이라고 미리 절망하고 있었던 것이다. 꼭 구하려면 송평까지 나가야 된다고 믿었다. 그런데 송평엔 경찰 주재소가 있었다. 식량을 구하려다가 무슨 화를 당할지 몰랐다.

쌀 서 말이 온 뒤 소식이 끊어졌다. 고갯마루 '가' 지점에 나가 있던 도령들은 지정된 시각 다섯 시를 훨씬 넘겨 돌아오곤 했는데, 아무런 연락도 없었다는 보고만을 나날이 되풀이했다.

일주일이 그렇게 지났다.

"아무래도 홍 도령이 가봐야겠소."

두령의 명령을 받고 홍 도령은 6월 30일 아침차 도령과 강태수 소년만을 데리고 떠났다.

바로 그날 밤, 김은하 부두령과 도령 세 사람이 지게에 각각 얼마간의 식량을 짊어지고 돌아왔다.

김은하의 첫말이

"두령님 면목 없습니다."

라는 것이었다.

사정을 들으니 이랬다.

발칫골 사람만 동원하면 성과가 없을 것 같아서 거림골의 하 도령, 이 도령, 윤 도령을 등너멋골로 보냈는데, 보낸 후 아무런 소식이 없어서 그곳으로 가보았더니, 동네 사람들의 태도가 심상치 않았다. 알고 보니, 먼저 간 세 도령이 경방단들에 의해 체포되어 주재소로 끌려갔다. 어떻게 하나 망설이고 있을 때, 그들은 경찰과 경방단에 의해 포위되었다는 사실을 알았다. 괘관산 쪽의 길은 철통같이 막혀 있었다. 할 수 없이 괘관산과 반대되는 방향으로 뛰었다. 며칠을 헤매다가 발칫골로 가보니 쌀이 일곱 말가량 모아져 있었다. 기진맥진해서 내일쯤 돌아올 예정이었는데, 홍 도령을 통해 얘기를 듣고 부랴부랴 돌아온 것이다.

아닌 게 아니라, 그들의 행색은 말이 아니었다. 그러나 위로만 하고 있을 순 없었다. 두령이 물었다.

"붙들려 간 도령들은 어떻게 됐겠소?"

"아마 송평 주재소에 있을 겝니더."

김은하가 힘없이 대답했다.

"그럼 홍 도령은?"

"송평리 사정을 정탐해보고 무슨 연락이 있을 때까지 발칫골 근처에서 기다리겠다고 했습니다."

이런 말이 오가는 동안 거림골의 책임자 차범수 부두령이 나타났다.

"특공대 조직을 해야겠습니다."

하고 두령은 명령을 내렸다.

"반천골 대대, 거림골 대대, 칠선골 대대에서 각각 10명씩 도령들을 차출할 것. 그 전부를 완전 무장 시킬 것. 떨어진 신발을 신고 있는 사람은 새 신으로 바꿔 신을 것. 탄환은 각자 30발씩 가질 것. 이런 요령으로 곧 본부 앞으로 집합시키시오."

부두령들을 보내놓고 두령은 칠선골 대대에서 차출할 도령들을 선발했다. 그러는 동안 태영을 돌아보고 말했다.

"지난번 전투에서 노획한 무기와 탄환이 있기에 다행이지……."

한 시간 후에 완전 무장한 30명의 특공대가 본부 앞뜰에 정렬했다.

단 위에 오른 하준규의 얼굴은 때마침 동산에서 솟은 달 빛을 받아 창백하게 빛났다. 처량한 아름다움이라고 할 수 있는 모습이었다.

"배불리 먹었나?"

두령이 물었다.

"예."

하는 소리가 메아리쳤다. 일주일 전 서 말이란 쌀이 보급되었기에 저만한 대답도 나올 수 있는 것이라고 생각하니 태영은 가슴이 찡했다.

"총을 조작하는 기술엔 모두들 자신 있지?"

"예."

총기 조작 기술은 두령 스스로가 기를 쓰고 가르쳐서, 물음 자체에 자신감이 담겨 있었다.

"명령 없인 한 발도 쏘지 말 것. 절대로 오발이 있으면 안 된다는 사실을 잊지 말라. 행동 계획과 요령은 송평리 근처에 가서 지형과 지물을 살핀 뒤 지시하겠다. 특공대 지휘는 내가 직접 맡는다. 소대장, 분대

장의 배치는 발칫골에서 홍 도령을 만나 의논해서 정하겠다."

두령의 두뇌는 말하는 도중에도 치밀하게 돌아갔다. 상황에 맞춰 빈틈없는 지시가 간단한 말로 표현되는 것은 그 때문일 것이라고 태영은 생각했다.

"간호부로선 진말자 씨가 따라와줘야겠소."

두령의 말이 끝나자마자 진말자는 산막으로 들어가서 미리 마련되어 있는 큼직한 가방을 어깨에 메고 나왔다.

단에서 내려온 두령은 차범수에게 뒷일을 부탁했다.

"항상 연락자는 고갯마루의 '가' 지점에 내놓으시오. 그리고 언제나 출동할 수 있도록 만반의 대비를 해둬야 할 겁니다."

두령은 박태영 곁으로 오더니 나직이 속삭이듯 말했다.

"무슨 일이 있더라도 당황하지 말고 보광당을 잘 이끌어주시오."

그리고 태영의 손을 꼭 잡았다. 태영은 그 말투가 이상하다고 생각했다.

쉽사리 대답이 나오지 않았다.

"두령님, 잘 다녀오시오. 뒷일은 걱정 마시고요."

라고 한 것이 겨우였다.

태영은 개울을 건너 산모퉁이를 도는 데까지 특공대를 바래다주고, 그들의 모습과 발 소리가 짙은 산 그늘 속에 묻혀버리자 뒤돌아섰다. 그리고 하늘을 쳐다봤다.

'음력 5월 15일 만월!'

감동이 한숨으로 되었다.

불과 21년의 짧은 인생이었지만 태영은 헤아릴 수 없을 만큼 만월을 보았다. 그런데도 그 밤의 만월만은 유달리 태영의 가슴을 죄었다.

구름 한 점 없는 하늘, 병풍처럼 둘러싼 산과 산의 곡선, 소리를 내기가 무척 조심스러운 듯 흐르고 있는 개울물 소리……. 태영은 중학생 시절에 읽은 백석白石이란 시인의 시 한 구절을 심상의 표면에 떠올렸다.

'적막 강산 나 혼자 섰노라.'

태영은 개울을 건너다가 개울 한가운데쯤에 있는 바위에 올라섰다. 그리고 갑자기 허기증을 느껴 차가운 바위 위에 주저앉아버렸다. 생각하니 오랫동안 참아온 굶주림이었다. 고통과 똑같은 굶주림, 굶주림과 똑같은 고통! 언뜻 어떤 외국 시인의 다음과 같은 단시가 뇌리를 스쳤다.

'개미 대상臺上에서 굶주리고 달은 높다.'

난센스라고밖에 할 수 없는 이 시편, 아득한 옛날 그저 시선이 스쳤을 뿐이고 생각해본 적도 없이 망각의 심층에 묻혀 있던 그것이 웬일로 지금 뇌리에 떠오르는 것일까. 태영은 곰곰이 마음의 줄거리를 더듬어보았다. 그 줄거리를 더듬어가니 '굶주림'이 나타났다.

'그렇다. 그 시를 쓴 사람은 그 시를 쓸 당시는 그렇지 않았을는지 몰라도 언젠가는 굶주린 경력을 가진 사람이었을 것이다. 굶주린 창자를 틀어잡고 만월을 바라본 적이 있었을 것이다.'

개미라는 발상이 좋았다. 개미처럼 부지런한 동물도 없을 텐데, 개미처럼 항상 굶주린 인상을 가진 동물도 없다. 개미처럼 일하는데도 굶주려야 하는 어느 인생의 토막이 달빛의 조명을 얻어

'개미 대상에서 굶주리고 달은 높다.'

라는 시가 되었다. 그렇지 않다면 이 시엔 의미도 없다. 감동도 없다.

태영은 이제 막 특공대를 이끌고 떠난 하준규를 생각하지 않고 이런 엉뚱한 생각을 하는 스스로를 뉘우치며 얼굴을 붉혔다.

'두령은 굶주린 배를 배부른 것처럼 꾸미고 동지들을 구하러 싸움터로 떠났다!'

언뜻, 붙들려 간 도령들이 송평 주재소에 있지 않고 함양경찰서로 넘어 갔으면 어쩌나 하는 생각이 일었다. 그때에야 태영은 준규가 남긴 마지막 말의 의미를 알아차렸다. 태영은 송평 주재소만 생각하고 일을 너무 가볍게 생각한 스스로를 발견했다.

'두령은 결사적인 각오를 했구나.'

태영은 가슴이 두근거렸다. 만일 송평에서 함양 본서로 넘어갔으면 준규는 본서를 습격하려고 할 것이다. 그럴 경우 생길 일을 생각하니 등골이 오싹했다.

준규가 전사하는 경우를 상상해봤다. 상상도 못 할 일이었다.

'만일 그런 일이 생긴다면 나는 나름대로 원수를 갚고 죽을 것이다.'

한 점의 의문도 망설임도 없이 태영의 내부 소리는 이렇게 다짐하고 있었다.

'그러나 두령이 죽을 까닭이 없다. 우리의 두령이 그렇게 죽을 까닭이 없다. 일본이 망해가는 이 판국에 하준규란 인물이 호락호락 죽을 까닭이 없다.'

태영은 정체를 알 수 없는 감정에 사로잡혀 자기도 모르게 고함을 질렀다.

"그럴 까닭이 없다아!"

순간, 반딧불을 맞은 수면처럼 공기가 구겨지는 듯하더니 외롭게 산울림이 돌아왔다.

"……까닭이 없다아!"

태영은 그것을 산울림으로 듣지 않고 산신의 긍정이라고 들었다. 태영은 불길한 예상 같은 건 씻기로 하고 준규의 이모저모로 생각을 돌렸다.

준규는 괘관산에 식량이 떨어진다는 걱정이 시작된 때부터 산나물 같은 푸성귀 외엔 입에 대지 않았다. 다른 도령들 보기엔 같이 먹는 척 했지만, 준규는 다른 동지들에게 쌀 한 톨이라도 더 먹이기 위해서 극도로 절식을 했다. 그를 본떠 태영도 절식을 했다. 노동식도 마찬가지였다. 그런 까닭에 하준규, 노동식, 박태영은 다른 도령들의 굶주림의 배를 견디어야 했다.

어느 날 오후 이런 일이 있었다. 우연히 준규와 태영 단둘만 있게 된 자리였는데, 두령이 갑자기 물었다.

"전 도령, 배고프지?"

"그저 참을 만합니다."

"그런데 난 푸성귀만 먹고도 배가 고프질 않아. 아마 물이 좋기 때문인가 보지."

"두령님은 점점 신선이 되어가시는 모양입니다."

"그렇지 않소. 나는 억지로 굶는 게 아니라, 배가 고파야 산삼을 발견할 수 있다캐서……."

"산삼요?"

"그래, 나는 산삼을 찾고 있어. 아버지 말을 들은 적이 있어. 괘관산엔 산삼이 있을 거라고……."

"배가 고파야 산삼을 찾을 수 있다는 말이 그럴듯한데요. 배가 고프면 여느 땐 보이지 않던 것도 보이니까요. 동그란 돌이 떡같이도 보이고요. 산삼은 아마 그렇게 기갈이 든 눈이라야만 찾을 수 있을는지 모를 겁니다."

"나는 그런 과학적인 얘길 하는 게 아니오. 되게 배가 고프면, 그 사람이 그다지 나쁜 사람이 아닐 경우 산신령이 현몽한다는 거요."

"두령님은 그래, 산신령의 현몽을 기다리기 위해 굶는 겁니까?"

"그렇다고 할 수 있지. 그런데 아무리 굶어도 배가 고프질 않으니 탈이란 말요."

"뭐라캐도 나는 두령님의 고통을 잘 알고 있습니다."

"뭐라캐도 나는 전 도령의 고통을 잘 알고 있소. 그건 그렇고, 산삼을 꼭 찾아야겠어. 그걸 한 개만 먹으면 석 달 열흘을 굶고 지내도 된다쿠거든."

"설마 그럴라구요."

"두고 봐. 난 꼭 산삼을 찾고 말 테니까."

태영은 그때의 응수를 차근차근 분석해봤다. 배고픈 사람의 화제는 언제나 먹는 것 문제로 돌아간다. 두령의 경우도 예외는 아니었다. 두령은 먹는 것 화제로만 돌아가려는 마음의 경향을 산삼을 찾는 얘기로 돌린 것이 분명했다. 이를테면 하준규는 두령으로서의 인격을 채우기 위해 때론 부자연스러울 정도로 발돋움을 한 것이 되는데, 그것이 태영에겐 눈물겹도록 안타깝고 고맙기까지 했다. 서 말의 쌀이 들어왔어도 준규와 동식, 그리고 태영은 종전대로 풀성귀만 먹었다.

살짝 뒤에 다가서는 그림자가 있었다. 김숙자였다. 달빛을 받아 얼굴이 천사처럼 부드럽고 아름다웠다. 태영은 눈부신 듯 숙자를 한참 동안 지켜보다가 고개를 떨어뜨렸다. 숙자는 태영과 나란히 앉으며 혼잣말처럼 속삭였다.

"왜 우셨죠?"

"울다니, 난 안 울었어. 우는 버릇도 없고……."

고개를 떨어뜨린 채 태영이 말했다.

"눈물 자국을 봤는데요, 뭐."

태영은,

'하준규를 생각하다가 나도 모르게 눈물을 흘렸구나.'
짐작하면서도,

"아냐, 아까 하루살이 같은 게 눈에 들어갔는데, 아마 그 때문일 거야."
하고 버티었다. 그리고 화제를 바꿀 양으로 물었다.

"숙자, 배고프지?"

"고통을 느낄 정도는 아녜요."

"여기 온 걸 후회하지 않나?"

"후회하다뇨? 여자가 남편 곁에 있는데 후회를 해요?"

이 말에 태영은 재작년 겨울 일본 시모노세키 근처의 나가토미호長門三保란 곳에서 하준규의 주례로 결혼한 장면을 상기했다. 결혼식은 했어도 부부로서의 결합은 없었다. 그 때문인지 태영은 숙자와의 결혼을 까마득히 잊고 있었고, 부부란 실감을 전혀 갖고 있지 않았다. 그러나 그런 말을 숙자에게 할 수는 없었다. 그 대신 이렇게 말했다.

"부부라고 해서 후회를 안 하면 이 세상에 이혼이란 게 없게?"

"후회하기는커녕 영광으로 생각하고 있으니 걱정하지 말아요."

숙자의 말투는 언제나처럼 단호했다.

"진말자 씬 후회하지 않더냐?"

"후회가 뭐요? 아마 보광당원 중에서도 열성 당원 가운데 들 텐데."

"그것 참 잘됐다."

태영은 진심으로 말했다.

침묵이 약간 계속되었다.

"전쟁이 어떻게 되어가죠?"

숙자가 물었다.

"참, 오늘 밤 도령들에게 그 보고를 할 예정이었는데……."
하고 태영은 라디오에서 들은 대로 전황을 알렸다.

6월 초에 4백 대의 비행기가 대판을 공습했고, 역시 그 무렵 6백 대가 동경 요코하마를 맹타했다. 그리고 10일을 전후해서 6백 대가 대판을 때리고, 연 1천 대의 비행기가 일주일에 걸쳐 구주를 맹습했다. 지난 23일엔 오키나와의 일본군이 전멸, 미국은 일본 본토 상륙 작전을 가까운 장래에 감행할 작전을 세웠다.

숙자가 말했다.

"일본놈은 참으로 지독해. 그만하면 손을 들지. 내가 올 때만 해도, 대판엔 성한 집 한 채 없었어요. 망망한 초토, 비스듬히 쓰러져가는 굴뚝이 이곳저곳에 남아 있고, 못 다 쓰러진 빌딩이 해골만 남아 있고, 시체 썩는 냄새만 꽉 차 있고, 그런 꼴이었는데……. 계속 저렇게 버티면 일본놈들은 씨도 남지 않을 텐데 말예요."

"숙자는 일본을 대단히 동정하는 모양이구만. 일본놈이 없어지는 게 그처럼 걱정이야? 일본놈의 씨가 마르면 우리가 일본 가서 살지 뭐."

"일본놈들이 씨가 마르도록 싸우면 조선 사람들은 남아날 것 같애요? 징병이다, 징용이다 하여 마구 데리고 가는데요. 일본이 초토가 되면 일본놈들은 이 반도를 발판으로 싸울 것 아뇨? 그렇게 되면 미국이 조선을 폭격하지 않겠어요? 이 조선이 전쟁터가 되지 않고 배겨내겠어요?"

"일본놈들이 그렇게까지 버티진 못하지."

"왜 버티지 못해요? 본토가 초토가 돼도 대륙엔 아직 상처를 입지 않은 2백만의 대군이 건재하다고 선전하던데요."

태영은 숙자의 말대로 일본이 끝까지 견딜지 모른다는 짐작을 안 해 볼 수 없었다.

"그렇게 되면 보광당은 어떻게 하죠?"

숙자의 물음은 바로 태영 자신이 제기하고 있는 문제였다. 태영은 하준규의 의견을 그냥 말했다.

"미군이 상륙하면 우리는 미군과 합류할 끼다. 미군과 호응해서 일본군과 싸울 끼다."

"일본군에 우리 동포가 많이 섞여 있는데두요?"

"할 수 없지. 일본군에 붙은 놈들은 일본군으로 취급할 수밖에 없지 않나."

"그건 그렇지만……."

숙자는 걱정스러운 표정을 지었다.

"걱정 마. 미군이 상륙하면, 진짜로 썩은 놈이 아니면 모두 우리 편에 설 테니까."

태영의 말을 듣고도 숙자는 석연치 않은 모양이었다.

"지금 징용이다, 징병이다 하여, 끌려 나가는 사람은 가고 싶어서 가나 뭐."

한동안 침묵이 흘렀다.

태영은 괘관산 깊숙한 데서 5월 15일 밤의 만월 아래 숙자와 더불어 바위 위에 앉아 있는 것이 꿈을 꾸고 있는 것만 같았다.

"여하간 우리의 앞날이 순탄하진 않을 거야. 그러나 참고 견디며 이겨나가는 데 보람이 있지 않겠어?"

"나는 순탄하길 바라진 않아요. 태영 씨와 같이 있기만 하면……."

숙자의 이 말을 듣고 태영은 퍽이나 센티멘털한 기분이 되었다. 그것은 숙자의 사랑에 취했기 때문이 아니고, 숙자의 자기에 대한 감정과 자기의 숙자에 대한 감정에 괴리를 느끼고, 그 괴리로 해서 숙자에게 미안하다는 심정을 가졌기 때문이었다.

태영은 숙자에게보다 하준규에게 보다 강하게 결부되어 있는 스스로를 확인한 적이 있었다. 숙자와 이규를 인솔하고 괘관산으로 들어오다가 산 중턱에서 하준규를 만났을 때의 형언할 수 없는 감정이, 1년 반 이상이나 헤어져 있던 숙자와 재회했을 적의 감정보다 농도와 밀도가 훨씬 짙다는 사실을 안 것이다. 동지애가 때론 연애 감정보다 훨씬 강할 수 있다는 증거이기도 했다. 지금 만일 하준규와 김숙자 어느 한 편만을 택해야 한다는 기로에 서면 태영은 서슴없이 하준규를 택할 것이다. 태영은, 이러한 감정을 숨기고 있는 것은 숙자에 대한 배신이라고 생각했다. 그는 죄지은 사람의 심정으로 이런 고백을 안 할 수가 없었다. 그런데 의외로 숙자는 태연했다.

"그럴 경우는 없을 거니 신경 쓰지 말아요. 나는 하준규 씨를 택한 당신을 택할 것이니까요."

태영은 와락 숙자의 손을 잡았다. 그리고 한동안 할 말을 잃고 숙자의 손을 어루만졌다.

숙자와 헤어진 박태영은 권창혁과 이규가 머물고 있는 산막을 찾았다.

보광당에선 권창혁과 이규를 특별 고문으로 모시고 있었다.

지게문을 열고 들어서니, 권창혁과 이규는 칸델라 불빛 아래서 책을 읽고 있었다.

"박 참모, 오래간만이로구나."

권창혁은 고개를 들어 이렇게 말하고, 이규는 웃는 얼굴로 태영을 쳐다봤다. 식량 문제가 난처해진 이래로 박태영이 작업반과 같이 분주히 돌아다녔기 때문에 차분히 앉아 얘기를 나눌 기회가 없었던 것이다.

"무슨 책 보노?"

태영이 이규가 읽고 있는 책을 들었다.

"『다스 카피탈』(자본론)이로구나."

"당분간 그것만 읽기로 했지."

"독일어가 상당히 늘었구나."

"이규는 독일어가 대단히 늘었어."

권창혁이 거들었다.

이규는 패관산으로 오기까지 독일어를 몰랐다. 마침 박태영이 읽고 있던 『자본론』이 독일어 원서여서, 그걸 읽기 위해 권창혁의 지도로 독일어 학습을 시작했다. 창혁은, 독일어를 배우고 나서 『자본론』을 읽게 할 것이 아니라, 『자본론』을 텍스트로 해서 독일어를 가르치는 방법을 택했다.

"세상에 『자본론』을 교과서로 하여 독일어를 배우는 놈은 이규 군 하나뿐일 끼다."

하고 박태영이 말했더니 권창혁은, 일본의 무정부주의자 오스기 사카에大杉榮란 자가 징역살이를 할 때 대뜸 독일어 사전 한권과 『자본론』으로 독일어 학습을 시작해서 독일어와 『자본론』으로 독일어 학습을 시작해서 독일어와 『자본론』을 한꺼번에 마스터했다는 얘기를 했다.

"그 사람 대단하네요."

"이규 군이 그 사람보다 못할라구."

이렇게 해서 시작한 학습이었는데, 이규는 두 달 남짓한 동안 독일어를 익혀 사전과 창혁의 도움을 받으면서 매일 20페이지 진도로 『자본론』을 읽어가고 있었다.

"재미있어?"

책을 내려놓으며 태영이 물었다.

"권 선생님의 설명이 재미있어."

이규의 대답이었다.

태영은 창혁에게로 시선을 돌리고,

"두령이 함양경찰서로 처들어갈 모양인데 어떻게 할까요?"

하고 자세를 고쳐 앉았다.

"함양경찰서는 왜?"

창혁의 표정에 놀란 빛이 돋았다.

"붙들린 도령들이 아직까지 송평 주재소에 있진 않을 거거든요. 본서로 끌고 갔을 겁니다. 그러니 두령도……."

"그 병력 갖고 본서 습격은 어려울 텐데……."

"그러니까 걱정입니다."

"두령이 일단 작정을 했으면 누가 말한다고 해서 듣지 않을 거구."

창혁이 생각하는 눈빛이 되었다. 창혁이 자연스럽게 '두령'이란 말을 쓴 사실이 태영에겐 새롭게 느껴졌다.

"두령이 무모한 짓을 할 까닭은 없잖을까?"

이규의 말이었다.

"그건 그렇지만……."

하고 망설이다가 태영이 말했다.

"두령은 결사적인 각오를 한 것 같애. 내게 이상한 말을 남겼거든."

"무슨 말인데?"

"어떤 일이 있더라도 당황하지 말고 보광당을 잘 이끌어나가라고 했어."

 공기가 침통한 빛깔로 변하는 것 같았다. 주위는 그저 조용하기만 했다. 권창혁과 이규의 걱정하는 심정이 중압감을 띠고 태영에게 전달되어 왔다. 태영은 이래선 안 되겠다고 생각했다.

 "그러나 걱정하지 맙시다. 천재적인 전술가인 두령이 패배할 전투는 안 할 거니까요. 게다가 홍 도령이란 신중파가 있으니까 괜찮을 겁니다."

 "붙들린 사람이 누구누구라고 했지?"

 창혁의 물음에 태영은

 "거림골 청년들인데, 정신 무장이 덜 돼 있는 사람들이 아닌가 합니다."

하고 이어 물었다.

 "경찰에 붙들린 그들은 앞으로 어떻게 되겠습니까?"

 "단순한 징용 기피자 같으면 유치장 신세를 얼만가 지다가 강제 징용을 당하는 정도로 끝나겠지만, 지난번 전투도 있고 해서 괘관산 도령들은 폭동죄 또는 소요죄로 몰릴걸. 지난번 대구 경산 사건 관련자들은 모두 사형 선고를 받았지."

 "사형?"

 태영은 새삼스럽게 놀랐다. 동지가 사형당하는 것을 보고만 있을 순 없다. 동시에 두령의 각오는 변경할 수 없을 것이란 짐작도 들었다.

 "그러나 사형 선고를 받고 상고하고 어쩌고 해서 확정 판결이 내려지자면 줄잡아 반년은 걸릴 것이니, 그동안 일본이 망하지 않겠는가. 심한 고문을 받을 것이 틀림없으니 그게 걱정이지, 앞으로의 일까지 걱정할 필요는 없을 거다."

 권창혁은 이렇게 말했지만, 일본이 입버릇대로 일억 총옥쇄를 각오하면 막연한 희망적 관측만으로 안심할 순 없었다.

태영은 두령이 함양경찰서를 습격할 것으로 보고 이에 대한 대책을 세워야겠다고 생각하여, 거림골 책임자이며 부두령인 차범수를 이 밤 안으로 찾아봐야겠다면서 창혁과 이규가 있는 산막에서 나왔다.

차범수는 이현상의 산막에 있었다. 이현상은 총독부 경찰의 가혹한 고문에도 절개를 굽히지 않았다는 사람이었다. 공산주의 이론가로서도 일류에 속한다고 들었다. 박태영은 공개 석상 이외의 자리에선 동석한 일이 없었기 때문에 조금 얼떨떨한 기분이 되었다.

이현상이

"어어, 박태영 동지."

하며 먼저 반겼다.

"박 참모, 웬일이오?"

차범수가 앉을 자리를 마련했다.

"박군허구 조용히 얘기할 시간을 갖고 싶었는데 그게 그렇게 뜻대로 되지 않더군."

이현상의 말투는 띄엄띄엄 정중했다.

"앞으로 시간을 내셔서 지도해주시기 바랍니다."

태영이 공손하게 말했다.

"그런데 박 참모, 무슨 급한 일이라도 있습니까?"

하고 차범수가 물었다.

"아무래도 두령이 함양경찰서를 습격할 것 같습니다."

박태영의 이 말에 차범수는 놀란 표정이 되었다.

"함양경찰서를 습격한다고? 두령이 그렇게 말합디까?"

"두령께선 그저 세 동지를 구출하러 간다는 말만 했습니다. 그런데 붙들린 동지들이 아직껏 송평 주재소에 있을 까닭이 없거든요. 아마 본서로 옮겨졌을 겁니다. 두령은 그런 사태까지 예상하고 출동한 것 같습니다."

"그렇다면 큰일이오. 난 송평 주재소만 상대한다고 생각하여 대수롭지 않게 마음먹고 있었는데……. 어떻게든 말릴 방법을 강구해야겠소."

"꼭 말려야겠지요?"

태영이 차범수를 정시하며 물었다.

"말려야죠. 지금 경찰은 괘관산에 있는 우리들 때문에 잔뜩 경계하고 있는 모양이고, 붙들린 동지들을 미끼로 우리들을 끌어들일 계교를 부리고 있을지도 모르니……."

"그럼 어떻게 하면 좋겠습니까?"

"지금 송평에 도착했을까 말까 한 시간 아니겠소. 송평 주재소를 습격해서 그 결과를 알 때까진 시간의 여유가 있을 테니까, 지금이라도 나와 박 동지가 내려가서 함양으로 못 가게 만류합시다."

이렇게 말하고 일어서려는데, 이현상이 차범수를 도로 앉으라고 했다.

"둘이만 갈 게 아니라, 40~50명을 더 무장시켜 데리고 가도록 해요. 그래 가지구 하 두령을 만류할 게 아니라 합세해서 함양경찰서를 습격해서 붙들린 동지들은 탈환해 오시오."

"그건 너무나 무모한 짓일 텐데요."

차범수가 신중하게 말했다.

"30명은 완전 무장이 되어 있으니 후속 부대는 곤봉이나 죽창, 그리고 화염병을 들고 엄호하면 기습이 성공될 거요. 하 두령이 그럴 각오를 했다면 미리 확인하지도 않고 송평 주재소를 습격하진 않을 테니,

송평 근처에서 만나 작전을 짤 수 있을 거요. 그러니까 지금 당장 서둘지 말고 내일 새벽쯤에 합류하도록 준비하면 될 거야."

이현상의 말엔 상대방의 반박을 허용하지 않는 위엄이 있었다. 그러나 차범수는, 이런 중대한 일을 호락호락 결정할 수는 없다는 심정으로

"결과가 문제 아니겠습니까."

하고 망설였다.

"결과는 이편에서 만들어야 하는 법이오. 지레 겁을 먹고 이 산속에서 산나물이나 캐 먹구 신선 놀음이나 하잔 말인가? 하 두령이 그런 결단을 내렸다면 썩 잘 된 일이오. 식량을 조달하러 나간 동지들을 왜놈 경찰에게 빼앗기고 무위 무책으로 앉아 있다면 그건 두령으로서의 도리가 아냐. 그리고 이 조직은 와해되는 거요. 그런 결속력 갖고 무엇을 하겠다는 거요? 그러니 하 두령의 용단을 방해할 것이 아니라 도와야 해."

"송평 주재소 같으면 몰라도, 경찰서 습격은 아무리 생각해도 무모합니다."

차범수도 지지 않고 말했다.

"허, 이 사람."

이현상은 소리를 높였다.

"두령이 정한 일이면 따라야 할 게 아닌가. 무모한지 무모하지 않은지는 해봐야 알 게 아닌가. 지레 겁을 먹고 움츠리기만 한다면 무슨 보광당이란 말인가."

"단계라는 게 있지 않겠습니까. 지금 단계의 우리 실력 갖고는 아주 무모한 노릇입니다."

"차군, 생각해보게나. 이대로 가만 앉아 있으면 어떻게 실력이 가꾸어지겠나. 경찰서라도 습격해야 놈들의 무기를 뺏어서 이편의 전력을

높일 수 있지 않겠는가. 중국공산당은 장개석군의 무기와 일본군의 무기로 자라 오늘의 큰 세력이 되었다. 150명의 장정이 결속해서 경찰서 하나 점령하지 못한다면 만사는 그것으로 끝이다."

차범수는 복잡한 심정인 것 같았다. 박태영을 돌아보고 눈으로 물었다. 태영은 잠자코 있기로 했다.

이현상의 말이 이어졌다.

"이 기회에 명실공히 항일 단체, 아니 항일 투쟁 단체로 발전시켜야 해. 일본이 망할 날도 얼마 남지 않았어. 이때를 놓치면 항일 투쟁할 기회를 영원히 잃고 만다. 행동해야 한다. 그 첫걸음으로 함양경찰서를 때려부숴!"

이현상은 갑자기 무슨 영감에 사로잡힌 사람처럼 눈에 광채를 띠었다.

"그렇게 해서 적의 대대적인 반격이 있을 경우엔 어떻게 합니까?"

차범수가 뚜벅 말했다.

"이 괘관산과 지리산, 장안산, 덕유산 전역을 무대로 하고 싸워야지. 골짝골짝의 지리에 통해 있것다, 사기 왕성하것다, 주민들의 협력을 강요할 수 있것다, 방법은 다음다음으로 생겨난단 말여. 행동의 시작이 문제지, 일단 행동을 일으켜놓기만 하면 길은 터져. 일본놈들이 반격한다고 해도 그 규모는 대강 짐작할 수 있어. 결코 대대적인 반격은 못 한다. 태평양과 대륙에서 거의 전멸하고 본토는 본토대로 공습을 받아 빈사 상태에 있는데 어떻게 대규모의 반격을 할 수 있단 말인가. 우리는 사태를 앞질러 파악해야 한다. 사태를 앞질러 파악하느냐, 사태에 휘말려 끌려가느냐가 영광과 굴욕의 갈림길이여."

사태를 앞질러 파악해야 한다는 이현상의 말이 박태영의 가슴에 새겨졌다.

"함양경찰서를 점령함과 동시에 우리는 이 지리산 주변에 해방구를 만들자. 그리고 우리의 공화국을 세우자. 이를테면 여기다 조선의 연안延安을 만들자는 거여. 일본놈들의 전투력을 이곳에까지 분산시키는 것도 연합군의 승리를 위해 큰 도움이 된다. 그런 업적을 쌓기만 하면 전쟁이 끝난 후, 우리들은 떳떳하게 우리의 발언권을 주장할 수 있을 거란 말이다."

지리산 주변에 공화국을 만든다는 아이디어는 박태영의 상상력을 자극했다.

"차 선배님, 이 선생님 말씀대로 이 지리산에 공화국을 만듭시다!"

태영은 소년처럼 순진하고 들뜬 기분이 되어 자기도 모르게 이런 말을 외쳤다.

"바로 그거야!"

이현상이 가슴속 깊이 간직한 소원을 일시에 폭발시키는 기분으로

"지금부터 이 지리산 지구에 공화국을 만드는 작업을 시작하자."

하면서 박태영의 어깨를 두드렸다.

차범수가 입 언저리에 묘한 웃음을 띠고 말했다.

"그렇더라도 보광당 전원의 의사를 모아 결정할 일이지, 우리의 기분만 갖고 되겠습니까. 우선 하 두령의 의견부터 물어봐야죠."

그리고 두령의 의사가 함양경찰서를 습격하는 방향으로 굳어져 있다면 즉각 협력할 준비를 해가지고 내일 새벽 두령의 부대와 합류하겠다면서 밤 안으로 거림골, 반천골 청년들로 후속 부대를 편성하겠다고 했다.

차범수와 박태영은 이현상의 산막에서 나왔다.

약간 서쪽으로 기울어지긴 했으나 달은 아직 중천에 있었다. 박태영

의 산막으로 가자면 조그마한 동산을 넘어야 했는데, 차범수는 거기까지 따라왔다.

"이 선생이 그처럼 흥분하는 건 오늘 처음 봤는데."

차범수가 중얼거렸다.

"그러나 저는, 공화국을 만든다는 아이디어엔 감동했습니다."

박태영은 진심을 말했다.

"공화국이라!"

차범수는 이렇게 중얼거리고 걸음을 멈추더니 박태영에게 다음과 같이 일렀다.

"칠선골 도령들은 한 사람도 움직이지 마시오. 후속 부대 편성은 거림골과 반천골의 도령들만으로 하겠소. 경찰서를 습격한 뒤 어떤 사태가 벌어질지 몰라 괘관산을 텅 비워놓을 수 없으니 얼만가를 남겨야 하는데, 그렇다면 칠선골 도령들이 남아야 하오. 최악의 경우가 되더라도 정예가 남아야 앞으로 재건할 수 있을 것 아뇨. 그러나 박 참모는 내일 새벽에 같이 내려가서 회의에 참석하여 두령의 지시를 받고 돌아오도록 하시오."

차범수의 말투와 내용이 심각했다. 태영은 명령대로 하겠노라고 말하고 차범수와 헤어졌다.

'공화국을 만든다!'

빛나는 꿈이었다.

'공화국을 만들어 우리는 그 최초의 국민이 되고 최초의 주인이 된다. 살아선 그 영광을 위해 노력하고, 죽을 땐 그 이름 아래에서 죽는다.'

그 이름 아래에서 죽을 수만 있다면 아무런 두려움도 없겠다는 생각이 들기도 했다. 태영의 공상에 날개가 돋쳤다.

'그렇다면 그 공화국의 이름은 뭣이라고 해야 하나? 조선이란 이름은 좋지 않다. 조선은 치욕의 대명사 같다. 지리 공화국? 너무나 작다. 신라 공화국? 고색이 창연하다. 배달 공화국? 실감이 안 난다. 고려 공화국? 지나친 복고 취미다. 대한 공화국? 대자가 마음에 안 든다. …… 그건 그렇고, 두령은 꼭 함양경찰서를 습격하려고 할까?'

박태영은 다시 권창혁과 이규가 묵고 있는 산막을 찾았다. 불이 꺼져 있었다. 그러나 서슴없이 그들을 깨우기로 했다.

칸델라의 불이 다시 켜졌다.

"무슨 일이 생겼나?"

하고 권창혁이 눈을 비비고 일어나 앉았다. 이규도 일어나 앉아 큰 하품을 하고 태영의 표정을 살폈다.

태영이 차범수와 함께 이현상을 만났다는 얘기와 그곳에서 오간 얘기들을 전했다.

"이현상 씨다운 발상이구먼."

권창혁이 이렇게 말하고 골똘히 생각하는 표정이 되었다.

"그러나저러나 공화국을 만들자는 아이디어는 좋지 않습니까?"

박태영의 이 말엔 들은 척을 않고,

"가능하다면 함양경찰서 습격은 안 하는 게 좋지 않을까?"

하고 권창혁은 중얼거렸다. 그리고 이어 이런 얘길 했다.

"붙들린 세 동지를 구출하는 게 목적이라면 경찰서를 습격할 것이 아니라 보다 간단한 방법을 택하는 게 좋을 것 같애. 경찰에서 최종적인 결정은 못 하거든. 함양이 거창 검사국 관내이든 진주 검사국 관내이든, 하여튼 검사국으로 송치할 게거든. 그 정보를 서둘러 입수해서 동지들을 호송하는 자동차를 습격하는 거야. 한 사람의 살상도 없이 무사히 구출할 수 있는 방법은 그것뿐이라고 생각하는데……. 한 대의 자동차를 상대한다면 적당한 지점과 시각 등, 이편에서 유리한 대로 방법을 생각해낼 수 있을 게거든."

박태영은 권창혁의 의견이 가장 실현성이 있다고 느꼈다.

"내일 회의에 그런 뜻을 전해보겠습니다. 두령이 들을지 안 들을지 모르겠습니다만, 내 의견으로선 타당하다고 생각합니다."

이렇게 말해놓고 태영은

"그런데 이현상 선생이 말하는 공화국은 어떻습니까?"

하고 물었다.

"박군은 꽤나 로맨티스트구먼. 꿈과 현실을 혼동하는 것 아냐? 작든 크든 나라를 만들려면 그 지역에서 사는 주민들을 강압할 실력을 가지고 있든지 주민들의 동의를 받을 객관적 조건이 성숙되어 있어야 하는데, 강압력이 있어? 조건이 성숙돼 있어? 경찰서 하나를 일시 점령했다고 해서 함양 군민의 동의만이라도 얻을 수 있겠나? 보광당 150명의 힘으로 내부의 치안을 확보하고 외부 세력의 침투를 막을 수 있겠나? 물론 장난으로 하는 소릴 테지만, 그런 말은 입 밖에 내지 않는 게 좋을 것 같은데……."

"이현상 선생이 하시는 말은 결코 장난으로 하는 게 아니던데요."

"장난으로 한 말이 아니라면 공산주의자들이 두고 쓰는 문자가 있지. 그런 걸 극좌 모험주의라고 하는 거야. 아마 레닌의 말이 아닌가 하는데, ……매명 의식 또는 영웅주의적 의식으로 결과에 자신이 없는데도 사태 판단을 어긋나게 해갖고 모험을 하는 행위를 그렇게 말하는데, 공산주의자들이 흔히 범하는 과오가 바로 그거지."

권창혁은 웃으면서 다음과 같이 얘기했다.

"투르게네프의 소설에 『처녀지』란 게 있지, 왜. 그 작중인물 가운데 마르케로프란 자가 있어. 혁명 광신자인데, 자기 딴엔 당시 러시아의 농촌엔 혁명의 조건이 완전히 성숙되어 있다고 판단한 거야. 이를테면 차르의 전제 권력이 백성들을 괴롭히고 있다, 귀족 또는 지주들이 농민을 철두철미 착취하고 있다, 어느 곳을 둘러보아도 농민의 불평불만이 절정에 도달해 있다, 말하자면 사태는 기름을 뿌려놓고 기다리는 마른 풀더미와 같다, 누구든 성냥을 그어대기만 하면 일시에 타오를 정도로 혁명 조건이 갖추어져 있다고 마르케로프는 생각했거든. 그래서 어느 마을에 들어가 혁명 의식을 높이기 위해 성냥을 그어대려고 한 거야. 그랬더니 농민들은 자기들을 위해서 일하려고 서둔 마르케로프를 꽁꽁 묶어 차르의 경찰에 넘겨버렸지. 농민들은 자기들에게 해방을 마련해주려는 사람을 자기들의 적에게 넘겨주어 버린 셈인데, 이런 현상은 제정 러시아에만 있는 게 아냐. 바로 우리나라에도 있어. 독립운동자나 공산주의자가 어떻게 체포되는지 아나? 일본놈이 잡는 것이 아니고, 바로 우리 동포가 잡아준단 말야. 우리에게 독립을 주려고 노력하는 사람을 우리를 노예로 만든 일본놈에게 잡아 바친단 얘기야. 그렇게 해서 독립운동자들은 근절되다시피 지표상에서 꺼져버린 거다. 공화국을 만든다는 말이 나왔으니 생각이 난 건데, 만일 박 참모나 이현상 씨가 공화국을 만들려고 나섰다고 하자. 그래 주민들을 설득하려고 어느 마을에 들어갔다고 하자. 마르케로프 같은 꼴이 되지 않을까?"

"그렇다면 우리 힘으론 영원히 나라를 만들지 못 한다는 얘기가 되는 것 아닙니까?"

태영은, 한창 타오르려는 불꽃이 물을 맞은 기분이 되어 이렇게 말했다.

"그런 뜻이 아니지. 때가 있고 조건이 있어야 한다는 얘길 뿐이다."

"정세를 앞질러 파악하는 것이 중요하지 않겠습니까. 그러자면 곳곳에 독립된 나라의 원형 또는 씨앗을 뿌리는 노력이 필요하지 않을까요. 무턱대고 기다리는 것보다 그런 노력이 현명하지 않을까요?"

박태영의 물음이 결코 농담이 아니라고 느끼자, 권창혁은 긴장된 태도가 되었다.

"내가 만일 이현상 씨의 인격을 믿지 않는다면 그를 바로 사기꾼이라고 했을 거다. 그의 인격을 믿으니까 나름대로 꿈을 그려본 것이라고 생각하지만, ……도무지 꿈일 수밖에 없다는 게 확실하다면 아예 그런 꿈은 꾸지 말아야 해. 장난감 같은 공화국을 만들어 뭣할 거야. 물거품처럼 꺼져 없어질 것을 만들어 뭣에다 써먹을 거야. 사태를 앞질러 파악한다는 건 그런 엉뚱한 공상을 한다는 것과는 달라. 줄잡아 2천만의 인구를 가진 강토를 두고 우리 보광당의 의미가 뭣인가를 먼저 검토해봐야 할 게 아닌가. 물론 이현상 씨의 경우는 결국 공상이긴 하지만 어떤 명분만은 가지고 있어. 공산당의 원칙대로 작은 공화국을 만들어 공산당의 확대에 따라 확대해나가서 드디어는 그 속에 해소시켜버리면 될 테니까. 꿈으로서의 가능성만은 있지. 그렇지만 그건 공산당을 만드는 일이지, 나라를 만드는 일은 아냐. 인민에게 물어보지도 않고 세력으로 눌러버리려는 속셈의 노출이기도 하구……. 그런데 이런 얘긴 나중에 하기로 하고, 밤이 깊었으니 자기로 하자."

"전 새벽에 차범수 부두령과 함께 송평에 다녀오겠습니다."

하고 박태영은 자기의 산막으로 돌아왔다. 잠을 청했으나 잠이 오지 않았다. 공화국에 대한 꿈이 화려하게 펼쳐지기만 했다. 권창혁의 말이 일일이 옳은 상식이긴 했으나, 태영은 그 상식보다 이현상의 비상식적인 사고방식에 매력을 느꼈다.

달이 지고 산들이 회명의 하늘을 검게 금 짓고 있었다. 50명의 장정들이 장총, 곤봉, 죽창 등으로 무장하고 아직 어둠기가 사라지지 않은 숲 속으로 이동하기 시작했다.
차범수와 나란히 이현상이 걷고 있었다. 박태영이 의아해서 물었다.
"선생님이 웬일이십니까?"
"역사의 현장에 가보고 싶어서……."
묵중한 대답이었다. 그러나 현상의 표정은 읽을 수 없었다.
힐끗 돌아보니 권창혁의 모습도 네댓 걸음 뒤에 보였다. 태영은 발을 멈추고 권창혁을 기다렸다.
"권 선생님도 가시렵니까?"
"응, 가봐야겠어."
태영은 모두들 이번의 행동을 중요하게 생각하고 있다고 짐작했다.
'가' 지점에 도착할 무렵 동이 트기 시작했다. 그 지점의 연락 책임을 지고 지키고 있던 몇몇 동지로부터 하준규의 부대가 송평을 십 리쯤 앞둔 우무실 골짝에 집결해 있다는 보고를 받았다.
우무실에 도착했을 때는 아침 태양이 동쪽 산봉우리를 빨갛게 물들이고 있었다.
대부대를 거느리고 오는 차범수를 보자, 하준규는 놀란 빛으로 일어나 다가왔다.
"어찌 된 일이오?"
하준규의 어조엔 불만의 빛이 있었다.

차범수는 어젯밤 이현상, 태영과 나눈 이야기를 간추려 말하고, 후속 부대가 필요하리라는 재량을 했다고 덧붙였다.

"우리는 지금 송평에 척후를 내놓고 정보 수집을 하고 있소. 그 보고에 따라 행동을 결정하고 동시에 산으로 연락할 작정을 하고 있었는데……."

하고 하준규는 몹시 못마땅한 표정을 지었다.

"사태가 중대하니 의논을 해야 할 게 아닌가."

이현상이 그 사이를 비집고 들며 말했다.

차범수는 후속 부대에게 적당한 장소를 골라 앉아 있으란 지시를 하고 하 두령에게로 돌아왔다.

장소를 바위 틈으로 잡아 간부들이 모여들었다. 하 두령, 차 부두령, 노동식, 박태영, 김은하, 그리고 이현상, 권창혁이 참석했다.

"무슨 의논입니까?"

하 두령이 이현상과 차범수를 번갈아보며 말했다.

"하 두령이 함양경찰서를 습격할 작정이라면 좀더 구체적인 의논이 있어야겠다고 생각한 거요."

차범수가 덤덤히 말했다.

"그럴 작정을 어떻게 알았소?"

하준규는 노기가 좀처럼 풀리지 않는 것 같았다. 박태영이 입을 열었다.

"어젯밤 두령이 내게 남긴 말이 하두 이상하고, 뿐만 아니라 붙들린 동지들이 아직껏 송평에 있을 까닭이 없다고 생각해서 제가 차 부두령을 찾아 의논을 드린 겁니다. 혹시 두령께서 동지들이 송평에 없을 경우엔 함양읍에까지 나갈 작정이 아닌가 해서요."

"송평에서 사정을 알아보고 함양읍으로 갈 결정을 하면 곧 알릴 작정이었는데 미리 법석을 떨 이유가 어딨단 말요."

두령은 태영에게 차가운 시선을 보내며 말했다.

"그러나……."

하고 차범수가 나서려고 하자, 두령은 그를 막았다.

"송평에서 사람들이 돌아온 뒤 의논하도록 합시다. 그때까지 좀 쉬도록 합시다."

아무도 대꾸하는 사람이 없었다.

조금 있으니 척후병이 돌아왔다는 보고가 있고, 척후로 나갔던 차 도령과 박 도령이 헐떡거리며 바위 틈에 모습을 나타냈다.

"동지들은 송평에 없습니다."

박 도령이 말했다.

"사흘 전에 본서로 끌려갔답니다."

차 도령의 말이었다.

"확실한가?"

두령이 물었다.

"확실합니다. 구장 집 머슴한데서 알아낸 사실입니다."

차 도령이 대답했다.

"본서라면 함양경찰서겠지?"

두령이 말했다.

"그런디 그기 확실하지 않습니다."

박 도령의 말이었다.

"붙들린 세 도령은 모두 산청군 사람이거든요. 산청경찰서로 직접 넘겼는지 모른다는 얘기드만요."

두령의 얼굴빛이 변했다. 고함이라도 지를 듯한 험악한 감정을 가까스로 참는지 중얼거리는 소리가 낮았다.

"그걸 확실히 알아야 하는데……."

일순 침울한 공기가 돌았다.

"산청으로 갔는지 함양으로 갔는지 알아볼 방법을 강구하기로 하고 일단 본부로 돌아갑시다."

노동식이 조용히 말했다.

"그럴 수밖에 없겠지. 그런데 이 법석이 뭐요."

두령은 골짝 이쪽 저쪽 숲에 웅크리고 있는 도령들을 훑어보며 음울하게 말했다. 태영에겐 그 마음의 움직임이 보이는 듯했다. 80명이 넘는 인원을 동원하고도 빈손으로 돌아가야 하는 두령으로서의 쓸쓸한 감정이 가슴에 전달되어왔다.

이현상이 일어서더니,

"하 두령, 날 좀 봅시다."

하고 도령들을 피해 숲 속으로 들어갔다. 두령은 묵묵히 그 뒤를 따랐다.

권창혁은 무슨 말을 할 것같이 몸을 움직이다가 도로 앉았다.

30분쯤 지나서 두령이 혼자 돌아왔다.

"이왕 이렇게 움직인 바에야 함양경찰서를 습격하든지 산청경찰서를 습격하든지 해서 붙들린 동지들을 구출해야겠는데, 모두 의견을 말해보시오."

두령은 아까의 자리에 도로 앉으면서 이렇게 말하고 모두를 돌아보았다.

"함양경찰서라면 몰라도, 산청경찰서는 어림도 없소. 여기서 산청까진 백 리 길이 훨씬 넘는데, 어디…….”

노동식이 말했다.

"나도 노 동지의 의견과 같소."

차범수가 말했다.

"전 도령은?"

두령이 박태영에게 물었다. 아까까지의 싸늘한 눈빛은 없어지고, 말과 눈빛이 누그러져 있었다.

"나는 두령이 정하는 대로 따르겠습니다."

태영이 이렇게 말하자, 노동식이 피식 웃고 말했다.

"누구는 두령의 의사에 따르지 않겠다고 말했나? 전 도령의 의견을 말해보라는 것 아뇨?"

"나는 큰 실수를 저지른 것 같아 스스로 발언권을 철회할 작정입니다."

태영이 불쑥 말했다.

"큰 실수라니?"

두령이 물었다.

"후속 부대를 동원하게 한 사람이 나거든요."

"그건 내 책임이지, 어찌 박 참모의 책임이오?"

차범수가 말했다.

"그까짓 지나간 일 갖고 왈가왈부할 필요는 없소. 앞으로의 일이나 결정합시다."

하고 두령은 고쳐 물었다.

"함양경찰서를 습격하는 건 동의하지만, 산청경찰서를 습격하는 건 찬성하지 않는단 말이었지요?"

모두들 잠자코 있었다.

"그렇다면 문제는 간단해요. 다시 한 번 척후를 송평으로 보내서 확인한 후, 붙들린 동지들이 함양으로 갔다면 계획을 세워 함양서를 습격하기로 하고, 산청으로 갔다면 방법을 달리 강구하기로 합시다."

두령이 이렇게 말하자

"내가 끼어들 판국은 아닌 것 같지만……."

하고 권창혁이 의견을 내놓았다.

"나는 함양경찰서 습격까지도 포기하는 게 좋으리라고 생각하오. 동지들 구출을 위해선 달리 효과적인 방법을 모색해보는 게 현명할 거요. 그 세 사람 때문에 전체의 조직을 위태롭게 한다는 건 생각해볼 문제라고 보오."

"거 안 됩니다."

언제 왔는지 이현상이 저쪽 바위 틈에서 얼굴을 내밀고 말했다.

"권 선생은 전체의 조직을 위해선 동지 세 사람쯤은 희생되어도 좋다는 의견인 것 같은데, 사실은 그 세 사람을 구출하느냐 못 하느냐에 조직 전체의 생명이 걸려 있소. 만일 그 세 사람을 구출하지 못한다면 보광당은 그 덩치를 살리기 위해 정신을 죽이는 게 되오. 정신이 죽은 덩치는 썩게 마련이오. 나는 보광당이 보람과 더불어 살자면 산청경찰서라도 습격해야 한다고 생각하오."

긴장된 공기가 흘렀다. 멀리서 뻐꾹새 우는 소리가 들려왔다. 권창혁이 이현상 쪽을 향해 고쳐 앉아 입을 열었다.

"나는 세 동지를 전체 조직을 위해서 희생하자는 말을 하진 않았소. 구출을 위해서 달리 효과적인 방법을 강구해보자고 했소. 단, 세 사람을 위해 전체의 조직을 위태롭게 하는 수단과 방법은 쓰지 말자고 했을 뿐이오. 그래서 경찰서 습격을 포기하는 게 좋다고 한 겁니다."

"경찰서를 습격하지 않고 동지들을 구출할 효과적 방법이 어딨단 말요. 막연한 구실을 내세워 긴급한 문제를 회피한다는 건 적어도 명분을 소중하게 아는 단체로선 취할 바 못 되오. 용기가 필요하다는 건 이런 경우를 두고 하는 말이오."

"막연한 구실로 긴급한 문제를 회피하려는 게 아닙니다. 경찰서를 습격하지 않고 동지들을 구출하는 방법 가운덴 이런 것도 있소. 정확한 정보망을 펴놓고 그들이 검사국으로 송치되는 날짜와 시간을 미리 알아두었다가 그들이 탄 자동차를 적당한 장소에서 습격하는 거죠. 경찰서를 습격하는 것보다 자동차를 습격하는 게 수월하지 않을까요? 길 한복판에 바윗돌을 굴려놓아 자동차를 멈추게 한 후 무기로 위협하면 피차간에 한 사람도 부상자를 내지 않고 구출할 수 있을 거요. 그러나 경찰서를 습격하면 반드시 전투 상태가 발생할 거라고 예상해야 되지 않겠소? 세 사람의 동지는 구출할지 모르지만, 세 사람 이상의 다른 희생자가 날지 모른다는 추측쯤은 해야 할 것 아닙니까? 세 사람의 동지를 구출하지 못하면 보광당은 썩은 단체가 되고 말 것이라고 했는데, 만일 그들을 구출하기 위해 세 사람 이상, 아니 단 한 사람이라도 동지가 죽는다면 어떻게 할 겁니까? 경찰서 습격을 감행하는 이상 그런 희생쯤은 예측해야 할 게 아닙니까?"

"구출돼야 할 동지를 방치한다는 것과 구출을 위해 몇몇 동지가 희생된다는 것은 성질이 다르지. 전자는 조직을 와해시키는 독소를 만드는 작용으로 번질 게고, 후자는 그 조직을 발전시키는 효모가 될 것이란 말요."

"그렇다면 이 선생의 말씀은 붙들린 세 동지를 구출하는 데 목적이 있는 것이 아니라 조직을 살리기 위해서 그 세 사람을 기어이 구출해야 한다는 말씀이 되는데, 그 말씀은 또 조직을 위해선 몇 사람을 희생시켜도 할 수 없다는 뜻으로도 되지 않습니까."

"문제를 그렇게 묘하게 조작하지 마시오. 나는 아까 일반론으로는 그렇게 된다고 말했을 뿐이오. 지금의 문제는 세 동지를 구출하기 위한 수단과 방법의 문제요."

"바로 그겁니다. 그러니까 나는 가장 안전한 방법을 강구하자는 겁니다."

"경찰서를 습격하는 건 안전한 방법이 아니고 자동차를 습격하는 건 안전한 방법이란 말입니까?"

"예를 들면 그렇다는 거지, 꼭 그것만이 안전하단 뜻은 아닙니다."

회의는 이현상과 권창혁의 토론 장소로 변해버렸다. 그러나 누구도 그 틈에 끼어들 수 없었다. 모두들 그 토론의 귀추에 흥미를 느끼고 지켜볼 따름이었다.

이현상이 말했다.

"그럼 내 의견을 말하지요. 어떤 방법이든 가장 안전하고 가장 효과적인 것이라고 확신하고 내세울 것은 이 경우 아마 없을 거요. 그렇다면 우리의 조직을 과시할 수 있고, 그로써 사회에 경종이 될 수 있고, 동시에 일반 대중을 계몽하는 뜻이 될 수 있고, 앞으로 우리의 경력 가운데 빛이 될 수 있는 그런 방법, 그런 수단을 채택하잔 얘기요. 하 두령을 비롯한 보광당의 동지들은 앞으로 민족의 간부로 커야 할 청년들이고, 보광당은 애국하고 애족한 항일 단체로 역사의 한 페이지에 자리 잡아야 할 단체이며 조직이오. 그러니 이에 알맞은 방법과 수단을 쓰잔 얘긴데, 그러자면 이 기회에 경찰서 하나쯤은 점거하는 과감성을 발휘해야 할 줄 아오. 하나의 자동차를 습격해서 감쪽같이 동지를 구출하는 것도 나쁠 것이 없지만, 그보다는 경찰서를 습격해서 떳떳이 동지를 구출해서 세상을 한번 놀라게 하는 게 민심을 자극하는 의미에서도, 장차 우리 조직을 확대해서 대중 가운데 뿌리를 박을 전제로서도 훨씬 효과적이 아니겠소."

이현상의 말투는 장중하고 말의 내용에 호소력이 있었다. 하 두령은 눈을 반짝거리며 듣고 있었고, 신중파인 노동식도 감동한 빛을 보였다. 차범수와 김은하도 그랬고, 박태영도 예외는 아니었다.

그런데 권창혁이 반대하고 나섰다.

"이 선생의 말씀, 일일이 옳은 말씀이오. 그러나 이 문제를 다시 한번 냉정히 검토해봅시다. 이 선생이 노리는 그 보람이란 것, 그 효과라는 것은 모두가 막연합니다. 아까 이 선생이 말씀하셨죠? 막연한 구실로 긴급한 문제를 회피하면 못쓴다고……. 나는 그 말을 되풀이하고 싶습니다. 경찰서를 습격한다는 건 수명 내지 수십 명의 사상자를 낸다는 얘깁니다. 이건 거의 확실한 추측입니다. 그런데 우리의 조직을 과시할 수 있고 사회에 경종이 될 수 있고 대중을 계몽할 수 있다는 그 효과는 막연합니다. 앞으로의 정세에 따라서는 물거품처럼, 한 줄기의 연기처럼 사라져버릴 허망한 것인지도 모릅니다. 그런데도 그런 것과 젊은 청년의 무한한 가능을 가진 생명을 맞바꿀 수 있단 말입니까? 안 됩니다. 우리가 지금 조국이 전방에서 싸우고 있는 중국과 같은 사정 속에 있다면, 이것도 상징적으로가 아니라 구체적, 실질적으로 그런 상황 속에서 승패를 결정할 단계에 있다면 젊은 청년의 생명을 내세울 수도 있겠죠. 그리고 이 선생의 신념과 사상으로선 보광당 전원의 희생을 강요할 수도 있겠죠. 그러나 지금 이 단계, 이런 상황에선 좀더 긴 안목을 가지고 자중할 필요가 있다고 생각합니다."

"청년들에게 용기를 가르쳐야 할 권 선생이 청년들을 무기력하게 만들려고 애쓰리라고는 정말 상상하지도 못했소. 밤이 어둡다고 해서, 한 군데쯤 불을 켜도 전부를 밝게 하진 못한다고 해서 우리 방의 불도 꺼야겠소? 남이 싸우지 않는다고 해서 우리도 비굴하게 움츠리고 있어야 하오? 옳은 일이고 바른 일이면 어디서라도 시작해야 할 게 아뇨? 막연하지 않은 이상이 있어본 적이 있소? 종래 독립운동을 한 사람, 사상 운동을 한 사람들은 독립이나 주의의 관철을, 손만 넣으면 끄집어낼 수 있는 항아리 속의 감처럼 구체적인 것을 노렸단 말요? 한 걸음 더 나아가 말해봅시다. 인류 발생 이래 죽음을 두려워하지 않는 사람은 하나도 없었을 거요. 이건 본능이오. 그런데 그 본능을 극복하려는 데서 인간이 시작되었소. 말하자면 죽음을 두려워하지 않는 곳에서부터 역사는 시작된 거요. 다시 말하면 죽음을 무릅쓴 극소수의 사람이 역사를 창조한 거요. 나는 여기 있는 청년들, 보광당의 도령들을 극소수 가운데 드는 사람들이라고 보고 있소. 아니, 그렇게 자랐으면 하는 소망을 가지고 있소. 지금 세계 전역에 걸쳐 수많은 사람들, 특히 청년들이 피를 흘리고 있소. 그 가운데 보람 있게 죽은 사람, 죽어가는 사람도 있을 게고, 아무런 보람 없이, 아무런 보상의 기약도 없이 돼지처럼 죽는 사람도 있을 거요. 그런 가운데 앉아 우리는 보람 있는 죽음의 시도도 못 해본단 말요? 그리고 또 한 가지 권 선생에게 묻겠는데, 뭣이 막연하고 뭣이 구체적이란 말요? 강도 일본에 항거해서 조국과 인민을 해방시키자는 사상이 막연하단 말요? 오늘 여기서 하자는 투쟁이 바로 내일 독립의 깃발을 세울 수 있다고 해서 막연하다는 거요? 투쟁은 릴레이식 경주나 마찬가지요. 자기가 결승점에 도착하는 주자가 아니라고 해서 허망을 달리는 사람이 되는가요? 난공불락의 요새처럼 보이던 경찰서가 남루한 옷을 입은 괘관산의 도령들에 의해 일시나마 함락되고 점령되었다는 사실이 어째서 막연하단 말요? 어떻게 그게 물거품처럼, 한 줄기의 연기처럼 사라질 수 있단 말요? 대중들은 그 사실을, 일본이 절대적인 것이 아니란 증거로 인식하게 될 거요. 그로 인해 일본을 끝내 타도해야 한다는, 또한 할 수 있다는 신념이 누군가의 가슴에 심어질 거요. 그것이 자라고 모이고 합쳐져서 커다란 세력으로 나타나는 거요. 이게 바로 역사요 교육이오. 우리는 그것을 하자는 거요. 난들 내 생명이 아깝지 않을 까닭이 있소? 그만큼 동지들의 생명을 아낄 줄도 아오. 그러나 그 생명보다 소중한 것이 있으면 그것을 위해 바칠 줄도 알아야 할 게 아니오?"

이현상의 얼굴엔 흥분한 기색이 돌았다. 권창혁이 감고 있던 눈을 떴다. 그도 역시 흥분을 가라앉히려는 노력을 보이며 조용히 말했다.

"이 선생의 뜻을 몰라서 하는 말은 아닙니다. 조급하게 굴진 말자는 얘길 하고팠을 뿐입니다. 나는 이 선생의 지도 아래 보광당 청년들이 몇 년인가를 이대로 지내는 것만으로도 큰 뜻이 있다고 생각합니다. 이 선생 말처럼 하 두령을 비롯한 청년들은 앞으로 민족의 간부로서 큰 역할을 해야 할 사람들이 아닙니까? 그러한 청년들이 이 난국에 고스란히 생명을 보전하는 것만도 대단한 일이라고 생각합니다. 일제에 덤벼 싸우는 데도 용기가 필요하지만, 곤란을 이겨 참고 기다리는 데도 용기가 있어야 할 줄 압니다. 지금 일본은 망해가는 판국이 아닙니까. 나는 그 망해가는 꼴을 지켜보기만 해도 될 입장에 있다고 정세를 풀이합니다. 그러니 그 망해가는 놈들과 싸워 우리의 정력을 소모하거나 생명을 잃을 필요가 없다는 겁니다. 보광당은 고이 보전되어 민족의 새로운 적에 대비하는 힘으로 컸으면 하는 것이 솔직한 나의 심정입니다. 새 나라를 건설하는 역군이 되고 그것을 방해하는 세력을 무찌르는 힘으로 간직하자는 얘깁니다."

"그렇더라도 경찰서 하나쯤 때려부수는 실적쯤은 남겨야 하지 않겠소?"

이현상이 분연히 말했다.

"꼭 그럴 필요가 도대체 어딨단 말요?"

권창혁이 언성을 약간 높였다.

"이 선생의 그런 태도를 기회주의라 하는 거요."

"이 선생의 그런 태도는 모험주의가 되는 거요."

이현상의 근엄한 얼굴이 벌겋게 달아올랐다. 삽시간에 험악한 공기가 돌았다. 이현상이 가까스로 감정을 억누르는 듯하더니 부드럽게 말했다.

"권 선생, 피차 젊은 사람들을 위해서 서로 의견을 주고받고 했는데, 이러다간 되레 젊은 사람들 앞에서 추태만 부리는 꼴이 되겠소. 어떻게 하건 결정은 이 사람들에게 맡겨두고, 저쪽으로 가서 우리끼리만 얘기를 좀더 합시다."

"그렇게 합시다."

이현상과 권창혁이 일어나 바위 틈에서 빠져나갔다. 도령들이 모여 있는 곳과는 반대되는 숲 속으로 걸어들어가는 그들의 뒷모습이 보였다. 그들의 모습이 완전히 시야에서 사라지자, 두령이 뚜벅 한 마디 했다.

"우리는 좋은 선생님을 모셨어. 두 분 다 훌륭한 선생님이야."

모두들 말이 없었다. 제각기 감회를 되씹었으나, 결론은 두령의 의견과 똑같았다. 태양이 높이 솟아 있었다.

"식사를 시켜야죠."

노동식이 말했다.

"깜박 잊었구나. 식사를 시키도록 하시오."

두령의 지시가 이곳저곳으로 전달되었다. 도령들은 각기 허리춤에 차고 있던 대竹로 만든 도시락에서 주먹밥을 꺼내 먹기 시작했다.

"우리도 밥을 먹고 의논을 계속합시다. 금강산도 식후경이란 말이 있지 왜."

하며 하준규는 자기의 도시락을 끌렀다.

특공대는 일단 본부로 철수했다.

붙들린 세 도령이 함양경찰서에 수감되어 있다는 사실을 안 것은 그로부터 사흘 후였다. 긴급 간부 회의를 소집하기 전에 두령 하준규는 박태영을 데리고 권창혁의 산막을 찾았다.

들어오는 두령과 태영을 보자, 이규는

"하 선배님, 저도 후테이센진이 되었습니다."

하고 웃었다.

"후테이센진이 되다니, 그게 오늘 시작된 일인가?"

준규가 물었다.

"이제까진 후테이센진 후보자였을 뿐이었거든요. 오늘부터 정식으로 후테이센진의 자격을 가졌습니다."

"이규 군은 어제 대구 연대에 입대하기로 되어 있었던 모양이지?"

곁에서 권창혁이 거들었다.

"흠, 징병 기피자가 됐단 말이구먼."

하준규가 웃으며 말했다.

"그렇습니다."

"축하하네, 규야."

박태영이 싱글벙글했다. 그리고 덧붙였다.

"동경제국대학도 개가 물어갔구나."

"그 대신 괘관산 대학에 전학하여 안 있나."

"규도 인자 사람 됐구나. 모두가 권 선생님 덕택이지?"

"내가 뭐 후테이센진 양성소 교사인가?"

권창혁이 활달하게 웃었다.

이런 농담이 있은 뒤 하 두령이 정색을 하고 권창혁 앞에 앉았다.

"선생님, 함양경찰서 습격은 절대로 안 됩니까?"

"그거 무슨 소리지?"

"자동차를 습격하는 게 가장 간편하긴 한데, 그러자면 정보 수집이 꽤 힘들겠어요. 언제까지 함양경찰서에 둘지, 언제 몇 시에 무슨 차로 송치할지, 이런 것을 소상하게 알자면, 그리고 때를 놓치지 않고 연락을 받고 출동하고 하려면 적어도 수명이 미리 함양읍에 잠복해 있어야 합니다. 잠복한다고 해도 확실한 정보를 얻어낼 수 있다는 자신도 없고요."

"그러니까 경찰서를 습격하는 편이 오히려 수월하다 그 말 아닌가."

"그렇습니다."

"그렇다면 그렇게 계획을 세우면 될 게 아닌가."

"그런데 선생님의 지도를 거역하고 이현상 선생의 의견을 따르는 것 같은 결과가 되는 게 미안해서……."

"두령답지 않은 소리를 하느만……. 이왕 할 바엔 최소한의 희생으로 결정적인 성공을 거둘 수 있게 계획을 세우도록 해야지."

"그건 걱정하지 마십시오. 전번에 세워놓은 계획도 있고 하니, 그것을 보다 세밀하게 수정하면 됩니다."

"신중을 기해서 해보도록 하오."

옆에서 듣고 있던 이규가

"그 함양경찰서 습격엔 나도 참가시켜주십시오."

하고, 의아해하는 주변의 눈초리를 보자 수줍게 말했다.

"후테이센진이 된 기념으로 한번 해보고 싶습니다."

"그런 애송이 후테이센진을 쓸 순 없지만, 사정에 따라선 한번 생각해보지."

두령은 장난기 없이 말했다.

이어 긴급 간부 회의가 열렸다. 회의라고 했지만 일방적으로 두령의 지시를 듣는 것으로 시종했다. 두령은 오랫동안 연구하고 계획한 모양으로 거침없이 다음과 같이 말했다.

"이 작전에 동원되는 인원은 120명으로 정한다. 거사일은 7월 마지막 함양 장날로 정하고, 시각은 새벽 한 시로 한다. 120명을 30명씩 4대로 나눈다. 그 편성은 이 회의 끝에 의논해서 정하기로 하는데, 제1대와 제2대는 함양읍에 잠입하는 부대, 제3대는 함양경찰서의 주의와 병력의 분산을 목적으로 H면, M면, D면 등에서 양동 작전을 하는 부대, 제4대는 제1대와 제2대가 철수하는 통로의 안전을 보장하고 부상자를 운반하는 역할을 맡는다."

이어 세부로 들어가선

"제1대는 장꾼들 틈에 끼여 장꾼들처럼 꾸며 무기를 감추고 미리 함양읍에 잠입한다. 상품으로 가장할 수 있는 물건들을 미리 만들어놓아야 한다. 산채山菜를 준비하는데, 부피를 크게 하기 위해 풀을 섞되, 칡덩굴을 많이 장만해야 한다. 칡덩굴은 경찰관 또는 항거하는 놈들을 묶는 도구로 사용한다. 총이나 화염병은 바지게 밑에 감춘다. 장이 파하면 경찰서에서 가장 가까운 여관, 또는 주막에 집결한다. 가능한 한 집이면 좋은데, 부득이한 경우에는 두세 집에 분산한다. 불심 검문이 있으면 다른 동지에게 검문이 미치지 않도록 시간을 끌고, 검문하는 순사를 모욕하는 언사를 써서 경찰서에 연행되어도 좋다. 연행된 사람은 알 수 있는 데까지 경찰서의 내부사정을 알아둔다……. 제2대는 읍 뒷산에 숨었다가 거사 10분 전에 지정된 장소에 모인다. 함양경찰서의 경찰관 총수는 33명이라고 알고 있다. 밤이 되면 반으로 줄어든다. 거사 10분쯤 전에 제2대 가운데 7~8명이 경찰서 문 앞에서 집단 싸움을 벌인다. 경찰관 몇 놈이 그것을 단속하려고 나올 것이다. 이때 7~8명은 곤봉을 들고 숨어 있다가 단속하려는 순사를 곤봉으로 내리친다. 이때 호응해서 무장한 제1대가 경찰서 건물 안으로 들어선다…….”

이런 식으로 제3대, 제4대의 역할까지 구체적으로 설명해나갔다.

회의가 끝난 후, 이 계획에 따른 훈련이 시작되었다. 함양읍 지형을 그려 놓고 행동 일체에 대한 지시와 거기 알맞은 동작을 가르치는 것이다.

제1대의 대장은 차범수, 제2대의 대장은 노동식, 제3대의 대장은 김은하, 제4대의 대장은 박태영. 하도 원해서 이규는 제4대에 들었다.

거사일 3일을 앞두고 제3대의 김은하가 먼저 출동했다. 계획대로 제3대는 10명씩 3분대로 나눠 각각 H면, M면, D면 등에 출동해서 가장 악질이라고 지목되는 경방단원 집에 방화하는 역할을 맡았다. 동시에 괘관산 도령들에게 항거하는 경방단원은 철저한 보복을 받을 것이란 경고를 유포하기로 했다. 거림골 도령 셋을 체포해서 경찰에 넘겨준 사람이 경방단원이어서 그 보복이기도 했고, 경찰서 습격 때 경방단원이 적극적으로 나서지 못하게 하는 예방 조치이기도 했다.

악질 경방단원 집을 불사르자는 계획이 나왔을 때 반대하는 사람이 있었다. 그러나 이것이 큰 효과를 거두었다는 사실을 뒤에 알았다. 경찰서를 습격한 뒤 보광당을 추격하기 위해 경방단원들에게 비상 소집을 걸었는데, 태반이 불응하는 바람에 추격이 흐지부지되고 말았던 것이다. 그리고 극히 악질적인 놈의 집만 가려서 한 짓이기 때문에 일반의 빈축을 사는 일도 없었다.

드디어 그날이 왔다.

함양읍에 아는 사람이 없는 산청 출신 도령들로만 편성된 제1대는 차범수의 지휘 아래 무난히 함양읍에 잠입할 수 있었다. 차범수는 산채와 칡덩굴을 늘어놓고 앉아 있는 도령들 사이를 왔다갔다 하고 주막에도 들락거리며 경찰서의 동태를 살폈다. 차범수가 파악한 사실은 다음과 같았다.

함양서의 순사 총수는 현재 31명, 그 가운데서 5~6명이 방화 사건이 발생한 곳으로 출장 가고, 당일 근무자는 25~26명, 밤 한 시가 되면 숙직 12명이 남는다는 것이었다. 그리고 또 괘관산 도령들이 면에선 작화作禍를 해도 읍내에까진 들어오지 못할 것이라고 경찰서로선 방심하고 있다는 사실도 알았다. 거사 시간 정확하게 10분 전, 하 두령과 노동식이 약속한 장소에서 차범수와 합류했다. 차범수가 파악한 정보에 의해 재빠르게 계획이 짜여졌다.

제2대에 속하는 도령 둘에게 경찰서 건너편에서 싸움을 시켰다.

"나 죽는다."

"사람 살려라."

하고 고함을 지르자, 순사 둘이 뛰어나왔다.

그것을 보자 싸움을 하는 두 사람은 욕지거리를 하면서 어두운 골목으로 기어들었다. 그 뒤를 순사 둘이 쫓았다.

골목 어귀의 그늘에 서 있던 도령들이 곤봉으로 순사들을 내리쳤다.

"윽."

외마디 소리를 지르고 두 놈이 뻗었다.

"남은 건 열 명이다."

차범수가 말했다.

"한두 놈 더 끌어냅시다."

두령이 말했다.

바로 경찰서 문 앞에서 집단 싸움이 벌어졌다. 몽둥이를 마구 휘두르며 싸우는 척하는데, 순사 하나가 뛰어나와

"고랏(이놈앗), 뭐 하느냐, 이놈들?"

하고 소리를 질렀다. 일본인 순사였다.

도령 하나가 달려들어 곤봉으로 그의 대가리를 박살냈다.

"빨리 어두운 데로 끌고 가."

차범수가 나직이 명령했다.

이상하다는 몸짓으로 순사 하나가 또 나왔다. 이번엔 하준규가, 곤봉을 휘두를 것도 없이 당수로 그놈의 어깻죽지를 쳤다.

"여덟 명 남았다."

차범수가 셈했다.

"들어가자."

하 두령이 권총을 빼 들고 들어갔다.

입구 바로 옆 방에 앉아 있던 순사 셋이 멈칫하는 눈초리로 그들을 봤다. 장총을 든 도령들이 뒤따라 들어왔다.

"소리를 내면 쏜다."

하 두령은 도령들에게

"저 두 놈을 묶어."

하고 명령하고, 그 가운데 한 놈의 이마에 권총을 대고 일으켜 세웠다.

"유치장으로 안내해."

일어선 놈의 얼굴에 권총을 들이대고 하 두령이 복도로 나갔을 때는 차범수 지휘하에 경찰서의 모든 방이 점령되어 있었다.

하준규가 유치장으로 들어섰다. 이미 선착한 도령들이 유치장 간수에게 총을 들이대고 감방 문을 열고 있었다.

"윤 도령, 이 도령, 하 도령,"

하고 차범수가 불렀다.

"여깄습니더."

하는 소리가 났다. 이 도령이었다.

"윤 도령은?"

"여깄습니더."

하고 윤 도령이 나왔다.

"하 도령은?"

"저기 있는데……."

감방 한구석에서 꿈틀거리기만 하고 일어날 수가 없는 모양이었다.

"빨리 하 도령을 업어라."

차범수가 명령했다.

"도령들을 빨리 데리고 집합 지점으로 가라."

그리고 그밖의 7~8명 되는 수감자들에겐

"우리들과 같이 가고 싶으면 저 사람들을 따라가소. 그러나 강요는 안 할 거요."

하고 차범수는 하 두령을 따라 나섰다.

"무기고로 갑시다."

무기고엔 장총 열 자루와 권총 두 자루, 수류탄이 몇 개, 탄환 두 상자가 있었다.

하 두령은 그것을 빨리 운반하도록 지시하고 형사실로 들어섰다.

"저 서류함을 부숴라. 그 속의 서류를 끄집어내 빨리 운반하라."

인원을 점검하고 경찰서 문을 나왔을 때 하 두령은 시계를 봤다.

"꼭 20분 걸렸다."

"총 한 방도 못 쏘아 너무 섭섭한데."

차범수가 웃었다.

도령들이 발걸음을 재촉하여 거리를 빠져나오는데, 경찰서 인근 사람들이 모두들 깨어 문틈으로 창틈으로 그들이 지나가는 걸 지켜보고 있다는 것을 하준규는 만월 가까운 달빛으로 짐작할 수 있었다.

집결 지점에 와서야 이제 막 구출한 도령들과 인사를 나눴다.

모두들 심한 고문을 받아 초췌할 대로 초췌한 몰골이었다.

그 가운데서도 하 도령이 더욱 심했다. 같은 하씨라고 해서 하준규와의 관계를 추궁당해 다른 도령보다 두 곱, 세 곱의 고문을 받았다고 했다.

구출한 동지들을 부축하고 발칫골 뒷산 우무실에 도착했을 때 날이 밝아왔다.

우무실에서 김은하의 제3대가 그들의 도착을 기다리고 있었다.

제3대는 10여 명 되는 지게꾼을 거느리고 있었는데, 악질로 지목한 놈들로부터 쌀을 빼앗아 지고 왔다는 것이었다.

"악질놈들한텐 쌀이 있대요. 인부를 사서라도 쌀을 우무실까지 져 오라고 하고 기다렸더니 꼬박꼬박 시키는 대로 하대요. 여기서 그냥 돌려보낼라캤더니 저 사람들 얘기가, 백 리를 더 지고 가도 좋응깨 두령님을 만나보고 가겠답니다."

김은하의 말을 듣고 하준규는 지게꾼들이 모여 있는 데로 갔다. 지게꾼들은 어정쩡한 태도로 일어섰다.

귀신을 구경할 셈이었는데 사람을 보았다는 그런 눈치들이었다.

"여러분, 수고들 하셨소. 이 멀고 험한 길을 우리들을 위해서 식량을 날라다주었으니 이 이상 고마운 일이 어디 있겠소. 앞으로 좋은 때가 오면 이 은혜는 갚겠습니다. 일본놈은 곧 망합니다. 그때 우리의 나라가 설 깁니다. 복된 앞날을 바라보고 힘껏 노력합시다. 돌아가시거든, 괘관산 도령들은 나라의 앞날을 위하는 정성을 키우며 다들 건강하게 살고 있더라고 전해주십시오."

하준규는 이렇게 말하고, 그 지게꾼들의 주소와 이름을 기록해놓으라고 김은하에게 일렀다.

지게꾼들이 가져온 쌀을 제1대가 받아 졌다. 괘관산 본부로 향하는 보광당 도령들의 가슴엔 벅찬 감격이 괴어 있었다.

박태영과 이규의 뒤를 따라오면서 김숙자와 진말자가 이런 말을 주고받고 있었다.

"이대로라면 우리 위생 요원은 아무 일도 않고 귀한 식량만 없애는 꼴이 되겠다."

"앞으로 우리는 식모 노릇이나 하지 뭐."

'가' 지점까지 이현상이 남은 도령들을 거느리고 영접 나와 있었다. 하 두령의 손을 잡은 이현상의 눈에는 눈물이 있었다.

"두령, 참으로 잘했소. 희생자 하나 내지 않고 낙오자 하나 없이 거뜬하게 큰 일을 치렀으니, 두령이야말로 진짜 영웅이랄 수밖에 없소."

"어디 내 힘으로 한 일입니까. 차범수 선배의 공로가 더 큽니다. 도령들 모두가 잘했습니다. 그런데 허무한 생각이 들었습니다. 본서, 주재소 합해 50~60명밖에 안 되는 경찰에게 전 국민이 꼼짝달싹 못 하도록 쥐여 사는 꼴이 이게 뭡니까."

"숫자가 어디 문젠가. 일본이란 세력의 덩치가 문제지. 그러나저러나 희생자 하나 없이 해치웠다는 건 대성공이오. 훌륭한 전술가야."

"전술가가 뭡니까. 운이 좋았을 뿐이죠."

"운은 만들어지는 거여. 운을 만들 수 있는 사람이 영웅이야."

이현상은 이어 행진하고 있는 대열을 누비고 다니며 도령들의 어깨를 두드리기도 하고 악수를 나누기도 하면서 소년처럼 명랑한 웃음을 그치지 않았다.

그날 밤, 괘관산에선 또 한 번 축제가 있었다. 60을 넘긴 성한주 노인을 비롯한 애국 지사들도 이 축제에 참석했다. 괘관산의 들은 젊은 도령들의 만세 소리를 통해 괘관산에 공화국이 탄생했다는 사실을 알았다.

"뜻이 있는 곳에 길이 있고, 뜻이 있는 곳에 나라가 선다. 우리는 진정 민족의 뜻이며 길이며 나라다."

성한주 노인은 이렇게 웅변을 하고 작은 공화국 만세를 선창했다.

화원의 사상

함양경찰서는 벌집을 쑤셔놓은 것 같은 꼬락서니가 되었다.

일본인 경찰관이 한 사람 절명했다는 것만으로도 대사건이었다. 게다가 유치장을 파괴당하고 유치된 자를 셋이나 빼앗겼으니 사태가 더욱 중대했다. 뿐만 아니라 극비 서류까지 탈취당했으니 일본 경찰의 면목이 하룻밤에 땅에 떨어진 것이다.

서장은 즉각 파면되었다.

도 경찰부가 도내의 정예 경관을 모집하여 토벌대를 편성, 대대적인 토벌 작전을 계획하고 있다는 정보도 들렸다.

그러나 사기가 충천한 보광당의 도령들은 겁내지 않았다. 수십 정의 총포가 있고 수백 발의 탄환이 있었다. 보광당은 철통 같은 경비 태세를 펴는 한편, 화염병 제조에 전력을 기울였다. 화염병은 사이다병이나 맥주병에 다이너마이트를 충전하고 도화선을 붙인 수제 폭탄이다. 그런데 유리병이 아니라도 다이너마이트 일정량을 흙으로 발라 말려 도화선을 달면 위력을 발휘할 수 있다는 사실을 실험해본 결과로 알았다. 그렇게 되니 다이너마이트만 입수하면 수천 개의 수제 폭탄을 만들 수 있었다.

보광당은 민첩한 도령들을 근처에 있는 광산으로 파견해서 다이너마이트를 구하기로 했다.

한편, 30명으로 편성된 도령들 일대는 성한주 노인의 지도를 받아 약초와 산채를 캐는 일을 전담했다. 괘관산엔 약초와 산채가 풍부했다. 산삼·하수오·지평·당귀·궁백지·세신·남성·현삼·시용·천마·창목·복령·백목·우슬·오미자·복분자·구기자·차전자·상백피·오가피·구객목·해동피·상기생·유기생·사삼·만삼 등 수십 종의 약채를 쉽게 채취할 수 있었다.

약초에 밝은 성 노인은

"괘관산에 있는 약초만 갖고도 도령들의 병은 대개 고칠 수 있다. 웬만한 부상도 괘관산의 약초로 다스릴 수 있다. 그리고 괘관산, 지리산엔 사삼四蔘이란 게 있다. 산삼, 현삼, 사삼, 만삼을 말하는데, 부지런히 서둘면 산삼도 캘 수 있다."

하며 세심하게 만들어놓은 표본을 통해 도령들을 가르쳤다.

성 노인은 드디어 어느 날 산삼을 발견했다. 그런데 산삼은 여름에 캐는 것이 아니라면서 소중하게 그 자리에 두기로 했다. 보광당의 도령 외엔 아무도 들어오지 않으니까 남의 눈에 뜨일 걱정이 없기 때문이기도 했다.

식량 확보를 위해서 산채도 열심히 캐서 말렸다. 괘관산엔 대강 다음과 같은 산채가 있다. 두릅, 고사리, 도라지, 메역치, 수리치, 치나물, 장초, 깨춤, 더덕, 건달비, 병풍나무, 기새, 머구초, 쑥갈, 산미나리, 꽃나물, 호미치, 딱주, 삿갓대가리, 제부, 움복구, 뚝갈다래몽댕이, 게발딱주, 피나물, 개미초, 덜미순, 현잎, 구멍이, 엉개두루, 철순잎, 다래순 등이다. 종류도 이처럼 많지만 수량도 많았다. 한 도령이 한나절 일하면 한 아름의 산채를 캘 수 있을 정도다.

성 노인은

"이대로 하면 산나물만 갖고도 석 달치의 식량은 확보할 수 있겠다. 우리 도령들이 병에 걸리지 않고 모두 건강한 것은 산채를 많이 먹고 좋은 물을 마시기 때문이라."

하며 흐뭇해했다.

산채는, 쌀가루나 보릿가루를 섞고 소금을 조금 보태어 삶으면 이를 데 없이 맛있는 음식이 되었다.

감자의 수확과 옥수수와 좁쌀의 수확도 푸짐했다. 이른 봄의 식량난에 시달렸기 때문에 금년엔 수박이니 참외니 하는 사치 작물 대신 빈 터가 있는 대로 호박을 심었는데, 이곳저곳의 풀밭에 호박 덩어리가 탐스럽게 뒹굴고 있어 마음 든든하기도 했다.

함양경찰서 습격에 성공했다는 사실이 도령들의 가슴에 동지애의 유대를 심었고, 동시에 나라를 위하는 역군이란 자각과 긍지를 불어넣기도 했다. 이러한 자각과 긍지가 있었기 때문에 모든 일이 계획대로, 그리고 능률적으로 진행되었던 것이다.

8월 6일.

박태영은 몇몇 도령과 함께 '가' 지점의 보초 근무를 하고 있었다. 송평리 앞산을 제1 전초선으로 했기 때문에 그 무렵 '가' 지점은 제2전초선이 되어 있었다.

전초선엔 위생대원이 하나씩 배속되기로 되어 있었다. 그날은 진말자가 제1 전초선, 김숙자가 제2전초선에 배속되어 있었다.

그늘진 곳, 그러나 전망이 트인 지점을 찾아 박태영과 김숙자는 나란히 앉았다. 김숙자는 산채 표본을 만든다면서 채집한 산채를 정리하고, 박태영은 무릎을 안고 앉아 전방을 응시하고 있었다.

"요즘 라디오에서 무슨 소식 있어요?"

김숙자가 물었다.

"죽는 건 개구리라고, 일본놈들 망해가는 뉴스만 있지 별게 있을라고."

"좀더 구체적으로 말해봐요."

"동경을 공습했다, 오키나와를 전멸시켰다, 필리핀에선 사실상 전투가 끝났다, 노상 그런 소리야."

"아무래도 전쟁은 미군이 일본 본토를 점령해야 끝날 것 같죠?"

"그럴 것 같애."

"우리 아버지와 어머니는 죽었는지 살았는지……."

"걱정돼?"

"걱정이 왜 안 되겠어요?"

"아마 죽지 않았을 거야."

"어떻게 그걸 알죠?"

"사위 얼굴도 한번 못 보고 죽어서야 되겠소?"

"좋은 말이네요."

김숙자는 한숨을 죽이며 웃어 보였다.

"여기서 사는 게 지루해?"

이번엔 태영이 물었다.

"박 참모님은 언제나 똑같이 왜 그런 걸 묻죠?"

"물으면 안 되나?"

"당신 곁에 있는데 지루하다면 어떻게 되겠어요? 나는 행복해요. 언제나 이렇게 있고 싶어요."

"이렇게 있고 싶어도 그렇게 안 될걸. 전쟁이 끝나는 날이 있을 거니까."

"전쟁이 끝나길 기다리면서도 전쟁이 끝나는 날이 어쩐지 무서워요."

"왜?"

"왠지 불안해요."

"내가 있는데도?"

"같이 있게만 된다면야 불안할 것 없지만……."

"같이 못 있을 이유가 어디에 있는데?"

"그건 그래?? 그런데 전쟁이 끝나 우리가 집으로 돌아갈 수 있게 되면 당신은 뭣을 할 작정이죠?"

"그때 가봐야 알지."

"그게 불안하단 말예요, 명확한 방침이 서 있지 않은 그게요."

"방침이 서건 말건 같이 있으면 될 게 아닌가."

"집으로 돌아갈 때 날 데리고 갈 거죠?"

"물론이지."

"집에서 반대하면?"

"반대? 어림도 없는 소리. 나는 누구의 지배도 받지 않아."

잠깐 침묵이 계속되었다. 매미 소리가 일제히 울려왔다. 그 매미 소리를 반주로 하여 매미 소리보다 두어 옥타브쯤 높게 새 우는 소리가 들렸다.

"꾸루, 꾸루, 꾸루루."

하는 소리로 들렸다.

"지금 울고 있는 새는 뭐죠?"

숙자가 산채를 가리는 손을 멈추고 귀를 기울이며 말했다.

"'꾸루, 꾸루루' 하고 우는 걸 보니 꾸루새겠지."

"괜히 그러셔."

숙자는 태영이 건성으로 둘러대는 것 같아 핀잔하는 투로 말하고 눈을 흘겼다. 태영이 정색을 했다.

"내가 함부로 무슨 소릴 하는 사람 같아? 지리산이나 이 산엔 꾸루새란 게 있어요. 표준말론 구루새라고 하겠지. 경상도 사투리는 항상 강하니까……. 예를 들어 '군밤'을 '꾼밤'이라고 하고, '구워 먹는다'는 '꿉어 묵는다'고 하는 식으로……."

"그렇다면 잘못했어요. 전 당신을 허튼 말 하지 않는 사람으로 알고 있어요. 그런데 '꾸루꾸루' 운다고 꾸루새라고 하니……. 조금 오해했어요."

"나는 이래뵈도 이 근처에 있는 새 이름을 대개 알고 있어. 뻐꾸기 같은 건 누구나 아는 새지만, 뱁새, 물방아새, 수레기, 우흥이 같은 새는 잘 모를걸."

"새의 생김새도 잘 알고 있어요?"

"생김새를 아는 것도 있고, 이름만 아는 것도 있고 그렇지."

"이 산에 있는 새, 종류가 많겠죠?"

"아마 수십 종류는 될걸."

"그 새들을 모두 채집해서 박제로 표본을 만들었으면!"

"좋은 아이디어야. 언젠가 평화가 오면 우리 지리산의 조류 표본을 만듭시다. 약초 표본도 만들고, 곤충 표본도 만들고, 산채 표본도 만들고……."

"그런 날이 왔으면……."

숙자의 눈이 먼빛이 되었다.

"어떤 표본보다 조류 표본이 좋을 거야."

박태영도 길게 앞날을 내다보는 눈이 되었다. 그러다가 그 눈이 공중을 날고 있는 큼직한 새를 포착했다.

"저것 봐요."

태영이 손가락으로 가리켰다. 숙자의 시선이 그리로 쏠렸다.

"저것은 '새저리'란 새야. 경상도 사투리로는 '새처리'고. 저렇게 날다가 작은 새가 뵈면 눈깜짝할 사이에 채가 버려요."

"맹금류에 드는 새구면요."

"그렇지. 그러나 독수리나 매, 수리개에 비하면 몸집이 훨씬 작아."

"자연이란 참으로 신비하죠?"

"신비하지. 이 산에만도 수십 종의 새가 있으니 말야. ……소쩍새, 맹맹이, 두견새, 올빼미, 풀국새, 꿍꿍이, 꾀꼬리……."

"꿍꿍이란 새가 있어요?"

"있지. 꿍꿍이는 '꿍꿍 꿍꿍 꿍꿍' 운다고 꿍꿍이지."

"맹맹이는 '맹맹' 우는가요?"

"그래. 딱깐치란 새는 '딱간딱간' 하고 울고, 씹죽씹죽구르새는 '씹죽 씹죽 꿀' 하고 울지."

"씹죽씹죽구르새란 것도 있어요?"

"그럼 내가 없는 걸 만들어냈단 말야?"

"새 이름은 대개 우는 소리로 지어지네요."

"대개 그렇지. 그런데 재미나는 이름이 있어. 벽개최서방새란 게 있거든."

"벽개최서방새?"

"응."

"무슨 전설이 있는 게 아녜요?"

"있지. 슬프게 새벽녘에 우는 샌데, 벽개 최 서방이란 사람이 병에 걸려 죽게 된 마누라의 약을 구하러 밤길을 걷다가 호랑이에게 잡아먹혔다는 거야. 그리고 마누라는 새벽에 죽고……. 그 최 서방의 혼이 새가 되어 죽은 마누라의 무덤을 새벽이면 찾아가 울었다는 거지."

"너무나 너무나 슬픈 이야기네요."

바람이 지나갔다. 솔 사이를 지나가는 바람은 시원했다. 숙자는 태영과 같이 앉아 한나절을 지낼 수 있어 한없이 행복했다.

가까운 개울가로 내려가 도령들과 같이 점심을 먹고, 태영은 아까의 자리로 돌아오고, 숙자는 산나물을 캐러 골짝으로 들어갔다.

숙자가 거의 한 아름이나 산나물을 캐어 칡덩굴로 묶어 짊어지고 돌아왔을 때는 긴 여름 해도 서산으로 기울고 있었다. 태영이 숙자를 보고 말했다.

"오늘도 별일 없을 것 같다. 숙자는 먼저 돌아가지."

"같이 돌아가겠어요. 진말자 씨가 오길 기다려서요."

숙자는 태영의 곁에 앉았다.

"진말자 씬 참으로 좋은 사람이야."

태영이 중얼거렸다.

"좋은 사람이고말고요."

숙자도 맞장구를 쳤다. 그리고 근심스럽게 이런 말을 했다.

"진말자 씬 이규 씨를 사모하는 것 같애요."

"이규 군을?"

"아무래도 그런 눈치예요."

"그거 큰일 났는데."

"왜요?"

"이규 군에겐 약혼까진 안 했지만 정해진 사람이 있을 것 같은데."

"누군데요?"

"하영근 씨란 사람 알지?"

"알다뿐예요?"

"그분에게 윤희라는 따님이 있어."

"진주서 봤어요."

"바로 그 사람하고 결혼하게 될 것 아닌가 싶어."

"서로 좋아하나요?"

"싫어할 까닭도 없겠지. 게다가 집안도 비슷하고 하니……."

"……."

태영은 소년 시절에 윤희에게 품었던 아련한 짝사랑을 회상했다. 이규 때문에 단념하지 않을 수 없었던 괴로움이 어제 일처럼 되살아나기도 했다. 그 괴로움을 태영은 김숙자를 만나게 됨으로써 잊을 수 있었던 것이다.

"그런데 그건 어디까지나 내 추측일 뿐이야."

태영은 진말자의 청순한 모습을 그려보며 중얼거렸다.

"그 윤희라는 분하고 이규 씨는 어울리는 한 쌍이긴 해요."

이렇게 말하고 보니, 숙자는 진말자가 안타까웠다.

"서툴게 지레 짐작할 필요는 없어. 결혼이니 뭐니는 이규에겐 먼 훗날의 얘길 테니까."

하며 태영은 일어섰다. 시계를 보니, 제1전초선에서 반수의 인원이 돌아올 시각이었다. 밤엔 반이 남고 반은 돌아오게 돼 있었다.

건너편 산허릿길로 제1전초선에서 돌아오는 도령들의 모습이 보였다. 진말자의 모습도 보였다. 그런데 진말자와 나란히 여자가 한 사람 걸어오고 있었다. 태영이

"누굴까?"

하는데,

"전 도령님."

하는 소리와 함께 손을 저어 보이는 사람은 차 도령이었다. 태영이 대답할 틈을 주지도 않고 차 도령이 고함을 질렀다.

"전 도령님, 순이가 왔습니다."

"순이가?"

태영은 벼락을 맞은 사람처럼 일순 멈칫했으나, 곧 비탈길을 뒹굴다시피 하며 달려 내려갔다.

짙은 눈썹 밑의 초롱초롱한 순이의 눈이 바로 앞에 있었다. 순이는 와락 태영에게 매달려 울음을 터뜨렸다.

"순이가 왔구나. 순이가 왔구나."

태영도 복받쳐오르는 눈물을 억제할 수가 없었다.

"전 도령, 전 도령."

하며 순이는 엉엉 울었다. 곁에서 차 도령과 이 도령도 눈물을 흘리고 있었다. 갑자기 벌어진 눈물판을 영문을 모르는 도령들은 지켜보기만 했다. 의아한 표정의 숙자에겐 진말자가 설명을 했다.

거의 1년 가까운 동안에 순이는 제법 큰 것 같았다. 삼베 저고리를 불룩하게 부풀게 한 순이의 젖가슴이 태영에겐 애처로움을 더했다. 순이는 때 묻은 삼베 치마 저고리를 입고 짚신을 신었는데, 그 짚신은 날이 터져 맨발이나 마찬가지였다. 태영은 순이를 안정시켜 개울에서 얼굴

을 씻도록 한 뒤에 물었다.

"순이야, 어찌 된 일이고?"

"삼촌하고 숙모하고 할아부지는 은신골에 그냥 있고예, 나랑 아부지는 수동면으로 나왔습니더."

"그래, 아부지는?"

"머슴살이를 하고, 나는 아부지 머슴살이하는 집 심부름을 하고 살았습니더."

"여기는 우찌 왔노?"

"아부지는 장개를 갔습니더. 내 없어도 걱정 없습니더."

"그래서 왔나?"

"예."

"우리가 여기 있는 줄은 우찌 알았니?"

"함양경찰서를 뿌샀다카대예. 경찰서 뿌순 사람들이 도령님들이라 카대예. 그래 안 왔습니꺼."

"잘 왔다, 순이야."

태영은 은신골을 떠나던 날 산허리에 주저앉아 통곡하던 순이의 모습을 회상하고 다시 목이 칵 막히는 기분이 되었다.

"내가 왔다고 두령님이 꾸지람 안 할까예?"

순이는 겁에 질린 얼굴로 태영의 눈치를 살폈다.

"두령님도 반가워하실 끼다. 순이가 왔다쿠면 얼마나 좋아할지 모를 게다. 꾸지람을 하다니, 그런 걱정은 말아라."

"그럴까예."

순이의 얼굴이 순식간에 활짝 밝아졌다.

"반가워하다마다. 내가 이처럼 반가운데 두령님은 오죽하겠나. 은신골에 있던 도령들 모두가 우리 순이를 환영할 끼다. 우리는 종종 순이 얘기를 하며 궁금해했단다."

"나는 하루도 도령님들 생각 안 한 날이 없었어예."

"자, 두령님한테 가자. 그런데 너 발 아프겠구나."

"안 아파예."

순이는 피로한 빛도 없이 걷기 시작했다. 진말자와 순이를 앞세우고 뒤에 처져 걸으면서 태영은 나란히 걷고 있는 숙자에게 일렀다.

"모든 정성을 다해 저 소녀를 돌봐주오. 저 소녀를 잘 키워주소."

"순이가 왔다."

는 소식은 은신골에 있었던 도령들에게 일대 소동을 가져왔다. 두령 하준규도 순이와의 해후에 부끄럼 없이 눈물을 보였다.

생각하면 은신골에서의, 아직 각오도 설익고 장래의 전망도 불확실할 무렵의 암울하다고도 할 수 있었던 도령들의 생활에 순이라는 존재는 어떤 의미로는 커다란 위안이었다. 그 구김살 없는 태도와 재롱은 신선한 빛이기도 했다. 그런 까닭에 괘관산에 순이가 왔다는 것은 여왕의 귀환이라고 해도 좋았다.

그러니 순이를 환영하는 보광당 도령들의 열광을 보고 김숙자가

"공주님의 귀환."

이라고 말한 것은 정확한 표현이었다.

순이는 한바탕 울고 나더니 덧니를 살큼 내보이는 웃음을 웃고, 자기가 들고 온 보따리를 풀었다. 보따리에서 석류가 다섯 개 굴러 나왔다.

"아직 덜 익었어도 맛있어예. 두령님 드릴려고 가지고 왔어예."

하며 순이는 석류를 두령 앞에 가지런히 늘어놓았다. 그리고 표지가 헐

어빠진 얘기책을 꺼내 보이고,

"두령님, 내 얘기책 읽을 줄 알아예. 홍길동전도 유충렬전도 잘 읽어예."

하고 뽐냈다.

두령은 순이가 내놓은 석류를 쪼개,

"우리 모두 공평하게 석류를 몇 알씩 나눠 먹읍시다. 우리 순이가 모처럼 가져온 정성을 헛되이 하지 않기 위해서 홍 도령이 갈라보시오."

하고 일렀다.

몇 알의 석류가 입 안에 새콤한 맛을 남겼다. 그 미각은 잊을 수 없는 것이었다.

"예수 그리스도가 한 조각의 빵을 가지고 수백 명의 사람을 배불리 먹었다더니, 그게 황당한 얘기가 아니란 것을 오늘 밤에사 알았다."

라고 노동식이 풀이하기도 했다.

순이를 맞이하는 환영연이 한창일 무렵, 이규가 황망히 산막 안으로 들어왔다.

"일본 히로시마에 원자 폭탄이 떨어졌습니다. 방금 단파 방송으로 들었습니다."

그 무렵엔 이규가 단파 방송을 듣는 책임을 맡고 있었던 것이다.

"원자 폭탄이 뭔데?"

두령이 물었다.

"잘 모르겠습니다만 굉장한 고성능 폭탄인가 봅니다. 폭탄 한 개로 히로시마 시 전체를 일시에 파괴하고 수십만의 사상자를 냈다니까요."

"전쟁이 드디어 끝나는구만."

누군가가 말했다.

"그 폭탄을 투하하면서 연합군은 일본의 무조건 항복을 촉구하는 최후통첩을 했다는 방송도 있었습니다."

하고 이규는 덧붙였다.

"무조건 항복이라……. 그러면 우리나라의 독립은 틀림없지 않은가."

노동식이 흥분을 감추지 못했다.

삽시간에 들뜬 기분이 돌았다.

"이규 동지가 한 말 그대로 차범수 부두령과 김은하 부두령에게 전하시오."

두령의 명을 받고 차 도령과 이 도령이 산막에서 뛰어나갔다.

장내가 소연하게 되었다.

"내일쯤 항복할는지 모른다."

"그렇게 빨리야 될라꼬."

"늦추면 또 그 폭탄을 던질 낀다……. 아무래도 내일쯤 항복할 끼다."

"이규 동지, 방송 똑똑히 들어두이소."

"이게 우리 순이가 가지고 온 소식 아니가. 순이, 좋은 날 왔구나."

두령은 조용히 하도록 이르고,

"그러나 너무 들뜨지 말아요. 일본놈들은 지독한 놈들이오. 그런 소식이 있다고 해서 우리의 일과를 게을리해선 안 되오. 내일 일이 기다리고 있으니 모두 돌아가 충분히 수면을 취하도록 하시오."

하고 해산 명령을 내렸다. 도령들이 해산한 후 두령은 박태영과 노동식을 보고 뚜벅 말했다.

"순이를 내 누이동생으로 삼을 작정이오."

깨끗하게 목욕하고 머리를 곱게 빗고 김숙자의 원피스를 얻어 입은 순이가 아침 태양 아래 나타났을 때, 모두들 그 귀여움에 놀랐다. 김숙자와 진말자도 못난 얼굴이 아닌데, 순이의 청순가련한 얼굴엔 비할 바가 못 되었다.

순이는 조례 석상에 나타난 두령에게 달려가더니,

"두령님, 전 오늘부터 뭣할까예?"

하고 물었다.

"김숙자 언니, 진말자 언니와 의논해봐라. 그리고 너 하고 싶은 일을 해라."

두령은 웃으며 대답했다.

그리고 김숙자와 진말자를 따로 불러,

"지금이나 앞으로나 순이에게 필요한 건 학문입니다. 우리나라가 독립하는 날 중학교에 다닐 수 있도록 학력을 가꿔주시오."

하고 부탁했다.

8월 8일, 소련이 일본에 대해 선전 포고를 했다는 뉴스가 흘러들었다. 9일엔 나가사키에도 원자탄이 떨어졌다고 했다. 이어 소련군이 만주, 북선, 사할린으로 진격했다는 소식이 있었다. 동시에 1천6백 대의 미군 비행기가 일본 동북 지방을 강타하고, 3백 대가 구주를 폭격했다는 뉴스가 겹쳤다.

제1 전초선에서 포착한 정보에 의하면, 함양경찰서의 사정으로선 토벌 작전이 불가능하다는 것이었다. 하 두령은 제1 전초선을 '가' 지점까지 후퇴시키기로 하고, 앞으로의 방침을 새로이 세우기로 했다.

간부 회의에서 다음과 같은 결정이 있었다.

화염병 또는 수제 폭탄의 제조는 중지한다.

식량 확보를 위한 작업은 종전대로 계속한다.

일본이 항복했을 때의 대책을 이현상, 권창혁을 비롯한 고문단에게 부탁해서 세운다.

8월 10일, 이규는 수신 상태가 지극히 나쁜데도 불구하고 일본이 소련을 통해 항복 교섭을 했다는 사실이 있었다는 정보와 지금 모국某國을 통해 무조건 항복에 관한 절차를 강구 중이란 정보를 포착했다.

이 정보가 있은 후 이현상은 하준규, 박태영, 노동식, 차범수, 김은하를 자기의 산막으로 불렀다.

둘러앉은 도령들을 이현상이 한동안 묵묵히 지켜보고 앉아 있더니 가볍게 헛기침을 하고 정중하게 입을 열었다.

"나는 여러분들을 존경하오. 사랑하오. 그리고 신뢰하오. 여러분을 신뢰하지 않고 누구를 신뢰하겠소. 여러분을 신뢰한다는 증거로 이 자리에서 나의 정체를 밝히고, 아울러 나의 소신을 말하겠소. 여러분을 나의 동지라고 믿기 때문에 이렇게 하는 것이니, 이곳에서 한 얘기는 당분간, 혹은 영원히 비밀로 해주기 바라오. 그러나 비밀로 하고 안 하고도 여러분의 판단에 맡기겠소."

그리고 심각한 표정을 짓고 말을 이었다.

"나는 여태껏 바깥세상에선 노명상盧明尙이란 이름으로 처신해왔으나, 나의 본명은 이현상이오. 고향은 전북 금산이오. 나는 조선공산당 초창기부터 참가한 공산주의자요. 그 때문에 12년간 감옥살이를 했소. 대전형무소에서 징역을 살다가 12년 전 병보석으로 풀려나온 틈을 타서 지리산으로 왔소. 그리고 이렇게 여러분과 인연을 맺게 되었소. 여러분을 알게 된 것을 다시없는 행복이며 영광으로 여기고 있소. 앞으로도 그럴 것이오. ······지금 우리들은 위대한 역사의 고빗길에 서 있소. 장엄한 순간이오. 수십 년 동안 암흑 속에서 살다가 드디어 광명을 보게 될 찰나에 있으니 말이오. 보고에 의하면, 소련군은 이미 북조선에 진주하여 일본놈의 세력을 소탕하는 중이라고 하오. 일본은 소련의 세에 저항하진 못할 것이오. 머잖아 일본은 밀려나고 소련군이 우리 반도 전역을 장악할 것이오, 제2차 세계대전의 전후 처리는 연합군에 속한 각국의 군대가 점령한 기정 사실에 바탕을 두고 행해질 것이오. 다시 말하면 연합국, 즉 미국과 소련의 합의하에 조선 문제를 처리하되, 우리 조선은 소련의 점령하에 들게 된다는 것이오. 이 사실을 먼저 인식해야 하오. 일본의 압박에서 벗어난다는 사실, 동시에 노동자 농민이 주인이 되는 인민의 나라 소련과 밀접불가리密接不可離의 관계를 맺게 된다는 사실은 곧 우리의 앞날에 위대한 영광이 있을 것이란 희망을 뜻하오. 이에 우리는 다신 과오를 범하지 않을 길을 택해야 할 것이오. 그런 뜻에서 나는 여러분을 이 자리에 부른 것이오."

무거운 침묵이 흘렀다. 그 침묵엔 긴장감이 감돌았다. 소련의 지배하에 들게 될 것이란 이현상의 예언은 도령들의 가슴에 착잡한 바람을 불러일으켰다. 그것은 확실한 예상일 것 같았다. 그런데 소련의 지배하에 든다는 그 사실이 이현상의 말대로 곧 민족의 영광으로 직결될 수 있을까 하는 의혹을 동식은 지워버릴 수 없었다.

이현상의 말이 계속되었다.

"나는 여러분의 총명과 용기에 기대하며 나의 소신을 털어놓겠소. 우리나라가 갈 길은 공산주의를 지지하고 공산주의를 실천하는 길밖에 없다는 것을 명백하고 단호하게 말해둡니다. 그 이유를 말하겠소. 첫째, 우리나라는 지리적인 조건 탓도 있어 사대주의, 사대 근성이란 병폐를 가지고 있소. 더러는 미국에 붙고 더러는 중국에 의지하고 더러는 영국에 기대려는 풍토가 앞으로도 생겨날 것이오. 그런데 공산주

화원의 사상

는 세계적인 유대를 가진 국제적 성격을 띠고 있소. 요약해서 말하면, 공산주의만이 우리 민족의 병폐인 사대주의 경향을 청산할 수 있단 말이오. 둘째, 우리나라는 봉건적인 누습陋習을 뿌리 깊게 가지고 있는 나라요. 아직도 반상班常의 의식이 생활의 각 영역에 걸쳐 남아 있소. 이러한 폐단을 철저히 없애려면 공산주의 노선을 따를 수밖에 없소. 셋째, 우리는 일본 제국주의의 지배 아래 전반적으로 수탈을 당해 만성적인 빈곤 속에 있는데도 친일 지주, 친일 자본가만은 비대해 이것이 지배 계급을 형성하고 있소. 이런 지배 계급을 타도하고 절대 다수인 노동자 농민의 발언권을 우선시키는 진정한 인민의 나라를 만들기 위해선 공산주의의 전술을 성공적으로 발휘해야 하오. 넷째, 각 계급의 복잡한 이해 관계, 국제 정세에 따른 이질적인 주장, 일본 제국주의가 물러난 뒤에 있을 갖가지의 혼란을 조절하고 인민의 의사를 단일화하는 방법으로서는 공산주의 사상으로 무장하고 공산주의 이념을 실천하는 길 외엔 절대로 달리 도리가 없소. 다섯째, 세계의 모든 추세가 앞으로 사회주의의 방향으로 크게 움직일 것은 필지必至의 사실이오. 게다가 우리나라에 소련군이 진주한다면 그들은 인민의 의사를 존중할 것이 확실하오. 그들은 인민의 의사, 즉 공산주의의 방향에 반대하는 어떤 불순 세력도 용납하지 않을 것이오. 동시에 우리 인민도 그런 불순 세력을 용납하지 않을 것이오. 이러한 사태를 미리 파악하고 여러분의 각오를 가다듬어야 할 것이오. 실수가 있어선 안 될 것이오. 나라와 여러분을 망칠 길로 들어서면 안 될 것이오. 인민과 더불어 인민의 나라를 만드는 대로大路를 등지고 그릇된 길로 빠져드는 일이 있어선 절대로 안 될 것이오……."

이현상은 얼굴이 상기되고, 눈이 이글이글 불타고 있었다. 어떠한 반대 의사도 용납할 수 없다는 권위적이고 위압적인 태도가 거기에 있었다. 태영은 소련을 절대시하고 공산주의를 절대시하는 이현상의 태도에 한 가닥 반발을 느꼈으나, 지금은 듣기만 할 수밖에 없었다.

"진실한 공산주의자가 되려면 공산당원이 되어야 하오. 공산당원은 인류의 앞날을 위해 선두에 서는 용감한 선구자로서의 명예를 가지고 있소. 인민의 이익을 위해 싸우는 영광스러운 투사이기도 하오. 공산당 당원이 된다는 건 인류의 선수로서 선발된다는 뜻이기도 하오. 그러니 공산당 당원이 된다는 게 그렇게 쉬운 일은 아니오. 그러나 나는 여러분들이 모두 공산당원이 될 수 있는 자질과 용기를 가지고 있다는 사실을 솔직히 승인합니다. 여러분은 훌륭한 공산당원, 공산주의자가 될 수 있을 거요. 그러면 여기서 공산당이란 뭣인가에 관해서 간단하게 설명하리다……."

이현상은 공산당과 공산주의를 다음과 같이 풀이했다.

공산당은 마르크스주의의 당이다.

마르크스주의란 주로 독일을 거쳐 전래된 서양 정통 철학을 비판적으로 계승한 변증법적 유물 철학이며, 주로 영국에서 발달한 정통 경제학을 비판적으로 계승하여 집대성한 경제 이론이며, 프랑스 혁명 이래의 혁명 이념을 비판적으로 계승하여 정예화한 사회주의 혁명 이론이다. 이른바 서구 사상의 정통을 이어받은 가장 심오하고 가장 종합적인 사상 체계이며, 가장 정교한 역사관이고 세계관이다.

"인류가 가지고 있는 최고의 진리, 최고의 사상이라고 할 수 있소. 그런데 보수 반동의 앞잡이인 어용 사상가들은 별의별 궤변으로 이에 대항하려고 하고 있지. 그러나 어떠한 구름도 태양의 광선을 끝내 막아낼 수 없듯이, 마르크스주의의 진리는 드디어는 온 세계에 퍼지고 말 거요. 레닌은 이러한 마르크스주의를 러시아의 현실에 적응시킨 천재적 지도자요."

이어 이현상은, 전쟁이 끝나면 줄잡아 세계의 3분의 2가 공산화될 것이라고 하고 다음과 같이 덧붙였다.

"미국도 예외일 수가 없소. 전쟁 경기로 흥청대다가 전쟁이 끝나면 기업의 규모가 줄게 되고 경기가 후퇴하고 실업자가 거리에 쏟아지게 마련일 것 아닌가. 그 실업자와 산업 예비군이라고 할 수 있는 노동자의 세위勢威가 급기야는 미국에 혁명을 일으키고 말 거요. 영국도 프랑스도, 패전한 독일이나 일본도 똑같은 방향으로 걷게 될 것이 분명하오. 그런데 내게 제안이 있소."

이현상이 허리를 펴서 앉은 자세를 고치고 말했다.

"나는 지금 괘관산에 있는 도령 전부로부터, 우리 조선공산당이 발족하는 날 공산당에 입당하겠다는 서약서를 받아놓고 싶소. 이것은 공산당을 위하는 일이기도 하지만 여러분의 장래를 위하는 일이기도 해요. 날짜를 1년 전쯤으로 해서 그 서약서를 받아놓으면, 일제하의 투쟁 경력으로 높이 평가받을 수 있소. 모두들 영예로운 공산당의 간부가 되는 거요. 여러분, 내 의견이 어떻소?"

다시 침묵이 흘렀다. 깊어가는 산중의 밤은 적막하기만 했다. 모두들 두령 하준규의 표정만 지켜보고 있었다.

이현상의 장중한 말이 다시 계속되었다.

"내 마음으로라면 괘관산의 이 모임에 '조선공산당 재건 준비회'란 명칭을 붙이고 싶소. 1년 전쯤에 조직한 거로 하고, 그 사실을 앞으로 발족할 공산당과 소련공산당, 그리고 인터내셔널의 승인까지 받고 싶단 말이오. 지금 여러분이 서약서를 쓰면 그것이 가능하리라고 보오.

함양경찰서 습격 사건 같은 실적도 있고 하니까……. 그리고 내가 천거하니까 수월하게 승인을 받을 수 있을 거요. 그렇게만 되면 여러분은 조선 인민의 영웅이란 자격으로 소련 진주군과 만날 수 있을 거고, 새로운 당, 새로운 나라를 만드는 데 중심적인 역할을 할 수 있는 자격 증명이 될 수 있을 거란 말이오."

이현상의 말엔 감동을 주는 부분도 있고 의혹을 갖게 하는 부분도 있었다. 태영은 1년 전 날짜로 서약서를 써서 앞으로 공산당의 승인을 받자는 대목엔 석연할 수가 없었다. 모처럼 시작되는 새 역사에 그러한 허위를 바탕으로 참여하긴 싫다는 기분이 있었다.

두령 하준규는 깊은 잠에서 깨어난 사람의 표정을 하고 입을 열었다.

"선생님의 말씀은 잘 들었습니다. 위대한 교훈이라고 들었습니다. 앞으로도 선생님을 우리의 지도자로 받들겠습니다. 그리고 아까 하신 제안은 우리들끼리 잘 상의해보겠습니다. 그런 일은 한 사람의 반대도 없이 만장일치로 해야 한다고 생각합니다."

이현상의 얼굴에 불만인 듯한 빛이 돌았다. 그러나 말만은,

"그래야지. 한 사람의 반대도 없이 만장일치로 정해야지."

하는 정중한 것이었다.

도령들이 물러나려고 할 때, 이현상은

"잠깐만."

하고 만류하더니 이런 말을 했다.

"오늘 이 자리에서 한 말은 전체 회의를 열기까진 누구에게도 말하지 마시오. 전체 회의에서나 어디서나 아까의 제안을 내가 한 것으론 말하지 마시오. 어디까지나 여러분의 독자적인 의견으로 밀고 나가야 합니다. 나의 뜻이 아니라 여러분의 뜻으로 추진하도록 하시오. 우리는

서로 신의를 지켜야 합니다. 절대로 내 이름을 누구에게도 들먹여선 안 됩니다."

이현상의 산막에서 나와 박태영은 길게 한숨을 내쉬며 하늘을 우러러봤다. 하늘엔 별이 총총했다. 화려할지 모르는 앞날에 대한 희망과 불안이 교차된 흥분으로 태영은 가벼운 오한을 느끼기조차 했다.

태영의 산막의 불이 보이는 언덕 위에 준규와 동식, 그리고 태영은 나란히 앉았다. 이현상의 충격적인 말을 그 자리에서 소화해보고 싶다는 세 사람의 감정이 그렇게 시킨 것이다.

준규   오늘 밤에도 달이 없구나.
태영   오늘은 음력 초하룹니다.
준규   7월 초하루?
태영   그렇습니다.
준규   공산당, 공산주의!
동식   이현상 선생의 말대로라면 우리는 꼭 공산주의자가 되어야 하는 것 아닙니까.
준규   소련이 진주한다면 그렇게밖에 안 되겠지.
동식   소련이 남조선까지 들어올까?
준규   파죽지세로 밀고 온다니까 지금쯤 서울까지 왔을지도 모르지.
태영   발트 삼국의 예를 보면, 소련군이 진주한 곳은 공산 국가가 되게 마련이드면요.
준규   공산주의가 불가피하다면 할 수 없지. 그러나 석연치 않은 게 있어.

동식 뭔데요?

준규 서약서를 쓰라는 것 말요.

태영 날짜를 1년 전으로 하자는 게 더욱 이상하지 않습니까?

동식 우리들의 공로를 높이기 위해서 그런다고 하지 않습디까.

준규 그게 이상하다는 거요. 공로를 계산한다는 그 마음먹이가 말요.

동식 그렇다고 해서 이현상 선생님의 성의를 의심할 순 없지 않소.

준규 하여간 신중을 기해야겠소.

태영 권창혁 선생님과 의논해보아야 될 게 아닙니까?

준규 누구에게도 말하지 말라고 했는데…….

태영 그렇다고 권창혁 선생님에게까지 비밀로 할 순 없지 않겠습니까.

준규 이현상 선생님의 말씀대로 이 선생님의 뜻이란 건 빼고 우리의 뜻이라고 하고 물어볼 수밖에 없겠지.

동식 그럼 지금이라도 권창혁 선생님을 찾아봅시다. 이규 씨가 또 무슨 최신 뉴스를 들었을지도 모르니 그것도 알아볼 겸 말입니다.

준규 소련군이고 미군이고 간에 그런 군대가 들어온다 싶으니 기분 덜 좋구만.

동식 일본놈을 쫓아내는 군대는 있어야 할 것 아닙니까.

준규 일본이 무조건 항복한다면 카이로 선언대로 우리는 독립이 되는 것 아뇨? 그렇다면 이 땅의 일본놈쯤 우리의 힘으로도 쫓아낼 수 있지 않겠소.

태영 그야 그렇죠. 그러나 소련군이 이미 들어와버렸으니 어쩔 수 없는 일 아닙니까, 일본놈이나 쫓아주고 곧 철수해주면 그런 다행이 없겠지만…….

준규 　그렇게는 안 될걸. 소련이 우리 반도를 노린 건 일로전쟁 당시부터의 일 아뇨.

동식 　제정 러시아와 사회주의 국가 소련은 다른 데가 안 있겠습니까.

준규 　그럴까?

태영 　그러나저러나 일본이 물러가고 우리나라가 독립의 기운을 맞이했다는 건 좋은 일 아닙니까.

동식 　그야 그렇지.

준규 　그렇고말고.

권창혁과 이규는 '삐삐익' 잡음을 뿜어내는 라디오를 조절하려고 안간힘을 쓰고 있었다.

두령과 동식, 그리고 태영이 들어오는 것을 보자, 이규는 장난을 하다가 어른에게 들킨 어린애 같은 웃음을 띠고 말했다.

"하필 요즘에 와서 라디오가 이 모양이니 안달이 날 지경이네요. 빈약한 영어 실력에 라디오마저 이 꼴이라 면목 없습니다."

"일본이 무조건 항복했다는 소리도 없나?"

태영이 앉으며 말했다.

"통 들을 수가 없다니까 그러네."

이규는 상을 찌푸렸다.

"일본 방송은?"

두령이 물었다.

"그건 들으나마나고요. 아까도 뭐, 일억 옥쇄를 각오하더라도 신주 일본을 지켜야 한다고 어느 놈이 뇌까리던데요. 그리고 뭐라더라, 왕왕 군가를 울리면서 '만들어라', '보내라', '쳐부숴라' 하고 기세를 올리고 있습니다."

하고 이규는 조금 있다가 들어보겠다며 라디오의 스위치를 껐다. 갑자기 산야의 적막이 둘러쌌다.

권창혁이 입을 열었다.

"아까 두령을 찾았더니 등 너머로 갔다는 얘기였는데, 이현상 씨헌테 갔었소?"

"그렇습니다."

"무슨 얘기가 있었소?"

"시국에 관한 얘기였습니다."

"이 선생은 시국을 어떻게 봅디까?"

권창혁의 물음에 준규는 조심스럽게 말을 고르는 눈치로 말했다.

"전쟁이 끝나면 소련군이 조선 반도를 점령할 거라던데요."

권창혁이 생각하는 표정이 되었다.

"북조선에 소련군이 들어오고 있으니까 그렇게 예상할 수도 있겠지."

어쩐지 권창혁의 말엔 힘이 없었다.

"조선 반도를 소련군이 점령해요? 그렇게 될까요?"

권창혁의 얼굴을 똑바로 응시하며 이규가 물었다.

"일본이 곧 항복하면 그렇겐 안 될 거고, 일본의 항복이 늦으면 혹시 그렇게 될지도 모르지."

"그렇게 되면 어떻게 되는 겁니까, 우리 조선은?"

역시 이규의 물음이었다.

"될 대로 되겠지. 그러나 미국도 전후 처리에 있어서 조선을 소련에게만 맡기진 않겠지. 일본과 주로 싸운 나라는 미국이고, 조선 반도 문제는 일본 문제 속에 포함될 테니까. 그러나 이런 추측을 갖고 신경을 쓸 필요는 없어. 이현상 선생이 무슨 말을 하던가? 좀더 상세히 얘기해 봐요."

하고 권창혁은 태영과 동식, 그리고 준규의 표정을 눈으로 더듬었다. 얘길 한다면 두령인 하준규 외엔 할 사람이 없었다. 서먹서먹한 시간이 흘렀다.

하준규가 대답을 망설이자, 권창혁이 빙그레 웃으며 말했다.

"혹시 공산당에 입당하겠다는 서약서를 쓰란 말 없었소?"

너무나 적중한 말이었기 때문에 태영은 숨을 죽였다. 두령과 동식도 똑같은 충격을 느낀 모양이었다.

권창혁이 아까의 웃음을 계속 지닌 채,

"또 이런 말은 없었소? 조선공산당 재건 준비회의 명칭을 보광당의 이름으로 하자는 얘기 같은 것 말요. 1년이나 2년 전쯤으로 거슬러 올라가 그런 문서를 만들어놓자는 제안 같은 건 없었소?"

하고 두령의 얼굴을 넌지시 보았다.

"권 선생님에게도 그런 의논이 있었습니까?"

두령은 조용히 되물었다.

"내게? 천만에. 그분이 내게 그런 의논을 할 까닭이 없지 않소. 나와 그분은 함양경찰서 습격 문제를 두고 얘기한 이후론 만난 적이 없는데……."

"그렇다면 참으로 이상한 일입니다. 어떻게 그처럼 오늘 밤의 일을 소상하게 알고 계십니까?"

두령이 이렇게 말하자, 권창혁은 고개를 방 한구석 비어 있는 곳으로 돌리고 중얼거렸다.

"나는 공산주의자들의 사고방식을 대강 알고 있지. 전쟁이 끝나면 소련군이 조선 반도를 점령할 거라고 말하더란 소릴 듣고 응당 그런 얘기가 있었을 것이라고 추측했소."

"그런데 어떻게 하는 게 좋겠습니까?"

두령이 진지하게 물었다.

"그런 제안을 듣고 뭐라고 대답했소, 두령은?"

"우리들끼리 잘 의논해가지고 대답하겠다고 했습니다. 한 사람의 반대도 없어야 하겠으니, 가부간 만장일치의 결론을 얻어 대답하겠다는 겁니다."

"그 대답은 잘 했소. 헌데 그 문제를 전체 회의에 걸 작정이오?"

"대강 그럴 요량으로 있습니다만, 그러기에 앞서 선생님께 의논드리려고 한 겁니다. 그래서 밤늦게 찾아왔습니다. 어떻게 하는 것이 좋겠습니까?"

권창혁은 무릎을 안고 고개를 숙인 자세로 앉아 있었다. 복잡한 상념을 정돈하기 위한 자세 같기도 하고, 거북한 문제를 회피하는 자세로도 보였다. 아마 10분 이상의 시간이 경과되었을지도 몰랐다. 몇 차례 부엉이가 울었다.

권창혁이 천천히 고개를 들었다. 칸델라의 불이 그의 이마의 주름 위에서 깜박거렸다. 일기 시작한 바람이 지게문 틈으로 새어들고 있었다.

"지금 이 시각에 생각하면 이현상 선생은 의심할 나위 없는 애국자이며 지도자요. 그분에게 최대의 존경을 표하는 것이 청년으로서의 도리라고 하겠소. 그분이 청년의 앞날을 그릇되게 할 분이 아니라는 것도 나는 잘 알고 있소. 또 그분이 오늘 밤 여러분에게 한 제안은 여러분을 이롭게 하려는 순수한 동기에서 나왔다는 것도 의심하지 않소, 그러나 공산당에 입당한다는 것은 중대한 일입니다. 신념 문제이기도 하고, 정세 판단을 잘 해야 한다는 문제이기도 합니다. 그런데 어제의 애국자, 오늘의 애국자가 내일의 애국자로 통하지 못할 경우도 있고, 훌륭한 지도자라고 해서 정세 판단이 전부 정확하리라고 장담하기도 어려운 경우가 있소. 그리고 오늘 여러분에게 제기한 그분의 제안은 예사로 생각할 문제가 아니오. 하룻밤 여유를 주면 내 나름대로 심사숙고해보겠소. 여러분이 내 의견을 참고로 하든 무시하든 그건 여러분의 자유겠지만, 나는 최선의 답안을 여러분께 제시해야겠소. 그러니 오늘 밤엔 딴 얘기나 하고 지냅시다. 내일 중으로 내가 여러분을 찾겠소."

8월 11일.

하늘이 맑았다. 공기도 맑았다. 점심을 먹은 후 권창혁을 중심으로 준규, 동식, 태영은 산막 곁으로 흐르는 개울을 거슬러 올라가 풀밭에 앉았다.

풀밭에서는 여치가 뛰놀고, 바로 옆 숲엔 도라지꽃이 보랏빛으로 피어 있었다. 권창혁은 도라지꽃을 꺾어 들고 냄새를 맡으며 말했다.

"이곳이야말로 화원花園이다. 꾸밈이 없는 천의무봉天衣無縫의 화원이다. 여러분들에겐 이곳에서 지낸 시간이 두고두고 아름다운 추억이 될 거요. 옥스퍼드 대학, 케임브리지 대학을 다닌 사람 이상의 추억 거리를 여러분은 가지는 셈이 되었소. 이규 군은 '괘관산 대학'이라고 하더라만, 이 괘관산이야말로 여러분의 청춘이요, 여러분의 대학이오. 여기서 맺어진 인연 이상으로 소중한 인연이 또 있겠소? 나는 내 평생에 있어서 지금을 '화원의 계절'이라고 치고 있지. 기왕에도 이처럼 충실하고 즐거운 시절이 없었고, 앞으로도 이런 시절은 영영 없을 것 같애."

"바야흐로 새 역사가 시작되려는데 선생님 왜 이러십니까."

노동식의 말엔 약간의 반발투가 있었다.

"그 역사를, 바야흐로 시작되려는 그 역사를 나는 감당하지 못할 것 같애."

권창혁은 탄식했다. 태영이 물었다

"선생님의 그 염세주의의 까닭은 뭡니까?"

"너무나 많은 것을 보아버렸기 때문이 아닐까 해. 그러나 여러분은 나의 이런 태도에 관심을 가질 필요는 없어. 먼 훗날 '그런 인간이 있었더라' 하고 기억만 해줘도 나는 고맙겠소."

뱁새가 개울을 따라 민첩하게 날아갔다. 산들바람이 불었다. 괘관산에선 여름에도 더위를 모른다.

"오늘은, 좀 지루하겠지만 내 얘기를 하겠소. 젊은 사람들에게 참고가 될 거요."

권창혁은 대학 시절에 일본의 작가 고바야시 다키지小林多喜二란 사람이 경찰의 고문을 받고 죽었다는 신문 기사를 읽고 공산주의 사상에 흥미를 느꼈다.

"도대체 어떤 사상이기에 그 무서운 고문에 생명을 바쳐가며 항거할 수 있는 힘을 주는가 해서……."

도서관에서 『경제학 비판』을 읽었다. 그것을 통해서 유물사관을 알았다. 갑자기 눈이 밝아지고 안계眼界가 툭 트이는 느낌을 얻었다. 『자본론』을 읽었다. 복잡해서 갈피를 잡을 수 없었던 사회 구조가 명확하게 파악된 것 같은 기분이 들었다. 『공산당 선언』을 읽고는 흥분했다. 그렇게 해서 권창혁은 노역, 영역, 일역 등의 책으로 마르크스와 엥겔스, 레닌의 전 저작을 읽었다. 공산당에 입당하지 못한 것은 다른 이유도 있었지만, 당시 공산당이 지하로 잠행해버렸기 때문에 선線을 잡지 못한 게 주된 이유였다.

　학교를 졸업한 후 만철 조사부를 직장으로 택한 것은, 그곳이면 공산주의와 소련 사상에 관한 자료를 풍부하게 입수할 수 있을 것이라고 판단했기 때문이었다. 그 판단은 옳았다. 소련에서 행해지고 있는 크고 작은 일을 소상하게 알 수 있었다. 그런데 소련의 사정을 소상하게 알게 되자 공산당과 공산주의에 회의를 느끼게 되었다. 결론적으로 말해 인류의 장래에 광명을 줄 것이라고 믿었던 공산주의의 결점을 발견하게 되고, 성당聖黨이라고까지 숭앙했던 공산당이 어떤 집단보다 혹독한 독소를 지니고 있다는 사실을 발견했다.

　"나는 그러한 결점과 독소가 아직 성장하지 못한 나라의, 또는 주위가 적들에게 둘러싸여 있는 나라의 시행착오에서 생겼을 거라고 자위하려고 했지만 그렇지 않았소. 공산주의의 결점과 독소는 그 주의와 당에 내재되어 있는 본질적인 것이란 사실을 명백하게 인식했소."

　그러한 인식을 갖게 된 제일의 동기는 부하린의 재판이었다. 권창혁은 부하린의 저서를 통해 사적 유물론의 지식을 심화했기 때문에 부하린에겐 누구에게보다도 관심이 있었다. 그때부터 권창혁은 부하린의 행적을 철저하게 추적했다. 부하린은 1920년부터 1928년까지 기껏 9년 동안 최고 통치자의 가장 두터운 신임을 받은 공산당의 총아였는데 마침내 역모자, 반혁명자, 배신자로 전락했다. 만철 조사부엔 그 사건에 관한 어느 정도의 자료가 있었다. 부족한 건 백계노인白系露人을 이용해서 사사로이 입수하기도 했다.

　"그 자료 수집 때문에 나는 일본 경찰에 체포되어 옥고를 치렀는데……."

　권창혁은 철저하게 그 사건을 조사한 결과, 부하린에겐 한 점의 비위

非違도 없고 공산당의 생리가 만들어낸 조작 사건이란 걸 알았다. 그것이 동기가 되어 투하체프스키 사건, 킬리로프 사건 등도 연구했는데, 결과는 부하린의 경우와 마찬가지였다.

권창혁은 이와 같은 결론을 공산당의 '이상'과 '현실'의 갈등으로 이해하려고 노력했다. 그러나 어떤 정당, 어떤 주의도 이상이란 측면에서만 보면 나무랄 데가 없다는 생각에 이르렀다.

"그렇지 않은가. 파쇼 정당도 그들이 내건 이상은 찬란하거든. 동양의 유교를 예로 들어도 마찬가지지. 유교가 내포한 케케묵은 가치관을 그대로 살리더라도, 만일 그 이상이 액면 그대로 실현되기만 하면 유토피아가 될 게 아니냔 말요. 이렇게 말하면 파쇼의 이상이나 유교의 이상은 본질적으로 실현될 수 없다는 반론이 있겠죠. 그렇다면 나는 똑같은 말을 공산주의에 대해서 할 수 있소. 공산주의의 이상은 그 생리에 있어서 본질적으로 불가능한 것이라고……."

드디어 권창혁은, 공산당은 실현 불가능한 이상을 내걸어 인민을 현혹해서 그들을 노예화하려는 집단이란 결론을 얻었다. 집권하기 이전의 공산당, 또는 지하로 잠행한 공산당은 몰라도, 공산당이 정권을 잡기만 하면 그런 집단으로 전락하게 마련이란 확신을 소련공산당의 행적을 통해 얻은 것이다.

"세계의 모든 공산당은 소련공산당을 존경하고 그 지배를 받고 있소. 이런 사실을 보더라도, 세계 어느 나라의 공산당이라도 집권만 하면 소련공산당을 모방하지 않겠소?"

공산당이 왜 그렇게밖에 될 수 없는가를 권창혁은 연구했다.

"공산당은 원래 투쟁 조직이오. 투쟁 조직인 이상 승리를 목표로 하오. 이기기 위해선 수단과 방법을 가리지 않죠. 공산당은 또 그들의 말대로 과학적인 조직이오. 일체의 도덕, 윤리, 인간성 등이 개재될 틈이 없소. 인간성과 윤리 도덕을 인정하지 않으니, 그 조직을 지탱하는 방법은 감시 제도에 의존할 수밖에 없소. 감시 제도는 감시하는 놈을 감시하는 놈이 있어야 하고, 또 그놈을 감시하는 놈이 있어야 하고 해서, 그 감시 계열은 피라미드의 정상에 가서야 끝나게 되지. 공산주의 사회에 있어서의 질서는 이 감시 제도가 붕괴되는 날 파산합니다. 그 붕괴를 막기 위해 공포를 수단으로 삼죠. 그러니 인민은 언제나 불안하고, 공산당원이라도 하급일수록 불안하고, 중급, 고급은 나름대로 불안하죠. 결국 소수의 최고 권력자만이 공포에서 자유롭다는 얘기죠. 그러니까 최고 권력자는 그 공포로부터의 자유를 빼앗기지 않으려고 최대량의 공포를 생산한다 이거요. 어떤 정치도 불평과 불만의 재료를 남기지 않을 순 없소. 불평가가 있고 불만자가 있어, 이들의 발언을 통해 시정되기도 하는 거요. 그런데 소련에선 불평파는 발언권을 가질 수가 없소. 불평파에겐 투옥이 있고 학살이 있을 뿐이죠."

　권창혁은 불평파가 발언권을 갖지 못하는 나라는 망한다고 했다. 인민을 위한다는 것은 그 생존권을 위한다는 말이고, 아울러 그 자유권을 위한다는 뜻이다. 자유를 말살하고서 인민을 위한다는 말은 철저한 기만이다. 공산당은 인민을 위한다는 명분을 걸고 인민을 노예화하는 작용을 하는 이율배반의 터전 위에 서 있다. 따라서 공산주의를 통해선 인간다운 사회가 이루어질 수 없다는 것이 권창혁의 결론이었다.

　"공산주의 사회가 보여주는 어느 부분의 평등성에 대해선 주목할 만하지. 그러나 그 평등성이 기실 노예의 평등성일 때, 우리는 또다시 실망하고 마는 거요. 자본주의 제도에 있어서의 자유는 무산자에 있어선 자기 스스로를 노동력으로 팔아먹을 수 있는 자유, 궁한 나머지 자살할 수 있는 자유밖에 없다고 힐난하지만, 공산 체제의 사회에선 스스로를 팔아먹을 자유조차 없소. 철쇄에 묶여 자살할 자유도 없소. 자본주의 제도의 사회에선 막말로 해서 점진적인 개혁을 꾀하다가 안 되면 혁명을 일으켜보자고 희망할 수도 있지만, 일단 공산주의 사회가 되어버리면 혁명의 가능성도 없소. 첩첩이 싸인 감시 제도는 혁명할 틈도 주지 않거니와, 그 속에서 사는 사람들의 혼을 빼어 노예 의식으로 굳어버리게 하는 마력을 부린단 말요. 공산주의는 노동자 농민을 위하는 주의가 결코 아니고, 노동자 농민을 미끼로 공산당의 관료가 지배 체제를 향락하려는 사술詐術이라는 것을 알아야 해요. 지금 당신들은 공산당원이 될 각오를 하고 있는 모양인데, 당신들이 공산당원이 되어 나라를 만들면 내가 지금 말한 상황을 더욱 비참하게 더욱 추잡하게 반영하는 조선판 소련을 만드는 게 고작일 거요."

"구성하는 사람, 시대적 상황, 입지적 조건에 따라 공산당이라도 각각 다를 수 있지 않겠습니까?"

태영이 물었다.

"공산당엔 본질적인 생리란 것이 있어. 어떤 구성 분자가 구성하더라도 공산당으로서의 구실을 하려면 소련공산당이 보여준 그 본질적인 생리를 넘어설 순 없을 거야. 박태영 군이 당수가 돼도 사정은 마찬가지겠지."

"소련공산당은 그래도 위대한 업적을 남기지 않았습니까. 차르의 압제에서 인민을 해방한 것만 해도 대단한 일이 아닙니까. 독소전獨蘇戰에서 승리한 사실을 통해 공산당이 민심을 장악하고 있다고 볼 수도 있고요. 선생님 말씀대로라면 어떻게 그 전쟁에서 이겼겠습니까."

노동식의 질문이었다.

"소련의 농민과 노동자의 생활이 다소는 나아졌겠지. 그러나 수백만의 피를 흘리고 기껏 그 정도라면 그 혁명을 찬양할 순 없지 않을까. 독소전에서 이겼다고 하나, 미국의 원조가 없었더라면, 또 독일이 양면작전을 하지 않았더라면 어떻게 됐을지 모르는 일 아니겠어?"

권창혁의 이 말은 준규가 받았다.

"그러나 승리한 것은 소련 인민의 집결된 힘이었으니까요."

권창혁은 눈을 감았다. 자기가 한 말이 설득력을 발휘하지 못했다는 사실이 안타까운 그런 표정이었다. 그 눈치를 챘는지 준규가 말했다.

"선생님, 좋은 말씀을 들려주셔서 감사합니다."

박태영도 준규와 같은 기분을 다음의 말로 표명했다.

"선생님 말씀대로라면 공산주의의 이론과 실제를 분리해야겠습니다."

"공산주의의 이론도 파산한 거야. 마르크스는 공산 사회를 계급이 없는 사회, 능력에 의해서 일하고 필요에 의해서 보수를 받는 사회라고 전망했는데, 소련공산당은 그 목표와 멀어져가고 있거든. 그렇다면 결론적으로 공산주의의 세계관은 파산했다고 볼 수 있지 않을까."

"유물사관도 그럼 사관으로서 파산한 겁니까?"

태영이 다시 물었다.

"유물사관은 유용해. 역사를 움직이는 동력엔 갖가지가 있다. 그 가운데서도 경제력, 즉 물物의 힘이 기초가 된다는 인식이니까 가장 강력한 사관이랄 수 있지. 그러나 그뿐이지. 거기서 공산주의, 오늘날 보는 것과 같은 소련공산당을 합리화할 근거는 찾을 수 없어."

권창혁은 풀밭에서 일어서며 말을 이었다.

"내가 말하고 싶었던 것은 여러분이 공산당에 입당하더라도 천천히 입당하라는 충고였소. 일단 입당하면 실망했다고 해서 쉽게 탈당할 수 없는 게 공산당이고, 자칫 잘못하면 평생 동안 낙인을 찍혀 인생에 낙오할 위험마저 있다는 사실을 알리고 싶었소. 그리고 앞으로 닥쳐올 세대를 백지 상태로 맞이해야 된다고도 하고 싶소. 공산당에 입당하는 걸 서둘 필요는 조금도 없소. 인민과 더불어 살 포부가 있다면 그만 아니겠소. 공산당 입당은 아무리 늦어도 지나치게 늦진 않을 거요. 정치는 어디까지나 현실에 있어서의 행동이오. 미리 공산당에 사로잡히면 정치 활동에 있어서 가장 소중한 현실 감각을 결하는 경우가 있다는 걸 미리 짐작해둘 필요가 있소."

태영은 권창혁의 그 말엔 공감을 가졌다.

일행이 골짜기를 걸어 나와 산막 어귀에 다다랐을 때, 거림골 산막의 도령 하나가

"두령님."

하고 다가섰다.

"웬일이오?"

두령이 물었다.

"차범수 부두령님이 두령님을 곧 모시고 오라고 했습니다."

그 도령이 말했다.

"차범수 부두령이 두령님을?"

노동식은 부두령이 두령을 부른다는 데 약간의 의혹을 느꼈다는 투로 물었다.

"선생님과 같이 계시거든요."

선생님이란 이현상 씨를 말했다.

"먼저 가요. 내 좀 볼 일 보고 가겠소."

하고 준규가 산막으로 들어서자, 권창혁이 따라 들어와 나직이 말했다.

"공산당 입당 서약을 쓰려면 간부들 개개인이 개인행동으로 하는 게 좋을 거요. 전체 회의를 열어 도령들 전부를 집단적으로 입당 서약시키는 것은 피해야 할 겁니다. 공산당엔 자발적으로 입당해야 합니다. 전체 회의를 열면 그것이 선동이 되고 강압이 되지 않겠소? 보광당이란 조직이 길이길이 아름다운 모임으로서 사실로나 추억으로나 남길 바라는 마음에서 하는 말입니다."

권창혁의 말은 간절했다.

"잘 알겠습니다. 선생님의 말씀을 명심하죠."

두령은 권창혁의 말을 진지하게 받아들였다.

태영은 그곳에서 나와 이규가 있는 산막 쪽으로 걸어갔다. 새로운 소식이 없을까 해서였다. 그런데 왠지 불안한 예감이 들었다. 이현상 씨와 권창혁 씨 사이에 아무래도 무슨 트러블이 생길 것 같았다. 그러나 그건 순간의 생각이었다.

"삼신산 구름 속에서 불로초 캐어냈더니, 알뜰한 우리 임은 다 늙었다네."

순이의 노랫소리가 들려왔던 것이다. 태영은 두리번거렸다. 순이는 건너편 밭에서 김을 매며 한가로이 노래를 부르고 있었다. 태영의 얼굴에 웃음이 일었다.

포츠담 선언을 일본이 수락했다는 방송을 이규가 포착한 것은 8월 14일 자정쯤이었다.

며칠 전부터 '피이 피이' 소리만 내고 전연 말을 알아들을 수 없어 이규는 짜증을 내고 있었는데, 그 무렵에야 갑자기 잡음을 헤치고

"일본 정부는 포츠담 선언을 수락하고 무조건 전면적으로 항복했다."
라는 소리가 들려온 것이다. 이규는 무조건 항복, 즉 '언컨디셔널 서렌더'란 영어를 어김없이 듣자, 한순간 숨이 막히는 것 같았다. 라디오에선 계속 그 말이 흘러나오고 있었다.

이규는 가까스로 정신을 차리고, 깊이 잠들어 있는 권창혁을 불렀다. 와락 흔들어댈 수도 없어 나직이

"권 선생님, 권 선생님."

하고 불렀다. 그런데 낮에 도령들과 같이 산채를 캐러 갔던 권창혁은 피로 때문인지 좀처럼 잠에서 깨어나지 못했다.

이규는 벅차오르는 흥분을 가라앉힐 수가 없어 소리 높이

"권 선생님!"

하고 어깨를 흔들었다.

"음."

하더니 창혁이 눈을 떴다.

"일본이 무조건 항복을 했습니다."

"뭣!"

권창혁이 눈을 비비며 일어나 앉았다.

"들어보십시오."

라디오에선 계속 일본의 항복을 되풀이 방송하고 있었다.

"틀림없구나! 서렌더드 언컨디셔낼리! 틀림없어!"

창혁은 이규의 어깨를 덥석 안았다.

라디오 소리는 다시 '피이 피이' 하는 잡음으로 바뀌고 말았다.

창혁은 이규의 어깨를 안은 팔을 풀고 길게 숨을 내쉬었다. 그리고 떨리는 소리로 말했다.

"일본놈이 뭐라고 하는지 들어보자."

"일본놈 방송이 들려야 말이죠."

이규는 다이얼을 이쪽저쪽으로 들렸으나 잡음만 나올 뿐이었다. 어떻게 된 영문인지 그 라디오는 원래 단파는 겨우 들려도 장파는 잘 들리지 않았다.

"모두에게 알려야죠."

"물론 알려야지."

이규는 두령과 박태영이 묵고 있는 산막으로 뛰어갔다.

이윽고 괘관산은 벌집을 쑤셔놓은 것 같은 양상이 되었다.

"무조건 항복이라쿠는 기 뭡니꺼?"

순이가 물었다.

"일본이 말야, 뭐든 시키는 대로 할 테니 전쟁은 그만두자고 연합군에게 항복한 거야."

숙자의 대답이었다.

"그라몬 우찌 되는 깁니꺼?"

또 순이가 물었다.

"우리나라는 독립한다."

숙자의 대답이었다.

"일본 사람은 물러가고……."

진말자가 덧붙였다.

산골에서 화전민의 딸로 자란 순이로선 일본 사람이 물러간다는 말이 실감이 나지 않았다. 그래서 또 물었다.

"순사들은 그냥 있고예?"

"일본놈이 물러가면 순사도 없어진다."

숙자의 말이었다.

"아이고, 좋아라. 그라몬 우리 마음대로 하겠네예."

순이는 손뼉을 쳤다.

"그렇지. 앞으로 순사가 필요하면 우리 뜻대로 순사를 만들면 되지."

진말자의 말이었다.

"순사를 만들어예? 뭐할라꼬?"

순이는 이해가 안 되는 모양이었다.

"일본놈 말을 듣는 순사는 물러가야 하지만, 우리 말을 듣는 순사는 있어야 하지 않나. 도둑놈도 잡아야 하고, 그밖에 나쁜 짓 하는 사람들도 없애야 할 테니까."

숙자가 차근차근 말했다.

"그라몬 우리 두령님이 순사 대장 하몬 되겠구만."

"두령님이야 순사 대장만 할라고. 그보다 더 훌륭한 사람이 되실 텐데……."

진말자가 신나게 말했다.

그러자 순이는 와락 불안한 마음에 사로잡혔다.

"일본 사람이 물러가고 순사가 없어지몬 우린 괘관산에 안 있어도 되는 기지예."

"일본이 망했는데 뭣 때문에 괘관산에 머물러 있겠니."

숙자의 이러한 대답에, 이제까지 들떴던 순이는 가슴이 쿵 내려앉았다. 순이에게 있어서 괘관산은 다시없는 보금자리였다. 하 두령을 비롯한 도령들이 있고, 숙자와 말자라는 다정한 언니가 있었다. 종달새처럼 노래부르고 다람쥐처럼 뛰놀면 되는 나날이었다. 어떤 일이건 괘관산에서의 일이면 고된 줄을 몰랐고, 무슨 일이건 해낼 수 있는 용기도 있었다. 두령이나 도령들이 모두 집으로 돌아가면 순이도 이곳을 떠나야 한다. 순이가 갈 곳은 머슴살이하는 아버지 곁이나 덕유산 은신골의 할아버지 집밖에 없었다. 순이는 어느덧 흐르기 시작한 눈물을 숨기기 위해 벽 쪽으로 돌아누웠다.

"일본이 무조건 항복을 했으면 괘관산 보광당은 해산을 해야지?"

"괘관산을 떠나야겠지만, 그렇다고 보광당까지 해산이야 할라구."

벽 쪽으로 돌아누워 눈물을 흘리고 있는 순이의 귀에 말자와 숙자가 주고받는 말이 들려왔다.

"어쨌든 단체 행동을 할 필요가 없을 것 아냐?"

"사정에 따라서겠지."

"언제쯤 괘관산을 떠날까?"

"아까 본부에서 들은 얘기론, 일본이 무조건 항복을 했다는 걸 미국 방송으로 들었을 뿐이니까 날이 새봐야 확실한 걸 알겠다고 했어."

"괘관산을 떠나면 숙자 씬 박태영 씨와 같이 가게 되겠지?"

"그건 그때가 되어봐야 알지."

"나는 어떻게 할까."

말자도 짐짓 불안한 마음이었다.

"두령님이 결정해주겠지. 그런데 말자 씬 일단 부모님 곁으로 돌아가야 할 게 아냐?"

"일본으로?"

"그렇지."

"일본으로 갈 수 있을까?"

"왜 못 가겠어."

"우리나라가 독립이 되는데도 계속 일본에서 살아야 하나?"

"생활 근거가 그렇게 돼 있으면 할 수 없지 뭐."

"숙자 씨, 그처럼 남의 일같이 말하지 말아요. 우리나라가 독립이 되는데 일본에서 천대를 받고 살아?"

"앞으론 일본이 우리를 천대하지 못할걸?"

"난 일본 안 가. 여기서 살 테야."

"꼭 여기서 살 작정이면 걱정 마. 나와 같이 살면 되잖아?"

"같이 가도 될까?"

"우리 박태영 씨가 어련히 알아서 할려구. 게다가 두령님도 있고 이규 씨도 있고 하니……."

"그럼 안심해도 될까?"

"안심해요. 그리고 잠깐이라도 눈을 붙입시다. 날이 새면 바빠질 테니까."

숙자와 말자는 잠을 청하는 모양이지만, 순이는 그럴 생각이 없었다. 괘관산을 떠나야 한다는 사실이 그저 절박하기만 했다. 은신골 고갯마루에서 보광당 도령들과 헤어졌을 때의 슬픔이 되살아났다. 다시 그런 꼴이 되면 어떻게 살아갈까 싶었다. 눈물이 하염없이 흘렀다.

아예 잠자긴 틀렸다면서 도령들은 모두 일어나 앉았다. 중구난방으로 갖가지 말들이 터져 나왔다.

"제엔장, 나헌테 징용 영장 가지고 와 떵떵 큰소리치던 그 면 서기놈의 자식! 만나기만 하몬 낯에 침을 뱉어줄 끼다."

"떵떵 큰소리만 쳤다몬 그 사람 얌전한 사람이다. 나는 뺨을 몇 대 얻어맞았다고. 양지가 음지 되고 음지가 양지된다쿠더니, 옛사람의 말에 틀린 게 없어."

"그런 감정 같은 건 없애야 된다. 새 나라를 맹글어야 할 판인디, 그런 소소한 감정 갖고 덤비서야 되겠나."

"점잖은 소리 작작 해라. 우째도 원수부터 갚아놔야 속이 편하겠다."

"원수가 다 뭐꼬. 그런 형편이 되어놓응깨 그리 한 긴디."

"왜놈들 참 허무하게, 이렇게 쉽게 꺼꾸러질 것 갖고……. 놈들 꼬라지 좀 보몬 좋겠다."

"이리 될 줄 알았시몬 산청경찰서도 해치워버리는 긴디."

"야야, '몬' 자가 들몬 안 되는 기 없다쿠더라야."

"나는 집에 돌아가몬 장개부터 먼저 갈란다. 왜놈들 때문에 애새끼 둘쯤은 내비릿을 끼다."

"저건 젊은 놈이 자석 욕심만 가득 차갖고……."

"흥, 자석은 일찍 둬야 하는 기다."

"제엔장, 사람 곁은 소리 하지 마라. 배꼽이 웃는다."

"너는 장개 안 갈 것까?"

"와 안 가."

"그라몬 남의 말에 와 시비고."

"아닌 기 아니라 일본놈 물러가고 우리가 쑥 나타나몬 동네 사람들 놀랠 끼라."

"괘관산 도령이라쿠몬 이름이 높이 나 있다쿠던디."

"홍길동들이라쿤단다."

"틀림없지. 우리 다 홍길동이 아니가."

"주제에 홍길동이는 하고 싶어서……."

"홍길동이가 좋은 긴 줄 아나. 홍길동이는 도적이다, 도적. 세상에 어떤 쌍놈이 저부터 '내가 도적이다' 하고 나서노."

"무식해서 안 그렇나."

"유식한 놈도 별수 없더라."

"우찌 되었건 앞으로 우리를 만만하게 보는 놈은 없을 것 아니가."

"만만하게 보는 놈 있으몬 내게 연락해라. 내가 가서 벼락을 때리놓을 껑깨."

"우리는 애국잔데 누가 우리를 만만하게 볼 끼고."

"애국자? 그런 소리 하지 마라. 그런 뻔뻔스런 소리 했다간 큰코 다친다."

"이현상 선생님이 우린 애국자라고 안 하드나. 그런 자부를 가져야 된다고 안 쿠더나."

"그건 인마, 앞으로 애국자가 될 수 있도록 노력하라는 말씀이란 말이다. 함양경찰서 한 번 습격했다고 애국자가 된다쿠몬 애국자에 치여서 걸음도 못 걷겠다."

"함양경찰서 습격한 사람이 그리 많은가?"

"말을 하자면 그렇단 말이다."

"뭐니뭐니 해도 두령님 덕택 아니가. 두령님 없어봐라. 우리가 뭘 믿고 덤빌 끼고."

"덤비는 건 그만두고 여게 이렇게 모여 있을 턱도 없지."

"북해도에 가서 죽었든지, 태평양에서 고기밥이 되었든지 했을지도 모르지."

두령 말이 나오자 모두들 숙연해졌다. 한 사람이 두령 소문을 듣고 덕유산 은신골을 찾은 얘기를 꺼내자, 나도 나도 하고 두령을 따르게 된 동기를 얘기했다.

"'은신골에 도인이 있다. 그 도인을 독립운동을 지도하는 도인이다' 이런 얘기를 들었지. 징용 영장을 받아 쥐자 문득 그 얘기가 생각나드만. 그날 밤 아부지허고 의논을 했지. 징용을 간다면 죽을 각오를 해야 하는디, 이왕 죽을 각오를 할 바에야 은신골 도령을 따라 독립운동을 하다가 죽겠다고……. 아부지는 말이 없더만. 우째야 되겠느냐고 또 물었지. 역시 대답이 없어. 본께 아부지는 눈물을 흘리고 있더만. 마음이 찡하더라. 그래서 내가, '징용을 안 가면 아부지가 주재소 순사들에게 되게 당할 낑깨 은신골로 안 가고 징용을 가겠으니 안심하시라.'고 안 했나. 그랬더니 아부지는 내 손을 잡더라. 그라고 하시는 말이, '니는 징용 가면 죽을지도 모르는디, 그런 꼴까지도 견딜라쿠는디, 내가 순사한테 당할 끼라고 그런 걸 겁낼 것까? 차마 죽이지야 않을 것 아니가. 니 하고 싶은 대로 해라. 은신골 그 도인헌테로 가라.' 하시면서 쌀 서 말을 주더라. 그걸 짊어지고 은신골로 갔다. 두령님을 만났다. 그래서 오늘 이렇게 좋은 날을 만난 거 아니가."

모두 이와 비슷한 얘기였는데, 한결같이

"그러니까 앞으로도 두령님의 지시에 따라 어긋남이 없도록 하자."
는 결론이었다.

"언제쯤 집으로 가게 될까?"

"두령님의 말씀이 계시겠지."

"보광당은 앞으로 어떻게 할까?"

"두령님이 알아서 하시겠지."

"한 번쯤 집에 갔다가 다시 모여서 살면 좋겠는디."

"두령님이 어련히 알아서 하실라고."

"무슨 일이라도 두령님의 말씀대로 해야지."

"그래야 하고말고."
"당분간이라도 두령님과 헤어져야 한다고 생각하니 섭섭하고만."
"섭섭하고말고."
"우린 두령님만 믿고 살몬 되는 기다. 두령님 시키는 대로 하몬 되는 기다."
"……."

"이제야 때가 왔다."
이현상은 묵직이 한 마디 해놓고 좌중을 매서운 눈으로 돌아보았다. 하준규, 차범수, 김은하, 노동식, 박태영은 그저 잠자코 이현상을 지켜보기만 했다. 일본이 무조건 항복을 하겠다고 통고했다는 말을 듣고, 밤중임에도 불구하고 이현상은 보광당의 간부들을 자기 산막으로 불러들인 것이다.
"나는 여러분을 믿소. 믿으니까 이렇게 모이라고 한 것이오."
태도는 준엄했고 말엔 권위가 있었다. 어제의 이현상과는 전연 다른 사람이 거기 앉아 있는 느낌이었다. 박태영은 너무나 돌변한 이현상의 태도를 이해할 수가 없었다.
"반만 년 역사라고 흔히들 말하지 않소. 그것이 맞는 얘긴지 어떤지는 제쳐두고, 그저 반만 년 역사라고 칩시다. 그 반만 년 역사를 겪어 처음 맞이하는 새벽이오. 희망이 찬란한 새벽이오."
이현상은 크게 기침을 하고 말을 이었다.
"절대로 이 기회를 헛되이 해선 안 되오. 지금 우리가 잘못하면 그야말로 천추에 유감을 남기게 되오. 이 나라를 기어이 진정한 인민의 나라로 만들어야 하오. 여러분은 그 전위대가 되어야겠소. 전위대가 된다는 건 인민에게 복무헌단 말이고, 인민에게 봉사헌단 말이오. 인민을 올바른 길로 인도헌단 말이오. 인민과 더불어 새 나라 새 역사를 만든다— 얼마나 영광스러운 일이오. 그러자면 여러분이 꼭 지켜야 할 일이 있소."

이현상은 다시 헛기침을 하고 더욱 힘을 주며 말을 이었다.

"첫째, 반동들을 색출해서 숙청하고, 그들이 날뛸 일체의 여지를 없애야 하오. 반동들이 설 자리를 뿌리째 뽑아버려야 헌단 말이오. 이건 일거에 해치워야 하오. 조그마한 틈도 주어선 안 되오."

박태영은 얼떨떨했다. 무엇이 반동이며 어떻게 일거에 해치울 것인지, 도대체 무슨 말을 하고 있는지 영문을 몰랐다. 이때까지 그처럼 명석하게 말할 줄 알던 사람이 왜 저렇게 변했는가 싶을 정도였다. 이 마당에서 반동이라면 그건 분명히 나라의 독립을 반대하는 무리를 말하는데, 그 반대하는 무리를 먼저 들먹인다는 것이 이상했다. 민족의 단결을 도모하는 것이 급선무가 아닐까. 반동부터 먼저 색출한다는 것은 이치에 맞지 않는 일이 아닌가. 이런 생각을 하느라고 태영은 이현상이 그 뒤에 한 말을 흘려들었다. 태영은 다시 이현상의 말에 정신을 집중하기로 했다.

"반동이란 뭣이냐? 첫째는 친일파다. 둘째는 민족 반역자다. 셋째는 악덕 지주, 악질 실업가, 악질 부상富商들이다. 이런 분자들을 그냥 두고는 절대로 앞으로 나갈 수 없다. 그러니 인민들의 의지를 집결해서 이놈들을 색출하고 숙청해야 한다. 이놈들을 용서했다간 당장 병집이 생긴다. 말하자면 사람 몸에 병이 생기듯 병이 자리를 잡는단 말이다. 보광당 조직이 전국에 있다면 하루아침에 반동들을 쓸어 없앨 수 있는데 그렇게 되어 있지 않아 유감이다. 당이 발족하기만 하면 첫째 이 일부터 할 거요. 여러분들은 지금의 조직을 풀지 말고 있다가 중앙에서 지령이 있거든 당장 반동 색출과 숙청 작업에 착수해야 하오."

이에 이르자, 가만히 듣고만 있을 수는 없었다. 태영이 물었다.

"친일파, 민족 반역자, 악덕 지주, 악질 상인을 반동 분자라고 하셨는데, 그들을 전부 죽여 없애야 된단 말입니까?"

"개과 천선해서 인민을 위해 노력할 수 있는 사람, 우리 일을 물심 양면으로 적극 도울 사람은 물론 제외해야지."

"그 기준을 어디다 둡니까?"

"기준을 어디다 두다니? 인민 재판을 하는 거여. 반동으로 지목된 놈을 한 놈씩 끌어내어 인민의 심판을 받도록 하는 거여. 인민이 죽이라고 하면 죽이고, 살려두라고 하면 살리구……. 이때까지 압박만 받아온 불쌍한 인민들에게 지배자로서의 발언권을 줘야 헌단 말이오. 이제야말로 우리 세상이 왔다는 걸 눈으로 보고 귀로 듣고 피부로 느낄 수 있도록 해야 헌단 말이오."

"아무리 나쁜 놈이기로서니 군중들의 기분에다 사람의 운명을 맡겨서야 되겠습니까."

차범수가 한 마디 끼웠다.

"군중들의 기분이라니……. 기분이 아니고 그건 인민의 감정이야. 그렇게 해서 인민의 감정을 긍정해놓아야 혁명이 완수되는 거여."

"독립을 하자는 거지, 어디 혁명을 하자는 겁니까?"

하준규가 뚜벅 말했다. 그런데 하준규의 이 말이 이현상을 흥분시켰다.

"무슨 소리 하오? 혁명 없이 이 나라에 독립이 가능할 줄 아오? 설혹 독립이 되었다고 하자. 그러나 혁명 없이 된 독립은 독립이 아니오. 보수와 반동을 용인해놓고 어떻게 인민의 나라를 세울 수 있단 말이오? 노동자, 농민이 앞장서는 사회로 혁명하지 않는 한, 진정한 독립은 없는 줄 아시오."

"일단 독립을 한 후에 노동자와 농민의 이익을 위하는 사회로 고쳐 나가면 되지 않겠습니까."

이번엔 노동식이 차분하게 말했다.

"지금 당장 노동자와 농민의 나라로 만들지 않으면 보수 반동이 반드시 국제적인 반동 세력과 결부되어 사태를 어렵게 할 뿐이오."

"그러나 모처럼 해방과 독립의 기운을 맞이하여 피를 흘리는 소동, 더욱이 동족 간에 서로 피를 흘리는 비극은 피해야 하지 않습니까."

하준규가 한 말이다.

"당신들은 몰라. 오늘 한 되의 피를 흘리면 장차 한 말의 피를 아낄 수 있어. 바꾸어 말하면, 오늘 한 되의 피를 흘리지 않으려다간 장차 한 말, 두 말, 아니 한 섬쯤 피를 흘려야 할지도 모르지. 썩은 피는 수술을 해서라도 흘려버려야 해. 보수 반동의 피는 썩은 피여. 그 썩은 피를 아끼다가는 신선한 인민의 피를 흘려야 하는 화근을 만들게 돼."

이현상은 이어 나라의 장래를 분석하는 이야기를 시작했는데, 박태영은 이미 귀를 기울이지 않았다. 일본이 무조건 항복을 한다는 소식이 방금 있었는데 벌써 동족 간에 피를 흘릴 얘기를 한다는 건 아무래도 유쾌한 일일 수 없었다. 일본의 항복을 얼마나 바라왔던가. 조국의 독립을 얼마나 꿈꿔왔던가. 그런데 그날이 드디어 온 것이다. 무조건 기뻐했으면 좋겠다. 서로 얼싸안고 울었으면 좋겠다. 죄인이건 누구이건 동포의 한 사람도 죽이는 일 없이 빛나는 앞날을 바라보았으면 좋겠다. 태영은 이런 생각을 되뇌며 두령의 표정을 살폈다.

그러자

"당신들은 사태를 너무나 감상적으로 생각하고 있소."
하고 이현상이 버럭 고함을 질렀다.

'무슨 말끝에 이런 고함인가?'
하고 태영은 자기의 생각에서 깨어나 두리번거렸다.

"일본놈이 손을 들었다고 그것만으로 좋아할 순 없소. 지금부터 험악한 길이 시작되오. 당신들은 사태의 어려움을 짐작도 못 해. 나라를 절대로 반동들의 손아귀에 넘겨주지 않기 위해서는 지금부터 결사대의 각오를 가져야 하오. 반동들이 맥을 출 수 없도록 선수를 쳐야 헌단 말요. 진정한 인민들을 위해 눈물과 피를 흘리려면 지금 이 순간 반동들에 대해 눈물도 피도 없어야 하는 거요. 반동들은 인민의 적이다. 그 적들이 당신들의 동정을 고마워할 줄 알아? 어림도 없는 얘기다. 놈들을 키우면 오늘 고양이 새끼 같은 것이 내일 호랑이가 되어 인민들을 잡아먹는단 말여. 역사상 반동들이 동정심을 갖고 인민을 대한 적은 없어. 스스로의 뜻으로 굴복한 적도 없구. 인민의 의지를 모으기 위해서라도 반동은 숙청해야 하고, 인민의 기세를 올리기 위해서라도 반동은 숙청해야 해. 인민이 인민다운 생활을 하려면 반동은 숙청돼야 해. 여기서 당신들이 망설이면 화를 자초하는 셈이 되는 거여. 후회의 씨앗을 뿌리지 않기 위해서도 대담하고 단호하게 행동해야 하오. 지리산, 괘관산에서 가꾸어온 그 반항의 정신을 보람 있게 하기 위해서도 인민의 앞장을 서야 하고, 인민의 적을 무찔러야 하오. 이게 나의 부탁이오."

이현상이 목멘 어조로 외쳤으나, 태영이 보니 두령도 차범수도 노동식도 김은하도 냉랭한 표정으로 있었다.

"그런데 내가 할 말은 다름이 아니라……."

하고 이현상은 두툼한 서류를 꺼냈다.

"이건 여러분 명단이오. 내가 바라는 건, 이 명단에 있는 여러분 전체의 입당 서약서를 받았으면 하는 것이지만 그건 너무 번거로워서, 여기 모인 간부들의 서약이나마 받아두고 싶소."

태영은 얼른 권창혁의 충고를 상기했다. 권창혁의 충고는, 설혹 공산당에 입당할 필요를 느꼈다고 해도 결코 서둘 일이 아니란 것이었다. 그 까닭은, 당 내의 지위를 탐하는 것이 아니면 빨리 들어가야 할 의미가 없다는 것이며, 한번 입당을 하면 배신자 또는 타락자라는 낙인이 찍히지 않고는 벗어날 수 없다는 데 있다고도 했다.

"공산당원이 아니고서도 얼마든지 나라와 인민에게 봉사할 길이 있다. 공산당도 사람이 모인 당이다. 어떤 사람이 모였는가의 구성에 따라 공산당의 성격이 달라진다. 그러니 그 구성을 보아가며 판단할 필요가 있다. 서둘러 주인을 가지려고 애쓸 필요는 없다. 공산당이란, 입당하는 그날부터 당원을 꼼짝달싹 못 하게 사로잡는 조직이다. 꼭 공산당에 입당해야겠다는 절박한 사정이 생겼을 때 입당해도 늦지 않으니, 그때 입당해도 될 일이 아닌가."

태영은 창혁으로부터 이런 말을 들었을 때만 해도 이현상의 권유에 보다 강한 인력을 느꼈는데, 돌변한 이현상의 태도에 접하자 의혹이 짙어만 갔다.

좌중에서 대답이 없자 이현상이 다시 설명을 시작했다. 훨씬 부드러워진 어조였다.

"여러분이 입당 서약서를 내기만 하면 우리 조선공산당이 재건되는 즉시 여러분은 당원의 자격을 갖게 된다. 이건 대단한 특권이다. 보통같으면 입당 원서를 내고도 상당한 심사 기간이 있어야 한다. 심사 기간이 지나고 승인이 있다고 해도 길면 3년, 빨라도 1년이란 후보 당원 시기가 있어야 한다. 이런 순서를 뛰어넘어 곧 정당원이 될 수 있다는 건 여러분의 자질을 내가 잘 알기 때문이기도 하고, 내가 그만한 노력을 아끼지 않겠다는 뜻이기도 하다. 하 두령, 어떤가?"

준규는 잠깐 눈을 아래로 깔고 생각하는 듯하더니 고개를 들고 정중히 입을 열었다.

"이 선생님을 저는 존경합니다. 그리고 그 뜻을 받들 작정이기도 합니다. 그러나 공산당 입당은 당이 되고 나서 해도 좋지 않겠습니까. 아직 재건도 되지 않은 당에 무작정 입당한다는 건 저로선 사양했으면 합니다."

그 말이 끝나자 방 안에 무거운 침묵이 돌았다. 이현상의 이마에 땀이 괴었다. 칸델라 불빛으로도 알 수 있었다. 괘관산의 그 방은 여름 밤이라도 땀이 날 정도로 덥진 않은 곳이었다.

"차군의 의견은 어떤가?"

"저도 두령의 마음과 똑같습니다. 당이 발족되면 강령을 보고 판단해서 결정하겠습니다."

"내 말만으론 믿지 않는단 말인가?"

이현상은 약간 서글픈 투로 말했다.

"천만의 말씀입니다. 그러나 공산당에 입당하자면 그만한 신중성은 있어야 하지 않겠습니까?"

"박태영 군은?"

"저도 만찬가집니다."

"두령의 뜻대로 하겠다는 말이군."

"물론 그런 뜻도 있습니다만, 당에서 우리를 심사해야 한다면 그 심사를 받기 전에 우리도 당을 심사해야 하지 않겠습니까."

이현상의 태도가 지나치게 거만하다고 느꼈기 때문에 나름대로 반격을 한 셈이었다.

이현상은 눈을 감았다. 그리고 다시 눈을 뜨고 이런 말을 했다.

"공산당을 심사한다는 말은 지나쳐. 당은 신성한 거다. 신성한 거로 만들어야 한다. 공산당이 아냐. 마르크스 레닌주의의 당이야. 인민의 당이야. 당을 모독하는 언동이니 조심하오."

"꼭 일본 천황 폐하 같은 게로구먼요, 신성 불가침하다면."

태영은 내친걸음에 익살을 토했다.

"전 도령, 그게 무슨 소리야?"

두령이 나직이 태영을 나무랐다.

"좋아, 그런 오해도 있을 수 있지."

이현상은 한숨을 쉬고, 억지웃음을 띠고 말했다.

"일본 천황의 신성 불가침이 미신에서 나온 신념이라면 당의 신성 불가침은 과학적인 결론에서 나온 신념이라는 것쯤 이해해두게. 그리고 세상엔 영리하고 유식한 허무주의자, 그럴듯한 궤변을 일삼는 기회주의자들이 미사여구를 나열해서 청년들을 현혹하는 경우가 있으니, 그런 자들에게 말려들면 안돼. 그런 자들을 이른바 반동의 데마고그라고 하는 거여. 어떤 반동보다 악질적인 반동이란 걸 잊으면 안 돼. 인민의 의욕을 감퇴시키는 허무주의, 인민의 방향을 오도하는 기회주의자를 경계할 줄 알아야 해."

태영은 그 말을, 권창혁을 두고 하는 말이라고 생각했다. 그날 밤 이현상이 엉뚱한 태도만 취하지 않았더라도 태영은 그 말까지 감동적으로 이해했을 것이다.

이현상의 말은 좀더 계속되었다. 공산당의 지도에 따라 공산당의 노선을 밟지 않으면 나라의 앞날이 있을 수 없다는 결론으로 귀납되는 얘기들이었다.

어느덧 날이 훤히 밝아왔다.

"벌써 아침이 되었구나."

이현상은 앉은 채 도령들과 악수하고 명단을 들어 보이며

"그럼 이 명단은 내가 서울로 가져가겠소. 서울에 가서 친구들에게 이 명단에 있는 사람들이 모두 내가 지리산, 쾌관산에서 사귄 동지들이라고 자랑할 참이오."

하고 웃었다.

준규와 태영이 이현상의 산막에서 나오자, 동쪽 산봉우리에 아침 햇살이 비치고 있었다.

"오늘은?"

하고 준규가 물었다.

"8월 15일, 1945년."

태영이 대답했다.

"1945년 8월 15일, 오늘이 역사적인 날이 될지 모르겠는데."

준규가 팔을 활짝 펴고 심호흡을 했다.

"차 도령과 박 도령을 아랫마을로 내려보내 봅시다."

하고 태영도 심호흡을 했다.

동산을 넘어섰다. 강태수 소년이 멀찍이서 보고 뛰어왔다.

"태수야, 너 집에 가게 되었구나. 소를 몰고……."

두령이 태수의 머리를 쓰다듬었다.

"전 가기 싫은데."

태수가 두령의 손에 매달리며 말했다.

"집에 안 가고 우쩔라고?"

"두령님과 같이 있고 싶어."

태수는 아랫입술을 내밀었다.

"나와 같이 있고 싶으면 같이 있으면 되지."

"같이 있게 해줄랍니꺼?"

"그러고말고."

태수는 두령의 손을 잡고 마구 흔들어댔다.

"우리, 세수하고 들어갑시다."

하고 태영이 태수에게 수건을 가지고 오라고 이르고 개울 쪽으로 두령과 같이 걸었다.

"오늘이 올 줄이야……."

준규가 혼잣말로 중얼거렸다.

"오늘이 올 줄 믿고 살아온 게 아닙니까?"

"모두가 전 도령 덕택이야."

"천만에요. 두령님 덕택이지."

"아냐, 전 도령 덕택이야. 시모노세키에서 전 도령을, 아니 박태영 군을 만났을 때, 그땐 사실 내 각오는 든든하지 못했어. 박군의 신념을 알고서야 내 신념이 굳어졌지."

"저도 그랬습니다. 두령님을 만나 얘기해보기까진 제 생각도 막연했어요. 두령님의 얘기를 듣고 각오한 겁니다."

"나는, 깨끗하게 이날을 맞이한 건 어디까지나 박태영 군의 지도 때문이라고 생각하네."

"그런 말씀 하지 마십시오, 그런데 이현상 선생이 좀 변한 것 같지 않습니까."

"흥분하신 거요. 반생을 옥중 생활로 보낸 어른이니까 그 흥분의 도가 우리보다 더할 것 아뇨?"

"그렇다고 치더라도 아까 하신 말씀엔 두서가 없었어요."

하고 박태영은 한 되의 피니, 한 말의 피니 한 이현상의 말엔 수긍할 수 없다는 의견을 털어놓았다.

"나도 동감이오."

"그리고 공산당을 신성 불가침하다는 말은 또 뭡니까."

"이현상 선생으로선 그렇게밖에 말할 수가 없었겠지."

"그런 말 갖고 일반 대중을 설득할 수 있을까요?"

"흥분이 가라앉으면 달라지겠지."

개울가에 벌써 강태수가 와 있었다. 준규와 태영은 손가락으로 양치를 하고 바지를 걷고 개울로 들어섰다. 싸늘한 물의 냉기가 발과 종아리로 해서 뇌의 중추에까지 기어오르는 듯 상쾌했다.

얼굴을 씻고 있는데 순이가 나타났다.

순이는 울먹울먹한 얼굴로 두령을 지켜봤다.

"순이야, 인자 너도 집에 가게 되었구나."

태영이 말을 건넸다

"갈 집이 있어야 가재."

순이의 시무룩한 대답이었다.

"순이는 나랑 같이 가야지."

두령이 얼굴을 씻으며 이렇게 말하자, 순이는 입을 벌리고 한동안 멍청히 서 있더니,

"정말로요?"

하고 신음하듯 물었다.

"참말이지, 거짓말을 해? 순이가 원한다면 어디라도 데리고 가지. 서울에라도, 부산에라도……."

"아이구, 좋아라."

순이는 손뼉을 치며 몇 번인가 제자리에서 뛰더니 털썩 주저앉아 엉엉 울었다.

"좋다캐놓고 울긴 왜 우노? 가스나도 참 이상하다."

강태수가 빈정댔다.

"좋응깨 안 우나. 와?"

순이는 언제 울었느냐는 표정으로 태수를 쏘아보며 앙칼지게 말했다.

"두령님이 날 데리고 간다쿤깨 새가 나서 그러나?"

"히히다. 두령님은 나도 데리고 간다쿠더라."

태수는 입을 비쭉했다.

의아한 표정으로 순이는 두령과 태수를 번갈아 보았다.

"둘 다 데리고 갈 테니 서로 싸움은 말아라. 싸우면 아무도 안 데리고 간다아."

하준규 두령의 웃는 얼굴에 햇살이 황홀하게 부딪었다.

몇몇 도령을 아랫마을로 보낸 지 한 시간쯤 지나서였다. '피이 피이' 하고 잡음만 내던 라디오가 갑자기 말을 하기 시작했다. 일본말인데, 기세당당한 종전의 말투와는 달랐다. 말소리가 가냘프고 힘이 없었다. 알아듣기가 거북했다. 그러나 그것이 일본 천황이 항복한다는 뜻을 알리는 것이란 사실을 곧 알 수 있었다.

"……만세萬世에 평화平和를 연다…….”
"참기 어려움을 참고, 견디기 힘든 것을 견디어…….”
"조선과 대만은….”
"연합국의…….”

이런 정도밖에 포착할 수 없었지만, 틀림없이 항복을 알리는 천황의 육성이란 것만은 확인할 수 있었다.

패관산에서 만세 소리가 터졌다. 아까까지만 해도 어렴풋한 의혹이 깔려 폭발할 수 없었던 감격이 일시에 폭발했다. 반천골, 거림골의 도령들이 본부 산막 앞 광장으로 모여들었다.

성한주 노인이 어깨춤을 추자, 이규의 둘째 큰아버지 이홍설이 뒤따랐다. 이어 도령들도 덩실덩실 춤을 추기 시작했다. 그러면서 모두들 눈물을 흘렸다.

"대한 독립 만세!”

성한주 노인이 만세를 불렀다. 도령들도 일제히 고함을 질렀다.

"인제 죽어도 한이 없고나!”

성한주 노인이 춤과 만세 소리에 지쳐 그늘을 찾아 앉으면서 울부짖었다.

어느새 순이가 바가지에 물을 떠와 성한주 노인에게 권했다. 성한주 노인은 그 한 바가지의 물을 거의 다 마시고,

"아아, 이렇게 좋은 물맛이 있을 수 있나. 이게 해방된 내 나라의 물 아니가. 모두들 물을 마셔가며 뛰어라.”

하고 순이의 손목을 잡았다.

"내 딸 순이가 떠다준 물이 왜 이렇게 맛이 있노.”

하고 소리를 내어 통곡했다.

3·1운동에 가담하여 죽을 뻔한 고비를 넘고, 그 후 줄곧 20여 년을 지리산에서 숨어 살았다는 성한주 노인으로선 통곡을 터뜨릴 수밖에 없었던 것이다.

저녁 무렵, 징 소리와 꽹과리 소리를 앞세우고 아랫마을 사람들이 몰려 왔다. 구할 수 있는 대로 술을 마련하고, 잡을 수 있는 대로 닭과 돼지를 잡고, 장만할 수 있는 대로 음식을 마련했다면서 20명 남짓한 짐꾼들이 지게로 그것을 운반해왔다.

"해방이 됐으니 누구보다도 괘관산 도령들을 대접할라꼬 가지고 왔십니더."

구장이 두령 앞에서 굽신거리며 인사말을 했다.

두령이 아랫마을의 호의를 받아들이기로 하여, 그날 밤 괘관산에선 큰 잔치가 벌어졌다.

그 자리에서 이현상의 연설이 있었다.

"일본 제국주의가 우리의 강토를 완전 점령한 기간은 36년이며, 일본 제국주의가 우리를 노려 농간을 부리기 시작한 것은 50년 전입니다. 말하자면 우리는 50년 동안 놈들의 노예가 되어 있었다는 말입니다. 그러니 우리는 50년 만에야 일본놈의 속박에서 벗어나 해방된 것입니다. 그런데 우리는 오늘 이 시점에서 왜 우리가 일본놈의 압제를 받게 되었는가 하는 원인을 파악해야 하겠습니다. 그것은, 우리나라를 일본놈에게 팔아먹은 놈이 있기 때문입니다. 누가 팔아먹었겠습니까? 이완용을 비롯한 친일파 민족 반역자들이었습니다. 노동자가 팔아먹은 게 아닙니다. 농민이 팔아먹은 것도 아닙니다. 양반들이 팔아먹은 것입니다. 지주들이 팔아먹은 것입니다. 민족과 나라의 장래는 생각하지 않고 자기들만 잘살기 위해 일본놈에게 팔아먹었던 것입니다. 그리고 일본놈들과 야합하여 우리 인민을 괴롭혔습니다. 여러분, 이 사실을 명백하게 알아야 합니다. 한번 나라를 팔아먹은 놈들은 또 그렇게 하는 것이 자기들에게 유리하다고 생각될 땐 서슴없이 그런 짓을 할 것입니다. 총독부 정치는 부자에겐 후했습니다. 양반에게도 후하게 했습니다. 지주들 편을 들어 혹독한 소작료를 내도록 농민들을 매질했습니다. 부자와 지주들은 총독부 관리들의 비호 아래 비교적 잘살았습니다. 죽도록 고생한 사람은 노동자와 농민입니다. 농민은 비싼 소작료를 내야 했고, 게다가 공출을 내야 했습니다. 아들은 징용이나 징병을 가야 했고, 딸들은 보국대로 끌려가야 했습니다. 50년 압제를 받았다고 하나, 압제를 받은 사람은 노동자와 농민뿐입니다. 인제 새 세상이 돌아왔습니다. 인제는 노동자와 농민이 잘살아봐야겠습니다. 양반, 부자, 지주들이 나라를 팔아먹지 못하도록 감시하고 제압도 해야겠습니다. 그렇게 하자면 어떻게 해야 하느냐? 노동자, 농민이 주인이 되는 나라를 만들 수밖에 없습니다. 그럴 수 있겠느냐고 의심하는 사람이 있을지 모르겠습니다만, 단연코 그렇게 할 수 있습니다. 우리의 힘, 노동자와 농민의 힘을 합하기만 하면 절대로 성공할 수 있습니다. 노동자, 농민은 지금 우리 인구의 8할을 차지하고 있습니다. 8할을 차지하는 노동자, 농민이 합세해서 안 될 일이 어디 있겠습니까. 우리의 힘만 합치면 어느 누구도 우리의 의지를 꺾을 수 없습니다. 누구도, 어떤 세력도 우리의 나라를 팔아먹을 수가 없습니다. 반만 년 역사 가운데 우리가 잘살 수 있는 유일한 기회를 우리는 맞이한 것입니다. 누가 우리의 적이며 누가 우리의 편인지는 당장 알 수 있을 것입니다. 우리는 우리의 생명을 지키기 위해, 우리의 후손을 지키기 위해, 우리의 적에게 속아넘어가지 않도록 해야 합니다. 머잖아 서울에서 여러분을 이끌고 격려하는 소식이 올 것입니다.

우리 괘관산 동지들이 두령의 지휘하에 일사불란하게 노동자와 농민의 편에 서서 일하기만 하면 승리는 우리의 것이고, 새 나라는 우리의 것이고, 동지들은 새 나라의 영웅이 될 것입니다. ……이것이 여러분 전체를 대하는 마지막 기회가 될지 모르니 부탁을 하겠습니다. 앞으로 여러분이 나를 만날 의향이 있으면 두령을 찾아 내가 있는 곳을 물으십시오. 두령헌테 내 주소를 알려두겠소. 여러분의 건강과 인민을 위해 힘차게 싸울 것을 빌며 나의 송별 인사를 겸하겠습니다…….”

이현상의 연설이 끝나자, 성한주 노인이 나섰다.

성한주 노인의 연설은 짤막했지만 감동은 더욱 짙었다.

“여러분, 이곳은 꽃밭이오. 화원이오. 여러분은 꽃이오. 아름다운 꽃이오. 그 방울방울의 눈이 왜 그렇게 신비하노? 왜 그렇게 기막히노? 아무리 생각해도 60 평생에 이런 날을 맞이한 건 여러분들의 초롱초롱하고 아름답고 신비로운 눈방울이 천지 신령을 감동시킨 때문이 아닌가 한다. 3·1운동 때 왜놈의 손에 죽은 동지들의 그 처참한 모습이 선하게 눈앞에 나타나는구나. 모두 웃는구나. 그 처참했던 몰골에 후광이 비치는구나. 날개가 돋는구나. 아아, 날고 있다. 하늘을 향해 날고 있다. 아아, 기쁘다. 좋아서 죽겠다. 나는 인제 이 자리에서 당장 죽어도 한이 없다. 그러나 여러분은 오래오래 살아서 이 나라를, 풍성하고 윤택하고 인정이 철철 넘쳐 흐르고 길가에 재물이 떨어져도 줍지 않고 나쁜 짓을 하면 자기 스스로 땅 위에 동그라미를 그려놓고 그 속에서 벌을 서서 반성하는 그런 나라로 만들어다오. 그리고 괘관산을 잊지 말아라. 이 화원을 잊지 말아라. 여기가 여러분의 몸과 마음의 고향이니라. 아아, 기쁘다. 또 한 번 만세를 부르자. 대한 독립 만세!”

이어 술과 춤과 노래로 해서 1945년 8월 15일 괘관산의 밤은 깊었다.

그날 밤, 자리에 누운 권창혁과 이규 사이에 다음과 같은 말이 오갔다.

"선생님도 오늘 밤 한 말씀 하실 걸 그랬죠."

"모두 좋은 말을 했는데 내까지 할 것 뭣 있나."

"성 노인, 말씀 참 잘하대요."

"그 노인은 초년에 이광수와 최남선에 앞서 문학운동을 한 어른이야."

"그런데 어떻게 그처럼 철저하게 은거할 수 있었을까요?"

"백이숙제를 닮을 각오를 단단히 하신 거지."

"이현상 씨의 연설은 너무나 과격한 것 같던데요."

"공산주의자의 연설로선 그만한 정도면 부드러운 편이다."

"그럴까요?"

"앞으로 얼마든지 들을 기회가 있을 테니까 차차 알게 되겠지."

"그러나 공산주의가 이현상 선생의 말대로 그처럼 철저하게 노동자, 농민을 위하는 것이라면 누구라도, 그 계급을 돕는 뜻에서도 공산주의에 동조할 필요가 있지 않겠습니까?"

"액면 그대로라면 그렇지. 그래서 전 세계의 이를테면 양심 있는 인텔리들이 공산당원이 되거나 그 동조자가 된 게 아니겠나. 그런데 그게 아니었거든. 아니, 몇 번이고 얘기했지만 공산주의자들은 노동자, 농민의 권익을 미끼로 내세워 자기들 직업 혁명가가 정권을 잡으려는 술책을 부리고 있는 거야."

"그 직업 혁명가의 목적이 결국은 노동자, 농민을 위하자는 게 아니겠습니까?"

"명분으로선 그렇지. 그런데 결국은 그들이 권력을 잡기 위한 수단이 전부가 되어버려. 권력을 잡으면 그 권력을 유지하기 위해 광분하고……. 그들이 노동자·농민을 위하는 길을 이탈한다고 지적하는 사람이 나서면 어떤 수단을 써서라도 반혁명으로 몰아치우고……. 부하린이 반혁명가로 처단당한 경로를 보면, 부하린이 스탈린보다 노동자·농민의 이익을 더욱 옹호하는 노선을 취했는데 그것까지 트집을 잡드면. 설혹 부하린의 의견이 틀렸다고 치더라도 그것을 채택하지 않으면 그만이지, 죽일 것까진 없지 않은가. 권력을 잡은 후 좋아질 것이 아닌가 하는 생각도 들지만, 그렇지 않은 모양이야. 항상 불안하거든. 부르주아의 사회에선 권력에서 이탈돼도 재산이 있으니까 권력에서의 실각을 겁내는 정도가 덜하지만, 공산주의 사회에서는 권력의 자리에 있다가 실각하면 완전한 파멸이 되는 모양이거든. 그러니까 악착같이 그 자리에 집착할 수밖에……. 그런데 직무에만 충실하다고 해서 되는 일이 아니거든. 상급자에 대한 충성이 있어야 하고, 감시자에 대한 경계도 있어야 하고……. 하여간 사회를 지탱해나가는 데 윤리라든가 도덕이라든가 인정이라든가 하는 건 없고 철저한 권리 의무의 규정만 있으니 인간다운 처신을 할 수 없게 되지. 소련이 그런 꼬락서니이니 조선의 공산주의자들이 어떻게 하겠어. 아까 성한주 노인의 말씀은 참으로 좋았다. 인정이 철철 넘치는 사회를 만들어야 한다는 말, 좋았지?"

"그런 사회가 되면 얼마나 좋겠습니까. 그런데 선생님에겐 그런 비전이 없어요? 어떤 사회가 되었으면 하는……."

"그런 것이 있어야 할 텐데……. 나는 구제받을 수 없는 허무주의자다. 어떤 비전을 꾸며보려고 하면 그게 불가능하다는 조건부터 먼저 떠오른단 말야."

"그런 공상도 없어요?"

"공상이야 있지."

"그 공상이라도 한번 말씀해보시면 어때요."

"글쎄……."

권창혁은 말을 끊었다. 한참 동안 침묵이 흘렀다. 이규는 창혁의 말을 기대하지 않고 잠을 청하려고 했다. 도령들 산막 쪽에서 아직도 노랫소리가 들려오고 있었다. 이규는 자기도 그곳에 가서 도령들과 어울리고 싶은 충동을 느꼈다. 그러자 뚜벅 권창혁이 입을 열었다.

"우리나라 백성은 역사 이래 전제주의밖에 당해본 일이 없잖나."

이규는 대강 생각을 간추려 답했다.

"그렇다고 할 수 있죠."

"이조 때도 그랬고, 구한국 시절도 그랬고, 일본 통치 시대도 그렇구."

권창혁은 조금 사이를 두고 이었다.

"그러니까 말이지, 어떤 형태로든 전제주의 아닌 정치가 되었으면 좋겠어. 노동자는 노동자대로, 농민은 농민대로, 부자는 부자대로, 지주는 지주대로 각기 발언권을 가지고 영국처럼 의회 정치를 해보는 단계가 있었으면 좋겠어. 공산당은 폭력으로 혁명할 것이 아니라 노동자를 조직하면 될 게고, ……부르주아는 그들대로 정당을 만들고, ……그렇게 해보는 단계가 있어야 우리들도 언론의 자유니 결사의 자유니 하는 자유─낡은 형태 또는 고전적인 형태라도 좋아. 약간의 결점이 있어도 좋구─하여튼 그런 자유를 누려보는 한 단계가 있었으면 싶어. 역사 이래 실컷 전제만 받아온 백성이 겨우 해방을 맞이했는데 곧바로 또 공산 독재를 받아야 한다면 너무나 쓸쓸하지 않을까. 그 공산 독재가 문자 그대로, 아니 그들의 주장 그대로 노동자·농민을 위하는 것이라고 해도 이군이나 나 같은 사람에겐 너무나 섭섭하지 않을까. 그렇게 하다가 정 안 되면 혁명을 하든지 하고 말야."

"그렇게 될 수 있겠습니까."

화원의 사상 149

"될 까닭이 없지. 그러니까 나는 허무주의라 하는데, 자네가 자꾸 말해보라는 바람에 잠꼬대 같은 소리를 하게 됐어."

"그렇게 하려다가 실패한 게 독일의 사회민주당 아닙니까. 독일의 사회민주당은 히틀러를 키운 결과밖에 안 된 게 아닙니까."

"그러니까 절망이란 말이다."

"절망은 하지 맙시다, 선생님."

"절망을 하고 싶어하는 놈이 있겠나, 두고 보라구. 우리나라 공산당은 우습게 될 거니까. 결국 소련공산당의 앞잡이 역할밖에 안 할 게다. 그러면 대중의 지지를 잃게 마련일 거고, 그 틈을 타서 우익이 활개를 칠 거구, 중간에서 우왕좌왕하는 놈은 이리저리 치여 구를 거고……. 뻔해. 뻔하단 말야. 기가 막힐 노릇이지."

"선생님."

"응?"

"해방 소식을 들은 바로 오늘 그런 말을 하깁니까?"

"자네가 시켜서 한 말 아닌가."

"꼭 그렇다면 나는 어떻게 해야 합니까?"

"자네가 알아서 하게나."

"꼭 하실 충고도 없습니까."

"있지."

"그 말씀을 해보십시오."

"듣지 않을 건데 해서 뭣 하나."

"그대로 하진 못하더라도 참고로 할 순 있지 않겠습니까."

"참고로 한다?"

권창혁은 내키지 않는다는 투로 우물우물하더니 이렇게 말했다.

"자넨 외국으로 가게."

"외국?"

"프랑스로 가든지, 영국으로 가든지, 미국으로 가든지."

"……."

"외국으로 가서 10년쯤 있다가 돌아와. 그때쯤 되면 대강 갈피는 잡을 수 있을 테니까."

이규는 갑자기 허망한 감이 들었다.

멀리서 노랫소리가 여전히 들리고 있었다.

"왜 왔던고, 왜 왔던고,

울고 갈 길을 왜 왔던고.

아리아리랑 스리스리랑 아라리가 났네. 아리랑 응응응 아라리가 났네……."

8월 16일 새벽, 이현상은 서울로 떠났다. 차범수만이 송평까지 전송했다. 차범수밖엔 아무에게도 알리지 않았다. 그러나 차범수를 통해 하준규에게 쪽지를 남겼다. 쪽지엔 다음과 같이 적혀 있었다.

"늦어도 10월 초순까지 다음 주소로 찾아와주기 바라오. 서울 창신동 115번지 윤한용 방 이현상. 암호는 '지리산과 괘관산.'"

이현상이 홀연히 떠났다는 말을 듣고 박태영은 약간 섭섭한 느낌을 가졌다. 좀더 서로를 이해하는 시간을 가지지 못한 것이 아쉬웠다.

"뭣 때문에 그렇게 서둘렀을까?"

박태영이 의혹을 말하자, 권창혁이 다음과 같이 설명했다.

"시기가 왔다고 하면 민첩하게 행동해야 하는 것이 공산주의자다. 공산당에도 여러 파가 있어. 똑같은 주의·주장을 가졌는데도 인적 연관으로 파벌이 생기는 거야. 지하운동을 할 때도 서로 암투가 있었던 모양이다. ML파니 콩클럽파니 고려파니 해가지구……. 그러니 지금의 단계에서는 누가 먼저 간판을 붙이느냐 하는 것이 중요해. 이를테면 선수를 쳐야 하는 거지. 이현상 선생이 서둘러 떠난 데는 그만한 이유가 있어. 사정은 다르지만 레닌이 1917년 4월 9일, 스위스의 취리히를 출발해서 고드맨딩겐에서 봉인 열차封印列車를 바꿔 타고 러시아로 서둘러 돌아가지 않았더라면 러시아의 혁명은 어떻게 변모했을지 모르거든. 이현상 선생이 8월 17일에 서울에 도착해서 공산당 간판을 붙이는 데 참여할 수 있는 것하고, 8월 18일에 도착해서 참여하지 못하는 것하곤 그 의미가 달라진다. 참여했더라면 서기장이 되었을 사람이 지각했기 때문에 말석에 앉아야 할 경우가 없다고 할 수 없으니까."

"공산당이 장난이 아닐 텐데 그럴 수야……."

박태영이 솔직하게 반발했다. 권창혁이 웃으며 말했다.

"지금 남아 있는 공산당원들은 경력이나 연령이 비슷비슷하고, 또 누가 살아 있는지도 모르는 판국이거든. 그러니 모인 사람만으로 준비위원회 같은 것이 구성될 것 아닌가. 당초엔 누구라도 그 준비위원회에 들어갈 수 있지만, 일단 그것이 구성되면 그 위원회를 구성한 사람들의 성격, 기왕의 인간 관계 등으로 해서 누구나 수월하게 끼일 수 없게 되고, 그렇게 출발부터 어긋나면 일이 자꾸만 어려워질 수 있다는 얘기다."

"알 수 있을 것도 같고 모를 것도 같고, 그저 그렇고 그렇구만요."

이것도 태영의 솔직한 감정이었다.

"공산당도 사람의 조직이다. 사람의 조직이 가진 장점과 결점이 골고루 반영될 수밖에 없지. 그러니까 자네들 같은 입장에 있는 사람들은 좀더 시간을 두고 지켜봐야 한다는 얘기다."

"선생님은 철저하게 공산당에 반대하실 생각이시구면요."

태영이 정색을 하고 물었다.

"나는 공산당을 믿지 않기로 했으니까."

권창혁의 대답도 엄숙했다.

"그럼 선생님은 뭣을 믿을 작정입니까?"

"이 세상은 노동자의 것도 아니고 농민의 것도 아니고 부르주아의 것도 아니고 하물며 공산당의 것도 아니고, 어떤 영역, 어떤 계층에 속해 있건 보다 진실하게 되려고 애쓰는 사람의 것이어야 한다는 사실만을 믿지."

"너무나 막연한 말 아닙니까."

"막연해도 굳이 내 신념을 말하라면 그렇게 되는 것을 어떻게 하나."

"일본 천황에게 충성한 청년들, 히틀러주의를 받든 청년들도 나름대로 보다 진실하게 되려고 애쓴 사람들이 아니겠습니까. 선생님의 말씀은 그런 청년들의 신념과 태도도 긍정하는 것이 되지 않습니까."

"보다 진실하게 되려고 애쓴다고 할 땐 이미 가치 기준을 전제로 한 게 아닌가."

"그 가치 기준이 뭡니까?"

"자기가 자기의 주인이 되기 위한 개성의 존중, 자기가 자기의 주인이 되기 위한 자유의 존중, 인간의 생존권을 존중하고 일체의 반인간적 조건을 극복하려는 노력―나의 가치 기준은 바로 이런 것이다. 자네가 아까 들먹인 일본의 천황주의자나 독일의 히틀러주의자는 모두 이 기준과 어긋나는 부류가 아닌가. 그러니 그들을 보다 진실하게 되려고 애쓴 사람들이라고 보진 않는다."

태영은 할 말이 더 있었으나, 자칫하면 권창혁의 심상을 해치는 방향으로 번질지 모르는 토론은 삼가기로 하고 부드럽게 물었다.

"권 선생님은 괘관산을 떠나시면 어디로 가실 작정입니까?"

"글쎄, 숨어 살 필요가 인제 없게 되었으니 숨을 곳도 없구나. 하지만 내게도 할 일은 있을 것 같애. 허무주의자도 어쩌면 양념 정도론 쓰일 경우가 있을 테니까."

이렇게 말하고 권창혁은 구김살 없이 웃었다.

내일의 해산식을 앞두고 괘관산 뒤처리 문제에 관해 회의가 열렸다.

식량, 기구, 무기 등은 각각 적당한 방법으로 괘관산에 남기기로 했다.

그리고 도령 가운데 누구든 필요에 따라 괘관산에 와서 살아도 좋다는 합의도 보았다. 그럴 때는 반드시 두령에게 신고하기로 했다.

이런 의논을 하고 있는데 성한주 노인이 나타났다.

"나는 괘관산에 남기로 하겠다. 밖에 나가도 내겐 할 일이 없다. 도령들의 빈 집을 지키며 여생을 마칠 참이다. 언제 또 무슨 일로 도령들에게 이곳이 필요하게 될지 모른다. 다행히 식량도 있고 건강도 있고 하니 여기 일은 내게 맡기고 안심하고 떠나라. 내 고향은 진양이다. 그곳에 한 번쯤 다녀와 계속 이곳에서 약초나 캐고 있을 터이니 모두들 가끔 소식이나 전하도록 하게."

성한주 노인의 고집을 꺾을 도리가 없었다. 가까이에서 사는 도령들이 당번을 정해 일주일에 한 번씩 와서 돌보기로 하고, 괘관산의 뒷일은 일절 성한주 노인에 게 맡기기로 했다.

1945년 8월 17일—.

두령이 입을 열었다.

"꼬박 1년 8개월 동안 우리는 이날이 오길 기다렸다. 배가 고픈 것을 참고, 집이 그리운 것을 참고, 온갖 욕망을 모두 참고 우리는 이 산골에 숨어 살면서 오직 이날만을 기다렸다. 그런데 그날이 드디어 왔다. 나는 한 사람도 낙오자 없이, 한 사람도 병든 자 없이 고스란히 이날을 맞이할 수 있다는 것을 다시없는 행복이라고 생각한다. 이 이상의 영광이 없다고도 생각한다. 그런데 나는 오늘의 이별이 슬프다. 오늘을 맞은 기쁨보다 이별의 슬픔이 더 크다. 지나온 나날이 힘겹고 고달프기도 했지만, 지금 뒤돌아보니 우리는 꽃밭에서 살아온 것이나 다름이 없다. 어젯밤 성한주 선생께서 하신 말씀 그대로다. 이곳은 화원花園이었다. 그러니 이곳에서 생각한 모든 생각은 화원의 사상이다. 기막히게 아름답고 거룩한 사상이다. 우리는 이 화원의 사상을 길이 잊지 말아야 하겠다. 화원의 사상이란 다른 것이 아니다. 우리는 조국의 독립을 바랐다. 우리는 민족의 해방을 원했다. 일본놈의 속박, 그 압제에 항거했다. 그리고 보다 슬기롭게 착하게 바르게 살려고 애썼다. 이것이 곧 화원의 사상이다. 우리는 앞으로 더욱 이 사상을 가꾸어나가야 하겠다. 조국의 독립이 빨리 이룩되도록, 민족의 해방이 빨리 성취되도록 하는 것이 곧 화원의 사상을 가꾸는 길이다. 인제 우리 150명이 이 산에서 내려간다. 우리를 기다리는 사회는 복잡할 줄 안다. 이때까진 피하고 항거하고 싸울 작정으로만 살아왔지만, 앞으로는 새로운 질서를 만들어야 하고, 새로운 터전을 만들어야 하고, 옳고 그른 것을 가릴 줄 알아야 하고, 남의 고통을 나눠 고민해야 하고, 솔선수범을 할 줄도 알아야 하고, 일본 천황이 자기네 국민에게 가르쳤듯이 참지 못할 것까지 참고, 견디진 못할 것까지 견디어야 한다. 이것이 곧 화원의 사상이며, 지리산에서 배우고 괘관산에서 익힌 우리의 정신이다. 우리 보광당은 그야말로 민족을 고루 비추는 빛이 되어야 한다. 150명 동지들이 각각 한 사람의 동지를 얻으면 3백 명의 동지가 되고, 그것이 다시 뻗어나가면 6백 명의 동지가 된다. 이렇게 해서 3천만 동포의 광원光源이 되고 핵심이 될 수 있을 것이 아닌가. 우리 보광당 동지는 거만하면 안 된다. 항상 겸손하자. 우리 보광당 동지는 항상 부지런하자. 게으르면 안 된다. 말보다 실천을 앞세우자. 말만을 발라 넘겨선 안 된다. 동지들, 오늘 우리는 이 산에서 내려간다. 그리고 뿔뿔이 헤어진다. 그러나 결코 혼자 가는 것이 아니다. 각기 150명 동지의 염원과 같이 간다. 우리는 혼자가 있어도 150명이다. '나'라고 말할 때, 거긴 150명을 대표하는 '나'가 있는 것이다. 내가 기쁠 때 150명 동지가 함께 기쁘고, 내가 슬플 때 150명 동지가 함께 슬퍼한다. 그러니 내가 잘못하면 150명이 잘못을 저지르는 결과가 된다. 우리는 일심동체다. 우리 동지 가운데 굶는 사람이 있어선 안 된다. 우리 동지 가운데 일자리가 없는 사람이 있어서도 안 된다. 곤란을 당하거든, 그것이 물질적인 고통이건 정신적인 고통이건 당장 내게 연락하도록 하라. 하늘이 무너지고 땅이 꺼지는 일이 있어도 나는 당장 그 곤란을 당한 동지를 찾아갈 것이다. 동지들! 오늘의 이 이별은 이별이 아니라 다시 만나기 위한 기약이다. 그러니 잘 가라는 인사말은 안 하겠다. 다시 만날 때까지 몸 성히 있으라는 부탁만 한다."

두령의 인사가 끝나자, 도령들 가운데서 '두령님 만세!'란 고함이 터져 나오더니, '두령님 만세!'란 창화가 한참 동안 계속됐다.

차범수가 나서서

"나라와 민족에 대한 충성을 우리는 두령님을 통해서 하자."
라고 제의하자, 박수 갈채가 있었다.

이어 노동식이 앞으로의 연락 방법을 소상하게 설명했다.

성한주 노인의 선창으로

"보광당 만세!"

"괘관산 만세!"

"대한 독립 만세!"

가 있고, 보광당은 반천골 도령들을 선두로 서서히 산에서 내려가기 시작했다.

기쁨과 슬픔이 얽힌 감격 때문에 도령들의 눈동자는 그윽한 보석처럼 빛나고, 뺨엔 줄줄이 눈물 자국이 있었다.

괘관산 일대에 아침 태양이 화려한 빛을 펼쳤다. 매미 소리도 새소리도 들리지 않았다. 농담濃淡 갖가지의 녹색으로 치장한 초목들과 더불어 그들도 괘관산 도령들이 떠나는 엄숙한 순간을 조용히 지켜보고 있는 것이다.

그런데 먼 훗날 이규는 박태영의 수첩에서 다음과 같은 글귀를 읽게 된다.

'신화보다도 확실하고 선명한 화원이 있었다. 150명, 3백 개의 젊은 눈동자가 송이송이 꽃으로 핀 괘관산의 그 화원은 올림포스의 제우스가 질투할 정도로 황홀한 화원이었다. 그 화원에서 화원의 사상을 익혀 화원을 떠나던 날, 초목은 움직이지 않고, 매미 소리도 새소리도 없었는데, 그 까닭을 나는 이제야 알았다. 그들은 운명을 알고 있었던 것이다. 아아, 나의 뼈를 그 화원에 묻어줄 자비는 없을까…….'

선풍의 계절

이규의 일기

1945년 8월 20일 월요일.

꿈길과도 같은 방황 끝에 나는 이제야 고향의 집, 내 방에 돌아와 앉았다. 자정이 넘은 시간, 창문을 열고 바깥을 본다. 만월을 이틀 앞둔 달이 서산 마루에 걸려 있다. 아까까지 마을마다에서 터져오른 환성과 그 메아리를 삼키고 들과 산은 고요하다. 해방된 나라의 산이며 마을이며 밤이며 달이며 시간이다. 나는 문득 괘관산의 달을 회상한다. 텅텅 빈 괘관산의 산막 위에도 저 달은 영롱한 빛을 쏟고 있으리라.

다시금 해방의 뜻을 생각해본다. 앞으로 내가 할 일, 걸어야 할 길을 생각해본다.

"인제 됐다."

고 아버지는 기뻐하셨고,

"앞으론 이별 없이 살자."

고 어머니는 눈물지었다. 기쁨에 겨워 불안한가? 본래 기쁨이란 불안을 동반하는가? 서둘러 생각할 필요는 없다. 당분간 멍청하게 이 기쁨의 격류에 몸을 맡기고 있자. 공상에 날개를 달고 있자. 화려한 낙원을 꿈꾸기만 하자. 전쟁터로 간 친구들이 돌아올 날까지, 그들을 기다리는 부모들의 불안이 가실 날까지 그저 멍청하게 기쁜 마음으로 있으면 되지 않겠는가.

8월 23일 목요일.
서울에서 갖가지 소식이 날아들었다.
보안대니 치안대니 하는 게 생겼다는 얘기고, 건국 준비회(건준)가 국내의 치안권을 인수받았다는 것이고, 방송국 등 언론 기관을 접수했다고도 한다. 건준의 위원장이 여운형 선생이란 점이 마음 든든하다. 모두 신나는 소식이다.
그런데 아베 총독이 행정권 이양을 취소했다는 섬뜩한 소문이 들려왔다. 이범석 장군이 여의도에까지 비행기로 날아왔다가 일본군의 방해로 서울에 들어오지 못하고 되돌아갔다는 소식이 잇달았다. 아무래도 무슨 흉계가 진행되고 있음이 분명하다. 비록 일본이 전쟁에 패배하기는 했지만, 그 능한 권모술수로 어떤 야료를 부릴지 모른다.

이장쇠의 어머니가 찾아왔다. 장쇠는 필리핀으로 갔다고 하는데, 그의 노모는 울상이 되어 묻는다.
"우리 아들이 살아 있을까요? 남방으로 간 사람은 다 죽었다고 하던디, 살아 있으면 운제나 돌아올까요? 와 하필이몬 그런 디로 갔는지. 와 학생처럼 도망을 안 치고 그냥 끌려갔을까? 답답해서 못 살겠소. 우짜몬 좋을꼬……."
듣고 있으니 나까지 답답해서 견딜 수가 없다. 위로가 될 만한 말을

기껏 찾았다는 것이,

"기다려봅시다. 장쇠는 꼭 살아 있을 겁니다. 꼭 돌아올 겁니다."

장쇠는 지원병 훈련소를 나온 상등병이다. 장쇠가 평양 부대에서 상등병이 되었다고 해서 온 마을이 떠들썩한 적이 있었다. 그때 장쇠의 노모는 뭣이 뭣인지도 분간 못하면서 훨훨 나비춤을 추어 동네 사람들을 웃겼다. 그 노모는 상등병이란 것을 끔찍한 벼슬로 알았고, 그게 아들을 죽음터로 몰고 갈 줄은 꿈에도 상상하지 못했을 것이다.

8월 31일 금요일.

잊을 수 없는 8월이 오늘로 마지막이다. 그러나 이해의 8월은 우리의 역사에 영원히 남을 것이다.

소련군이 평양에 진주하고 미군 일부가 인천에 상륙했다는 소식. 25일엔 미·소 양군이 북위 38도선으로 조선 반도를 갈라놓고 각각 분단 점령하기로 했다는 미국 방송이 있었다. 38선! 묘한 여운을 남기는 말이다. 노름에 소질이 있는 강 주사는

"38이라, 따라진디, 끗발치고는 데데하고만."

하고 익살 섞인 말을 했는데, 어쩐지 뒷맛이 개운찮다. 그러나 일시적인 분단, 편의에 의한 결정이겠지.

맥아더 장군이 일본에 진주했다는 소식. 2천 수백 년 동안 외적의 지배를 받아보지 않았다는 걸 뽐내던 일본인들의 꼬락서니를 보고 싶다. 황통연면 만세일계皇統連綿 萬世一系는 어떻게 될 것인가.

오늘 둘째 큰아버지 댁에 갔다.

둘째 큰아버지는 건준 면 위원장 자리를 맡아달라는 제의를 거절했다고 한다.

"세상 되어가는 꼴이 아무래도 수상해."

둘째 큰아버지의 표정엔 수색愁色이 있었다. 둘째 큰아버지는 괘관산에서의 은거 생활이 그리운 모양이었다. 그래서 나는 강하게 말했다.

"일제 때는 숨어 살 명분이 있었지만 지금은 안 됩니다. 둘째 큰어머니랑 연이를 팽개쳐놓고 또 어디론가 가신다면 냉혹한 이기주의자가 될 뿐입니다. 고생을 해도 가족과 같이하셔야죠."

둘째 큰아버지는 씁쓸한 웃음을 띠어 보일 뿐, 말이 없었다.

최상주가 찾아와 조선공산주의청년동맹에 들지 않겠느냐고 한다. 나는 그럴 생각이 없다고 한 마디로 잘라 말했다. 최상주는

"최고 학부를 다닌 사람이면 진리가 뭣인지 알 것 아닌가. 공산주의는 인류가 가지고 있는 최고의 진리인데……."

하고, 지식인이면 모두 공산주의자가 되어야 한다는 투로 시작해서 공산주의에 관한 계몽을 하려고 들었다. 내게도 할 말이 없었던 바는 아니었지만, 얘기가 길어질까봐 귀찮아서 시종 잠자코 있었다.

"또 오겠네."

하고 선비티를 내는 인사말을 남겨놓고 갔다. 농업학교를 나와 군농회 기수로 있다가 그만둔 그가 언제 공산주의를 연구했는가 싶으니 약간 우습다.

9월 2일 일요일.

어제 조선국민당이 결성되었다는 소식. 위원장은 안재홍 씨. 이분은 건준의 부위원장이기도 하다. 어떤 사람인지?

조선학병동맹이 결성되었다고 한다. 일본을 위해 총칼을 든 그들이 어떠한 명분, 어떠한 주장을 들고 나서는 것일까. 이에 대한 박태영의 의견이 궁금하다. 학병으로 간 사람이면 잠자코 반성할 시간을 가져야 하지 않을까.

'미주리'란 이름의 군함 위에서 일본이 미국에 항복하는 조인식이 거행되었다고. 신풍神風은 간 곳 없고 드디어 항복이라니……. 역사를 느끼게 하는 소식이다. 옛날 우리 중학교 교장 황도주의자 수침 명태는 이 소식을 듣고 지금 어떤 기분일까. 고등학교 때 프랑스의 항복을 자기 일처럼 기뻐하던 하가芳賀라는 교수의 얼굴도 뇌리를 스친다.

건넛마을의 김희덕 씨가 뭇매를 맞고 업혀와 누웠단다. 김희덕 씨는 네 번인가 다섯 번 실패한 끝에 금년 봄에야 순사 시험에 합격해서 훈련을 받고 K면 주재소에 부임한 지 한 달 만에 해방을 맞았다. 해방 소식을 듣자 다른 순사들은 전부 도망가버렸는데,

'부임한 지 한 달도 안 된 내사 어떨라구.'

하는 마음으로 건준의 치안대에 그냥 눌러앉으려다가 젊은 치안대원들로부터 뭇매를 맞았다는 것이다.

"쌀 먹은 개는 도망쳐버리고 겨 먹은 개가 붙들렸다."

는 속담을 그대로 그려놓은 얘기 같아 우스운데, 골병이 들 정도로 두들겨 맞았다니 딱하다.

9월 7일 금요일.

서울에서 경전京電의 종업원들이 일본인 간부의 퇴진을 요구하는 파업을 단행했다 한다. 당연한 일이다.

6일엔 한국민주당(한민당)의 발기 선언이 있었고, 이날 건준은 인민공화국 수립을 선포했다. 라디오로 들은 명단엔 이승만 씨와 김구 씨도 있다. 잘은 모르지만 이름 있는 지도자는 거의 망라된 것 같다. 주장과 이해를 초월하여 우선 그렇게 뭉쳐 나라의 체모를 만들었다는 것은 반가운 일이다. 그 체제를 수시로 개량하여 키워나가면 독립에 가까워질 것이 아닌가.

로마는 하루에 이루어지는 것이 아니고, 하루아침에 완전한 나라를 만들 수 있는 것도 아니다. 그것을 모체로 해서 국회의원을 선출하고, 국회를 구성해서 정식으로 정부를 발족시킬 수도 있을 것이니, 아무쪼록 모든 지도자들이 그렇게 합심했으면 좋겠다. 그런데 한국민주당의 발기 선언엔 분명히 건준에 대한 반대 의견이 있다. 그것이 분열의 씨앗이 되지 않을까.

서툴게 만들어진 집이라도 없는 것보다는 낫다. 앞으론 민주 정치를 할 수밖에 없을 것이니, 민주주의의 룰을 지켜 한 걸음 한 걸음 전진하면 될 것이다.

미 극동 사령부에서 남조선에 군정을 실시한다고 하는데, 그럴수록 우리의 단결을 공고히 해야 한다. 우리 스스로가 우리 체제로 단결하여 치안을 지키고 행정을 잘해나간다면, 미군은 점령군 역할만 하고 그 이상 간섭할 것이 없지 않겠는가. 그런 뜻에서도 이번 수립된 인민공화국은 소중히 해야 할 것이다.

9월 9일 일요일.

어제 미군이 인천에 상륙. 사령관은 하지 중장.

한민당 발기인 대회에서 중경 임시정부를 지지한다는 결의가 있었다. 임정을 지지한다는 것은 인민공화국을 반대한다는 뜻이다. 임정이건 인민공화국이건 요컨대 우리 국민의 의사를 한 곳으로 집중시켜야 하지 않을까.

그런데 임정은 아직 들어오지도 않았다. 미군은 이미 상륙했다. 군정의 방향을 우리의 독립에 유리하게 돌리기 위해서 인민공화국의 수립은 필요했다. 그렇다면 임정이 들어온 후 인민공화국을 흡수하든지 인민공화국에 흡수당하든지 결정할 요량을 하고 일단은 인민공화국 깃발 아래 뭉쳐야 하지 않을까. 이것이 정치가로서의 도의가 아닐까. 지도자로서의 양심이 아닐까.

학도대에 속한 안기창 씨, 이인제 씨가 서울 성북경찰서를 접수하러 갔다가 일본인 경찰의 총탄을 맞아 죽었다는 소식. 그럴 수가 있을까. 라디오에서 아나운서가 울부짖었는데, 일본이 아직 우리를 죽일 수 있는 총탄을 가지고 있다는 사실이 더욱 슬프다.

9월 10일 월요일.
인천에서 일본군이 우리 동포를 13명이나 살해했다는 소식!

9월 11일 화요일.
하지 사령관이 미 군정의 시정 방침을 발표했다. 아무리 주의를 쏟아들어도 인민공화국에 관한 언급은 없다. 완전한 묵살이다. 왠지 불길한 예감이 든다.

미 군정에 대해 민족의 단일 의사를 내세우긴 이미 틀렸다. 군정청은 자기들의 방침대로 나갈 것이고, 인민공화국 역시 고집을 꺾지 않을 것이다. 그렇게 맞서게 될 때 어떠한 사태가 발생할까.

밤에 최상주 씨가 찾아왔다.

면 인민위원회에 참가하든지 민주청년동맹의 위원장 자리를 맡아주든지 해달라는 간곡한 부탁이 있었다. 주의와 주장을 초월하여 우리의 결속된 힘을 이 기회에 보여주지 않으면 천추에 한을 남길 것이라고 했다. 어색한 공산주의 이론 따위를 내세우지 않고 나라와 민족을 걱정하는 충정이 여실히 얼굴과 말에 나타나 있었다.

"누가 뭐라고 하든 우리는 정부 형태의 조직을 가지고 있다는 것, 그 조직에 우리 전체 인민이 충성을 다하고 있다는 것, 나아가 우리의 염원, 희망, 그밖에 일체의 의욕을 우리의 인민공화국을 통해서 실현시키고자 하는 우리의 단결력과 의지를 보여주어야 한다는 것, 이것이 중요하지 않을까. 민족의 분열을 막기 위해서도 우리는 정부를 가져야 해. 정부를 가지면 군정청은 우리 공화국의 수뇌가 승낙하지 않는 어떤 정책도 이 나라에선 시행 불가능하다는 사실을 알게 된단 말이다. 그래야만 우리의 자치 능력을 그들에게 과시하는 것이 되어 빠른 시일에 자주독립을 이룩할 수 있을 것 아닌가. 그런 뜻에서 이군도 힘을 다해야 하네.

지금 우리가 막강한 단결력을 보여주면 수월하게 될 일이, 이 시기를 놓치면 피를 흘려야 할 사태로 될지도 모르거든. 이군은 학문을 해야 할 인물이란 건 알지만, 나라를 위해 인민을 위해 1~2년쯤 희생할 수도 있지 않을까. 그 사이에 사회와 정치에 대한 산 공부를 할 수도 있을 거니까."

나는 최상주의 말에 공감했다. 공감한 만큼 거절하기가 딱했다. 내가 사는 우리 면만이라도 하나의 방향으로 단결시켜보고 싶은 의욕이 솟기도 했다.

"이군이 나서주기만 하면, 우리 면 청년들은 한 사람의 이탈자도 없이 하나로 뭉칠 수 있어. 이군은 우리들의 우상이니까. 학벌로도 그렇고, 그 귀한 학벌을 버리고까지 일제에 항거한 경력으로도 그렇고……."

최상주는 입에서 침이 마르도록 간청했다. 일제에 항거했다는 말엔 얼굴을 붉히지 않을 수 없었으나, 그런 설명을 하기가 따분한 심각한 분위기가 되었다. 나는 겨우, 오늘 밤 동안만이라도 생각할 시간을 달라고 했다.

9월 12일 수요일.

민주청년동맹에 참가하는 문제를 들고 둘째 큰아버지를 찾았다. 둘째 큰아버지는 일언지하에 불찬不贊을 표명했다.

그 이유로서 다음과 같이 말했다.

1. 인민공화국은 민족 전체의 의사를 대표한다기엔 그 성립 과정에서부터 과오가 있었다.

2. 좌익이 주동이 되어 있다는 사실이 명명백백한 이상, 소련과 대립 관계에 들어선 미국이 인민공화국을 승인할 까닭이 없다.

3. 미 군정과 인민공화국의 대립이 날로 심해지면 유혈 사태에까지 이른다. 우익 정당이 속속 출현하고 있는 이 마당에선 그 유혈 사태의 책임을 인민공화국 측이 일방적으로 져야 할 사태에 이를지도 모른다.

4. 인민공화국에 대한 지지도가 날이 갈수록 줄어들 것이니, 드디어 그들은 대중으로부터 고립되고 만다.

5. 인민공화국을 위해 죽을 각오가 있으면 몰라도, 예사로운 생각으로 그것에 참가한다는 건 휘발유통을 지고 불 속으로 들어가는 꼴이다.

이밖에도 둘째 큰아버지는 여러 가지 사정을 설명했다. 우리 군 인민위원장에 관한 이야기, 우리 면 치안대장이 일제 때 악질이라고 소문난 권님세라는 얘기를 하고, 현재의 인민위원회 조직은 믿을 것이 못 된다고 못을 박고, 당분간 침묵을 지키고 있으란 의견이었다.

9월 13일 목요일.
최상주에게 거절하는 뜻의 간곡한 편지를 써보냈다.
박태영으로부터 편지가 왔다. 편지지 열 장이 넘는 장문의 편지다. 그도 나와 같은 심정의 기복을 겪고 있음을 알았다. 열띤 감격이 차츰 냉각되어가는 과정……. 시월 초에 서울로 가겠다고 했다. 동행할 수 없느냐는 뜻이 적혀 있다. 하 두령은 H군의 인민위원회 치안부장을 한다는 얘기고……. 노동식이 부산에서 진말자 씨와 약혼식을 올렸다는 소식도 있고…….

서울엔 병원을 개업하고 있는 외삼촌이 있다. 박태영과 동행하고 싶은 마음이 인다. 아버지께 의논하러 갔더니 마침 와 계신 큰아버님이 반대하신다.
"위방불거危邦不居요 난방불입亂邦不入이란 성인의 말씀이 있지. 난세엔 외지에서 돌아다니면 못쓰느니라."
"서울에 가드래도 명년 봄쯤에나 가도록 해라."
아버지도 이렇게 말씀하신다.

큰아버지와 아버지의 반대를 무릅쓰고까지 서울에 갈 생각은 없다. 시골에까지 들려오는 소식만으로도 서울이 얼마나 혼란스러운가를 알 수 있다. '위방불거 난방불입'이란 문자는 『논어』에 있단다. 좋은 말을 배웠다.

여자 국민당이란 게 생겼단다.
"청천 하늘에 잔별도 많고, 우리네 나라엔 정당도 많다."
로 되는 걸까.

9월 16일 일요일.
국민학교에 가서, 내일 부산으로 떠난다는 일본인 교장 시이나 씨를 방문했다. 소심하기 짝이 없는 사람, 일제 때에도 누구에게나 굽실굽실한 선량한 사람이다. 그래서 우리 면 사람으로서 그에게 악감을 가진 사람은 없을 것이다.
"이 고장에 온 지가 3년하고도 반이 지났습니다. 정이 들었지요. 조선은 앞으로 좋은 나라가 될 것입니다. 아무쪼록 최선을 다하시오."
시이나 씨는 이렇게 말하고, 해방 후 보여준 면민들의 친절에 대해서 더욱 감사하다고 했다. 기왕의 일을 두고 변명 따위를 하지 않아서 기분이 좋았다. 시이나 씨는 소심한 것이 아니라 지극히 겸손하다. 그리고 마음에도 없는 너절한 말을 늘어놓지 않을 만큼 자존심을 가지고 있는 인물이란 사실도 알았다.
"이군은 동경제대의 학업을 마치지 못했죠? 내 생각으론 사소한 감정의 구애를 받지 말고 일본으로 건너가 동경제대의 과정을 끝내는 게 좋을 것 같소. 일본은 패망했지만 동경제대는 망할 리가 없습니다. 전쟁 전보다 훨씬 좋아질 겁니다. 2~3년이면 되고, 이군은 아직 나이 어리니까, 약간의 불편쯤은 참을 각오를 하고 동경으로 가서 학업을 계속하도록 하십시오."

그로선 정성을 다한 말이다. 나는 생각해보겠노라고 하고, 아버지가 싸준 전별금을 놓고 나왔다. 시이나 씨 부부의 눈에 글썽한 눈물이 있었다.

들길을 걸어 집으로 오며 보복이란 문제를 생각해보았다. 보복하지 않곤 견딜 수 없는 사건은 비일비재하다. 우리 조선인으로서 성인이면 누구라도 가슴속에 일본인에 대한 한두 가지의 원한쯤은 가지고 있으리라. 그러나 나는 보복이란 이제 와선 불가능한 것이 아닌가 하는 상념을 가진다. 우리로 하여금 복수심을 일으키게 한 사람은 권세가 당당한 일본인, 즉 사자와도 같고 표범과도 같고 이리와도 같은 일본인이다.

그런데 지금 그 일본인을 찾아가 보니 옛날의 그 호랑이는 간곳없고 뼈다귀만 앙상한 상가의 개 같은 일본인이 있을 뿐이라고 하면, 그 사람에게 어찌 매질을 할 수 있겠는가. 매질을 해서 상하는 것은 이편의 마음이다. 기왕에 수모를 받고 오늘 또 이편의 마음을 더럽힌다면, 그 사건으로 해서 이중의 손해를 보는 셈이다. 보복이 가능하자면 놈들의 권세가 당당한 때라야 한다.

이미 상가의 개가 되어버린 자에게, 그가 설혹 한없이 미운 원수일지라도 매질을 할 수는 없다. 굶주린 창자를 채우라고 빵 한 조각이라도 던져주는 편이 나를 상하지 않고 보복의 보람을 다할 수 있는 유일한 방도가 아니겠는가.

이런 생각을 하며 어떤 외국 잡지에 실려 있던 기사를 상기했다. 밀라노의 광장에 무솔리니의 시체가 뒹굴고 있었다. 어떤 노파가 그 곁으로 달려가 주머니에서 권총을 꺼냈다. 그리고

"네놈이 내 아들 다섯을 죽였다."
고 외치며 무솔리니의 시체를 향해 다섯 발의 탄환을 쏘았다.

시체에다 대고 쏜 탄환의 뜻이 뭣일까. 죽은 아들이 살아올 까닭이 없다. 죽은 무솔리니가 아파할 까닭도 없다. 증오의 허망이 한순간 폭발했을 뿐이다. 보복과 복수는 반드시 있어야 하지만, 그것이 보람을 갖자면 시간과 장소와 사정을 선택해야 한다. 호랑이면 호랑이인 시절에 보복이 가능하다. 상가의 개를 향해 하는 매질, 시체를 향한 총질은 어느 모로 보나 보복이 될 수 없다.

9월 17일 월요일.
명제세란 사람의 발기로 민중공화당이 발족.
조선프롤레타리아문학동맹 결성.
갖가지 주장에 앞서 우리나라는 당분간 청산 문학淸算文學의 시기를 가져야 하리라고 생각한다. 일제 지배하에 오염된 민족의 마음을 반성하고 그 잔재를 청산하는 성실한 노력이 철저하게 선행되어야 비로소 우리의 문학은 터전을 잡게 될 것이다. 과연 '프로'문학동맹이 지향하는 것이 뭣일까.

9월 27일 목요일.
북조선에선 소작료를 3·7제로 한단다. 남조선에서도 당연히 이와 같은 조치가 있어야 할 텐데…….
불현듯 하영근 선생 생각이 난다. 하영근 선생을 찾으면, 자꾸만 삭막감이 드는 나의 마음이 다시 활기를 찾을 수 있을지도 모른다. 그렇다. 내일 진주로 가야겠다.

이튿날, 이규는 진주의 하영근 씨 집으로 들어섰다.

국화가 만발해 있었다. 널따란 뜰 가득히 핀 국화꽃 위에서 초가을의 햇빛이 현란한 향연을 이루고 있었다. 하영근의 집 사랑 앞뜰은 언제 보아도 화려했다.

사랑 마루에선 하영근과 권창혁이 중문으로 들어서는 이규를 맞을 양으로 이미 일어서 있었는데, 이규는 잠깐 걸음을 멈추고 그 화려한 화원을 바라보았다.

그리고 대청으로 올라서며 인사말 대신,

"하 선생님의 화원은 언제 보아도 지나친 호사 같습니다."

하고 웃었다.

"지나친 호사구말구. 고대광실에다, 만 권의 서적에다, 진귀한 골동품에다, 천하제일의 화원에다,…… 인민의 적으로서의 조건은 죄다 갖추고 있는 셈 아닌가."

권창혁이 맞장구를 쳤다.

"오래간만에 와서 당장 이러긴가?"

하며 하영근은 이규에게 의자를 권하고 집안의 안부를 물었다.

"두루 무사합니다. 그런데 권 선생님은 아직 계셨구먼요."

"이군을 한 번 더 보고 가려고 기다리고 있는 참 아닌가."

권창혁이 손을 내밀었다.

"갈 데가 있어야 가지."

하영근이 웃었다.

"못 가도록 억지로 붙들어놓은 사람이 누군데. 하군은 내가 없으면 불안해서 못 견디겠단다. 그런데 자네 둘째 큰아버지는 어떻게 지내시지?"

"괘관산에 있을 때나 다름없습니다."

"무슨 벼슬을 하라고 해서 귀찮을 텐데."

"언젠가 건준으로부터 면 위원장에 취임해달라는 권유가 있었습니다. 둘째 큰아버지께선 군 위원회 간부 명단을 훑어보시더니 일언지하에 딱 잘라 거절한 모양입니다. 이유를 물어도 대답이 없었구요. 제게만 그 이유를 말했습니다. 군 위원장으로 있는 사람은 한때 공산당 운동을 하다가 변절하여 일본 경찰의 앞잡이 노릇을 한 사람이랍니다. 그 대가로 읍내에 여관을 차려놓고 제법 으스댔던 모양이죠. 그래서 그런 자가 위원장 노릇을 하고 있는 단체엔 들어갈 수 없다고 하시드먼요."

"그 어른의 성격으로는 당연하지."

하영근도 동감이란 듯이 고개를 끄덕였다.

"지금 자네 면의 건준 위원장은 누군가?"

하영근이 물었다.

"문상태라고 하는 70세 가까운 노인입니다. 지금은 건준이 인민위원회로 바뀌었으니까 인민 위원장이죠."

하고 이규는, 인민 위원장에겐 실권이 없고 치안대장이 전권을 휘두르고 있다는 얘기를 덧붙였다.

"그 치안대장이 누군데?"

"권님세란 사람입니다."

"권님세? 그 사람이라면 전에 면장을 한 사람 아닌가?"

"그렇습니다."

"면장이라니, 해방될 때까지 면장을 한 사람인가?"

권창혁이 질문을 끼웠다.

"아닙니다. 해방 반년 전쯤에 그만둔 사람입니다."

"그렇더라도 면장을 한 사람을 해방된 이 마당에 인민위원회의 치안대장으로 앉혔다면, 그 사람 꽤나 덕망이 있는 사람이겠군."

"덕망?"

하영근이 피식 웃었다.

"군청에서 고원雇員 노릇을 하던 놈인데, 징용과 공출을 강제해야 할 필요가 생겼을 때 놈의 충성심이 대단하다고 해서 면장으로 특채한 놈이라네."

"자네, 어떻게 그런 사정까지 알지?"

"내 토지가 그 면에도 있거든. 그보다도, 하도 악명이 높은 놈이라서 자연 알게 되었지. 유기鍮器 공출에 응하지 않는다고 남녀노소 할 것 없이 면장실에 꿇어앉혀놓고 죽도竹刀로 매질을 하고 상주喪主 뺨까지 친 놈이라네."

"그런 놈이 왜 하필이면 권가고."

"권가란 본래 그런 소질이 풍부한 집안 아닌가."

"하가는 별수 있을 것 같애? 그건 그렇고, 그따위 놈을 어떻게 면민들이 용납하고 있을까?"

"면장직에서 파면당했다는 사실 때문이죠. 사실은 공출한 쌀을 횡령한 게 탄로나서 파면되었는데 일제에 항거했기 때문이라고 구실을 꾸민 모양입니다."

이규가 보충 설명을 해도 권창혁은 의아한 모양이었다.

"그러나 민중이란 건 단순하지 않을 텐데."

"선동이 없으면 민중이란 움직이지 않는 것 아닌가."

"선동하는 사람이 없다는 것 자체가 이상하지 않나."

"치안대라면 작으나 크나 하나의 권력 기관이거든. 권력 기관으로서의 위압을 이용하는데다, 말썽을 부릴 만한 놈을 모조리 그 기관에 끌어들여놓았다면 납득이 될 수 있지 않은가."

"아냐, 그렇게 간단하게 생각할 문제가 아닌 것 같애."

하고 권창혁이 다음과 같이 풀이했다.

"그런 악질을 당당하게 규탄할 만한 경력을 가진 사람, 또는 양심의 근거를 가진 사람이 이규 군의 면엔 없다는 증거로 봐. 혹시 있어도 너무나 마음이 약한 사람이나 시비하길 좋아하지 않는 사람들일 뿐이구. 그리고 대다수가 원하든 원하지 않든 일제에 협력을 했거든. 모두들 구린 과거를 지니고 있단 말이다. 따지고 보면 나나 권 모라는 놈이나 별로 다를 것이 없다는 일종의 공범 의식이 그런 놈을 용납하게 한 마음의 바탕을 이루고 있는 거야. 그런 놈을 규탄할 만한 경력과 양심이 있는 사람이 혹시 있다손 치더라도 극히 수가 적고, 또는 조직된 힘이 없고 하니까 침묵할밖에. 거기다 지금의 상황으로선 그런 놈에게 이용 가치가 있다고 공산당이 판단했다는 사실을 짐작하면 조금 납득이 되지 않는가. 하여간 나는 우리 백성의 9할까지가 일제에 야합했다는 공범 의식을 가지고 있다는 사실이 중대하다고 생각해. 이것이 위험하기 짝이 없는 요소라고 생각해."

"국민의 9할까지가 공범 의식을 가졌다면 그만큼 관용의 풍조를 만들어낼 수 있다는 얘긴데 뭣이 위험하단 말인가?"

이 하영근의 질문엔 이규도 동감이었는데, 권창혁의 결론은 뜻밖의 것이었다.

"천만에. 공범 의식이란 건 결국 열등 의식이란 말야. 그것은, 공산당 같은 조직의 조직적 공세에 가장 약한 의식 구조뿐만 아니라, 그들의 선동이 악질일 때 스스로의 열등 의식 또는 죄악 의식을 보상한다는 뜻으로 터무니없이 잔인해질 수 있는 경향을 가지는 것이거든. 민중의 폭동은 정당한 목적을 위해 정당한 주장을 함으로써 선동되는 것이 아니고, 그럴듯한 주장을 내걸어놓고 민중의 열등 의식에 불을 붙여 그 열등 의식을 태워 없애라는 유도로써 선동되는 거야. 여기에 그들이 적으로 취급하는 친일파가 있다고 치고, 그를 인민재판에 걸었다고 치자. 모여든 인민들은 모두 친일 행동을 한 사람들이라, 선동자가 나타나서 그 친일파의 죄상을 과대하게 열거하고 처단을 요구하면 인민들은 그 친일파가 미워서라기보다 자기들의 경력 속에 있는 친일적인 요소를 빨리 없애버리기 위해서 '죽여라' 하고 아우성을 친다. 그럼으로써 자기가 친일한 죄상이 조금 가벼워진 것처럼 착각을 느낀다. 그러한 인민재판에 있어서 관대할 수 있는 사람은 친일한 경력이 전연 없는 사람, 그러니까 조금의 공범 의식도 열등 의식도 없는 사람이야. 그런 뜻에서 나는 우리 백성의 9할까지가 공범 의식을 가졌다는 사실을 위험시해.

용납하면 안 될 사람을 용납하는 것도 그 공범 의식이고, 죽이면 안 될 사람을 죽이게 하는 것도 그 공범 의식이고, 조직적인 선동이 판을 치게 되는 것도 바로 그 공범 의식 때문일 거란 얘기야."

"일반론으로 통할 수 있을지는 의심스럽지만 그럴 경우도 있겠지."

하영근은 생각하는 빛이 되었다. 그리고 다음과 같이 말을 이었다.

"그 권님세의 경우엔 이런 점도 있지. 아마 그자의 처가가 최씨일 거다. 최씨라면 그 면에서 큰 벌족이다. 큰 벌족이면 사돈의 팔촌까지 쳐서 거의 절대적인 세위를 가지고 있지. 그런 처가 덕을 보고 있는 거라고 나는 생각해."

이규는 권창혁의 말에도 하영근의 말에도 일리가 있다고 생각했다. 인민위원회에서 만만찮은 발언권을 가지고 있는 최상주가 바로 권님세의 처남이니까. 이규가 그 사실을 말하자, 권창혁은

"그러고 보니 하군의 판단력도 여간이 아닌데."

하고 웃었다.

"판단력이 아니라 사실 인식이겠지. 그런데 이군에겐 무슨 권유나 제의가 없었나?"

"청년동맹에 참가하라는 권유가 있었습니다."

"그래서?"

"거절하기가 매우 딱하드면요. 그러나 거절했죠."

"뭐라고 거절했나?"

"나는 공부를 해야겠다고 했습니다."

"그 이유가 통하던가?"

"통하고 안 통하고가 있습니까. 안 한다면 그만인데요, 하지만 하마터면 가입할 뻔했습니다."

하고 이규는, 인민공화국에 대한 자기의 견해와 둘째 큰아버지의 만류로 딱 잘라 거절할 수 있었다는 사정을 말했다.

"인민공화국에 관한 이군의 견해는, 순수한 청년이면 모두 그렇게 생각할 수 있다. 그러나 사실은 전연 엉뚱해. 가혹하게 말하면 일종의 사기 행위라고 할 수 있어. 러시아 혁명 초기의 임시정부 비슷한 트릭이야. 케렌스키를 앞장세워놓고 환골탈태해버린 그 수작을 졸렬하게 시도해본 것이거든. 이군의 둘째 큰아버지는 역시 날카로운 견식을 가진 어른이구먼. 하마터면 이군은 큰 실수를 할 뻔했다."

"나는, '인민공화국이 성공할 수 있으면 얼마나 좋을까' 하는 생각을 버릴 수가 없어. 그 점, 이규 군과 나는 완전히 동감이다."

이렇게 말하는 하영근을 어이가 없다는 표정으로 바라보던 권창혁이 뚜벅 말했다.

"망상을 버리게. 성공할 까닭이 없으니까."

침묵이 흘렀다. 가을 하늘이 군데군데 흰구름을 띄우고 한없이 맑았다.

이규가 먼저 입을 열었다.

"일제 때는 별 생각이 없었는데, 해방이 되고 보니 하 선생님이 이렇게 호사로운 게 어쩌면 하 선생님 자신에게 짐이 되지 않을까 하는 생각이 드는데요."

"대강 알겠네만, 좀더 구체적으로 말해보게."

하영근의 말은 조용했다.

"이를테면 말입니다, 해방이 되었다고는 하나 지금 농촌엔 굶주리는 사람이 많습니다. 벼를 익기도 전에 베어 찐쌀을 만들어 먹는 사람이 더러 있거든요. 진주만 해도 꽤 많은 가난한 귀환 동포가 있는 모양이고요. 일제 때 같으면, ……뭐라고 말씀드려야 좋을지 모르겠습니다만, 해방된 오늘, 같이 살자고 다짐해야 할 이 마당에선 좀 어색하다 이 말입니다."

하영근은 빙그레 웃기만 했다.

"이군, 그 얘기 잘 했어. 아닌 게 아니라, 하군과 나 사이에 그 문제를 두고 한 얘기가 있었네. 헌데 그 얘기 지금 해버려도 될까?"

하고 권창혁이 하영근의 눈치를 살폈다. 하영근이 화제를 바꿨다.

"그런 얘긴 다음에 하고, 어때, 하준규 군과 박태영 군으로부터 무슨 소식이 있었나?"

"하 두령은 H군 인민위원회의 치안부장을 하고 있고, 박태영 군은 하 두령을 돕고 있는 모양입니다."

"그 얘기는 나도 알고 있는데, 하군이 너무나 깊숙이 그 일에 관계하지 말았으면 싶어. 미 군정이 점차적으로 행정 접수를 하는 모양인데,

그런 과정에서 무슨 트러블이나 생기지 않을까 해서 걱정이다."

하영근이 조심스러운 투로 말했다.

"하 두령과 박태영 군은 걱정할 것 없어. 사태 판단을 어긋나게 할 사람들이 아니니까."

"며칠 전 편지를 받았는데, 하 두령과 박태영 군은 시월 초쯤에 잠깐 서울 구경을 할 작정이라고 했드면요. 아마 그때 선생님들을 찾을 겁니다."

이규는 이어, 박태영이 보내온 편지의 내용을 간추려 얘기했다.

태영은 그 편지에서, 군 내의 치안을 맡아달라는 건준의 제의를 하 두령이 거절할 수 없었다는 사연을 설명하고, 자기는 인민위원회와는 관계없이 하 두령 개인을 돕는 비서의 입장으로 H읍에 나와 있다는 사정을 밝혔는데, 그 가운데 인상적인 구절로 다음과 같은 것이 있었다.

"병아리가 나올지 썩어버릴지 분간할 수 없는 달걀처럼 껍데기에 싸인 이 단체, 이른바 H군 인민위원회란 간판의 단체 안에서 벌써 감투 싸움이 벌어지고 있다. 이 싸움은 주로 모략 중상이란 수단으로 진행되고 있다. 정상인의 눈과 귀로 보고 듣고 있으면 영락없는 똥돼지들의 싸움이라서 어처구니가 없다. 그들은 남을 욕한다면서 기실 자기 자신을 욕하고, 남을 망치려는 노릇이 기실 자기를 망치는 노릇이란 사실을 모르고 있으니 하는 소리다. 똥돼지는 먼저 살이 찌면 먼저 잡아먹힌다는 사실을 모르고 한 덩어리의 똥을 노리고 뚤뚤거리며 끼리끼리 싸우지 않는가. 이런 똥돼지의 싸움이 우리 H군에만 있는 것이 아니고 전국적 규모로 전개되고 있다는 것을 상상하니, 나라의 장래고 뭐고 팽개쳐버리고 이 달걀 껍데기를 산산조각 가루가 되도록 밟아버리고 싶은 충동에 사로잡힌다. 우리의 하 두령은 나의 의견에 빈틈없이 공감하면서도 치안 확보에만은 최선을 다해야 할 게 아니냐면서 꾹 참고 견디란다. 그래서 나를 달랠 셈으로 서울 여행을 하자는 건데, 두령의 말씀이니 어떡하나. 시월 초에 진주서 만나 같이 서울로 가자…….”

"병아리가 나올지 썩을지 모른다는 대목이 좋은데.”

하고 권창혁이 웃자,

"나는 똥돼지 싸움이란 대목이 마음에 들어.”

하고 하영근도 웃었다.

박태영과 하준규에 대한 인물평이 한동안 화제가 되었다.

"이군도 서울에 한번 가보지.”

권창혁의 말이었다.

"그럴 요량을 했는데, 큰아버님의 말씀을 듣고 그만두기로 했습니다.”

"큰아버님이 무슨 말씀을 하셨는데?”

하영근이 물었다.

"위방불거 난방불입이니, 난세엔 외지에 나가지 말라는 분부였습니다.”

"그럼 이군은 영영 고향을 뜨지 않을 작정인가?”

권창혁의 질문이었다.

"내년 봄에나 가볼까 합니다. 어차피 학교에 다닐 생각이니까요.”

이때, 하윤희가 차와 과일을 얹은 쟁반을 들고 나왔다.

"허 참, 오늘은 웬일이지? 공주님이 손수 차를 나르시고…….”

권창혁이 쾌활하게 말했다.

윤희는 이규를 눈부신 듯 바라보며 가볍게 인사하고, 찻잔과 과일을 탁자 위에 놓았다.

"엊그제 내게 보인 그림, 이규 군에게도 갖다 보이지 그래.”

권창혁이 익살조로 말했다.

"어떻게 그런 그림을 사람들에게 보여요?"

"무슨 소리야, 그게? 그럼 난 사람 축에 못 들어간단 말 아닌가. 내겐 보십사 하고 척 내놓구선……."

"억지로 보셨지, 제가 언제 내놓았어요."

귀밑까지 빨개진 얼굴로 윤희는 몸을 날려 사라져버렸다.

"권군, 식객인 주제에 주인 집 규수를 놀려대면 어떻게 되는지 알기나 하나?"

하영근이 웃음을 머금고 말했다.

"쫓겨나기밖에 더 할라구. 쫓겨나도 할 말은 해야 하지 않나. 윤희 양은 그림에 좀더 노력해야겠어. 색감은 제법인 것 같은데 캄퍼지션이 서툴러."

"자네가 무슨 그림을 안다고 내 귀여운 딸의 그림을 그따위로 평하지?"

"이 사람아, 아들딸 역성 드는 놈은 반미치광이란 말 모르나?"

"반미치광이 아니라 온미치광이라도 좋다."

"그렇다고 덜 된 그림을 무작정 좋다고 할까?"

"덜 되다니, 내가 보기엔 내 딸 그림이 천하제일이다."

"이건 참으로 미쳤구먼."

"이봐, 조그마한 어린애가 어느덧 커서 그런 그림을 그릴 줄 아니 무작정 좋을 수밖에……."

하영근은 깔깔 웃었다.

"좋은 그림을 그리게 하려면 프랑스 파리로 보내. 동경서 배운 그림은 촌스러워서 못써."

물론 농담으로 주고받는 말이었지만, 친구의 딸이 그린 그림을 솔직하게 평하고, 반대로 아버지란 사람이 자기 딸의 편을 들어 기를 쓰는 광경을 보는 것은 흐뭇했다. 그만큼 딸에 대한 사랑이 지극하다고 할 수 있고, 두 사람의 우정이 두텁다는 얘기가 되기 때문이다.
　차가 끝날 무렵, 이규가 물었다.
　"하 선생님께선 무슨 권유나 유혹 같은 게 없었습니까?"
　"없을 턱이 있나."
　"대강 어떤 권유입니까?"
　"건준에서 재정부장을 해달라는 얘기, 한국민주당에서도 재정부장을 해달라는 얘기, 국민당에서도 그 얘기, 임시정부 환영위원회에서도 그 얘기······. 하영근이란 이름만 보면 그저 돈 생각밖에 안 나는 모양이지."
　권창혁의 말이었다.
　"그래서 어떻게 하셨습니까?"
　"물론 거절했지. 봉왕당이란 얘기 들은 적 있나?"
　"없는데요."
　"이조를 도로 세우자는 당인데, 허파에서 바람이 일 지경이야. 공산당에서도 교섭이 왔어."
　"공산당원도 돈으로 살 수 있으니 황금 만능의 세상 아닌가."
　권창혁이 익살을 섞어 말했다.
　화제는 중앙 정계 얘기로 번졌다.

　미열이 난다는 하영근을 안채로 보내고, 그날 밤 권창혁과 이규는 서재에 잇단 방에 나란히 누웠다.

"이렇게 나란히 누우니 괘관산 생각이 나느먼."

"그렇습니다."

"다시 괘관산으로 가고 싶구나."

권창혁이 한숨을 섞었다.

"선생님은 끝까지 비관주의시구먼요."

"도리가 있나."

"선생님의 그 허무주의를 생산적으로 이용할 방법이 없을까요?"

"있지."

"뭡니까?"

"신문新聞을 하는 일이지,"

"신문을요?"

"신문을 통해 일체의 가치를 마구 내리까는 거야. 그렇게 해서 진리의 전매 특허를 얻은 것처럼 설치는 놈들의 사고의 취약점, 그 배후의 계교를 샅샅이 폭로하는 거지. 그렇게 하면 이 나라의 정치 사상을 다소나마 향상시킬 수 있을 거다."

"그럼 그렇게 해보시면 어떻습니까?"

"하군도 그렇게 권하고 있어."

"그런데 왜……?"

"의욕이 없어."

"도무지 이해를 못 하겠습니다."

"허무주의자를 두 가지로 나눌 수 있지. 하나는 허무주의를 상품화할 수 있는 허무주의자, 또 하나는 그저 철저한 허무주의자……. 내 얘긴 그만두고 이군 얘기나 하자, 이군은 앞으로 학문을 할 작정이지?"

"그럴 생각입니다."

"그렇다면 유럽으로 가게. 프랑스로 가란 말이다. 조국이고 민족이고 뭐고 당분간 생각하지 않기로 하고, 프랑스로 가서 한 10년 있다가 돌아오게. 그때부터 정치에 관심을 갖든지, 아카데미 생활을 하든지, 나처럼 허무주의자가 되든지……."

"그렇게 하재도 어디……."

"결심만 하면 돼, 자넨. 돈은 하영근 군이 대기로 돼 있어. 아까 하영근 군의 호사에 관한 얘기가 나오지 않았나. 하군은 자기의 전 재산을 최소한도의 생활비만 남기고 전부 처분할 생각으로 있어."

"그래요?"

이규는 놀랐다.

"확고한 각오다, 그건."

"어떻게 처리할 작정입니까?"

"공공 단체에 기부하지도 않겠다는 거야. 정당에 내놓지도 않겠다는 거고, 농부들에게 돌려주지도 않겠다는 거고, 자선 사업을 하지도 않겠다는 거고……."

"……."

"이건 수수께끼다. 이군, 한번 풀어봐."

"도저히 풀 수가 없는데요."

권창혁은 한동안 묵묵히 천장을 쳐다보더니 벌떡 일어나 앉았다. 이규도 반사적으로 따라 일어나 앉았다.

"이군, 자네야. 자네에게 전 재산을 주겠다는 거다. 토지고 뭐고 다 팔아 달러로 바꿔서 몽땅 네게 주겠다는 거다."

이규는 얼떨떨했다.

"그런데 한 가지 조건이 있어. 그 돈을 10년 내에 이 나라에서 쓰면 안 된다는 조건이야. 프랑스나 스위스의 은행에 맡겨놓았다가 10년 후에 가지고 들어와서 쓰는 건 좋지만, 그 안엔 안 된다는 거지. 이 조건은 내가 제안한 걸 하군이 받아들인 걸세."

이규는 영문을 몰라 그저 잠자코 있을 수밖에 없었다. 권창혁이 말을 이었다.

"하군과 나의 뜻은 이군을 유럽으로 보내겠다는 데 있어. 가능하면 박태영을 데리고 가도 좋아. 박태영 군에겐 애인이 있다니까, 그 애인을 동반해도 좋아. 돈은 자네 돈이니 국외에서 쓰는 건 자네 마음대로니까, 박태영 군의 생활비를 자네가 대어주면 되지. 구구한 설명은 하지 않겠어. 자네나 박태영은 꼭 유럽 아니면 미국에 가서 10년 동안은 그곳에 머물러야 할 필요가 있다는 말야. 그 필요가 뭣인가는 10년 후 자네 스스로 깨닫게 될걸세. 묻지 말고 떠나기로 하게. 여권이나 그밖의 수속은 돈이 있으면 다 되니까 신경 쓸 필요없구. ……지금 대답하지 않아도 좋다. 부모님과 의논한 후에 대답해도 좋다. 만일 이군은 그럴 생각이 있는데 부모님이 반대하신다면, 내가 어른들을 찾아가 간청해볼 작정이다."

"하 선생님이 왜 그런 결정을 하셨는지, 그 동기의 일단만이라도 알면 좋겠는데요."

"동기는 세 가지가 있다. 그러나 하군과의 약속 때문에 전부를 밝힐 순 없다. 그 가운데 하나만 말하지. 하군이 건강이 악화됐어. 살 날이 얼마 남지 않았다고 보아야 하네. 죽기 전에 재산을 가장 보람 있게, 그리고 자기의 기분에 맞는 방법으로 처리하겠다는 거야. 이게 바로 그런 작정을 한 이유이며 동기다. 이 이상은 묻지 말게."

이렇게 말하고 권창혁은 잠들어버렸다.

이튿날.

아침 식사를 끝내기가 바쁘게 권창혁은 어딜 다녀오겠다면서 밖으로 나갔다. 하인이 밥상을 가져간 뒤에도 하영근은 덤덤히 앉아 있었다. 그런 하영근을 대하고 앉아 있기가 거북해서 이규는 일어서서 서가를 뒤지기 시작했다.

'이 서가를 이용하면 3~4년은 공부할 수 있겠다. 굳이 지금 외국으로 가야 할 까닭이 뭐란 말인가.'

이규는 어젯밤에 있었던 권창혁의 제안이 상당한 부피로 마음의 부담이 되어 있다는 사실을 깨달았다.

책을 한 권 꺼내 들었다. 앙리 몽도르가 쓴 『말라르메의 일생』, NRF판이었다.

이규가 그 책을 꺼낸 것은, 대학 재학 중에 어떤 일로 프랑스 문학 연구실에 갔더니 스즈키鈴木란 교수가 어느 학생을 상대로 그 책 얘기를 하고 있었는데, 그 장면이 기억에 되살아났기 때문이었다. 그때 스즈키 교수는 분명히 이런 말을 했다.

"이 책은 말라르메 연구에 있어 빼놓을 수 없는 책인데, 국제 정세가 미묘해서 입수하기가 대단히 어렵다. 한 권밖에 연구실에 없으니 빌려줄 수도 없다. 그러니 여기 나와서 읽도록 하라."

그런 책이 하영근의 서가에 있다고 해서 놀라는 것은 새삼스럽지만, 그와 같은 인연이 있어 한번 손에 쥐어볼 생각이 난 것이다. 책을 펴자, 가철假綴인 그 책은 끝까지 칼질이 되어 있었고, 하영근의 필적으로 군데군데 삽입된 주註마저 있었다. 하영근이 숙독한 책이었다. 이규는 왠지 하영근의 고독을 알 것 같았다. 극동하고도 조선 땅의 시골에 앉아 실용으로선 물론 아무런 가치도 없고, 교양으로서도 아무런 보람이 될 수 없는 그런 책을 정신을 집중시켜 주마저 달며 읽는 그의 태도는 어느 모로 보아도 애브노멀한 것이었다. 그는 물속의 바위와 같거나 물 위의 기름과 같을 뿐이다. 일종의 호사라고 하기에도 너무나 고절된 호사가 아닌가. 취미라고 하기에도 너무나 엉뚱하지 않은가. 차라리 그리스의 시나 당시를 읽으면 이해할 수 있는 기분만은 잡을 수 있다. 그러나 말라르메는 너무 어렵다. 그렇다면 하영근의 심상은 쉽사리 접근할 수도 없고 이해할 수도 없는 관념과 정념으로 꽉 차 있고 물들어 있다고 봐야 했다.

'철저하게 외로운 사람!'

구제될 수 없는 딜레탕트가 아니라면 그는 철저하게 외로운 사람이다.

이런 생각 저런 생각을 하며, 하영근이 삽입한 주가 있는 책장을 찾아 넘기며 간혹 읽어보기도 했는데, 그 주는 대개 라틴어로 된 부분을 프랑스어로 고쳐놓은 것이었다.

'아무런 지적 재생산도 없고, 그러니까 빛을 발하지 못한 채 사장死藏된 교양이나 지혜란 어떤 뜻을 가지는 것일까?'

이규는 속으로 이렇게 중얼거려보지 않을 수 없었다.

미닫이를 여는 소리에 이규는 고개를 돌렸다. 앞쪽 미닫이를 열고 윤희가 쟁반에 찻잔을 받쳐 들고 들어오고 있었다. 하영근이 말했다.

"이군, 이리 와서 커피나 한 잔 하게."

이규는 책을 서가에 꽂아놓고 걸어 나왔다. 같은 방인데도 서가가 있는 곳에서 영근이 앉아 있는 곳까지 가려면 한참을 걸어야 했다. 찻쟁반을 두고 나가려는 윤희를 영근이 만류했다.

"조금 있다가 나가면 어때?"

윤희는 도로 앉으며 이규를 눈부신 듯 바라보았다.

"자꾸 폐를 끼칩니다."

하고 앉으며 이규는 가볍게 고개를 숙여 보였다.

"폐가 뭐죠?"

윤희는 놀란 듯한 표정이었다.

"그렇지. 앞으론 폐니 뭐니 하는 말은 빼게."

하영근이 윤희를 두둔했다.

"앞으론 좋은 커피를 마실 수 있겠지. 이것도 아마 부산에서 사온 커피일걸."

하영근은 이규에게 커피를 권하고 뭐라고 말하려다 말고 조금 생각하는 눈치더니 윤희에게 미소를 보내며 말했다.

"그럼 윤흰 들어가봐. 외출하려면 내게 알려야 한다."

"나갈 데도 없어요."

윤희는 조용히 뒷걸음질쳐서 미닫이를 열고 나갔다. 윤희가 앉았던 자리에 향긋한 향내가 서려 있는 기분이었다.

"이군."

하영근의 나직한 소리에 이규는 고개를 들었다.

"어젯밤 권 선생으로부터 대강 얘길 들었겠지?"

"예."

잠깐 침묵이 흘렀다.

"긴 얘긴 않겠어. 자네 생각은 어떤가?"

"하두 갑작스런 일이 돼서 아직은 뭐라고 말씀드릴 수가 없습니다."

다시 침묵이 흘렀다.

"8·15 이후 줄곧 생각한 일이다. 그래서 얻은 결론이다. 이군, 나는 불안해서 견딜 수가 없다."

너무나 침울한 하영근의 어조에 이규는 놀랐다.

그저 잠자코 있을 수밖에 없었다.

"해방은 무조건 기쁜 일이다. 앞으로 혼란이 올망정, 해방에 따른 기쁨은 지워버릴 수 없을 게다. 그러나 나는 불안해. 불안해서 견딜 수가 없어. 권군은 나를 신경과민이라고 하지만, 자꾸 신경이 과민해지는 걸 어떡허나."

이규는 하영근의 불안을 이해할 수 있을 것 같았다. 그러나 그 정도가 너무 지나치다는 생각이 잇달았다. 그래서 용기를 내어 말했다.

"불안해하실 게 뭐 있습니까. 선생님은 양심껏 사셨는데요. 친일파적인 행동을 안 한 사람이 우리 주위에 얼마나 있습니까. 그 가운데서도 선생님은 깨끗하게 사신 편 아닙니까."

영근의 얼굴에 쓸쓸한 미소가 돋았다.

"초근목피로 연명하는 빈민들을 그냥 두고 거액의 돈을 헌납해서 일제에 비행기를 만들어주었는데도 양심껏 살았다고 할 수 있는가? 그런데 난 그런 일을 가지고 고민하는 건 아니어. 그 때문에 불안한 것도 아니구."

이규는 자기의 얄팍한 짐작이 부끄러웠다. 하마터면 하영근의 곤란한 처지를 구하기 위해 하준규, 박태영을 비롯한 보광당 도령들을 증인으로 세우겠다는 말을 할 뻔했던 것이다.

"내가 친일을 했대서, 또는 민족을 반역하는 짓을 했대서 벌을 받는 건 간단해. 벌을 받을 처지가 되면 마땅히 받아야 할 거구. 내게 벌을 줄 만한 명분과 권위와 질서가 하루라도 바빠 서주었으면 하는 게 나의 소망이기도 해. 그렇게 되는 날은 나라가 서는 날이고, 민족의 앞날이 환히 트인 날일 게거든. 그런데 그게 아니어."

골목에서 뛰노는 아이들의 소리가 아슴푸레 들려왔다. 처마 끝에 달린 풍령風鈴이 울었다. 바람이 이는가 보았다.

이규는 하영근이 불안해하는 원인을 빨리 알고 싶어 초조한 마음이 들었다.

"이건 권군과 내가 일치한 의견이다. 권군의 세상을 보는 눈은 틀림이 없어. 그 의견에 내가 무조건 일치했다면 꼭 그렇게 되고야 만다고 판단해도 좋아. 우리의 판단이 빗나간 거라면 얼마나 좋을까만, 그럴 턱이 없어. 그럴 턱이 없지."

"무슨 일입니까? 똑바로 말씀해보십시오."

"전쟁이 날 것 같애."

"전쟁이요?"

"그렇지. 해방된 지 단 두 달이 못 되었는데도 치열해진 좌우의 대립상을 보라구. 1년쯤 지나면 수습 못할 정도로 좌우의 대립이 에스컬레이트될 것이 뻔해. 그렇게 되면 전쟁이지, 좌익이 있고 우익이 있는 곳엔 반드시 투쟁이 있는 법이다. 그 투쟁이, 정치적인 전통과 바탕이 든든하게 서 있지 않은 곳에선 거의 절대적으로 내란이 되고 만다. 러시아에서 그랬고, 스페인에서 그랬고, 중국에선 지금 현실의 문제가 돼 있고……. 그런데다 우리나라엔 그러한 대립을 인격의 힘으로 조절하고 수습할 수 있는 간디와 같은 인물 하나가 없잖나. 전쟁은 나고 만다. 우익의 편엔 미군이 서고, 좌익의 편엔 소련군이 서고……. 그보다도 대륙에서 벌어지고 있는 국공전國共戰이 이 반도에 그대로 파급되든지 확대되든지 할지 모르지."

"미국과 소련이 배후에 있으니, 그 양대국이 조절 역할을 하지 않을까요?"

"천만에. 미국과 소련의 대립이 벌써 시작되었어. 독일이란 공통의 적이 없어지자, 소련은 미국을 가상적으로 하고, 미국은 소련을 가상적으로 하는 경향을 이미 나타내고 있거든. 1년쯤 지나면 미국은 전후 처리를 수월하게 하기 위해 전쟁이란 수단을 필요로 하게 될 뿐 아니라, 장개석 정권을 돕기 위해서라도 전쟁터를 따로 마련할 필요가 있게 될 거거든. 소련이야 근세 역사 이래 이 반도를 얼마나 탐내왔다구. 거기다 공산당이란 앞잡이가 있것다, 원인은 얼마든지 만들 수 있으니 공산당을 앞장세워 싸우면 자기들은 피 흘리지 않고 이 반도 하나쯤 차지할 수도 있을 테니까 오죽하겠는가 말이다."

이규는 완전히 하영근의 불안에 감염돼버린 상태가 되었다. 듣고 보니 일일이 옳은 말이었다. 더욱이 미국이 장개석 정권을 포기하지 않는다면 지금 우세한 공산군을 타도하기 위해서도 이 반도에 새로운 전쟁터를 마련할 필요가 있을 것이란 의견이 작금 치열화되는 좌우 대립의 양상에 곁들여 결정적인 설득력으로 이규의 감수성에 작용한 것이다.

"전쟁이 나면 어떻게 되죠?"

이규는 어름어름 말했다.

"회신灰燼이란 말이 있잖나. 원자 폭탄이 떨어진 히로시마의 참경을 찍은 사진을 보았지? 그 꼴이 되지 별수 있겠나."

"그렇게 겁나는 전쟁을 또 시작할까요?"

"언젠 전쟁이 겁나지 않아서 시작했던가. 정세의 변화엔 가속加速이란 게 있고, 타력惰力이란 것도 있어. 내가 보기엔 이 반도처럼 전쟁의 원인이 집중적으로 집합된 예는 드물어. 이만한 원인의 집합에 국제 정세에 따른 가속력이나 타력이 붙어봐. 전쟁이 일시에 폭발하고 만다."

"전쟁을 해서 이익이 없는데두요?"

"왜 이익이 없어. 이익도 있고, 이익에 대한 환상도 있지. 소련은 기후가 좋은 반도 하나쯤 차지할 수 있을 거라는 계산을 해볼 수 있고, 미국은 군수 산업을 확대해서 재벌이 이득을 볼 수 있는데다가 아시아 대륙에서의 발언권을 굳힐 수 있다고 환상할 수 있지. 또 공산당은 투쟁을 입버릇처럼 내세우는 집단 아닌가. 투쟁을 거듭하면 이 땅에 공산 정권을 세울 수 있으리란 희망을 가져볼 수 있지. 우익은 공산당 천하에서 사는 것보다는 죽는 편이 낫다고 악을 쓰고 있구……. 나름대로의 이해타산을 다 가지고 있지."

이규의 입에서 한숨이 저절로 나왔다. 그 한숨을 머금고 물었다.

"전쟁이 난다면 언제쯤 날까요?"

"나는 1년을 넘기지 못하고 전쟁이 있을 것으로 봐."

"1년 안에요?"

"그렇지. 똑바로 말하면 전쟁은 벌써 시작된 거나 마찬가지다. 중국 대륙에서의 전쟁이 바로 그거라고 봐도 좋고, 지금 경향 각지에서 일어나고 있는 좌우익 간의 테러를 전쟁의 전초전이라고 볼 수도 있잖겠나?"

하영근은 이어 미소 간의 대립이 심각화되고 있다는 사례, 국공 내전의 현상과 그 전망, 지금 국내에서 나타나기 시작한 좌우 대립의 실상과 그것이 1년 후쯤에 확대되었을 경우의 양상, 미국 자본주의의 생리, 소련 대외 정책의 핵심 등을 소상하게 설명했다.

긴 설명을 끝내고 하영근은 바깥 마루로 옮아 앉았다. 오전의 햇살이 국화꽃 위에서 한결 황홀했다. 가을 하늘은 한없이 드높다.

하영근은 하늘과 뜰로 번갈아 시선을 옮기면서도 그 암울한 표정을 풀지 않았다. 그리고 중대한 결심을 한 듯 이규 쪽으로 의자를 돌려 앉았다.

"그런 까닭에 나는 각오를 했다. 내 재산과 내 희망을 모두 이규 군 자네에게 맡기기로 했다. 친척 가운데서 양자를 취하라는 권고도 있었지만 나는 거절했다. 일체를 윤희에게 맡길까 했지만 윤희는 여자다. 내 재산과 희망을 감당하기엔 너무 약해. 언젠가 처음으로 자네가 찾아왔을 때, 그때 나는 진정 기뻤다. 사돈 집안에 좋은 소년이 있다고 들었으나 별로 관심이 없었는데, 만나보고 나니 왠지 흐뭇했다. 총명하지만 모가 나지 않고, 순한 성격인데도 호오好惡의 감정이 뚜렷하고, 박태영 군처럼 천재는 아니지만 가꾸어나가면 천재 못지않은 큰 그릇으로 클 수 있는, 어느 모로 보나 학문으로 대성하고, 학문을 또한 대성시킬 소질도 있다고 봤다. 내가 다시 소년이 될 수 있다면 자네 같은 소년이 되고 싶었다. 나는 건강도 건강이려니와 의지가 약하고, 너무나 조종에 의해 자랐기 때문에 뭐든 최선을 다해 노력하지 못했다. 학문을 좋아하면서도 철저하지 못했고, 예술을 사랑하면서도 수련을 쌓지 못했다. 게다가 남의 몇 배나 되는 에고이즘과 오만심만 잔뜩 길러 뭐가 뭔지 분간 못하는 일종의 괴물이 되어버렸다. 참으로 거북한 청이겠지만, 이 군, 순순히 응해주게."

"선생님 말씀이라면 뭐든 순종할 뜻이 있습니다만, 재산을 물려받는다는 건……."

"거북해할 것 없어. 나는 절대로 어떤 정당이고 간에 정치 자금은 내지 않을 작정을 세웠다. 정당에 정치 자금을 낸다는 건 내란에 불을 붙이는 거나 마찬가지라고 생각하기 때문이다. 정치 자금을 안 내면 그 결과는 뻔하다. 전부 몰수당한다. 나는 내 뜻에 거슬려 재산을 몰수당하긴 절대로 싫다. 사회 사업도, 소작인에게 농토를 나눠주는 것도 싫다. 나는 그만큼 이기주의자다. 구두쇠다. 그러니 정세의 강박에 못 이겨 자선 사업을 한다는 건 죽기보다도 싫다. 그런데 가만 있으면 미구에 있을 전쟁이 전부 휩쓸어갈 것이 뻔하다. 게다가 또 내겐 바득바득 재산을 지켜나갈 용기도 건강도 없다. 이를테면 어떤 식으로건 미구에 없어져버릴 것을 앞당겨 이군에게 맡겨버린다는 얘기다."

"없어질 재산이면 제가 맡아 가지고 있어도 마찬가지 아니겠습니까?"

"이군이 맡으면 없어지지 않는다. 이군 같으면 사회 사업을 해도 좋고 자선 사업을 해도 될 거거든. 아니면 이군 자신을 가꾸는 자금으로 해도 될 거구."

"꼭 그런 기분이시라면 윤희 씨에게 맡기도록 하시죠. 그분은 여자지만 영리하고 침착해서 사리 판단을 어긋나게 할 분이 아니니까요."

이규는 결연하게 말했다.

하영근의 얼굴빛이 변했다. 그리고 애원하는 표정이 되었다.

"아니라니까, 이군. 나는 자네에게 내 재산을 맡기기에 앞서 내 희망을 맡기고 싶은 거라네. 나와 자네는 학문의 방향이 비슷하다. 그러니 희망을 이룰 수 없는 낙오자가 얼마 되지도 않은 재산을 미끼로 자기의 희망을 전도가 양양한 자네에게 맡기자는 얘기가 아닌가. 전 재산을 맡긴다지만 나와 나의 마누라, 그리고 윤희에게 필요한 부분은 남길걸세. 그러니 그다지 부담스럽게 여길 것 없잖나, 이군."

이규는 묵묵히 앉아 있었다. 하영근이 이규의 손을 잡았다.

"이군, 나의 제안을 받아주게."

"아버지와 의논해봐야 되지 않겠습니까?"

"그건 안 되네. 부자지간의 의를 상하게 할지 모르지만, 이 일은 당분간 자네의 춘부장에게도 비밀로 해야 하네. 이 일을 나와 자네, 그리고 권군 이외의 사람이 알면 큰 소동이 날걸세. 하영근이란 인간에게 다소의 동정이 있거든 자네 부친에게도 당분간은 비밀로 하고 내 제안을 꼭 받아줘야겠네."

"……."

"그렇게 하지."

"……."

"자네의 침묵을 동의한 것으로 알고 다음의 제안을 들어주게."

이렇게 말머리를 꺼내놓기는 했으나 뒤를 잇기가 거북한지 하영근은 눈을 찌푸려 감고 고개를 약간 숙인 채 미간을 왼손 약지로 눌렀다. 이규는 와락 불안했다. 하영근이 심장병의 발작이 있을 때 흔히 그런 포즈가 되는 것을 기억하고 있기 때문이었다.

"고단하시면 조금 누우시지요."

이규는 하영근의 표정을 근심스럽게 살피며 말했다.

"아냐, 대단하진 않아. 얘기를 꺼낸 김에 다 해야지. 이런 쑥스런 얘길 두고두고 할 수는 없으니까."

하영근은 가까스로 눈을 뜨고 힘없이 이규를 바라보며 말했다.

"이군은 준비가 되는 대로 외국으로 가게. 권군으로부터 들었겠지만 꼭 그렇게 해야 할 필요가 있네. 이군 자신을 위해서, 나를 위해서, 나라를 위해서도 그렇고, 학문을 위해서도 그렇고, ……무엇보다도 그것은 나의 소망이다. 이 불행한 나라를 떠나, 나라와 민족의 불행에 사로잡혀 왜곡되지 말고 훨훨 하늘을 날아보란 말이다. 내가 하고 싶었던 일이다, 그게. 이군의 기분이야 복잡하겠지만, 당장 이 나라를 떠나 선진된 문명 속에서 한 10년 살다가 돌아오게."

"전쟁이 있을 테니까 저더러 피난하란 말씀이죠? 그럼 왜 선생님은 피난하시지 않습니까?"

"피난은 비겁한 게 아니다. 내일 호화롭기 위해서 오늘 검소해야 할 경우가 있듯이, 내일 힘든 일을 맡기 위해 오늘은 편하게 몸을 간수해야 할 필요도 있는 거다. 동족이 모두 불행한데 나만이 편한 곳으로 피난한다는 게 젊은 마음엔 거슬릴지 모르나, 이웃이 죽는다고 자기도 죽어야 한다는 건 센티멘털리즘도 못 된다. 자기가 있어야 전쟁을 방지할 수 있다거나, 자기가 있어야 동지를 승리하게 할 수 있다거나 하는 결정적인 자부나 이유가 있으면 몰라도, 지금 미리 피난하는 건 양심에 어긋날 까닭이 없다. 그리고 앞으로 있을 내란의 양상은 자네나 내가 어느 쪽에도 편들 수 없는 그런 성격의 것이 아닐까 한다. 나라를 꼭 위해야겠다면 10년 동안 자네 개인의 힘을 기른 뒤에 위하도록 해라. 자네가 승낙만 한다면 내일부터라도 모든 준비를 서둘 작정이다. 디 얼리어, 더 베터The earlier, the better. 빠를수록 더욱 좋다. 아무 말 말고 내 말을 따라주게. 10년 동안만 프랑스나 영국에 있다가 오게."

하영근의 간절한 설득 때문만이 아니라 이규는 어차피 외국엔 언제가도 한 번은 가야 할 것이란 생각과 더불어 박태영 같은 투지가 없는 바에야 아카데믹한 평탄 대로를 걷는 것도 무방하다는 상념이 일었다. 그러나, 그러자면 부모님의 의사를 물어야 했다. 이러한 마음의 움직임을 꿰뚫어본 듯 하영근이 말했다.

"부모님께는 외국에 공부하러 간다고만 하고, 그 학비는 내가 보조해준다고 하더란 정도로 의논해보게. 만일 불응하시면 내가 몇 걸음이라도 하겠다."

"감사합니다."

이규는 정중하게 머리를 숙여 절했다.

"됐다, 됐어!"

하영근의 얼굴이 활짝 피었다. 이규는 여태껏 하영근이 그렇게 터놓고 기쁜 표정을 짓는 것을 보지 못했다.

그런데 영근의 이마에서 기름땀이 흐르고 있었다. 이규는 다시 불안해졌다.

"선생님, 편찮으신 것 아닙니까?"

"괜찮아. 조금은 더 견딜 수 있어. 아직 할 말이 꼭 한 가지 남았다."

이규는 영근의 말을 기다렸다.

"가능하다면 윤희를 데리고 가주면 좋겠다. 피차가 싫어하는 사이는 아닌 것 같으니 길동무는 될 수 있지 않겠나. 언젠가 둘이 부부로서 결합되면 좋겠지만, 그것까진 굳이 바라지 않는다. 길동무로서 서로 의지하고 살다가 의사가 통하면 그렇게 되어도 좋고, 통하지 않으면 형제처럼 평생을 지내도 좋지 않겠나. 윤희를 데려가 주었으면 하고 바라는 것은, 윤희에겐 그림 공부를 시켰으면 하기 때문이다. 권군이 어제 윤희의 그림을 놓고 핀잔 비슷한 말을 하더라만, 권군은 그림에 관해선 내만큼 알지 못해. 윤희의 그림 소질은 대단하다. 색감엔 천재적이라고 할 수 있는 구석이 있다. 권군은 윤희의 데생, 캄퍼지션에 불만을 가지고 그런 말을 했지만, 윤희의 그림은 데생의 과정을 뛰어넘은 곳에서 시작되는 그런 그림이다. 내 딸이래서가 아니라, 아니, 내 딸이니까 그 애의 소질을 누구보다 잘 알고 있지. 그러나 꼭 데리고 가라고 강요하고 싶지는 않다. 그리고 또 한 가지, 박태영 군에게도 권해서 같이 가도록 하면 얼마나 좋겠나. 김숙자라는 여성과 같이……. 박태영 군은 아까워, 참으로 아까워. ……그 사람에겐 자네가 권해봐. 같이 외국 유학을 하자고……. 그 이상의 말은 말구……."

하영근의 얼굴에 괴로운 빛이 더했다. 이규는 얼른,

"알겠습니다. 윤희 씨가 동의한다면 같이 가도록 하겠습니다. 태영 군에게도 권해보겠습니다."

하고 하영근 씨를 부축하고 방으로 들어가 보료 위에 뉘었다.

"의사를 부를까요?"

"아냐. 조금 이렇게 있으면 나을 거다. 말을 너무 많이 한 것 같애."

눈을 감고 누운 하영근의 얼굴은 몹시 초췌해 보였다. 40대 중반에 있는 사람으론 도저히 볼 수 없는 노색老色마저 있었다. 이규는 이때까지의 하영근의 말을 그 바탕에 있는 마음과 더불어 전부 이해할 것 같았다.

언제 재산을 몰수당할지 모르는 외로운 부호의 공포, 양심이 없지 않았으나 일제하에서 재산과 생명과 체면을 지키고 살기 위해 범한 갖가지의 친일적 행동에 대한 가책, 어떤 계층, 어떤 그룹에서도 동지를 발견하지 못하는 복잡한 사상, 일가와 친척까지도 경원하는 데서 오는 고절감, 못다 이룬 꿈, 전쟁의 위험, 그런 것을 박차고라도 살아갈 수 있는 건강력과 의지력의 결락缺落이 원인이 된 절망, 그러한 가운데서도 절실한 딸에 대한 애정, 이규에 대한 다소곳한 호감……. 그래서 일대 용단을 그런 방향으로 내린 것이 틀림없었다.

이규가 내려다보고 있는 사람은 바로 절망을 앞둔 사람의 모습이었다.

하영근은 기지개를 켜더니 긴 숨을 쉬고 눈을 떴다. 눈을 뜸과 동시에 얼굴에 다시 생기가 돋아났다.

"이왕이면 선생님도 같이 외국으로 떠나시는 것이 어떻겠습니까?"

이규는 충심으로 이렇게 말했다.

"내가 외국에? 뭣 하러? 피난하러? 안 돼. 나는 여기에 앉아 역사의 심판을 기다려야지. ……그보다도 선영을 지켜야지. 나는 삼대째 독자니까……. 그런데 건강이 이래서야……. 죽으려고 일부러 외국에까지 나갈 필요야 있겠나…….”

"외국에 가면 좋은 병원이 안 있겠습니까?"

"허나 지금의 내 주치의만한 의사를 외국에선 구할 수 없을 거다. ……자네가 외국에 가서 좋은 약이라도 있으면 구해 보내면 안 되나. 기적적으로, 그렇다, 기적이지. 기적적으로 건강을 회복할 수만 있다면 나도 유럽엔 꼭 한 번 가보고 싶어."

"갑시다. 거기 가서 요양하시면……!"

"내 병으론 배를 못 타, 비행기는 물론 못 타……. 자네와 윤희가 나 대신 그곳으로 갈 텐데……. 자네에게 내 속을 털어놓고 나니 마음이 시원하구나…….”

누운 채로 이렇게 말하다가 영근이 일어났다.

"나는 안에 가서 약을 먹고 좀 쉬어야겠다. 권 선생이 돌아오면 얘기가 모두 끝났다고 전해라. 지금부터 권군이 좀 바빠져야겠다."

그리고 미닫이를 열고 나가며 일어선 이규를 돌아보고 말했다.

"윤희를 내보내마. 음악이나 듣고 놀아라. 내가 자네와 한 얘기를 윤희는 전연 모르니까 그리 알고 우선 같이 프랑스에나 가자고 권해보게."

윤희가 과일과 차를 들고 나왔다.

"아버지가 이규 씨에게 음악을 틀어드리라고 하던데요?"

"음악보다 오늘은 윤희 씨의 얘기를 들읍시다."

이규는 단감 한 쪽을 씹으며 말했다.

"제 얘길?"

윤희의 눈이 동그랗게 되었다.

"그래요. 윤희 씨의 얘기가 듣고 싶어."

"텅텅 빈 머리에 무슨 얘깃거리가 있을라구요."

"그림 얘기라도……."

"사상이 없으니까 그림을 그리는 겁니다. 얘기로 할 수 있으면 뭣 땜에 그림을 그리겠어요?"

"그건 훌륭한 사상인데요."

"제겐 사상이 없어요."

하고, 열어젖힌 미닫이 저쪽으로 펼쳐진 뜰과 하늘로 윤희는 시선을 옮겼다. 그 옆얼굴이 청초했지만, 소녀기를 갓 넘긴 여성답지 않게 우울했다. 이규는, 일본 여성을 어머니로 하여 태어나 생모와 떨어져 사는 여성의 슬픔을 생각했다. 윤희는 동경의 미술학교에 다녔는데도 동경에서 살고 있는 생모를 찾지 않았다고 한다.

말하자면 윤희는 이 세상에 태어나면서부터 슬픔의 그림자를 지고 나온 여성인 것이다. 그런 것을 생각하자, 이규는 윤희에 대해 부족 없는 보호자가 되어야겠다는 다소곳한 의욕을 느꼈다.

"윤희 씨, 프랑스에 안 갈래요?"

"프랑스에?"

"파리에 가야 본격적으로 그림을 배울 것 아뇨?"

"프랑스 파리……!"

하다 말고 윤희는 고개를 더욱 돌려 옆얼굴마저 이규의 시야에서 벗어나 버렸다.

"왜 그러시지?"

어름어름 이규가 물었다.

"아버지가 병중에 계시는데 제가 어딜 가요?"

힘이 빠진 어조였다.

"아버지가 가라고 하시면?"

"아버지가 가라고 하셔도 안 가요. 나는 아버지 곁에 꼭 붙어 있어야 해요. 아버지 곁을 떠날 수 없어요."

"그럼 할 수 없지."

"이규 씬 프랑스로 가요?"

"네, 그럴 작정이오."

"언제?"

"가능한 대로 빨리."

"갈 수 있을까요?"

"있지, 돈이 있으면 다 된대요. 윤희 씨 아버지가 날 프랑스로 보내주겠답니다."

"아버지가?"

윤희의 얼굴이 어느덧 이규의 정면을 대했다. 맑은 눈이 무슨 무서움에 질린 것처럼 크게 뜨여 있었다.

"네. 윤희 씨 아버지께서 날더러 프랑스로 가라고 간절히 권했습니다. 여비와 학비를 죄다 대주시겠다면서 한 10년 프랑스에 있다가 오라는 분부였습니다."

"10년 동안요?"

"네."

"그래, 그대로 하실 작정이세요?"

"분부에 따를 작정입니다."

이렇게 말하고 이규는 우연히, 옷고름을 만지작거리는 윤희의 손이 보일 듯 말 듯하게 떨리는 것을 발견했다. 이규는 얼른 딴 곳으로 눈길을 돌려버렸다.

"그래서 아까 저더러 프랑스에 가지 않겠느냐고 물으신 거구면요."

윤희는 혼잣말처럼 중얼거렸다.

"그렇습니다."

하고 이규는 또박 말했다.

"그것도 아버지가 시키신 건가요?"

"아닙니다. 윤희 씨의 아버님께선, 내가 원하고 윤희 씨가 응하거든 윤희 씨를 프랑스로 데리고 가라고 하셨습니다."

이래놓고 이규는, 어떤 일본 시인이 쓴 다음과 같은 시가 뇌리를 스치는 걸 붙들었다.

프랑스에 가고 싶어도
프랑스는 너무나 멀다.
어떻게 새 양복을 끼어 입고
마음 내키는 대로 어디론가
여행이나 갈까부다.

"그런데 이규 씨는 절 원하세요?"

꺼져버릴 듯한, 그러면서 떨리는 윤희의 목소리에 이규는 퍼뜩 정신을 차렸다. 그랬으나 대답할 어휘를 찾느라고 당황했다. 말을 잘못했다는 걸 깨달았으나 때는 이미 늦었다. 이규는 천천히 한 말 한 말 꾸며나갔다.

"난 윤희 씨와 같이 프랑스로 가길 진심으로 원합니다."

윤희는 귀밑까지 빨갛게 물들어 있었다.
"아버지가 병중에 계시지만 않으면……."
윤희가 다시 얼굴을 뜰 쪽으로 돌리며 속삭이듯 했다.
이규는, 윤희의 아버지에 대한 지극한 사랑을 알 수 있었다. 그러기에 하영근 씨도 딸을 그처럼 사랑할 게다. 그러한 딸을 자기에게 맡겨 먼 외국에까지 내보낼 결심을 한 부정父情은 안타깝도록 깊은 것이 아닌가.
이규는 이런 뜻의 말을 덧붙였다.
"윤희 씨, 아버지의 윤희 씨를 사랑하는 마음은 기막힙니다. 그 기막힌 사랑을 위해서도 그 뜻을 받드는 게 좋을지 모르죠."
"저도 생각해보겠습니다."
윤희는 오른손 가운뎃손가락 끝으로 장판 위를 문질렀다.
그리고 한참 동안 침묵 속에 앉아 있는데, 중문을 덜컹 열고 권창혁이 들어섰다.
윤희가 후닥닥 일어섰다.
"왜 도둑질하다 들킨 사람들처럼 그렇게 당황하지?"
권창혁이 익살스런 웃음을 띠고 윤희를 바라보며 마루 위로 올라섰다.
"아저씬 참으로 짓궂어."
윤희는 몸을 날려 안채로 통하는 골마루로 사라졌다. 권창혁은 그 뒷모습을 향해 '핫하' 웃다가 얼굴을 이번엔 이규 쪽으로 돌렸다.

이규는 그냥 하영근의 집에 머물러 있으면서 박태영을 기다릴 참이었으나, 권창혁의 성화를 이기지 못해 아버지와 의논할 양으로 집으로 돌아왔다.

그런데 바로 그 앞날, 이규의 면에서 끔찍한 사건이 발생했다. 몇 해 전에 면장을 한 적이 있는 문치영文致永이란 사람이 곤봉과 돌멩이에 난타되어 죽은 처참한 시체가 뒷산 골짜기에서 발견된 것이다. 누구의 소행인지 알 수 없었다. 가족들의 말에 의하면, 전전날 밤에 대문 밖에서 찾는 사람이 있어 밖으로 나간 뒤 밤이 새도록 돌아오지 않아 걱정하고 있었는데 일이 그렇게 되었다고 했다.

"치안대원들이 범인을 찾는다고 산을 헤매고 있지만, 어디 범인들이 '날 잡아 묶으소' 하고 산에 엎드려 있을 낑가?"

이규의 사촌 아우 태는 이렇게 말하고,

"아무래도 치안대, 그놈들이 수상하다."

라고 덧붙였다. 그 이유는, 매사에 조심성 있는 문치영이 상대방의 확실한 신분도 모르고 밤길에 따라 나설 리가 없다는 것이었다. 그럴싸한 추측이긴 했다. 그러나 함부로 발설할 것은 아니었다.

문치영은 징용과 공출이 한창 심해질 무렵, 도무지 그 직책을 감당하지 못하겠다면서 사표를 냈고, 그 후임자가 지금 치안대장을 하고 있는 권님세. 문치영은, 일제 때 면장을 했으니 친일을 한 사람임이 틀림없으나, 절대로 악질이랄 수는 없는 사람이었다. 그런 사람이 밤중에 끌려나가 곤봉과 돌멩이에 맞아 죽을 만큼 사원私怨을 쌓았을까 싶으니 세상이 참으로 두려웠다.

며칠 전 O면에서는 구장을 하던 사람이 그런 꼴을 당했다고 했다.

"청년 단체에서 돈을 요구했는디, 그걸 거절한 기라. 그래 옥신각신한 지 이틀 후에 죽었다쿠거든. 잘은 몰라도 돈 내라고 협박한 놈들이 죽였을 끼라쿠는디, 문 면장도 그런 연유로 당한기 아닌가 싶어."

하고 태는 읍에서도 C면에서도 K면에서도 비슷비슷한 사건이 있었다는 사실을 이규에게 상기시켰다. 이규도 그런 사건들을 알고는 있었으나 혼란 틈에 우발적으로 저질러진 일일 것이라고만 생각했는데, 문치영 씨 사건까지 합쳐 꼽아보니 각 면에 한 건씩 차례로 그런 살해 사건이 발생한 셈이 되었다.

이규는

'혹시 이 일련의 일들이 조직적인 계획에 의해 이루어진 것이 아닐까?'

생각해봤다. 그렇다면 '누가 무슨 목적으로 어떻게?'란 문제가 남는다.

좌익이 비동조자들에게 겁을 주기 위해서 공포 분위기를 만드는 것이라고 일단 답안을 내볼 수는 있다. 그러나 이러한 짐작처럼 위험하고 경솔한 것은 없다.

문치영과 친한 이규의 아버지는 그 사건에서 적잖은 충격을 받은 것 같았다. 상가에서 돌아온 아버지는 뜨락에서 인사하는 이규를 보고도 아무 말 없이 사랑으로 들어가 문을 닫아버렸다. 집에 오자마자 아버지와 상의할 작정이었던 이규는 그 일을 내일 밤으로 미루지 않을 수 없었다.

이튿날 밤, 이규는 사랑의 아버지를 찾았다.

"진주는 어떻더냐?"

"별고 없는 것 같았습니다."

"재종형은 찾아봤나?"

"못 갔습니다."

"그럼 어디 있었노?"

"하영근 씨 댁에 있었습니다."

아버지는 아무 말이 없었다. 입 밖으로 내지 않았을 뿐, 이규가 하영근 씨는 찾고 재종형은 찾지 않았다는 것이 못마땅했던 것이다. 게다가 이규의 아버지는 하영근 씨에 대해선 왠지 호감을 갖지 않았다.

이규는, 어떤 존경할 만한 선배의 말이라면서, 하영근 씨의 전쟁 임박설을 차분히 설명했다.

이규의 아버지는 주의 깊게 그 설명을 듣고 '휴' 하고 한숨을 쉬었다. 그것은 전적으로 그 의견에 동감한다는 것으로 보였다. 그러나 말만은 이랬다.

"그토록 우리나라가 불행할 수야 있나. 앞날이 순탄하진 못할 끼지만 그렇겐 안 될 끼라. 입살이 보살이란 말도 있느니라. 앞으론 그런 무서운 소리, 입에 담지 말아라."

이규는 한동안 덤덤히 앉아 있다가, 해외에 가서 학문을 했으면 좋겠다는 의견을 비쳐보았다.

당장 반대할 줄 알았는데 아버지의 반응은 뜻밖에도 수월했다.

"사정만 허락한다면야 오죽이나 좋겠냐만……, 세상도 이렇고……. 하여간 공부를 중도 폐지할 순 없으니 한번 생각해보지."

이규는 아버지가 해외 유학을 일본 동경으로 가겠다는 뜻으로 해석하고 있다는 사실을 눈치챘다.

"동경으로 가겠다는 뜻이 아닙니다."

"그라몬 무슨 소리고?"

"프랑스나 미국으로 갔으면 합니다."

그랬는데도 아버지는 별로 놀란 기색이 없이,

"문제는 돈이 아니가."

하고 조용히 말했다.

"사정이 허락만 하면 제가 해외에 가는 걸 용서하시겠습니까?"

아버지는 생각하는 얼굴이 되더니 한참 만에야 입을 열었다.

"미국이나 프랑스로 간다면 학비가 얼마나 들꼬?"

"학생 생활이니까 많이 들진 않을 낍니다만, 일본으로 가는 것보단 훨씬 많이 들 낍니다. 우리 집 사정 갖고는 어림도 없을 낍니다."

"작정만 하면 안 될 게 뭣 있겠나. 재산이랄 것도 없지만 몽땅 팔아서 한번 해볼 일이지."

자식을 사랑하지 않는 아버지가 있을까만, 이규의 아버지의 경우는 특별했다. 그만큼 아들의 자질에 대해서 자신을 갖고 있는 터였다. '동경제국대학에 다니는 아들을 가진 사람'이란 자부가 바로 그의 삶의 보람이기도 했던 것이다.

"그건 안 됩니다. 준이도 있고 성이도 있고 아버지와 어머니의 노후 생활도 있고 하니, 그런 무리까지 해서 공부하고 싶진 않습니다."

"그라몬 왜 그런 말을 꺼냈노?"

"하영근 씨의 제안이 있었기 때문입니다."

"하영근 씨가?"

"프랑스나 미국에 가서 공부할 수 있도록 돈을 대겠다고 자진해서 제안했습니다."

"그거 고마운 일이고나."

했지만, 말투에 미묘한 감정의 교차가 있었다.

뒤이은 말은 이규의 마음 탓인지 싸늘하게 들렸다.

"남의 동정을 얻어서까지 프랑스엔가 미국엔가에 가고 싶나?"

이규는 할 말을 잃었다.

어색한 부자지간의 기분을 산촌의 밤이 겹겹으로 감쌌다.

"문 면장 죽은 걸 보니 기가 막히더라. 세상 되어가는 꼴이 참말로 낭

패다. 전쟁이 난다는 말도 막상 터무니없는 말은 아닐 끼라.”

이규의 아버지는 혼잣말처럼 중얼거렸다.

이규가 물었다.

"누가 한 짓이겠습니까?"

이 물음엔 대답하지 않고 이규의 아버지는 입맛을 다셨다.

"면마다 이런 사건이 나지 않았습니까. 그것이 아무래도…….”

이규가 말하려고 하자 아버지는,

"쓸데없는 짐작은 하지 말어.”

하고 이규의 말을 막아버리고,

"문 면장은 돈을 아끼다가 죽은 기라.”

하며 얼굴을 찌푸렸다.

이규는 불현듯, 청년 단체의 간부들이 치안대원을 앞세우고 기부금을 받으러 다니던 일을 생각했다. 아버지는 10만 원을 냈다고 들었다. 그런데 문 면장은 거절한 모양이다. 아버지는 문 면장이 참살된 원인이 그 사실에 있다고 짐작한 것 같았다.

'그러나 과연 이유와 목적이 그런 것뿐이었을까?'

라고 생각하며 이규는 호롱불이 비추고 있는 아버지 이마의 짙은 주름을 바라보았다.

아버지는 이규를 돌아보았다. 그리고 조용히 말했다.

"넌 시골에 있으면 안 되겠다. 청년틀 틈에 끼이기도 어려울 끼고 안 끼이기도 어색할 것 아니가.”

"저도 그런 생각을 하고 있습니다.”

"오늘 아침 너의 큰아버님과 둘째 큰아버님을 만난 자리에서도 얘기가 나왔다. 난세엔 외지에 가는 법이 아니라고 며칠 전 말했는데 그게 틀린 생각이었다고 큰아버님이 말씀하시더라. 너를 두고 하신 말씀이다."

이규의 아버지는 다시 생각에 빠져들었다. 그리고 한참이 지났다. 이규는 주무시란 인사를 하고 나갈까 어쩔까 망설였다. 그러자 아버지가 입을 열었다.

"네 하고 싶은 대로 해라. 외국에 간다는 얘기 말이다. 너도 자각이 있을 낑깨 허무한 짓이야 하겠나. 하영근 씨의 호의를 순순히 받아들여 학문을 잘 해갖고 보답해라. 그러나 애비 된 나로서도 가만있을 순 없다. 우리에게 아무것도 없으면 모르되 그렇지도 않은 형편에 하씨의 호의에만 기댈 수야 있겠나. 논밭을 다소 팔더라도 비용의 반쯤은 애비가 댈 것이니 집 걱정일랑 말고 차근차근 준비나 해라."

이규는 아버지의 방에서 나와 뜰 한가운데 서서 하늘을 우러러 별을 보았다. 저 별들을 내년의 이 밤엔 어디서 보게 될까 생각하니 벅찬 감상이 솟았다. 이규는, 별이 수놓은 하늘을 이고 검게 둘러쳐져 있는 병풍 같은 산들을 보고, 그 산들이 지리산으로 이어졌으며 지리산엔 할아버지의 무덤이 있다는 사실을 새삼스럽게 생각해보았다.

이규는 그날 밤 다음과 같은 일기를 썼다.

1945년 10월 1일 월요일.

아버지가 나의 해외 유학을 순순히 허락하셨다. 고달픈 살림인데도 비용의 반을 부담하시겠단다. 그럴 필요가 없다는 주장을 하자면 하영근 씨와 나 사이에 있었던 이야기, 권창혁 씨가 한 얘기까지 합쳐 죄다 말씀드려야 하기 때문에 일단은 잠자코 있기로 했는데, 아버지를 속이는 것 같아서 마음이 아프다. 아버지가 승낙하신 건, 마음의 바탕에 필시 전쟁의 위협이 있었을 것이다. 아버지는 내가 말씀드린 전쟁 임박설에서 자극을 받아 문치영 씨의 죽음을 그 전쟁의 시작이라고 보았을지 모른다. 전쟁터에서 아들 하나만이라도 피난시키자는 뜻이 나의 해외 유학을 승낙하는 태도로 나타났음이 분명하다. 그렇다면 나는 아버지와 선배의 호의에 뻔뻔스럽게 편승해서 나 자신의 에고ego만을 살찌우려는 치사스런 놈이 되고 만다. 그러나 도리가 없다. 사람은 가야 할 길과 갈 수 있는 길을 걸을 수밖에 없는 것이다.

Ducunt volentem fata nonlentem trahunt. —Seneca
(운명은 이에 순종하는 자를 태우고 가고, 이에 항거하는 자는 끌고 간다. —세네카)

이튿날 이규가 진주로 가려고 채비를 하고 있는데 아버지가 그를 사랑방으로 불렀다. 아버지의 얼굴엔 심상찮은 표정이 있었다.
아버지는 이규가 자리에 앉기가 바쁘게 물었다.
"너, 사흘 전에 하영근 씨 댁에 있었다캤지?"
"그렇습니다."
"그런디 그때 그 댁에 무슨 변고가 난 것처럼 보이지 않더나?"
"별루 그런 것 느끼지 못했습니다."
"이상한데?"
아버지는 고개를 갸웃했다.
"무슨 일이 있었습니까?"
이규는 다급하게 물었다.
"하영근 씨가 자기 소유의 토지를 팔겠다고 전부 내놓았단다."
"……"
"이 면의 책임을 진 그 집의 지배인이 아까 다녀갔다. 그 사람 얘기

는, 이 면에 있는 토지뿐만 아니라 전부 다 내놓은 것 같다는디…….'

"그럴 수도 안 있겠습니까?"

"그러나 모든 토지를 부랴부랴 내놓은 건, ……그리고 헐값으로 처분하려는 건 무슨 변고가 있어서가 아니겠나."

"헐값이라니……."

"평당 백 원씩에 내놓았다니까 시세의 반이거든. 요새 토지 매매는 없지만, 평당 백 원이면 너무 헐값이란 말이다."

"하영근 씨의 토지가 이 면에도 많습니까?"

"이웃 면보다는 많지 않겠지만, 매년 5백 석을 이 면에서 가져간다니까 줄잡아도 10만 평은 넘을 끼다."

"곧 토지를 무상 몰수, 무상 분배할 끼라고 인민위원회나 민청에서 떠들고 있는데 살 사람이 있겠습니까?"

"무상 몰수, 무상 분배는 되어봐야 알 끼고, ……하여튼 값이 헐하니까 살 사람이 나올 끼다."

하면서 아버지는 아무래도 납득이 안 된다는 표정을 지었다.

"아버지께선 그 토지를 사실 작정입니까?"

왠지 이규는 마음이 조급했다.

"글쎄, 나도 토지를 좀 팔아야 할 처지지만 하두 헐하고 그 집 지배인이 와서 권하고 한깨, 사뒀다가 팔아도 될 끼고……."

아버지는 마음이 상당히 동요하고 있었다. 이규는 용기를 내지 않을 수 없었다.

"아버지, 하영근 씨의 토지를 사면 안 됩니다."

아들의 강한 어세에 아버지는 놀란 것 같았다.

"왜?"

"하영근 씨는 제 유학 비용을 만들려고 토지를 파는 겁니다. 그걸 아버지가 사신다면 이상하게 안 되겠습니까?"

"네 학비를 댈라고 그 많은 토지를 다 팔아?"

"이유는 그것밖에 없습니다."

"아니다. 달리 또 이유가 있을 끼다."

"아닙니다. 그 이유밖에 없습니다. 물론 검사겸사 다른 이유도 약간은 있겠지만, 제일 큰 이유가 그겁니다."

"해외 유학 비용이 그렇게 많이 드나?"

"그건 잘 모르겠습니다. 그런데 하영근 씬 제가 안심하고 몇 해라도 공부할 수 있도록 한꺼번에 비용을 장만할 작정인 것 같습니다."

아버지의 얼굴빛이 변했다.

"이유가 꼭 그렇다면 안 되겠다. 토지를 못 팔도록 말려야 한다. 우리가, 아니 네가 그 집 신세를 그토록 질 까닭이 없다. 9대를 내려왔다는 재산이니 그럴 수 없어. 절대로 안 된다. 네가 유학 가는 비용은 내가 댈 낑께 염려 말고 오늘 당장 가서 말려라. 다른 이유면 모르되, 네 일 때문에 그런다면 절대로 안 된다. 얼마가 들 낀지 알아갖고 반쯤 보조해준다면 또 몰라도, 전 재산을 팔아서까지 그렇게 하는 건 절대로 반대다."

"그분에겐 그분의 요량이 안 있겠습니까?"

"요량이고 뭐고 달리 이유가 있다면 몰라도, 너 때문에 그런다면 절대로 안 돼. 넌 내 아들이다. 하영근의 아들도 아니고 친척도 아닌 기라. 남이 재산을 팔아 돈을 대준다면 애비의 체면이 뭐가 되는 기고? …… 난 그 사람의 토지를 사지도 않겠거니와, 그런 처사를 용서할 수도 없어. 절대로 없어."

아버지는 극도로 흥분했다.

"당장 가서 그 일을 말리도록 해. 그러지 못하면 해외 유학이고 뭐고 난 절대로 용서하지 않을 끼다."

아버지는 자기 아들에 대한 하영근의 과분한 마음먹이에 문득 질투를 느꼈을지도 몰랐다.

이규는 아버지가 시키는 대로 하겠노라고 말하고 버스 정류소로 갔다.

버스를 기다리느라고 서성거리다가 이규는 김세헌 씨를 만났다. 김세헌 씨는 아침부터 술을 마셨는지 불그레한 얼굴에 유화한 웃음을 띠고 이규를 반겼다. 김세헌은 술도가를 경영하는 사람인데, 이규의 아버지와 절친한 사이다. 언제나 이규를 보면 손을 어루만지고 어깨를 두드리고 하며 반긴다.

이규가 인사하자, 김세헌 씨는

"이군, 진주 가나? 아부지 집에 계시더나?"

하고 이규의 손을 잡았다.

"경주 형님 소식이 있었다고 들었습니다. 반가우시겠습니다."

"응, 지금 상해에 있단다. 곧 돌아오게 될 끼란다. 며칠 전 중국에서 돌아온 사람으로부터 편지를 받았다."

경주는 김세헌 씨의 아들이다. 이규의 국민학교 3년 선배인데, 그도 역시 면 내에서 소문이날 정도의 수재였다. 그런데 다른 사람이나 친구의 아들은 아주 부드럽게 대하는 김세헌 씨가 자기 아들에겐 엄격함을 벗어나서 거의 폭군이라고 할 만큼 완고하기 짝이 없었다.

경주는 국민학교를 나올 때 고보高普(中學)로 가고 싶어하고 학교의 선생들도 그렇게 권했는데, 아버지인 김세헌 씨는 굳이 농림학교를 고집하고 경주를 거기다 입학시켰다. 그것이 김경주의 소년 시절을 망쳤을 뿐 아니라, 순탄할 수 있었던 학력學歷의 과정을 비뚤어지게 하고 말았다. 경주는 아버지의 명령으로 마지못해 농림학교에 다니면서도 학교 생활에 심하게 반발했다. 만일 김경주가 비범한 학생이 아니었더라면 1학년이나 2학년 때 퇴학 처분을 받았을 것이다. 실습엔 일절 나가지 않고 기회 있을 때마다 교사에게 항거하는 학생인데도 어쩐지 교사들은 그를 감싸 4학년까지 진급할 수 있었다. 그런데 4학년 말, 김경주는 드디어 큰 사고를 냈다. 어떤 선생을 둥근 의자로 심하게 때려 전치 이주일의 상처를 낸 것이다. 그때 부자간에도 심한 충돌이 있었다. 농림학교에서 쫓겨난 김경주는 일본으로 건너가 검정 시험에 합격해서 상급 학교에 다니게 되었는데, 그의 아버지는 충분한 재력이 있었음에도 불구하고 넉넉하게 학비를 보내주지 않았다. 그러던 차에 김경주는 학병으로 끌려가게 되었다. 병정으로 떠나는 경주를 보내놓고 김세헌 씨는 하룻밤을 새워 통곡했다고 한다.

이규의 아버지는 경주 문제를 두고 항상 김세헌 씨에게 충고했다. 경주를 중학교에 보내도록 하기 위해서 노력을 아끼지 않았다. 그런데 김세헌 씨의 다음과 같은 얘기를 듣고 단념했다.

"경주란 놈에겐 경솔한 데가 있네. 재주는 있는데 경솔한 놈을 대학까지 공부시켜놓으면 사상가가 되든지 불평가가 되든지 할 것 아니가. 그래가지고 감옥에 들락 날락 하면 그 꼴 우찌 볼 거고? 농림학교나 보내갖고 농사 기술이나 익혀 농사나 잘 짓는 놈으로 맹그라야겠네. 그놈은 장남이고 하니까 응당 집안일을 맡아야 할 것 아니가. '지자知子는 불여부不如父'라고, 그놈의 기질을 가장 잘 알고 있는 사람도 내고, 그놈의 장래를 가장 걱정하는 사람도 애비 된 내 아니겠나."

이규의 아버지는, 김세헌으로부터 이런 말까지 듣고도 경주 문제에 간섭할 수 있을 정도로 용기 있는 사람은 아니었다.

  이규는 버스를 타고 진주로 가면서, 하영근 씨의 제안을 둘러싼 복잡한 문제에 마음이 사로잡혀 있으면서도 김세헌 씨의 아들 김경주를 생각하지 않을 수 없었다. 이규의 눈에 비친 김경주는, 내부의 성장 역정은 알 수 없으나 외부의 양상으로 봐선 학병으로 간 시점까지론 거의 실패한 청년이었다. 워낙 머리가 좋아 검정 시험에 합격해서 사립대학에라도 입학할 수 있었던 것은 다행이었지만, 기초 학문이 중요한 시절을 농림학교에서 그나마 반항적으로 보내버렸으니, 학문을 할 사람으로선 큰 손해를 보았던 것이다. 그 때문에 전공 학문을 결정하지 못하고 잡학 남독雜學濫讀으로 향락적인 경향만 잔뜩 돋워놓는 결과가 되어버렸다.

  하지만 이규는, 김경주의 장래는 지켜볼 만하다는 생각까지 지워버릴 순 없었다. 20대 전반기이니 아직 무한한 가능성을 내포하고 있는 셈이고, 병정 생활 체험이 하나의 인간을 비약시키는 탄조彈條를 마련했을지도 몰랐다.

  그러나저러나 이규는 김세헌 씨 같은 사람을 자기의 아버지로 두지 않았다는 사실을 거룩한 다행으로 생각했다. 김세헌 씨와 비교할 때 이규의 아버지는 신성한 후광을 띤 인물로 우러러보였다.

  버스에서 내린 이규는 눈앞에 전개된 괴상한 풍경에 놀랐다.

  함성과 노래를 지르고 부르며 거리에 꽉 차게 지나가는 데모 군중에 부딪혔던 것이다.

  '조선공산당 만세'라고 쓴 플래카드가 있었다. '인민공화국 만세'라고 쓴 플래카드도 있었다. '조선여성동맹 만세', '민주청년동맹 만세',

'농민조합 만세', '노동조합 만세'라고 쓴 플래카드들이 탁류 위의 포말처럼 흘러가는데, 군중들의 눈엔 모두 무슨 까닭인지 핏발이 서 있었다.

"높이 들어라, 붉은 깃발을……!"

하는 노랫소리가 들리자, 이규는 플래카드를 둘러싼 붉은 깃발의 범람을 처음으로 인식했다. 그 많은 붉은 깃발을 왜 보지 못했을까 하고 스스로의 눈을 의심했다. 군중들의 눈에 핏발이 서 있는 것은 그 붉은 기들의 반영이었다. 이규는 먼저 플래카드와 군중들의 눈빛에 마음을 빼앗겨, 범람하고 있는 깃발을 망막으로 파악하지 못했던 것이다. 현재 눈앞에 많이 있는데도 지각하지 못하는 시각이 있다는 사실을 안 것은 큰 발견이었다. 시각의 맹점盲點이랄 수도 있을까.

"원수의 피로 물든 깃발을!"

하는 거칠고 맹랑한 노래에 정신을 빼앗기면서도 이규는 시각의 맹점이란 말을 되뇌었다.

군중은 다음다음으로 쏟아져 흘렀다. 인구 10만이 채 못 되는 이 소도시의 어느 구석에서 이처럼 많은 사람이 쏟아져 나왔을까. 이규는 그 군중들이 손에 손에 괭이나 도끼를 들었을 때를 상상해봤다. 책에서 읽은 러시아의 10월혁명이 순간 뇌리를 스쳤다.

소용돌이치며 지나가는 데모 군중을 이규가 바보 같은 표정으로 지켜보고 있을 때였다.

"이규야, 이규야."

하는 여자의 목소리를 들었다. 이규가 두리번거리자, 눈앞에 젊은 여자의 얼굴이 있었다.

소정자蘇貞子였다.

소정자는 이규가 중학 시절 한동안 하숙한 집의 이웃에서 살던 소녀였다. '규야', '정자야' 하고 부를 정도를 친하게 지냈는데, 바로 그 정자가 붉은 기를 흔들며 지나가고 있었다. 하도 어리둥절해서, 이규는 반갑다는 웃음을 꾸며 뵐 여유가 없었다.

데모 군중이 지나가자, 이규는 와락 피로를 느꼈다. 그리고 그때에야 이규는 자기가 서 있는 곳이 '강남 악기점' 바로 앞이라는 것을 깨달았다. 강남 악기점은 이규가 중학 시절에 자주 드나든 가게다. 이규는 그 가게에서 「도리고의 세레나데」, 「트로이메라이」를 비롯해서 베토벤의 레코드도 사고 음반을 상하지 않게 쓰기 위해 대바늘竹針도 사고 했기 때문에 주인과 친한 사이였다. 이규는 조금 쉬기도 할 겸 그 가게 안으로 들어갔다. 얼굴이 둥근 자그마한 몸집의 안주인이,

"학생, 오래간만이네요."

하고 웃으며 일어섰다. 이규는 인사 대신,

"이 선생님 안 계십니까?"

하고 물었다. 주인이 이씨였다.

"아까 요 앞으로 큰 간판 들고 안 지나갔습니꺼?"

하며 안주인은 웃었다.

"그래요?"

이규는 힘없이 웃음을 꾸며 보이고 거리로 다시 나와 하영근 씨 집 쪽으로 걸었다.

'바야흐로 선풍旋風의 계절이로구나. 기생 오래비 같던 악기점 주인이 붉은 깃발을 들고 데모를 하다니……'

이규는, 여학교 왼쪽 담과 길 하나를 건너 이웃하고 있는 3층 벽돌집 위쪽에 붙은 '조선공산당 진주 시당'이란 간판을 새로운 감회로 쳐다

봤다.

그 앞에서 왼쪽으로 꺾으면 하영근 씨 집이다.

하영근 씨 집 대문이 열려 있었다. 이때까지 없었던 일이다. 대문으로 들어서서 왼쪽에 자리 잡은 행랑채를 보고서야 까닭을 알았다. 언제나 호젓한 행랑채에 꽤 많은 사람이 모여 있었다.

'토지 매매에 관련된 사람들이로구나.'

대문이 열려 있는 대신 사랑채로 통하는 중문과 안채로 통하는 샛문은 잠겨 있었다.

중문을 열어준 사람은 권창혁이었다. 권창혁은 이규를 보자,

"마침 잘 왔다. 하 두령·박태영 일행이 왔다."

라고 했다.

"어디 있습니까?"

"데모 구경하러 나갔다. 곧 돌아오겠지. 나는 하영근 댁 총지배인 노릇을 하느라고 지금 대단히 바쁘다."

라고 하고,

"중문을 안으로 잠가놓게."

하고 밖으로 나갔다. 행랑채로 가는가 보았다.

하영근 씨는 흔들의자에 앉아 있었다.

"박태영 군이 왔어."

하는 말투로 보아 기분이 유쾌한 모양이었다.

하영근은 이어 물었다.

"아버지와의 의논은 잘 됐나?"

이규는 떠나올 때 아버지가 한 말을 그대로 전했다.

"이군이 조금 실수를 했구먼."

하다가 하영근은 쾌활한 표정으로 꾸며 말했다.

"걱정하지 말게. 자네 때문에 재산 정리를 하는 게 아니라고 춘부장 헌테 편지를 쓸 테니까. 사실 자네 때문만이 아니기도 하다. 이유는 얼마라도 있잖나. 그러니까 만사는 결정된 셈이다. 이군은 마음의 준비나 해두게."

중문 밖에서 소리가 났다. 박태영의 목소리였다.

이규는 뜰로 뛰어내려 달려가서 중문을 열었다.

하 두령, 박태영, 김숙자, 김순이의 모습들이 얼굴마다 웃음을 활짝 피우고 서 있었다.

아아, 이렇게 반가울 수 있을까. 이규는 먼저 하 두령의 손을 잡았다.

사흘 동안 잔치가 계속된 셈이다. 하영근과 그 가족은 젊은 손님들을 대접하는 데 정성을 다했다.

화투놀이도 하고 윷놀이도 했다. 사이사이 술자리를 베풀어서 노래를 부르기도 했는데, 때론 하영근이 권창혁과 같이 그 자리에 어울려 지명받는 대로 노래를 부르기도 했다.

젊은 사람들의 노래가 신통하지 않은 데 비하면 하영근, 권창혁의 노래 기량은 월등하다고 할 수 있었다.

더욱이 살리아핀의「볼가의 뱃노래」를 부른 권창혁은 성량이나 기교에 있어서 일류 가수라고 할 수 있었다.

"권 선생님은 길을 잘못 드신 것 아닙니까?"

라고 한 하준규의 말은 농담만은 아니었다.

하영근은 시창詩唱을 했는데, 그의 성색聲色도 보통이 아니었다.

"노래 기술과 지능도는 반비례하는 모양이지?"
라고 한 사람은 하영근, 권창혁은

"우리 세대는 그런대로 청춘이 만발할 수 있었으니 그렇고, 이 젊은 세대는 성장기부터 이지러지게 되어 있었으니까."
하고 자기들의 노래 기량이 우수한 사실을 사회학적으로 설명하려고 했다.

"소질 문제겠지요. 우리도 괘관산에서 청춘이 만발했는데요."
박태영이 반발했다.

그런데 하영근의 시창 가운데 인상에 남는 것이 있었다.

"병정들은 가고 백성들이 돌아오는 날, 꽃은 눈 갠 하늘 아래에 피었는데, 천원川原엔 숙초宿草가 황량하고 허락墟落엔 연기가 움직인다. 배고픈 쥐는 허벽虛壁을 긁고 굶주린 까마귀는 폐전廢田을 쪼니 실성한 사람들의 지껄임과 같고녀. 벌써 세리稅吏들은 세금을 독촉하네."

이것은 금조金朝의 시인 신원辛愿이 몽고병에게 유린된 고향에 돌아와서 지은 「난후」亂後란 시라고 했다. 신원은 원유산元遺山의 친구인데, 하영근 씨는 특히 원유산의 「상란시」喪亂詩를 좋아한다고도 했다.

하영근이 읊은 「난후」를 원어로 복원하면 다음과 같이 된다.

兵去人歸日 花開雪霽天 川原宿草荒 墟落新煙動 困鼠鳴虛壁 飢鴉喙廢田 似聞人語亂 縣吏已催錢

젊은 손님들은 내실에 안내되기도 했다. 수년 동안 그 집에 드나들었는데도 하영근 씨의 부인을 본 것은 그때가 처음이었다.

높고 두꺼운 담장에 둘러싸인 깊은 방에 조용히 숨어 사는 이조풍의 부인은 말이 적고 음화 식물 연상케 하는 인상이었는데, 하영근 씨와 나란히 앉아 있는 걸 보았을 때 하영근 씨에게 있어선 없을 수 없는 배필의 의미를 느꼈다.

진수성찬이 있고 젊은 웃음도 있어 하영근 씨도 마냥 기쁜 표정이었지만, 왠지 어두운 그림자가 그 집 전체를 에워싸고 있다는 느낌을 떨칠 수가 없었다. 사실 그 무렵 그 집에선 중대한 문제가 발생하고 있었다.

토지를 팔아 돈을 은행에 모으고 있다는 정보를 입수했는지, 공산당 진주 시당이 하영근에게 정치 자금을 내놓으라고 압력을 가하기 시작한 것이다.

처음엔 재정책인가 하는 사람이 몇 사람을 데리고 와서 당을 위해 응분한 협조를 해달라고 말을 걸었다. 하영근을 대리해서 그들을 만난 권창혁은 일언지하에 거절했다. 그것이 하영근의 단호한 뜻이기도 했다.

그러자 정체 불명의 청년이 하영근에게 면회 신청을 했다. 그때마다 하영근이 병상에 있음을 이유로 권창혁이 응대했다. 한결같이 돈을 내라는 얘기였다. 권창혁의 거절도 한결같았다.

그런데 며칠 전 무서명無署名으로 된 편지가 날아들었다.

'인민의 보호를 받아 인민과 더불어 살 작정이면 백만 원을 내놓고, 인민의 적으로서 멸망을 각오했으면 그렇게 행동하라.'
라는 내용이었다.

권창혁은 얼마쯤 타협해보자고 했으나, 하영근은 미동도 안 했다.

"나는 절대로 타협은 싫다. 더구나 협박에 못 이겨 행동하는 건 죽어도 싫다. 하영근, 공산당과 타협하지 않았기 때문에 죽어야 한다면 그것으로 만족이다."

하영근은 이와 같이 복잡한 상황 속에서 전전긍긍하고 있었다.

그런데 이런 사실을 권창혁은 이규에게만 알렸을 뿐, 하준규와 박태영에겐 일절 비밀로 했다. 그것이 하영근의 권창혁에 대한 당부이기도 했다.

일행이 내일 서울로 떠나게 된 날 밤, 이규는 그들과 같이 서울에 가 보았으면 하는 의향을 비쳤다.

"그렇다면 윤희도 데리고 가게."

하고 하영근 씨는 덧붙였다.

"서울 명륜동에 내 집이 있다. 지금 하인을 시켜 관리하고 있는데, 집이 꽤 넓으니 서울에 있는 동안은 거기서 머물도록 하게. 그런 뜻에서도 윤희를 데리고 가는 게 편리할 게다. 나나 권군도 재산 정리가 되는 즉시 서울로 갈 터이니, 거기서 만나는 것이 좋겠다."

이규는, 서울에 가면 외삼촌 집에 가 있을 작정이었지만 잠자코 듣기만 했다.

그때 하영근 씨는 다시 다짐을 했다.

"서울에 가거든 기회를 보아 박태영 군에게 외국 유학을 권고해봐라. 아무래도 박군은 외국에 가 있는 게 좋겠다."

하준규, 박태영, 김숙자, 하윤희와 함께 진주역으로 나온 이규는 역사 안팎의 광경을 보고 실색할 정도로 놀랐다.

역사라기보다 폐품 집적소라고 하는 것이 어울릴 정도로 역사의 안팎이 불결하기 짝이 없었다.

대합실 바닥엔 담배 꽁초, 종이 조각과 함께 가래침이 사방에 깔려 있어 발을 디디기가 거북했다. 더욱이 변소의 추잡함은 이루 형언할 수가 없었다. 그 추잡한 변소의 상황이 해방이 빚은 하나의 현상이라면,

해방은 그곳에서 실패했다고 단언할 수밖에 없었다.

"이기 뭐꼬."

같이 변소에 들른 박태영이 혀를 차며 말했다. 너무도 어이가 없는지 그 이상의 말은 하지 않았다. 대합실에서 붐비고 있는 사람들은 누더기를 걸쳤다기보다, 누더기가 사람의 형상으로 붐비는 것으로 보아야 좋았다. 제대로 복장을 한 사람이 없지 않았으나, 누더기의 물결 속에 섞이면 그것이 그것이었다.

역원들의 복장도 너절했다. 정복의 단정한 옷맵시로 체면이 지탱되는데, 감색이 바래질 대로 바래져 회색에 가깝고, 양복 바지는 거의 형이 망가져 무릎 부분이 불룩 튀어나오고, 심지어 조역助役으로 뵈는 사람이 쓰고 있는 모자의 금테는 먼지가 뽀얗게 앉아 쑥빛이 되었다.

숙자와 윤희는 대합실 한구석에 끼여 서서 바깥을 내다보고, 하준규는 천장을 쳐다보고 있었다. 순이만이 군중들 틈을 누비며 왔다갔다 하고 있었다.

태영이 기차표를 사가지고 왔다. 부산을 거쳐 서울로 가게 되어 있어, 일단 부산까지의 표를 샀다는 얘기다.

개찰을 하고 플랫폼으로 나갔을 때 이규는 다시 한 번 놀랐다. 흑백의 연기를 뿜어내는 기관차에 세 량의 객차가 연결되어 있을 뿐이었는데, 그 객차의 창에 유리가 한 장도 남아 있지 않았다. 유리를 빼버린 창이 눈알을 빼버린 눈처럼 공허하고 섬뜩하기조차 했다. 공허하고 섬뜩한 창이 줄줄이 이어져 있는 기차는 이미 기차가 아니고 기차의 해골이랄 수밖에 없었다.

찻간은 더욱 처량했다. 좌석의 시트가 말쑥이 없어지고 판자로 된 벤치만 남았다. 그거나마 판자 몇 개씩은 떨어져 나가고 남은 판자엔 이곳저곳 못이 솟아 있어 조심조심 앉아야 했다.

"바늘방석이란 말이 있더니, 이건 못방석이로구나."

하준규가 시무룩하게 말했다.

그러나 다행하게도 일행 모두가 마주 보고 앉을 수 있는 자리를 구할 수 있었다. 한쪽엔 창 쪽으로부터 순이, 윤희, 숙자가 앉고, 한쪽엔 하준규, 이규, 박태영의 차례로 앉았다.

창에 유리가 없으니 바람이 마구 쏟아져 들어왔지만, 차내에 서려 있는 메스꺼운 냄새가 찐득찐득 코 밑에 남았다. 그보다도 터널을 지날 때가 걱정이었다.

일제 시대에도 이 진주선의 기차는 그다지 훌륭하다고 할 수 없었다. 그러나 창에 유리가 없거나 좌석의 시트가 없거나 한 일은 없었고, 청소도 잘 되어 있어서, 말하자면 기차로서의 최소한의 체면은 갖추고 있었다.

그런데 해방이 되자 곧 이런 꼬락서니가 되었다 싶으니 유쾌한 마음일 까닭이 없었다. 일본인들이 말하듯 우리의 민족성은 제도할 방도가 없을 만큼 썩어빠진 것일까.

기차는 역에서 빠져나오자 얼마 안 가 터널을 지나게 되었다. 새까만 연기가 와락 객실에 몰려들어 숨통을 막는 듯했다. 터널을 지난 뒤에도 검은 연기가 좀처럼 빠져나가지 않았다.

건너편 좌석에 앉은 노인이 줄곧 쿨룩거리더니, 그 기침 사이에 중얼거렸다.

"하이간 조선놈이라쿠는 건 꼼짝달싹 못 하게 억눌러야 되는 기라. 이 기차 꼬라지가 뭐꼬오."

"그라고말고요. 아무리 무지막지한 놈이라도 기차의 유리를 빼묵다니……. 유리를 빼가고 자리를 뜯어가는 놈들의 손모가지를 딱 잘라놔야 하는 긴디."

노인의 옆자리에 앉은 중년의 사나이가 맞장구를 쳤다.

그러자

"제엔장, 당신들은 조선 사람 아닌가?"

하고, 노인의 맞은편에 앉은 청년이 버럭 고함을 질렀다.

"인민을 착취해갖고 똥배라도 채우고 있으몬 잠자코나 있으소. 굶어죽는 판에 기차 유리라도 빼묵어야 할 끼 아니오."

노인과 중년의 사나이는 무안을 당해 당황한 표정으로 잠자코 있었다.

청년은 더욱 열을 올려 말했다.

"기차의 유리를 빼묵는 건 공중도덕이 없는 탓이다―이런 뜻에서 조선놈은 억눌려야 한다느니 손모가지를 잘라야 한다느니 하는 말 아닙니까. 그렇다몬 점잖으신 어른들께서 사흘만 굶어보이소. 사흘쯤 굶으몬 담을 뛰어넘는다꼬 하요. 금강산도 식후경이라, 도덕도 배가 부를 때 있는 기라, 거지들에게서 염치를 찾을 수 있소? 가난한 사람들의 배나 채워놓고 억누르기를 하든지 손모가지를 자르든지 하란 말요. 저 창유리를 누가 빼묵었겠소. 인민을 착취하는 놈들이 빼묵었다캐도 과언이 아니오. 착취 계급을 없애보소. 평등하게 공평하게 살도록 해보소. 빌어도 기차 유리 떼가는 놈 없을 끼요. 유리 빼간 손모가지 끊기 전에, 배때기에 기름기가 더덕더덕한 부자놈들의 모가지를 끊어야 할 끼요."

"옳소!"

하는 젊은 소리가 뒷좌석에서 왁자지껄했다. 기차 통학을 하는 중학생들이 지른 함성이었다. 이어 그 중학생들은 적기가赤旗歌를 부르기 시작했다.

박태영이 무슨 말을 할 것 같았는데 입을 다물고 있었다. 준규나 태영도 역사의 광경과 기차간의 상황에서 적잖이 충격을 느낀 것 같았는데 아무런 말이 없었다. 입 밖으로 말을 내놓기엔 환멸이 너무나도 컸다고나 할까.

하여간 그들의 가슴에 심상치 않은 감정의 소용돌이가 일고 있다는 것을 이규는 그들의 눈빛을 통해 짐작할 수 있었다.

이규는 바로 이것, 이 기차간의 꼬락서니가, 청년이 늘어놓은 아까의 장광설, 중학생들이 부르고 있는 적기가를 곁들여 소위 해방되었다는 조국의 황량한 정신 풍경을 그대로 표현하는 것이라고 우울한 생각을 되씹었다.

이렇게 각기 생각에 잠겨 모두 말없이 덤덤히 앉아 있는데 순이만은 쾌활했다. 창밖에서 스쳐가는 풍경이 신기해서 어쩔 줄 모르는 그런 표정을 하고 시종 생글생글 웃고 있었다.

"이 기차를 일본 사람 것이라고 생각하고 한 짓이 아닐까요?"

김숙자가 밑도 끝도 없는 말을 나직이 꺼내놓았다. 그러나 모두 그 말의 뜻을 알아차렸다. 숙자도 나름대로 기차에서 받은 충격을 소화하려고 애쓴 나머지 그런 생각을 해본 것임이 틀림없었다.

숙자의 말이 있자, 박태영의 얼굴에 순간 밝은 빛이 돌았다. 하준규도 그랬다. 이규도 답답한 마음 한구석에 바람 구멍이 난 것 같은 느낌을 가졌다.

'어떤 치사스런 행동도 보복의 뜻으로 풀이할 수만 있으면 이해할 수 있고 용서할 수 있다.'
라는 감정은 이규로선 새로운 발견이었다.

그런데 윤희의 표정과 태도엔 아까부터 아무런 변동도 없는 것 같았다. 충격도 없고 그것에 대한 반응도 없는 것처럼 순이와 똑같이 순진무구한 표정을 지니고 있었다.

이규는 문득 생각에 잠겼다.

순이야 기차를 처음 타보니 그저 신기할밖에 없어 유쾌한 표정을 지니고 있는 게 당연하겠지만, 그만한 비교 감각이 있음직한 윤희의 경우는 결코 그럴 수가 없지 않을까.

'그만큼 이 여성은 백치란 말인가? 순진하단 말인가?'

여자의 아름다움에 백치미란 게 있다고 들었다.

'그렇다면 윤희의 아름다움이 그 백치미란 말인가?'

하다가 이규는 선뜻 다음과 같은 상념에 사로잡혔다.

'거부의 딸이란 의식으로 해서 본능적으로 겁에 질려 있기 때문이 아닐까. 그러니까, 나타난 현상이 나빠도 나쁘다는 감정을 표시할 수 없고, 불쾌해도 그런 감정을 표시할 수 없고, ……기차간의 추잡한 꼴을 보아도 그것이 당연한 양 얼굴과 마음의 표정을 꾸미지 않을 수 없는, ……아니, 그런 내색을 했다간 특권 계급의 거만한 습성을 노출하는 것이 될까봐, ……아니, 그렇게 생각해서가 아니라, 잠재의식이 본능적으로 그렇게 반응하는 것이 아닐지……. 그보다도 지금의 사회 정세가 윤희 같은 부호의 딸로선 자연스럽게 행동하기에 거북할 게다…….'

번갯불이 캄캄한 밤의 일부를 선명하게 비추듯, 이규는 하영근과 그 딸의 심리를 어쩌면 정확하게 파악한 듯했다.

전 재산을 자기에게 맡겨 사랑하는 딸을 프랑스로 데리고 가라고 간청한 하영근의 마음의 바닥과 윤희가 쓰고 있는 백치의 가면엔 통하는 데가 있을 것 같았다.

언젠가 하영근이 상해 시절을 회상하며, 볼셰비키 혁명으로 조국에서 쫓겨난 러시아 귀족들의 처참한 말로를 얘기한 적이 있었다.

"죄라곤 귀족인 부모를 가졌다는 죄밖에 없는 순진한 자녀들이 그처럼 가혹한 시달림을 받는 것을 보니 안타깝더만."

이때, 옆에 앉아 있던 박태영은 이렇게 말했다.

"차르 압제하에서 참살된 빈민들의 비극과 맞먹을 수 있는 게 아니겠습니까?"

"아냐. 그건 그거구, 이건 이거지. 사람의 운명은 서로 보상되는 것도 아니고 상쇄할 수 있는 것도 아냐. 각각 슬픈 일이야. 기쁨은 나눌 수 있어도 슬픔은 나눌 수 없어."

하영근의 쓸쓸한 웃음을 상기하며 이규는

'그가 지금 당면하고 있는 공산당의 협박을 어떻게 처리할까?'
하는 생각에 빨려들었다.

"일본놈의 손때가 묻은 것이라면 기차의 유리만이 아니라 그보다 더한 것이라도 철저하게 부숴버리는 게 나을지도 모르지."

반성을 지날 무렵 박태영이 느닷없이 이런 말을 했다.

"옛날엔 일본놈 것이었어도 지금은 우리 것이 되었으니 우리의 재산으로 알고 소중하게 해야지."

하준규의 말이었다.

"비굴했던 시절의 호사스러운 것보다, 그런 것을 전부 청산하고 무에서 시작하는 게 나을 것 같은데요."

"그건 너무 감정적이다."

"감정이 중요한 겁니다. 혁명을 이룩하는 건 이론이 아니고 감정이거든요. 일본놈이 남겨준 호화로운 기차를 타고 여행하는 것보다 우리

손으로 만든 빈약한 기차를 타고 여행하는 것이 훨씬 편할 것 아니겠습니까?"

"결핍 위에선 아무것도 이룰 수 없다는 말이 있다면서?"

이규는 이상과 같은 박태영과 하준규의 응수를 들으며 자기는 아직 어리다는 의식을 가졌다. 만일 두 사람의 의견을 놓고 어느 편에 동조하겠느냐고 물으면 아마 대답을 못 하지 않을까 하는 생각이 들었기 때문이다.

태영과 준규의 대화는 계속되었다.

"일본놈의 손이 간 거면 전부 없애버리고 당분간 걸어서 서울까지 가도 좋다."

라고 박태영이 극단론을 폈다.

"그거 좋은 말이오."

하고, 아까 착취 계급의 목을 잘라야 한다고 떠들어댄 청년이 한몫 끼였다. 그런데 화제는 점점 엉뚱한 방향으로 번져갔다.

초미의 급선무는 친일파 숙청이란 대목이 나왔다. 어느 정도까지 친일파라고 할 것이냐는 기준 문제도 나타났다. 박태영은, 행정 관리일 경우는 군수 이상, 경찰일 경우는 형사부터, 교육자일 경우는 교육 내용을 검토해서, 지주일 경우는 독립운동에 기여한 척도로, 그리고 일본놈으로부터 이권을 얻어 치부한 놈은 모조리 친일파로 규정하고 재산을 몰수해서 우선 빈민들에게 나눠주어야 한다고 강조했다.

이규는 다시 생각에 잠겼다. 박태영의 말대로라면 자기의 아버지도 친일파로 처단되어야 한다. 아버지가 하는 도정 공장도 총독부로부터 얻은 이권이기 때문이었다. 이규는 친일파 문제야말로 민족이 당면한 커다란 딜레마라는 것을 깨달았다.

이 점에 있어선 하준규의 의견이 이규의 공감을 끌었다.

"친일파 운운의 문제는 우리 조선이 완전히 독립한 후에 거론할 성질의 것이지, 지금 들먹일 문제는 아니라고 생각한다. 그렇게 해야 민족의 분열을 막을 수 있다. 친일파라고 해도 건국 과정에 공로를 세운 사람이면 정상을 참작해야 할 테니까."

"나도 그런 생각이 있었습니다."

라고 전제하고 박태영이 말했다.

"그런데 엊그제 데모에 참가하고 나서 생각이 달라졌어요. 친일파 숙청을 건국 과정의 필수 조건으로 해야 한다는 신념을 얻었어요. 친일파를 숙청함으로써 인민 대중의 힘을 효과적으로 집결시킬 수 있다고 생각했기 때문입니다. 친일파를 방치해두면 반드시 미 군정과 결탁해서 인민 대중의 반대편에 서게 될 게 틀림없는 사실이 아닙니까. 지금 인민 대중의 편에 서 있지 않은 놈이면 가망 없습니다. 고양이를 키워 호랑이를 만들 필요가 없지 않겠습니까. 인민 대중이 열을 내서 데모를 하는데 그것을 냉소하는 사람들을 난 보았어요. 공연히 피가 끓던데요."

이규는 갑자기 신경이 곤두섰다.

'나는 그 데모를 어떤 태도로 보았을까?'

하는 반성이 들었기 때문이었다.

이규는 그 데모를 보고 냉소하진 않았다. 그렇다고 해서 결코 그 데모에 동조하는 기분을 가졌던 것도 아니고, 긍정한 것도 아니었다. 어느 편인가 하면, 부정적인 기분으로 멍청하게 바라보았을 뿐이다.

이규는, 박태영이 지껄인 말이 모두 진정에서 우러나왔다면, 박태영과 자기는 거리가 멀어졌다고 인식하지 않을 수 없었다.

짧은 가을 해가 눈에 보일 듯 저물어갔다. 석양의 여영餘影이 거두어지기가 바쁘게 어둠이 물속의 먹물처럼 번졌다.

기차는 어느덧 어둠 속을 달리고 있었다. 간혹 반딧불 같은 것이 어둠의 바닥에 나타나기도 했지만, 거의 무인의 광야를 달리는 느낌이었다. 유리를 빼간 손들이 전구를 그냥 두었을 까닭이 없었다. 캄캄한 찻간을 승무원들이 칸델라를 들고 왔다갔다 했다. 칠흑의 밤에 칠흑의 기차가 가고 있는 셈이었다. 이런 상황에 민감한 시인은 나라의 운명을 볼 수 있었을 것이다.

"오늘 밤엔 달도 없나?"

어둠 속에서 하준규의 말이 들렸다.

"오늘 밤엔 달이 없습니다. 양력으론 10월 7일, 음력으론 9월 2일이니까요. 그리고 일요일."

박태영이 대답했다.

"어떻게 음력까지 그렇게 잘 아노?"

이규가 한 마디 했다.

"괘관산 이래의 버릇 아닌가."

박태영의 소리에 김숙자의 나지막한 웃음소리가 겹쳤다.

"일요일인데 기차 통학하는 학생들이 탔을까?"

하준규가 그것만은 틀리지 않았느냐는 투로 말했다.

"정치 집회가 있었을 겁니다."

박태영은 단정적으로 말했다. 아닌 게 아니라 요즘 학생들은 학교 수업보다 정치 활동에 열을 올리고 있는 형편이어서 박태영의 짐작이 정확할지 몰랐다. 그러나 이규는 매사에 단정적인 말과 태도를 보이는 박태영의 그런 언동이 마음에 걸렸다.

군북역에 도착했을 때, 착취 계급을 없애야 한다고 열을 올린 청년이

내렸다. 내리면서 그는 박태영의 손을 더듬어 잡고,

"오늘 좋은 말 많이 들었습니다. 앞으로 인민 대중을 위해 힘껏 일합시다."

라는 말을 남겼다.

군북에서 거의 한 시간 동안 기차가 서 있었다. 마산에서 오는 기차를 기다려야 한다는 것이었다.

"뭘 좀 사먹자."

하고 박태영이 밖으로 나갔다가,

"썩은 놈의 동네엔 달도 없다고, 아무것도 살 것이 없더라."

라고 투덜대며 들어왔다.

이규는 하영근 씨 집에서 권창혁이 박태영을 보고 한 말을 상기하고 생각에 잠겼다.

"박군은 '인민 대중'이란 말을 너무 함부로 쓰는 것 같다."

권창혁의 이 말이 있기에 앞서 박태영은 다음과 같은 말을 했었다.

"옳고 그르고를 가릴 것이 아니라, 어느 편이 인민 대중을 위하는 방향인가를 판단해야 할 것 같습니다. 가치의 기준은 그것밖에 없어요. 인민 대중을 위하는 길이 정의의 길이고, 인민 대중을 반대하는 길은 나쁜 길이 되지요. 이렇게 명백한 전제를 해두고 도덕이니 양심이니 하는 문제를 다루어야 된다고 나는 믿습니다."

그런데 창혁의 말에 자극되었는지 박태영이 흥분한 투로 말했다.

"역사는 탁류라고 할 수 있습니다. 날카로운 지성으로 분석하면 불순물도 많겠지요. 그러나 그 불순물에 마음을 빼앗겨 흐름의 방향을 올바르게 파악하지 못한다면, 나무를 보고 숲을 보지 못하는 결과가 되지 않겠습니까. 그래서 나는 인민 대중을 강조하는 겁니다. 다소의 불순물이 있더라도 그것이 인민 대중을 위하는 방향이면 그 길을 따라야 하니까요."

"인민 대중을 무슨 전매 특허나 받은 것처럼 내세우는 무리들은 실상에 있어선 인민 대중을 배신하는 경우가 많아. 이용하기 위해서만 인민 대중을 들먹이는 놈들도 있구. 어떻게 무엇을 하는 것이 인민을 위하는 길인가는 참으로 어려운 문제다."

권창혁은 이렇게 말하고 자리에서 일어섰었다. 박태영이 하영근 씨 집에 머무는 동안 정치적인 발언을 한 것은 그때 외에는 별로 없었다.

이규는 기차가 군북을 출발할 무렵부터 외투를 뒤집어쓰고 자는 척하면서 박태영과 자기의 거리를 생각하고, 이어 박태영을 외국으로 데리고 가려면 어떻게 설득해야 할까 하고 궁리했다. 하영근은 그야말로 박태영을 아끼고 사랑했다. 권창혁과 박태영의 응수를 지켜보는 하영근의 눈은 부드러웠고 애정이 넘쳐 있었다. 박태영이 어떤 사상을 가졌건 박태영에 대한 하영근 씨의 사랑엔 변함이 없고 앞으로도 그럴 것이란 짐작을 이규로 하여금 갖게 했던 것이다.

이규는 하영근의 박태영에 대한 마음씀이 보람을 갖게 하기 위해서라도 박태영을 외국으로 데리고 가고 싶었다.

그러나 어떻게……?

이런저런 생각을 하다가 이규는 어느덧 잠에 빠졌다.

부산역에 도착한 것은 밤 열한 시를 넘어서였다. 진주를 네 시에 출발한 기차가 불과 2백 킬로미터 남짓한 거리에 장장 일곱 시간이나 걸린 것이다. 일제 시대엔 네 시간이 걸린 거리였다.

밤이 늦었어도 노동식의 집으로 가야 한다는 하준규에게 순이를 딸려 보내고, 박태영과 이규는 김숙자와 하윤희를 데리고 역 앞에서 여관을 찾아들었다.

찾아든 여관은 불결해서 침구에 손을 대기조차 메스꺼웠다. 남자, 여자가 따로 방을 얻어 들었는데 도저히 발을 펴고 잘 수 있을 것 같지 않아, 한 방에 다시 모여 잡담이나 하며 밤이 새길 기다릴 수밖에 없었다.

"미다스의 손이 닿기만 하면 아무거나 황금으로 변했다고 하더니, 조선인의 손이 담기만 하면 고대광실이 폐옥이 되고 비단 이불도 누더기가 되고 기차는 고철 더미가 된다 이 말인가?"

이규는 이렇게 중얼거리며 하품을 참았다.

"반만년 억눌려놓으니 도리가 있겠나. 이제부터 우리의 민족성을 용광로에 넣어 부글부글 끓여서 쇠망치로 두들겨 단련을 해야지."

박태영이 힘있게 말했으나 이규에겐 공허하게만 들렸다.

노동식과 진말자는 고관古館의 언덕에 신거新居를 꾸며놓고 소꿉장난 같은 살림을 시작했다.

부엌 하나, 방 둘, 따로 떨어진 곳에 변소와 조그마한 창고를 마련한 비둘기통 같은 집이었지만, 바로 눈앞에 바다가 있고 뜰엔 국화꽃을 비롯한 가을의 꽃들이 피어 있어 '가난하지만 행복한 우리 집'이란 향기가 서려 있었다.

부엌에 이어진 방엔 새것 냄새가 풍기는 장롱과 경대가 있고, 한쪽 벽을 하얀 커튼이 덮고 있었는데, 그 뒤엔 옷걸이가 있는 모양이었다.

경대 바로 옆에 큼직하고 보기에 디럭스한 라디오가 있었다. 노동식은 손님들에게 인사를 끝내자 그 라디오의 스위치를 켰다. 맑고 풍부한 음량의 음악이 흘러나왔다.

손님들은 모두 눈이 둥그렇게 되었다. 그처럼 맑고 풍부한 음량을 뽑아내는 라디오를 본 건 처음이었던 것이다.

"이 라디오는 제니스라고 하는 거래. 중학교 동창들이 결혼 기념으로 사준 건데 소리가 썩 좋지? 뭐니뭐니 해도 미국놈들이 물건을 잘 만드는 모양이재."

노동식이 라디오를 어루만지며 자랑스럽게 말했다.

"새도 키우는구나."

하고 박태영이 처마 밑을 보았다. 조롱이 두 개 나란히 걸려 있었다.

"집사람이 키우자고 해서 카나리아를 샀지."

노동식이 수줍게 말했다.

여자들이 비좁은 부엌에서 서로 협력해서 차린 밥상이 들어왔다. 술병도 들어왔다.

"이거, 산해진미가 가득하구나."

하준규가 탄성을 올렸다.

"아침부터 술인가?"

하면서도 노동식의 신거를 축복하는 뜻으로 모두들 잔을 들었다.

노동식은 성한주 노인부터 시작해서 도령들의 안부를 물었다.

"선생님께선 괘관산에 계시고, 동지들이 가끔 놀러 가기도 하지. 모두들 잘 있어. 그런데 차범수 씨는 지금 서울에 가 있지."

하준규가 대강 이렇게 설명했다.

노동식은, 모교인 부산상업학교에서 교사 노릇을 해달라고 권하는데 하 두령의 재가를 얻기까지 보류 중이라면서 웃었다.

진말자는 온 세상의 행복을 독차지한 여인처럼 보였다.

"두령님, 우리 저 양반을 선생 노릇이나 하며 살게 허가해주십시오."

하고 진담 반, 농담 반의 청을 하면서 술을 따르는 손끝에마저 행복감이 서려 있었다.

"나라를 위해 큰일을 하셔야 할 주인 어른을 조그마한 학교에다 가둬두려고 하십니까?"

하고 박태영이 빈정댔다.

"우리도 이런 집에서 조용히 살았으면 해요."

김숙자가 짐짓 부러운 듯 진말자를 바라보며 말했다.

"이래가지고야 건국운동은 누가 하겠노."

박태영이 껄껄 웃었다.

"부인의 생각이 꼭 그러시다면 노군은 학교에 가서 교편이나 잡지. 후배들을 성심껏 가르치면서 평화로운 가정을 꾸려나가는 것도 좋은 일 아닌가."

하준규가 조용히 말했다.

"허, 두령님은 나를 따돌릴 작정인가?"

노동식이 볼멘 척했다.

"천만에."

하준규는 정색을 하고 진말자에게 말했다.

"부인의 생각이 꼭 그러시다면 노군은 부산에 있도록 하겠습니다. 바른대로 말씀해보십시오."

"제 욕심은 그렇습니다. 그러나……."

"좋습니다. 부인의 뜻이 이루어지도록 하죠."

"두령!"

하고 노동식이 무슨 말을 하려는 것을 막고 준규가 거듭 말했다.

"노군은 부산에 있게. 저 바다를 보고 뜰의 국화를 보고 처마의 카나리아를 보고 진말자 동지의 행복한 모습을 보니까, 왠지 목이 메는 것 같애. 우리 가운데 한 사람쯤은 모진 바람을 피해 평화롭게 살아야지, 안 그래요? 그래야 우리들이 무슨 일이 있을 땐 달려와서 그 평화로운 그늘 밑에서 쉬기도 할 끼고."

"두령! 내 말도 들어보소."

하고 노동식이 간절히 말했다.

"지금 조급하게 결정할 필요가 어디 있소. 나 같은 놈이라도 꼭 필요할 일이 언제 생길지 모르는 것 아뇨. 물론 나는 가정을 이대로 꾸려나가고 싶소. 그러나 내가 할 일을 한다고 해서 가정이 파괴될 까닭은 없지 않소. 교편을 잡는 일도 중요하고 결코 그런 일을 경시하는 건 아니지만, 괘관산에서 우리가 한 서약을 나는 꼭 지키고 싶소. 나는 괘관산 도령으로서, 절대로 조직에서 벗어나기 싫소."

"두령님의 명령에 따라 행동하는 거니까, 부산에 남아 교편을 잡는다고 해도 조직에서 벗어나는 건 아닙니다. 그러니 그런 뜻이 아니고, 이제 노 선생이 말씀하신 것처럼 조급히 결정할 문제는 아니지 않습니까. 서울에 다녀와서 정해도 되지 않겠습니까?"

"그렇기도 해."

하준규는 박태영의 말을 수긍하고, 노동식 부부도 같이 서울에 가자고 권했다. 노동식과 진말자가 반대할 까닭이 없었다.

그날 밤 침대차를 타고 서울로 향할 계획을 세웠다. 침대차 표는 부산에 아는 사람이 많은 노동식이 마련하기로 했다.

아침 식사를 끝내고 잠깐 눈을 붙여 쉰 다음, 기차 시간을 기다릴 겸 일행은 용두산 공원으로 갔다. 용두산 공원은 일제 시대에 신사가 있던 곳이었다.

신사의 도리이鳥居(기둥문)가 넘어져 뒹굴고 있어, 무슨 괴물의 시체처럼 섬뜩한 인상을 풍겼다. 일제 시대라고 해도 이규는 신사의 신성성을 느껴본 적은 없었다. 그러나 억압의 상징처럼 언제나 불길한 그림자를 마음속에 새기고 있던 터라, 신사가 형편없이 폐허가 된 상황에 감회가 없을 수 없었다.

이규는 일본인이 지배할 때의 부산을 회상하며, 해안선을 따라 기다랗게 너절하게 펼쳐져 있는 거리를 내려다보았다.

"어쩐지 정이 안 들어요, 부산은."

어느새 이규 곁으로 다가선 하윤희가 말했다.

"나도 그래. 부산은 정이 안 들어. 그러나 이 항구는 우리나라 제일의 항구야. 언젠가 우리의 손으로 아름답고 활기 있고 정이 들 수 있는 항구로 만들어야지."

이규가 이렇게 말하자, 윤희는 묘한 웃음을 띠었다.

"그 웃음, 이상한데?"

"꼭 박태영 씨가 하는 말 같아서 우스워요."

"그렇던가?"

하준규, 박태영, 노동식은 진말자, 김숙자, 김순이와 같이 저쪽을 돌고 있었다.

윤희는 그들에게 시선을 보내며 나직이 말했다.

"저 사람들과 언제나 같이 행동해야 해요?"

"그럴 필요는 없지만, 왜?"

"왠지 신경이 쓰여요. 피곤해요."

그럴 때의 윤희는 백치의 표정이 아니었다. 양 미간에서 윤희다운 개성이 번쩍이는 것 같았다. 이규는 윤희의 심정을 충분히 짐작할 수 있었다.

"그럼 서울 가선 따로따로 행동하기로 합시다. 하 선생님은 명륜동 집에 같이 머물라는 뜻이었지만, 윤희 씨가 피곤을 느낀다면요."

"부탁이에요, 명륜동 집엔 저 사람들을 데리고 오지 마세요. 인민 대중을 자꾸 들먹이는 게 저에게 빈정대는 것 같아요."

"그럴 리 없지."

"그래두요."

"알았소."

이규는 짤막하게 말했다.

그때, 하준규가 저쪽에서 소리쳤다.

"이규 씨, 이리로 좀 오소."

이규가 그곳으로 갔더니, 어떤 미군 병사의 질문을 받고 모두 머리를 흔들고 있었다.

"이 친구 무슨 소릴 하는데, 당최 알아들을 수가 있어야재."

하고 박태영이 입을 비쭉했다.

이규는 고등학교 때, 망명 생활을 하고 있는 영국인 교사로부터 회화를 배운 적이 있긴 하나 자신이 없었다. 그러나 무슨 말을 하는지 들어나보자는 마음이 되었다.

첫마디는 부산의 인구가 얼마나 되느냐는 싱거운 질문이었다. 40만쯤 될 거라고 했더니, 질문의 대답을 얻었다기보다는 수월하게 말이 통했다는 것이 기쁜지 반색을 하며 이규에게 손을 내밀었다.

나이를 짐작할 순 없었으나, 아직 소년티가 가시지 않은 젊은 병사여서 이규는

선풍의 계절

"계급이 뭐죠?"

하고 물었다.

"코포랠."

이란 대답이었다. 일본 계급으로 치면 오장伍長(하사)에 해당하는 계급이었다.

그는 자기를 제이슨 잭이라고 소개하고, 거기서 보이는 곳의 지명과 섬에 대해서 설명해달라고 했다.

이규는 영도를 설명하고, 이어 송도를 설명하고, 오륙도에 이르러서는 그런 이름이 생긴 내력까지 말해주었다. 그리고 가까이에 가덕도가 있다는 얘기와 더불어 영국의 넬슨 제독에 필적할 만한 이순신 장군 얘기도 해주었다.

이렇게 해서 친숙한 감정을 갖게 된 제이슨은 이규의 영어가 훌륭하다고 찬양하고 어디서 영어를 배웠느냐고 물었다. 이규는 일본을 들먹이기가 싫어 대학에서 배웠다고만 했다.

제이슨은 놀란 표정으로 물었다.

"조선에도 대학이 있어요?"

"있습니다."

그랬더니 제이슨은 자기도 대학생이라며, 제대하면 대학으로 돌아가야 할 것이라고 했다.

"그놈보고 왜 38선을 만들었느냐고 물어봐. 그리고 왜 군정청이 인민위원회를 승인하지 않는가도 물어보구."

박태영의 말이었다.

"졸병에게 그런 것을 물어봤자 별수 있겠나."

라고 했지만, 이규는 그 질문을 해보았다. 제이슨의 대답은 간단했다.

"그 질문은 대통령이나 대답할 수 있는 것입니다."

하준규는 조선에서 받은 인상을 물어보라고 했다. 제이슨의 대답은 이러했다.

"역사는 풍부한 것 같은데 대단히 가난하다. 무엇보다도 우선 풍부한 나라가 되어야 할 것 같다. 저 산에 나무가 울창하게 들어서고, 저 바다에 큰 배가 빽빽이 들어차고, 저 변두리에서 연기가 뭉게뭉게 오르는 나라가 되어야 할 게 아닌가."

"그놈 제법 똑똑하구나."

박태영이 냉소를 짓고, 너희들 미국군이 빨리 철퇴하면 그렇게 될 거라고 말하라고 했다.

이규는 차마 그렇게 말할 수는 없었다. 그 대신 다음과 같이 말했다.

"일본놈의 수탈이 하두 심해서 우리나라가 가난할 수밖에 없었는데, 풍부한 나라 미국은 그런 짓을 할 까닭이 없으니 곧 풍부한 나라가 될 거다."

그밖에도 여러 가지 말이 오갔다. 헤어질 무렵, 제이슨은 이규 일행을 사진 찍겠다고 어깨에서 카메라를 내렸다.

"사진은 못 찍는다고 하소."

하준규의 말이었다.

그 뜻을 전했다. 제이슨은 어깨를 들썩하며 의아한 표정을 지었다.

"동방의 신사는 함부로 사진을 찍지 않는다."

라고 했더니, 제이슨은 다시 한 번 어깨를 들썩하고, 이규에게만 인사를 하고 돌아섰다.

"퍽 순진해 보이는구먼."

이건 노동식의 말이었고,

"아무래도 동경제국대학 학생은 달라."
라고 한 사람은 하준규였고,
"중학교에서 배운 발음과 왜 그리 다르노."
하고 박태영은 투덜댔다.

일행의 뒤에 처져 천천히 걸어 내려오며 윤희가 이규에게 속삭였다.
"안심하고 이규 씨를 따라 미국에도 프랑스에도 가겠어요."
"그럼 나와 같이 갈 마음의 준비가 되었소?"
"이규 씬 절 떼어놓고 혼자만 가실 작정이었어요?"
"아버지 걱정 때문에 윤희 씬 못 가시지 않을까 했지."
"아버지를 위해서라도 가야겠어요. 아버지의 마음을 알았으니까요. 절 데리고 갈 거죠?"
"물론."
하고 이규는,
'1년 후의 오늘 나와 윤희는 어느 곳에 있을까?'
하고 생각하며 속으로 웃었다.

하윤희의 뜻도 있고 해서, 이규는 서울역에서 그들과 헤어졌다. 앞으로의 연락을 위해 외삼촌의 주소와 전화번호를 박태영에게 알렸다.

하준규, 박태영, 노동식은 창신동 115번지 윤한용을 찾아갈 것으로 보였다. 그들이 서울에 온 목적은 이현상을 만나는 데 있었던 것이다.

이규는 서울이 처음이었다. 하윤희가 이끄는 대로 택시를 타고 총독부 앞을 지나 비원, 창경원을 거쳐 가면서 이규는
'이곳이 우리의 서울이로구나.'
하는 감회에 젖었다.

명륜동 집은 창경원의 울창한 숲을 바라볼 수 있는 지대에 있었다.

진주에 있는 집의 규모엔 미치지 않았으나, 대문을 셋이나 지나야 안집에 들어설 수 있는 꽤 큰 집이었다.

그 집에 들어서며 이규가 놀란 것은, 바로 엊그제까지 진주에 있던 하영근 씨 댁의 중로의 하인을 거기서 보았기 때문이다.

"어찌 된 거냐?"

라고 묻는 이규에게 순박하게 생긴 그 하인은 웃는 얼굴로 말했다.

"전 도련님들이 떠나시는 앞날에 서울에 왔습니다. 서방님의 분부를 받들고요."

윤희는

"이 애비가 나랑 가장 친해요, 그래서 아버지가 보내신 거랍니다."

하고, 마중 나온 초로의 여자에겐,

"에미야, 그동안 잘 있었니?"

하며 다정하게 손목을 잡았다.

초로의 여자는

"어이구, 우리 아씨가 이렇게 곱게 컸구나."

하며 눈물이 글썽했다.

진주의 풍속으론 어른인 하인을 부를 땐 남자는 '애비'라고 하고 여자는 '에미'라고 하게 되어 있었다.

집 안팎의 청소가 잘되어 있었고, 빈방에도 불을 지펴 조금도 불편이 없게 모든 준비가 다 돼 있는 모양이었다.

"도련님들이 거처하실 사랑방도 깨끗이 치워놓았습니다. 다른 도련님들은 어디로 가셨습니꺼?"

하고 하인이 물었다.

"다른 분들은 안 올 끼다. 이규 도련님의 거처만 준비하면 된다."

윤희는 이렇게 이르고, 이규를 대청마루에 놓인 소파에 앉으라고 권했다.

"나는 외삼촌을 찾아봐야겠소. 내일 올게요."

하고 이규는 밖으로 나왔다.

윤희가 따라 나왔다.

"지리를 모르잖아요."

"주소가 있으니까 찾을 수 있겠지."

"주소를 보여줘요."

윤희는 주소를 보더니,

"혜화동이니까 바로 이웃이네요. 병원 간판이 있을 테니 찾기가 수월하겠구. 같이 찾아봐요."

윤희가 앞장을 섰다.

"피곤할 테니 집에 들어가 쉬어요."

이규가 아무리 말해도

"피곤하지 않아요. 가보고 싶어요."

하고 윤희는 끝내 고집을 부렸다.

혜화동의 외삼촌 병원은 쉽게 찾을 수 있었다. 살림집이 붙어 있어서 한꺼번에 외삼촌과 외숙모, 외사촌들을 만날 수 있었다.

중학교에 입학했을 무렵에 마지막으로 본 사이가 돼서, 이규의 외삼촌은 무척이나 반겼다.

"내가 서울에서 산 이래 제일 큰 손님을 모셨다."

하며 외삼촌은 이규를 대접할 준비를 서두르라고 법석을 떨었다.

이규는 하윤희를 외삼촌 내외에게 소개했다. 하영근 씨의 이름은 일찍이 알고 있는 터라,

"아아, 하 부자의 따님이시로구먼."
하고 외삼촌은 따뜻한 미소를 보냈다.

하윤희는 점심 식사 대접을 받지 않을 도리가 없었다. 그리고 외삼촌 집에서 묵으려는 이규를 끝내 명륜동 집으로 끌고 갔다.

"팅 빈 집에 나 혼자 어떻게 있으라고 그런 고집을 부려요? 외삼촌 댁엔 가끔 가면 되잖아요? 입원실이 붙어 있고 해서 거처하기가 불편하겠던데요, 뭐."

명륜동으로 돌아오는 길에 윤희는 이런 푸념을 했다. 윤희는 이규의 고집을 들먹였지만, 결국 그 고집을 꺾은 것은 윤희의 고집이었다.

하준규 일행 속에 끼여 있을 땐 윤희는 고집도 주장도 없는, 심지어 개성마저 없어 보이는 유순한 여성이었는데, 이규와 단둘이 있으면 뜻밖의 고집이 노출되었다.

이러한 윤희를 이규는 안타깝다고 생각해야 할지, 비겁하다고 생각해야 할지 갈피를 잡을 수가 없었다.

창신동 115번지에 조그마한 집을 가지고 있는 윤한용은 이현상의 사위였다.

윤한용은 일본 경응대학 재학 중 방학에 귀성해 있다가 볼온 서적을 소유하고 있다는 사실이 발각되어 대전형무소에 수감되었다. 윤한용이 이현상과 알게 된 것은 그 형무소에서였다. 뜻이 서로 맞은 두 사람은 같은 무렵 출감하게 되자 장인과 사위의 인연을 맺었다.

윤한용은 하준규 일행을 맞이하자, 자기 집에서 점심 식사를 대접하고 곧 서린동에 있는 서린 여관으로 그들을 안내했다. 미리 연락이 되어 있었던 모양으로, 큼직한 방 세 개가 준비되어 있었다. 사정을 말하고 순이만은 윤한용의 집에 두고, 다섯 사람은 당분간 그 여관에서 거처하게 되었다.

"저녁 식사는 장인 어른과 같이 하실 작정으로 계십시오. 늦어도 여섯 시까진 이곳으로 오실 겁니다."

라는 말만 남겨놓고 윤한용은 돌아갔다.

"이만한 방이면 비용이 꽤 많이 들 텐데, 이 선생님이 벌써 그만한 돈을 준비했단 말인가."

노동식은 원래 소심한 사람이어서 이런 걱정을 했다.

"그건 그렇고, 두령님헌테 미안한데요. 우리들은 부부끼리 방을 차지했는데 두령님은 홀아비로 계셔야 하니 말예요."

하고 박태영이 머리를 긁적긁적했다.

"별 신경을 다 쓰느만. 마누라가 필요하다면 나도 데리고 왔을 거요."

하준규는 활달하게 웃었다.

오후 다섯 시쯤 되어서 차범수가 왔다.

"차 동지는 어디서 묵고 계십니까?"

인사를 하자마자 노동식이 물었다.

"나도 이 여관에 있소. 두령님이 오실 때까지 여기에 있으란 분부였소."

차범수를 통해서 공산당의 경위와 이현상의 현황을 알았다.

조선공산당은 박헌영, 이현상을 주축으로 하여 정비되었다는 것이며, 이현상은 명실 아울러 박헌영 다음가는 당 내의 실력자란 것이었다. 여관비 같은 건 걱정하지 않아도 될 만큼 풍부하게 자금이 마련되어 있다고도 했다.

"그런데 여러분들을 여섯 시까지 다동에 있는 청풍관으로 모시고 오라는 분부였습니다. 환영을 겸해 식사를 하자는 겁니다. 아마 그 자리엔 이현상 선생은 물론이고 박헌영 선생도 나오실지 모릅니다. 바로 가까이에 있으니까 걸어서 5분도 걸리지 않을 겁니다."

차범수의 말에 하준규는 망설이다가 물었다.

"그렇다면 여성 동지도 같이 모셔야 할 것 아닙니까?"

"여성 동지는 여관에서 식사하시도록 하라는 말씀이었는데요."

"공산당도 남녀를 구별하긴가?"

박태영이 언짢은 표정을 지었다.

진말자가 말했다.

"우리들은 좋아요. 피곤하기도 하니 여기서 식사하고 쉬겠어요."

불만이건 불평이건 그렇게 정했다면 달리 도리가 없었다. 김숙자와 진말자를 여관에 남겨놓고 일행은 차범수를 따라 청풍관이란 데로 갔다.

밀집한 집들 가운데 어떻게 그렇게 큰 집이 끼여 있을까 싶을 정도로, 청풍관은 시골 사람의 눈으로 보면 으리으리하게 차림을 한 요릿집이었다.

일행은 족자며 병풍이 화려하게 장식된 널따란 방으로 안내되었다.

조금 있으니 이현상이 낯선 두 신사를 대동하고 나타났다. 옥색 두루마기를 입고 검은 안경을 쓴 이현상은 몰라볼 정도로 좋아진 풍채로 하준규, 박태영, 노동식의 순으로 악수를 하고,

"반갑소. 참으로 반갑소. 우리가 다시 만나게 되어 정말 반갑구료."

하고 되풀이했다.

그러고 나서 인사 소개를 했다.

"이분은 이강국 선생이오."

이강국이란 사람은 준수한 용모의 사나이였다. 경성제국대학을 나온, 그러고도 혁혁한 항일 경력을 가진 투사라고 덧붙였다.

"이분은 최용달 선생이오."

최용달은 얼굴빛이 검고, 깐깐한 성격의 소유자로 보였다. 역시 경성제국대학을 나온 인텔리이며, 이강국 못지않은 항일 투사로서의 경력을 가졌다고 했다.

이어 괘관산 도령들 소개가 있었다.

"최 동지, 이 동지, 바로 이 동지가 하준규 동지요. 강철 같은 체력과 의지력과 통솔력을 가진, 장차 우리의 제1선을 맡을 인재라고 할 수 있죠."

"그리고 이 사람이 박태영 동지. 비범한 두뇌의 소유자이며, 저항 의식이 강한 청년이오. 앞날 이론면의 제1선을 맡을 천재라고 할 수 있지."

"그다음이 노동식 동지, 신중하고 의지가 강하고 인화를 이룩하는 비범한 성격을 가지고 있습니다. 인민을 단결시키는 제1선에서 활약할 청년이오."

"차범수 동지는 이미 소개한 적이 있죠. 하 동지 다음가는 통솔력을 가진, 그러면서 겸손한 청년이오. 모두 인민의 보배가 될 동지들입니다."

소개가 끝났을 무렵, 요리상과 기생들이 쏟아져 들어왔다. 그러자 이현상이 따라 들어온 지배인 격의 사나이에게 명령했다.

"대문을 닫게. 오늘 밤엔 일절 다른 손님은 받지 않도록 되어 있으니까 그렇게 알고 실수가 없도록 부탁하네."

"네."

하고 지배인은 물러갔다.

잔마다 술을 따랐다. 이현상이 잔을 들었다.

"오늘 밤엔 어려운 이야기는 일절 생략하고 우리 회포나 풀기로 합시다. 괘관산, 지리산에서의 그 고통과 투쟁을 회상하며 앞으로의 영기를 기르기 위해 마음껏 마시고 놀자는 말씀야. 이 술잔을 우리 전체 인민이 자기들의 일꾼인 우리에게 선사한 축복의 술잔으로 알고 달게 마시도록 합시다."

술잔의 응수가 시작되었다. 기생들의 애교가 끼였다. 이강국이 간혹 박태영을 시험해보는 듯한 질문을 하는 외엔 허물없는 얘기가 오갔다. 그런데 박태영이 느낀 것은, 쾌관산, 지리산에서의 생활을 이현상이 지나치게 선전하지 않았을까 하는 점이었다. 최용달과 이강국이, 쾌관산 도령들이 매일처럼 일본놈과 전투한 것같이 생각하고 여러 가지 질문을 던져왔기 때문이었다.

예를 들면, 쾌관산 도령들이 습격한 경찰서는 함양서 하나뿐인데, 산청경찰서, 거창경찰서, 합천경찰서까지 습격한 일이 있는 것으로 이강국과 최용달은 생각하고 있었다.

뿐만 아니라, 지리산과 쾌관산에서의 생활이 전부 이현상의 지도하에 이루어진 것처럼, 그 조직 자체가 이현상의 노력으로 이루어진 것처럼 인식되어 있다는 사실도 알았다.

그러나 애써 그런 사실을 부인하거나 수정하거나 할 필요는 없었다.

이강국과 최용달은 하준규, 박태영, 노동식, 차범수와 접촉해봄으로해서 이현상의 공적을 더욱 확인할 수 있다는 투의 말을 하기도 했다.

"서울 한복판에서 우리 공산당 간부가 공공연하게 연회를 베풀 수 있다는 것만으로도 역사가 변했고 앞으로 역사가 변한다는 것을 확인할 수 있지 않겠수?"

이강국이 불그레한 얼굴로 옆에 있는 기생의 무릎을 쓰다듬으며 한 소리였다. 박태영은 발끈 반발심을 느꼈다.

"공산당을 전 잘 알지는 못합니다만, 역사가 변한 건 틀림없는데, 그

대신 공산당이 타락한 것 아닙니까?"

이강국은 순간 찔끔하는 눈치였다.

최용달이

"박 동지의 의견은 날카로워. 자칫 잘못 생각하면 이런 화려한 연회는 공산당의 타락이라고 볼 수도 있지."

하고 덧붙였다.

"그러나 공산당도 사람이 모인 조직이오. 사람의 조직엔 정이 있어야죠. 그러한 정의 표현이라고 생각하면 이건 타락이 아니라 발전이라고 봐야 하지 않겠소."

박태영으로선 납득이 안 되는 소리였지만 그 이상의 추궁은 삼갔다.

환영연은 대과 없이 밤 열한 시까지 계속되었다.

"2~3일 동안은 서울 구경이나 하고 푹 쉬구려. 중대한 의논은 그 뒤에 하기로 하구."

하는 이현상의 인사를 마지막으로 하고, 하준규 일행은 여관으로 돌아왔다.

환영을 빙자한 그들 자신의 향락 행위란 단정이 태영의 머릿속에서 빙빙 돌았다. 주석에 익숙지 않은, 그리고 주석의 흥을 이해하지 못하는 청년으로선 당연히 해볼 생각이긴 했지만, 그보다는

'기생을 끼우지 않는 자리를 마련해서 여성 동지까지 초대할 수 있었을 텐데……'

하는 아쉬움을 지워버릴 수 없었다.

1945년 10월 10일은 하준규, 박태영, 노동식에겐 잊을 수 없는 날이었다.

이날, 아널드 군정 장관이 정면으로 인민공화국을 부인했는데, 저녁 늦게 서린 여관에 나타난 이현상은 흥분을 감추지 못하는 어조로,

 "우리가 세운 인민공화국을 끝내 밀고 나가는 일만이 나라와 민족이 살 길이니, 모든 인민을 인민공화국 안에 묶는 데 앞장서야 한다."
라고 역설하고,

 "그러자면 인민공화국의 모체이며 핵심인 공산당원이 되어야 한다."
라고 서둘렀다. 그 바람에 공산당 입당을 권유하는 이현상의 제의를 그 자리에서 받아들이지 않을 수 없었다. 모두 승낙하자, 이현상은 다음과 같은 지시를 내렸다.

 "지금부터 당 간부로서의 훈련을 실시한다. 그 방법은 추후 알리겠는데, 일단 다음의 사항을 예비 지식으로 가져야 한다. 하준규, 노동식, 차범수는 제1선의 일꾼으로 발탁될 것이다. 불원 군당 책임자 이상의 직책을 맡을 훈련을 받아야 한다. 특히 노동식 동지는 부산에서 결성된 부두 노조를 비롯한 각종 노동조합을 조직하고 장악하는 직책을 맡아야 할 것이다. 박태영 동지는 장차 당의 이론가로서 성장해야 하는데, 당분간의 과업으론 서울대학에 적을 두고 학생들을 우리 노선에 집결시키는 역할을 맡아야 할 것이다. 그러기 위해 앞으로 지시가 있으면 박 동지는 최용달 동지와 침식을 같이하게 된다. 하 동지, 노 동지, 차 동지는 우선 나와 같이 생활하며 다음의 지시를 기다려야 한다. 그리고 여러분은 오늘부터 조선공산당 당원임을 명심하고 당의 명령에 절대 복종할 것을 당부한다."

 의견도 질문도 있을 수 없었다. 일동은 묵묵하게 이현상의 입을 지켜보며 지시에 따라야 했다.

 서린 여관을 나서며 이현상은 일단 안도의 숨을 내쉬었다. 하준규 일

행이 공산당 입당을 거절했더라면 그는 난처한 입장에 빠지게 되어 있었다. 이현상은 이미 지리산에서 공산당 세포를 조직, 하준규 등을 공산당원으로 양성해놓았다고 당 지도부에 보고했고, 그런 업적을 과시함으로써 당의 중요한 직책을 장악하게 되었던 것이다.

이현상이 떠난 뒤, 네 청년은 한동안 멍청히 서로 얼굴을 바라보고만 있었다.

굳이 공산당에 들지 않겠다는 생각이 있었던 것은 아니지만, 이렇게 뭐가 뭔지도 모르게 갑작스레 공산당에 휘말려드는 사태는 전연 예견하지 못했었다.

하준규가 조용히 입을 열었다.

"인민공화국을 지지하지 않을 수 없지?"

그건 그렇다는 듯 모두 고개를 끄덕였다.

"인민공화국을 지지하기 위해서는 가장 핵심적인 조직 속에서 헌신하는 것도 무방하지 않을까?"

"그렇습니다."

박태영이 솔직히 긍정했다.

노동식은 잠자코 있었으나 부인하는 표정은 아니었다. 차범수는 무표정했다.

이렇게 하준규, 박태영, 노동식, 차범수는 너무나 간단히 운명을 선택해버렸다.

기로

서울에서의 이규의 일과는, 이른 아침에 창경원 앞길로 해서 종묘의 담을 끼고 한 바퀴 돌아보는 산책으로 시작되었다. 때론 윤희를 동반하기도 했지만 혼자인 경우가 많았다.

세월의 이끼가 낀 담장 저쪽에 울창한 숲이 아침의 짙은 놀 속에 숨을 죽인 듯 조용히 있는 풍경은 침묵해버린 역사의 모습이라고 할 수 있었다.

―역사는 숲이다. 잡초는 잡초대로, 나무는 나무대로, 나름대로의 빛깔과 형태로 꽃을 피우고 가지를 뻗친다. 그리고 전체로서의 윤곽을 각기 형성하고 분위기를 이룬다. 그렇지만 한 포기의 풀, 한 그루의 나무는 그것을 알 까닭이 없다.

역사 속의 사람은 정녕 숲속의 잡초, 숲속의 나무와 같다. 우뚝 솟은 거목에 비길 수 있는 인물이나 잡초라고 할 수밖에 없는 인간이나 궁극의 사정은 똑같다. 눈으로 볼 수 있고 손으로 만져볼 수 있는 자그마한 숲도 무궁한 신비를 전개한다. 식물학자가 동원되고 곤충학자가 동원되어 역사 이래의 두뇌를 골고루 활용해도 그 신비는 닫혀진 문을 가지고 있다. 피히테는,

"한 개의 모래알이 왜 저기에 있고 여기에 있지 않느냐는 이유를 설명할 수 있으면 우주의 신비는 해명될 수 있다."
고 했다. 하물며 역사랴. 알려고 노력할 것이 아니라 그저 감동하고 경악하고 탄식하는 것이 기껏 인간이 할 수 있는 노릇이 아닐까. 역사가가 될 것이 아니라 시인이 되어야 한다…….

고궁을 끼고 도는 아침 산책 때마다 이규는, 역사에 대한 정감과 더불어 오늘의 일을 줄잡아 이조 이래의 시간 규모로 관찰하고 저울질해 보는 습성을 익혔다.

백 년 전에 어떤 일이 있었을까 하는 생각과 백 년 후엔 어떻게 될까 하는 생각을 골고루 하면, 지금 주변에서 일어나고 있는 소용돌이가 무슨 연극을 보는 듯한 느낌을 풍긴다. 그러나 연극과 다른 것은, 연극에선 등장하는 배우들이 각기 자기가 맡은 역할의 의미를 알고 연기하는데, 이 현실에서의 군상들은 자기들이 맡은 역할도 그 종말도 모르고 행동하고 있다는 점이다. 이규는 뚜렷한 이유나 구체적인 사실을 파악하지 못하면서도 우후죽순처럼 솟아나는 정당 또는 단체들의 열띤 움직임들이 모두 비극으로 끝날 것 같은 예감마저 들었다. 데모를 하며 인민공화국을 지키겠다는 움직임이나, 중경에 있는 임시정부를 지지한다는 움직임이나, 곳곳에서 발생하고 있는 노동자들의 파업 사태, 이 모든 것이 홍수 현상에 불과하다는 생각도 들었다. 폭우가 내린 뒤면 홍수가 난다. 그런데 그 홍수가 절대로 정상일 순 없다.

이규는 자신의 이러한 생각과 태도는 머잖아 외국으로 떠날 몸이란 의식이 가장 큰 원인으로 작용하고 있다는 사실을 깨닫지 못했다.

아침의 공기나 온도처럼 계절에 민감한 건 없다. 얇은 셔츠를 입어도 되었었는데 툭툭한 스웨터를 입지 않으면 안 될 만큼 시월은 깊어갔다.

플라타너스 낙엽이 발에 밟힐 무렵이 되었다.
그러한 어느 날 아침이었다.
이규는 창경원 돌담길을 지나 종묘 쪽으로 건너려고 할 때, 언제나처럼 그 노인이 바로 눈앞에서 걷고 있는 것을 보았다. 그 노인은 칠순에 가까워 뵈는 나이였는데, 흔히들 쓰는 말로 곱게 늙은 영감이었다. 옥색 마고자에 누런 마노 단추가 달려 있고, 쥐색 바지에 가죽 안경집이 매달려 대롱거리는 것을 보면, 유복한 가정에서 노후를 걱정 없이 지내는 형편임을 짐작할 수 있었다. 머리가 희고 수염도 희었다. 검은 테의 로이드 안경이 얼굴 전체에 액센트를 주는데, 그 안경 때문에 얼굴이 더욱 해맑아 보였다. 그리고 고집과 교양이 있는 듯한 풍채이기도 했다.
그 노인을 이규는 산책을 시작한 날부터 보아왔다. 그런데 그 노인은 창경원이나 종묘를 한 바퀴 도는 것이 아니라, 종묘 쪽 담벼락을 따라 백 미터쯤 되는 거리를 몇 번이고 왕복했다. 그건 산책이랄 수도 없고 운동이랄 수도 없는 동작이었지만, 그 노인으로선 산책을 겸해 운동을 하고 있는 셈인 것이 분명했다.
'이왕이면 단조로움을 피하기 위해서도 그 거리만큼 산책의 범위를 넓혀도 될 터인데 왜 저럴까?'
하고 생각해보기도 했지만, 그 노인의 성격이 나타난 것이리라 짐작했다.
이규는 그 노인과 마주칠 때마다 목례를 했다. 그러나 노인의 안중엔 아무것도 보이지 않는 것처럼 표정에 아무런 반응도 없었다. 이규는 그 노인에게 말을 걸어보았으면 하는 생각을 언제나 가졌다. 그 노인을 통하면 고궁의 변천, 그 속에서 있었던 일들을 많이 들을 수 있을 거라고 짐작해서였다. 그러나 그런 유혹을 억제해왔었는데, 그날 아침엔 왠지 말을 걸어보고 싶은 충동을 억제할 수가 없었다.

근엄한 얼굴을 하고 무념무상한 듯 일정한 거리를 왔다갔다 하는 그 노인에겐 섣불리 말을 걸 수 없는 위엄 같은 것이 있었다. 이규는 돌아올 때 기회를 만들어볼 셈으로 일단 목례만을 하고 노인 곁을 지나 종묘를 한 바퀴 돌았다.

이규가 돌아왔을 때, 그 노인은 왕복 운동의 반복을 끝내고 막 동숭동 쪽으로 길을 건너려는 참이었다. 이규는 걸음을 빨리 하여 노인과 나란히 되었을 무렵에 천천히 걸었다.

"영감님, 매일 뵈면서도 인사가 없어서 죄송합니다."

이규는 이렇게 말을 걸어보았다.

노인은 힐끔 이규를 훑어보더니,

"젊은이 집도 이 근처에 있수?"

하고 물었다.

"예, 전 맹윤동에 있습니다."

"경상도로군."

"네."

"경상도 어디유?"

"진줍니다."

"진주라? 20년쯤 전엔가 내 한 번 가본 일이 있지."

높지도 낮지도 않은, 우렁차지도 가냘프지도 않은 순 서울말이었는데, 그 말투엔 '진주에 가본 것'이 무슨 선심을 쓰기나 했다는 것 같은 느낌이 묻어 있었다.

"영감님의 고향은 서울이신 모양이죠?"

"5대를 서울에 살았수."

"그럼 영감님은 이조 말기의 사정을 잘 아시겠습니다."

"알면 뭣 하겠수. 쓸데없는 일이우. 쓸데없단 말이 뭣하면 허망하다고나 할까유."

"왜 허망하다는 겁니까?"

"허망하니까 허망하지."

이규는 노인의 경력에 호기심을 느꼈다. 어떻게 물어야 실례가 안 될까 망설이는데 노인 편에서 물었다.

"젊은이는 무엇을 하는가유?"

"학생입니다."

"학생? 무슨 학교에 다니고 있수?"

"지금은 다니지 않습니다. 해방 전까진 동경제국대학에 다녔습니다."

이규는 노인의 흥미를 끌 양으로 낯이 간지러움을 느끼면서도 바른 대로 털어놓았다. 아니나 다를까, 노인의 이규를 보는 눈빛에 약간의 변화가 생긴 것 같았다.

"나이가 몇인데 벌써 그런 학교에 다녔수?"

"지금 스물한 살입니다. 졸업은 못 했습니다. 2학년에 오를 무렵에 그만두었으니까요."

"학도병으로 갔수?"

"안 갔습니다."

"묘하게 피했구먼."

"그땐 징병 연령에 미달이었으니까요."

"대학생이 징병 연령에 미달이라?"

"어려서부터 학교에 다녔습니다. 게다가 중학교 4학년 때 고등학교에 갔고, 고등학교 연한이 2년으로 줄고 해서……."

"꽤나 수재였나 보군."

"그렇지도 않습니다."

노인은 자기 손자 가운데 하나가 동경에서 대학에 다니다가 학병으로 중국에 갔는데 아직 돌아오지 않았다는 말을 하고 이어 물었다.

"헌데 학생은 대학에서 무슨 공부를 했수?"

"역사 공부를 할 작정이었습니다."

"훗흐."

하고 노인은 묘한 웃음을 웃었다. 그 웃음소리가 이규의 귀에 거슬렸다.

"우리나라에서 역사를 연구한 사람이라면 최남선을 제일이라고 치지 않수?"

"그렇게 보는 사람도 있을 겁니다."

"그러니까 학생은 최남선 같은 사람이 될 작정이구먼그랴."

이규는 그때에야 노인이 묘한 웃음을 웃은 까닭을 알 것 같았다. 그러자 슬그머니 화가 났다.

"역사 공부를 한다고 해서 모두 최남선 같은 사람이 되라는 법이 있습니까?"

이규는 2년 전쯤, 동경 명치대학 강당에서 조선 출신 학생들에게 일본 군대에 입대하라고 권하는 연설을 할 때의 최남선의 모습을 뇌리에 그려보며 볼멘소리를 냈다.

그때 최남선은, 동양은 동양인의 것일 수밖에 없고, 앞으로의 문제는 황인과 백인의 대결이라고 했다. 그러니까 대동아 전쟁에서 승리하는 길만이 황인이 백인의 압박을 배제하고 살아갈 수 있는 유일한 길이라는 것이었다.

일본인이 동양인을 억압하고 수탈하는 현실 문제를 뛰어넘어 문제를 황인과 백인의 대결로 설명한다는 것은 아무래도 억지이고 궤변이었다. 이규는 그러한 최남선에게서 실망 이상의 큰 충격을 받았던 것이다.

"최남선처럼 된다는 게 불쾌하신 모양이구랴."

노인은 또 '홋흐' 하고 웃었다.

이규는 자신을 억제할 수 없을 정도의 분이 치밀어오르는 것을 가까스로 참았다.

"역사학자가 어디 최남선뿐인 줄 아십니까?"

이규의 말이 약간 떨렸다.

그러나 노인은 이규의 마음이 어떻게 움직이건 아랑곳없었다.

"역사가 중에서 최남선이 제일이니, 그런 공부 암만 해봤자 그 언저리를 맴도는 정도지 뭐겠수. 최고가 그 꼬락서니면, 그렇게 못 되는 사람의 정도는 뻔하지 않겠수?"

그리고 노인은 다음과 같은 이야기를 늘어놓았다.

10년 전쯤이었단다. 노인은 우연한 기회에 종로의 청년회관에서 최남선의 강연을 들었다. 그때 최남선이 무슨 얘길 했는진 자세한 기억이 없는데, 꼭 한 가지 얘기만은 지금도 외고 있다. 그 얘기는 어느 '고자 대감'에 관한 이야기다.

한말에 내시들이 제법 세도를 부렸다. 그러니 연줄만 닿으면 내시로 들어가는 것이 가장 쉬운 영달의 길이었다. 내시가 되려면 불알을 까서 고자가 되어야 한다. 그래서 광주廣州 어느 집에서 아들을 내시의 양자로 보낼 요량으로 그 아이의 불알을 깠다. 그런데 한일합방이 되고부터 내시 제도가 없어지고 말았다. 그리고 보니 알량한 사람을 병신으로 만들어놓은 결과밖에 되지 않았다.

최남선은 이 예화를 들먹이며 '시대를 앞질러 보지 못한 사람들의 어리석음이 빚은 비극'이라고 해놓고, 사람이 인간다운 체신과 품위를 지니고 살려면 모름지기 시대 인식에 투철해야 한다고 열변을 토했다는 것이다.

"그런데 그 최남선이란 사람의 꼴이 뭐유. 자기가 비웃은 고자 대감과 뭣이 다를 게 있느냔 말유. 고자 대감은 무식한 탓에 그랬다고 변명이라도 할 수 있지만, 글쎄 우리나라 제일간다는 역사가의 꼴이 뭐란 말유. 불알을 까지 않았으니 다행인가? 내 손주놈 말 들어보니, 그 사람은 주둥아리를 까버린 셈이드먼. 앞으론 다시 아가리를 벌리지 못할 테니 말유."

이렇게 덧붙여놓고 노인은 또 한번 '홋호' 하고 웃었다.

노인의 말은 역사학자뿐만이 아니라 문학자까지 내리까는 방향으로 미끄러져나갔다. 요컨대 역사니 문학이니를 공부한 사람들은 모조리 쓸개가 빠진 놈들이란 것이었다.

"이조를 망친 자들도 모두 그 학자라는 족속들 아녀?"

이규는 깔끔하게 간단한 말로 노인의 그런 말버릇을 고쳐주고 싶었는데, 얼른 좋은 생각이 떠오르지 않았다. 그래 밸을 누를 수 없어 물었다.

"영감님의 손주 되시는 분은 무슨 공부를 했습니까?"

"법률 공부를 했수. 내 아들이 법관이거든유. 지금은 변호사를 하고 있지만서두."

노인의 표정엔 약간 뽐내는 기색이 있었다.

"헌데 학생은 이 시국을 어떻게 생각하우?"

노인은 사뭇 시험하는 투로 물었다.

"별 생각 하지 않습니다."

"혹시 좌익운동을 하는 것 아뉴? 역사니 문학이니를 공부한 사람들은 죄다 좌익인가 부던데."

"전 그런 덴 관심이 없습니다. 그런데 영감님은 역사 공부나 문학 공부는 몹쓸 것이라고 하셨는데, 법률 공부는 괜찮다고 보십니까?"

이규는 그냥 있을 수 없는 심정이어서 이렇게 물었다.

"그거야, 법률은 바른 경우를 배우는 공부 아뉴? 사회의 질서를 배우는 거 아뉴? 법률이 없어보우. 이 나라를 이만큼 지탱하고 있는 것두 법률의 힘이라우."

이번엔 이규가 웃을 차례였다. 이규는 노인을 상대하지 않기로 마음먹고 헤어지려는데 노인이 놓질 않았다.

"좌익에 관심이 없다면 그럼 우익이란 말유?"

"우익에도 관심이 없습니다."

"거 이상한 일이구만."

"이상할 것도 없습니다. 저는 곧 나라를 떠나야 할 사람이니까요."

"나라를 떠나다니……?"

"외국에 유학하기로 돼 있습니다."

이규는 조금 전까지의 감정의 찌꺼기가 남아 있어서 부자연스러울 만큼 의젓하게 뽐냈다.

"외국이라면 어딜 가시나유?"

"프랑스로 갈까 합니다."

'불란서'라고 해야 할 것을 이규는 일부러 이렇게 말을 꾸몄다.

"불란서 유학을 할 수 있는 걸 보니, 댁은 꽤 부자인가 보구랴."

이 말엔 대꾸하지 않고

"이렇게 나라가 혼란스러울 땐 외국으로 가서 공부나 실컷 하는 것도 좋지 않겠습니까."

하고 넌지시 노인의 표정을 살폈다.

"불란서에 가면 역산가 뭔가를 공부할 게유?"

"글쎄요, 아무튼 가장 필요한 공부를 해볼까 합니다. 아직 어려서 선택의 여유가 얼마든지 있으니까요."

노인의 얼굴에 분명히 심술이라고 할 수밖에 없는 묘한 표정이 돋아났다.

서울대학을 왼쪽으로 한 동숭동 어귀의 돌다리를 건너며 노인이 마지막으로 한 말은 이랬다.

"잘 해보시구랴."

이규는 명륜동을 향해 걸어오면서 그 노인을 꽤나 심술이 궂은 사람이라고 생각했다. 그리고 한편 불쾌하기도 했다. 우선 채신머리없이 군 자기 자신의 태도부터가 뒷맛이 쓴 느낌이었다. 그렇게 된 것도 그 노인 탓이라고 생각하니, 그 노인에 대한 미움이 치밀기조차 했다.

옛날에 관한 훈훈한 얘기를 들으려다가 공연히 아침 산책 기분을 잡친 셈이 되었다.

자기가 가진 척도로 세상 일을 평가하는 것은 사람으로선 불가피하겠지만, 고의로 상대방의 비위를 거스르면서까지 자기의 의견을 내세우는 것은 아무래도 옳지 못하다는 생각이 들었다.

법관을 하고 변호사를 하는 아들을 가졌다는 사실이 그만큼 사람을 오만하게 만들 수 있을까. 그것이 뽐낼 재료가 되는 것일까. 이규는 일제 시대에 법관 노릇을 한 것이, 그것이 판사인지 검사인지는 모르지만, 어떻게 남에게 뽐낼 일이 되는지 알 수가 없었다. 일제 시대의 법률은 한 마디로 말해, 일제의 조선에 대한 지배와 수탈을 효과적으로 하기 위한 수단이 아니었던가. 그러니 그 법률을 집행하는 자리에 있었다는 것은 총독부 시대의 어느 공직자보다도 일제의 주구 노릇을 철저하게 했다는 뜻이 아닌가. 머리를 조아리며 대죄하기까진 못하더라도, 결코 그 아비가 뽐낼 수 있는 입장은 아닌 것이다. 그런 처지에 있는 노인이 어떻게 최남선을 감히 욕할 수 있을까 생각하니, 외양이 곱게 늙은 만큼 정신적으론 더럽게 늙었다는 생각마저 들었다.

어느덧 아침의 태양이 놀과 얽힌 거리에 사람들의 왕래가 빈번해지기 시작했다. 우러러보니 오늘의 하늘도 맑았다. 시계는 여덟 시를 20분이나 지나 있었다.

이규는, 아침 식사를 준비하고 기다리고 있을 윤희를 생각하고 빠르게 걸었다.

이규가 최남선을 찾아보았으면 하는 생각을 하게 된 것은 순전히 그 노인에 의한 자극 탓이었다.

이규는, 최남선이 시정市井의 그 노인으로부터 그만한 혹평을 받아 마땅한 사람인지 아닌지를 새삼스럽게 몸소 확인하고 싶은 심정이 되었다. 그 노인으로부터 자극이 없었더라면 이규는 동경에서 들은 강연만으로 최남선을 평가한 채 영원히 지나쳐버렸을지 모른다.

그런데 그 노인이

"그 꼴이 뭐유."

하는 따위로 악담을 하는 바람에 이규는 최남선에게 동정을 느꼈다. 욕은, 할 만한 사람이 해야 한다. 그따위 노인이 최남선을 두고 왈가왈부할 것이 아니다. 그런 기분이었던 것이다.

이규는 아슴푸레하나마 자기 마음속의 심판정에서 최남선을 구하는 것이 어쩌면 최남선과 더불어 피투성이가 된 역사학의 체면을 구하는 것이 되지 않을까 하는 마음을 다졌다.

갈릴레오가 종교 재판정에서 '지구는 돌지 않고 태양이 돈다'고 말하지 않을 수 없었던 꼭 그와 같은 사정이 최남선에게 있었고, 최남선이 강단에서 내려서며 갈릴레오처럼 '그러나 그렇지 않다'고 마음속으로 중얼거렸다면, 갈릴레오가 세론世論의 사면을 받은 거와 마찬가지로 최남선도 세론의 사면을 받을 수 있지 않을까? 이해한다는 것은 용서한다는 것이다. 이해하려는 노력마저 거부해야 할 경우도 물론 있다. 최남선의 경우는 이해하려는 마음조차 거부해야 할 정도의 것일까. 이해하려는 노력만은 할 필요가 있는 경우일까. 우선 이 문제부터 결정해야겠다고 생각하고, 아침 밥상을 물리고 나서 이규는 윤희에게 이런 뜻의 말을 해보았다.

"그 심정, 충분히 알 만하네요."

윤희는 이렇게 상냥하게 응해주면서도 이규가 최남선을 찾아보겠다는 덴 동조하지 않았다.

"내버려둬요. 이규 씨가 찾아보건 안 찾아보건, 최남선 씨의 가치는 한 치도 늘어나지도 않고 줄어들지도 않을 테니까요."

"그런 게 어딨어?"

하고 이규는 윤희의 그 단순한 논법을 미소를 띠며 반대했다.

"가치라는 게 뭔지 아시오? 학자의 가치가 어디 동상의 크기처럼 일정하다고 생각해? 자로 잴 수 있고 저울로 달 수 있는 그런 거라고 생각한다면 대단한 오핸데. 학자의 가치는 그 학자를 문제로 하는 사람들의 주관 속에서 결정되는 거요. 내겐 전연 가치 없는 학자가 다른 사람에겐 굉장한 가치를 가진 경우도 있고, 그 반대의 경우도 있는 거요."

"그러나 개인 개인의 주관과는 관계 없이, 그러니까 파악할 순 없지만 어떤 객관적인 가치 같은 게 있는 것 아녜요? 아무도 보낼 수 없고

뺄 수도 없는 절대적인 가치 말예요."

"그게 황당무계한 관념론이란 거요. 없는 실체를 있는 것처럼 가정하고 허황한 이론을 휘두르는 것이 관념론이거든."

"아무튼, 이규 씨는 최남선 씨를 만날 필요가 없다고 생각하는데요."

윤희는 살짝 보조개를 지어 보이며, 격에 맞지 않은 의견을 말하고 있는 자신이 우스꽝스럽다는 듯이 수줍게 웃었다.

"내가 지금 최남선 씨를 만나지 않으면 그분은 내게 있어선 존재하지 않는 거나 마찬가지가 되죠. 그런데 만일 그분을 알았기 때문에 뭔가를, 최남선 씨란 분을 보다 깊이 이해하고 그분이 참으로 아쉬운 분이란 발견을 하게 된다면 만나보는 편이 내게 훨씬 유리할 것 아뇨. 하나의 이해자를 가졌다는 뜻에서 그분에게도 유리하게 되고요."

"그분의 학문적인 업적만 필요한 만큼 흡수하면 될 것 아녜요? 학자를 이해하는 데 꼭 그 학자를 만나야 하나요?"

"윤희 씨의 그 의견은 옳소. 그러나 최남선 씨의 경우는 달라. 그분에게 다소나마 애착심을 갖고 그 학문적 업적을 대하는 것하고 혐오감을 갖고 대하는 것은 전혀 다를 것 같애."

"그렇긴 하겠죠. 그런데 최남선 씨를 지금 꼭 문제 삼아야 할 것은 뭐예요?"

"우리는 곧 외국으로 가야 하지 않아? 꺼림한 생각을 뒤에 남기기 싫은 그런 기분이오. 윤희 씨가 열심히 서울과 그 근교를 스케치하는 기분과 어쩌면 같을는지 모르지."

"그렇다면 할 수 없죠."

윤희는 화사하게 웃었다.

윤희는 외국으로 떠나기에 앞서 그 준비로 조국의 여러 가지 풍물을 열심히 스케치하고 있었다.

최남선 씨의 거처를 알기도 할 겸, 이규는 이능식이란 대학 선배를 찾아갔다. 이능식은 이규의 3년쯤 선배인데, 동경제대에서 동양사를 전공한 사람이었다. 그땐 연희전문학교의 교수로 있었다.

이규가 이능식을 아현동 자택으로 찾아간 것은 오후 두 시쯤이었다. 이능식은 응접실에서 4~5명의 손님과 이야기하고 있었다. 원래 말이 적은 그는 주로 손님들의 얘기를 듣기만 했다.

인사말을 끝내고 이규는 응접실 한구석에 떨어져 앉아 헌 잡지를 뒤적거리며 저쪽에서 오가는 말에 귀를 기울였다.

과학자 동맹이란 이야기가 나오고, 문학 동맹 이야기가 나오기도 했다. 화제의 초점은 별도로 사학가 동맹을 만드느냐, 과학자 동맹의 사회과학 부문에 참여하느냐 하는 데 있는 것 같았다.

과학자 동맹이나 문학 동맹을 만든다는 것은 좌익 계열에 참가하자는 얘기가 되는데, 그런 대전제는 문제가 안 되는 것을 보니 모두 좌익에 속한 학자들인 것 같았다.

손님들이 떠난 것은 한 시간쯤 후였다. 이능식은 기다리게 해서 미안하다며 이규를 자기의 조그마한 서재로 안내했다. 하영근 씨의 서재를 보아온 이규의 눈엔 이능식의 서재가 보잘것없었으나, 2천 권 남짓한 책으로 구성된 그 서재엔 그런대로 학문하는 사람의 분위기가 있었다.

"아까 그분들은 모두 좌익인 모양이죠?"

이규가 물었다.

"좌익이 뭐 나쁜가요?"

이능식이 웃음을 띠고 말했다.

"나쁘다는 건 아닙니다. 그저⋯⋯."

"도리가 없을 것 같애, 그 길밖에."

이능식은 한숨을 섞으며 말했다. 그럴 때의 그의 시선엔 초점이 없었다. 이규는 그때에야 이능식이 사팔뜨기란 사실을 처음으로 알았다.

사팔뜨기는 분명히 무엇인가를 보고 있는데도 보지 않는 것 같다. 어쩌면 당황한 어린애의 표정 같기도 하고, 어쩌면 한량없는 슬픔을 지닌 거인의 표정 같기도 하다.

"도리가 없을 것 같다는 그 이유를 말씀해주실 수 없겠습니까, 선배님."

이렇게 말하면서 이규는 왠지 이능식을 동정하고 있는 스스로를 느꼈다.

"보는 바 그대로 아뇨."

이능식의 말엔 힘이 없었다.

이규는 어떻든 명백한 답을 듣고 싶었으나, 이능식의 태도는 계속 애매했다. 가능하다면 이규가 제기하는 문제를 피했으면 하는 눈치조차 보였다. 이규가 다음과 같은 문제를 제기했던 것이다.

마르크스 사관까지 비판하는 입장에 서는 사관의 가능성은 없는가?

좌나 우의 사상 계열에 사로잡히지 않는 중립 지대에서 역사학을 확립할 필요는 없는가?

그런데 이능식은 이런 문제 제기를 미소로 받아들였을 뿐, 대답은 하지 않았다. 어쩌면 이능식 자신도 그런 문제를 두고 골몰하고 있는데도 아직 이렇다 할 결론을 내리지 못하여 그런 태도를 취하는 것이 아닌가도 싶었다.

이능식은 히메지 고등학교를 거쳐 동경제대의 동양사학과를 졸업한

사람이다. 재학 시절에 준재로 평판이 높았던지, 이규는 주임 교수인 시라도리白鳥로부터

"작년에 졸업한 사람 가운데 이능식이란 조선인 학생이 있었는데, 퍽이나 우수한 사람이다. 앞으로 서로 알고 지내도록 하라."
는 소개를 받았던 것이다.

그래서 이규는 서울에 오자마자 이능식을 찾았고, 이능식도 이규를 반갑게 맞이했다. 그러나 그동안 조용히 이야기할 기회가 없었다. 그러니 그날 오후 처음으로 진지한 얘기를 나누게 된 셈이었다.

이규는 최남선 씨를 찾아보고 싶다는 얘기를 꺼냈다. 동기와 이유를 듣고 이능식은, 찾아가도 만나주지 않을 거라면서 이런 말을 했다.

"그분의 과오는 너무나 컸어. 그런데 그 과오는 이 나라에 있는 모든 사학자들이 함께 책임을 져야 할 성질의 것이오."

이규는, 그렇다면 무슨 방법을 강구해야 하지 않겠느냐고 말했다.

불가능하다는 이능식의 대답이었다.

"최남선은 끝장이 났소. 최남선을 제물로 해야만 조선의 사학이 앞으로 살아갈 수 있게 돼 있소."

이규는, 최남선 씨의 과오를 모든 사학자가 같이 책임져야 할 것이라고 한 말과 모순되지 않느냐고 따졌다.

"'경우는 그런데 사정은 다르다'라는 말이 있지 않소."

이능식은 조용히 말했다. 이규는 그의 사팔뜨기 눈의 시선이 어디에 가 있는지 걷잡을 수 없는 만큼 이능식의 태도도 걷잡을 수 없다고 느끼고, 최남선 씨의 거처나 가르쳐달라고 했다.

이능식이 그려준 최남선 씨 댁 우이동 약도를 받아 들고 이규는 일어섰다. 문을 나서려는데 이능식의 말이 있었다.

"최 선생님을 혹시 만나거든, 내가 안부를 묻더라는 말만 전해주시오."
 그리고 이어 이능식은, 경성대학으로 자리를 옮길 작정인데 거기에 학적을 두고 같이 공부하는 것이 어떻겠느냐고 이규의 의견을 물었다.
 이규는 외국으로 갈 것이란 말을 하려다가 말고,
 "생각해보죠."
라는 말만 남기고 대문을 빠져나왔다.

 추색이 짙은 우이동 산속에 최남선의 우거寓居가 있었다. 동행한 윤희는 이곳을 스케치해야겠다면서 길가의 바위에 앉아 화지를 폈다.
 "만나보고 오세요. 전 여기서 스케치하며 기다리겠어요."
 그러한 윤희를 남겨놓고 이규는 무겁게 닫혀 있는 대문에 다가섰다. 초인종을 찾았으나 그와 비슷한 것도 눈에 띄지 않았다.
 가볍게 문을 두드리며,
 "여보세요."
하고 불러보았다. 그러나 아무런 반응도 없었다. 조금 강하게 문을 두드렸다. 그래도 기척이 없었다. 사람이 살고 있는 집 같지 않았다. 지나가는 사람도 없고 가까운 이웃도 없고 보니 물어볼 수도 없었다. 이규는 되돌아서려다가 실례를 무릅쓰고 쾅쾅 대문을 두드리며 '여보세요' 하고 고함을 질렀다.
 그때에야 기척이 있는 것 같더니, 왼쪽 쪽문이 열리며 소리가 있었다.
 "뉘기시오?"
 이규는 쪽문 안을 들여다보았다. 허술한 고의 적삼을 입은, 어느 모로 보나 농사꾼으로 뵈는 초로의 사람이 이규를 보고 있었다. 뜻밖에도 그 사람은 최남선 본인이었다.

"이규라는 학생입니다."

이규는 다급하게 말했다.

들어오란 소리도 없이 그대로 버티고 서서 최남선은

"학생이 여게 뭣 하러 왔소?"

하고 퉁명스럽게 물었다.

"육당 선생님을 뵈러 왔습니다."

"육당 최남선이 죽은 줄 모르오?"

여전히 퉁명스러운 소리였다.

"육당 선생님이 돌아가셨다니 그게 무슨 말씀입니까?"

이규는 어이가 없었다.

"죽었으니까 죽었다는 거 아뇨."

"그럼 지금 말씀하시는 분은 누구십니까."

"나를 알아보우?"

"예."

"그렇다면 나는 최남선의 도깨비인 모양이지."

"선생님을 뵙고 드릴 말씀이 있어서 왔습니다."

이규는 그 자리에서 절을 했다.

"들어오시구려."

하는 소리는 부드러웠다.

최남선은 이규를 사랑채 마루로 안내했다. 따스한 오후의 햇볕이 그 마루에 꽉 차 있었다. 마루에서 보이는 가을 풍경이 아름다웠다. 그리고 조용했다. 이규는 최남선이 권하는 방석에 앉아 다시 절을 올렸다.

"군자는 자꾸 절을 하는 법이 아녀."

하고 최남선은, 심부름하는 아이가 없을 땐 안식구들뿐이라서 자기가

문을 열어야 하는데, 초면인 경우는 자기를 알아보지 못하고

"최남선인 죽었소."

하면 대개 그냥 돌아간다며 웃었다.

"그런데 학생은 나를 어떻게 알아보았지?"

"뵌 적이 있습니다."

"어디서?"

"거리에서 먼빛으로나마 뵌 적이 있습니다."

이규가 강연회를 들먹이지 않은 것은 나름대로 생각을 했기 때문이었다.

"할 말이 뭔가?"

이규는 대강 자기소개를 하고,

"외국으로 떠나는 마당에 선생님을 뵙고 인사를 드리고 싶었을 따름입니다."

했더니, 최남선은

"송장에게 인사는 드려 뭣 하겠수."

하고 씁쓸한 표정을 지었다.

그리고 이규가 갈 곳이 프랑스라는 것을 알고, 프랑스에서의 동양학의 발전이 눈부실 정도라고 하면서 이규의 행운을 축하했다.

이규는 되도록 최남선의 약점을 건드리지 않을 화제를 조심조심 골랐다. 이를테면,

"백 년 전 나라의 사정은 어떠했습니까?"

하는 따위의 질문부터 했다.

"백 년 전이면 1835년 아닌가. 순조가 승하하고 여덟 살 난 헌종이 즉위한 해지. 파쟁이 한창 격화될 때여……."

2백 년 전의 일을 물었을 땐 인조반정과 병자호란을 들먹이며 얘기를 끝없이 펼쳤다. 과연 박람강기한 어른이었다. 5천 년 조선 역사가 중대가리로 빡빡 깎은 저 머릿속에 질서 정연하게 차곡차곡 간직되어 있다 싶으니 한편 압도당하는 느낌이면서도 연민의 정을 금할 수가 없었다. 나라의 역사를 슬픈 역사라고 한다면, 최남선 자신이 슬픈 역사의 한 토막인 것이다. 이규는 이능식의 안부를 전하고 이어, 며칠 전 이능식에게 제기해본 문제를 꺼냈다.

그랬더니 최남선은

"사관史觀에 사로잡힌 역사학도 옳은 역사학이 못 되고, 사료史料에만 사로잡혀도 옳은 역사학이 못 돼."

하고,

"요즘 젊은 사학자의 결함은 사관을 지나치게 중시하고 사료를 등한히 하는 데 있다."

고 했다.

"사학이란 역사에 대한 애착이여."

라는 최남선의 말을 받아 이규는

"역사에 대한 애착만이 아니라, 역사에 대한 두려움도 있어야 하지 않겠습니까?"

라고 말해보았다. 최남선의 심중을 떠보기 위해 이규가 정선精選한 말이었다.

그러자 최남선은 이규의 표정을 자세히 살펴보는 듯한 눈치더니,

"학생은 참 좋은 얼굴을 하고 있어. 귀貴와 복福과 총명과 건강이 잘 조화된 얼굴이여. 그런 얼굴을 가진 사람이면 대성할 수 있지. 역사도 살펴보니 결국 운명학이드먼. 법칙이 있을 수도 없고, 인과로만 따질

수도 없고, 그렇다고 해서 우연의 연속이랄 수도 없고…….”
하고, 누구에게 들려주는 것이 아니라 자기가 자기에게 타이르는 투로 중얼거렸다. 그러고는,

"나는 이런 처지가 되어 두문불출하고 찾아오는 사람도 만나지 않아. 그런데 학생의 인상이 하두 좋아서 만나보기로 했는데, 만나보길 참 잘했어."
하고 덧붙였다.

이규도 최남선을 만나게 된 것이 참으로 좋았다고 생각했다. 그런 감정이고 보니, 이규는 학생 시절에 느낀 것을 비롯해서 괘관산 도령들의 얘기, 특히 박태영의 동향까지 최남선 앞에 늘어놓을 수 있었다.

최남선도 아무런 꾸밈없이 자상하게, 손주를 대하는 할아버지 같은 태도로 자기의 잘못을 소상하게 들추어 얘기했다.

심부름하는 아이가 가져온 차를 권하면서,
"이건 내가 심은 구기로 만든 구기차라네. 한번 마셔보게."
하기도 했고, 죄짓지 않고 살 수 있는 유일한 생업은 농사짓는 것인데, 청경우독晴耕雨讀이 이상적인 생활이란 얘기도 했다.

그렇게 해서 무려 세 시간 동안이나 앉아 있게 되었는데, 이규는 윤희 생각을 하고 황급히 일어섰다.

"별일 없으면 하룻밤 이 우거에서 자고 가도 될 텐데 왜 그러는가?"
"같이 온 사람이 있습니다. 그걸 깜박 잊고 있었습니다."
"같이 들어왔으면 좋았을 텐데."
최남선은 아쉬운 표정을 지었다.
"아닙니다. 그 사람은 이 근처를 스케치하겠다고 바로 저 앞 바위 위에 앉아버렸습니다."

최남선은 이규를 따라 윤희가 스케치하고 있는 장소까지 나왔다.

윤희는 벌써 네댓 장의 스케치를 해놓고 지친 표정으로 앉아 있었다. 이규와 같이 걸어오는 영감이 최남선 씨인 줄 모르고 바위 위에 그냥 앉아 있다가, 바로 그분이 최남선 선생인 줄 알자 적이 당황하여 일어서서 인사를 했다. 최남선 씨는 인자하게 인사를 받고 윤희의 스케치북을 집어 들었다.

"허, 썩 훌륭한 그림 솜씨로군."

"이 사람도 저와 함께 프랑스로 갈 겁니다. 그림 수업을 할 작정이죠. 마침 선생님 댁을 스케치했으니, 이걸 프랑스로 가지고 가서 우리나라의 석학 육당 선생님이 이런 집에서 살고 계신다고 뽐낼 수 있게 됐습니다."

최남선은 감개가 무량한 듯 그 스케치북에서 눈을 떼지 않은 채,

"프랑스로 가기 직전쯤에 꼭 나를 찾아주어. 프랑스 동양학자들이 보면 기뻐서 어쩔 줄 모를 물건을 몇 개 준비해둘 테니까."
라고 말했다.

산그늘이 어느덧 주위를 에워쌌다. 최남선 선생은 행길에까지 이규와 윤희를 전송하러 나왔다. 헤어질 무렵 최남선은 나직이, 윤희에겐 들릴 듯 말 듯한 소리로 이규에게 말했다.

"삼십 전에 범한 과오는 씻을 수도 있고 보상할 수도 있고, 그것을 도약하는 발판으로 할 수도 있지만, 오십이 넘어 범한 과오는 무덤에까지 짊어지고 가야 하는 거여. 슬퍼!"

폐부에서 나온 소리라고 이규는 들었다. 이규는 최남선을 끌어안고 엉엉 울고 싶은 격정을 겨우 참았다.

그 뒤 이규는, 최남선을 잘 아는 사람들로부터 '최남선은 오만하고

고집스럽고 무뚝뚝하며 붙임성이란 조금도 없는 성격의 소유자'라는 말을 듣고, 자기에 대한 최남선의 호의를 어떻게 생각해야 할지 모를 심정이 되었다.

이규와 박태영이 서울에 온 후 처음으로 만난 것은, 이규가 최남선을 만난 날로부터 일주일쯤 후였다.

박태영과 하준규, 노동식, 차범수는 이른바 밀봉 교육을 받고 있었다. 장차 조선공산당의 중견 간부 요원으로서 촉망되는 만큼, 그 교육은 은미로운 가운데 철저하기도 했다.

아닌 게 아니라, 이현상의 과장도 곁들여 공산당원으로서 그들을 능가할 사람이 없었다. 나이 많은 공산당원은 대부분 일제 때 변절했거나 일제와 타협했거나 한 경력을 지니고 있었는데, 그들에겐 그러한 흠이 없을 뿐만 아니라, 1년 반에 걸친 지리산 생활을 항일 투쟁 경력으로 칠 수 있었으니, 공산당이 앞으로의 일꾼으로서 기대해볼 만한 것도 당연했다.

박태영은 밀봉 교육을 받으면서도 공산당의 외곽 단체를 만들어나가는 데 있어서 사전 공작에 참여하기도 했다. 밀봉 교육과 그러한 참여를 통해서 박태영은 공산당의 생리를 대강 짐작할 수 있었다. 따라서 많은 모순점과 이성이나 양심으로는 풀 수 없는 난점들을 발견하지 않을 수 없었다. 그 가운데 으뜸가는 것이, 민족과 국가를 위하는 대의엔 아랑곳없이 파벌 중심의 전략만을 고집하는 경향이었다. 가령 조 모라는 사람을 조직국에 넣자는 제안이 있으면, 그 사람의 능력, 인격, 근면성 그리고 당원으로서의 충성도 등을 문제로 해야 할 텐데,

"그 사람은 김 모의 파다."

또는

"그 사람은 하 모와 가깝다."

는 사정으로 가부를 정하는 따위였다.

또 한 가지 박태영을 당혹하게 한 것은, 모든 문제를 조선 민족의 자주성에 입각해서 처리하지 않고, 소련이 어떻게 나올까 하고 짐작을 먼저 하고 그것에 맞추어 이렇게 저렇게 결정하는 태도였다. 이를테면, 스탈린의 말이라고 하면 금강산을 떼어다가 모스크바에 옮기는 짓도 사양하지 않을 것 같은 태도가 소위 공산당 간부들의 공통된 태도였던 것이다.

이러한 점을 들어 박태영이 어느 날 최용달에게 질문한 일이 있었다. 최용달의 대답은 간단했다.

"우리는 지금 전쟁을 하고 있습니다. 아니, 전쟁보다 더 치열한 혁명을 하려는 겁니다. 혁명을 하려면 소련의 지도를 받지 않을 수 없습니다. 이념으로도 그렇고 전략으로도 그렇습니다. 우선 전쟁엔 이겨놓고 봐야 될 게 아닙니까. 전쟁에 이긴 연후에 공산당 본래의 임무가 시작되는 겁니다. 그러니까 지금은 공산주의자로서 인민을 잘살게 하기 위한 여건을 만드는 전 단계에 있는 셈입니다. 이런 뜻에서 소련과의 유대가 가장 중요합니다. 우리의 특수성 같은 건 그 유대를 공고히 하기 위해선 일시 보류할 수밖에 없지요."

박태영은 '자주성'이라고 해야 할 부분을 '특수성'이라고 바꿔 말한 최용달의 신중한 태도를 마음속에 새겨두었다. 동시에 궤변을 느꼈다.

그러나 박태영은 공산당을 반대할 의사는 전연 없었다. 되레 공산당원이란 사실에 자부를 느끼기조차 했고, 최용달의 말처럼 전 단계에 있어서 공산당으로선 불가피한 일이라고 스스로 공산당의 잘못을 변명하는 마음이 되어 있었다. 뿐만 아니라, 공산당의 전략을 결정하는 과정에 박태영의 발언이 간혹 그대로 통하기도 했던 것이다. 예를 들면 이런 일이 있었다.

9월 25일의 개편으로 학병동맹 위원장에 왕익권王益權이란 부산 사람이 뽑혔는데, 박태영 등이 공산당에 입당한 얼마 후에 당 조직부로부터 노동식에게

"학병동맹에 들어가서 당과 연락하는 책임을 지라."

는 지령이 내려졌다.

이 지령을 전해 듣는 자리에서 박태영이,

"노동식 동지는 학병 가길 기피한 사람인데 어떻게 그런 조직에 들어갈 수 있습니까."

라고 반대했다. 그때 이강국이 이렇게 말했다.

"학병동맹은 맹원을 3천 가까이 가지고 있는 군사 단체다. 앞으로 공산당이 집권하면 인민군의 모체가 될 것이다. 현재는 공산당을 돕고 있는 가장 큰 무력이다. 그러니 학병으로 나갔다, 나가지 않았다 하는 것을 문제 삼을 것이 아니라, 그 단체를 효과적으로 이용할 전략을 세워야 한다. 노동식 동지는 학병으로 나가진 않았지만, 경력이나 연배로 보아 그 단체의 취지에 찬동하기만 하면 들어갈 수 있다. 아마 규칙에도 그렇게 되어 있을 것이다. 학병동맹은 중요한 단체인 만큼, 노동식 동지 같은 우리 당의 핵심적 일꾼이 들어가 활약해야 한다."

박태영은, 학병동맹을 과도기에 일시적으로 이용하는 건 좋지만, 단호한 태도로 일제에 항거할 용기도 없었던 자들의 오합지중 같은 그 단체를 장차 우리 군대의 중심으로 할 수는 없다면서, 노동식 동지를 그곳에 보내어 경력에 흠을 만들 수는 없다고 주장했다. 그리고 또,

"왕익권이란 사람이 위원장이라고 하는데, 그것도 천부당만부당한 일입니다. 왕익권은 노동식 동지의 부산이상 선밴데요, 3년이나 낙제를 하고 네 번째에 일고에 입학한 사람입니다. 일고가 아니더라도 얼마든지 갈 학교가 있는데 왜 일고에 그처럼 집착했겠습니까. 일제라는 체제 속에서 기어이 출세하고 싶었던 겁니다. 말하자면 치사스런 출세주의자입니다. 일고를 나와선 동경제대의 법학부에 갔어요. 학병으로 가서 법무 장교라도 하려고 했을 겁니다. 법무 장교가 되었더라면 조선 출신 탈출병에게 사형 선고를 예사로 했을 그런 사람입니다. 나는 학병동맹이란 간판도 뻔뻔스럽다고 생각하거니와, 그런 자가 위원장을 하고 있다는 사실로 그 단체의 성격까지 의심하지 않을 수 없습니다. 두고 보십시오. 절대로 그 단체는 우리 당을 위해서나 인민을 위해서 도움이 되지 않을 겁니다."

박태영의 이 발언이 있자, 사흘 후인 10월 23일에 왕익권이 학병동맹 위원장 자리에서 물러났다. 공산당에서 박태영의 발언을 검토한 결과 정당하다고 인정했기 때문이었다.

"왜 그렇게 만날 수가 없었지?"
라고 이규가 말하자, 박태영은 뚜벅 말했다.
"나는 공산당에 입당했다. 자넨 입당할 생각 없나?"
이규는 어이가 없었다. 그럴 생각이 없다고 대답한 것이 겨우였다.
"이현상 선생이 말해보라고 하셔서 말해본 거다. 뜻이 없는 걸 권하고 싶진 않다."
박태영의 어조가 전과는 전연 달라져 있었다. 이규는 그저 얼떨떨할 뿐이었다. 그러나 가만히 있을 수도 없어 최남선 씨를 만난 얘길 했다.

그랬더니

"그런 사람을 뭣 하러 만나노. 자넨 그 센티멘털리즘을 청산해야 해."

"만나보는 게 뭐 나쁘냐?"

최남선을 만난 감격이 새로웠기 때문에 이규도 분연히 말했다.

"그런 추물은 구경거리도 못 돼."

이규는,

"사람을 그처럼 간단하게 평가할 수 있어? 설혹 존경하진 않더라도 그분의 고민만은 이해해주어야 하지 않을까."

하고 은근히 말했다.

"앞으로 민족의 법정에 끌어내야 할 인간이야. 뚱딴지같이 고민에 대한 이해가 다 뭐꼬."

이규는 갈릴레오 얘기를 했다.

"갈릴레오는 이해할 수 있지? 그렇다면 최남선 선생을 이해하지 못할 까닭이 어딨어."

"갈릴레오? 웃기지 말게. 갈릴레오는 순간범이고 최남선은 연속범이야."

"다 그만한 사정이 있었을 것 아닌가."

"처녀가 애를 배도 할 말이 있다더라. 핑계 없는 무덤이 있겠어?"

이규는 최남선을 변명하려다가 되레 욕을 먹이는 격이 되겠다 싶어 입을 다물어버렸다.

"헌데 넌 앞으로 어떡할래? 경성대학에 적이라도 두지 왜."

"왜 경성대학이고?"

이규가 불쾌한 듯 말했다.

"나는 그 학교에 적을 둘까 해."

"너가?"

"음."

박태영은 공산당의 지령으로 경성대학에 적을 두고 학내에서의 좌익운동을 조종할 계획으로 있었다.

"나는 프랑스로 간다."

박태영의 얼굴에 놀란 빛이 있었다.

"언제?"

"준비가 되는 대로 곧 떠난다. 빠르면 이해 안이 될 거고, 늦어도 내년 초엔 떠난다."

"넌 일마다 운수 좋은 놈이로구나. 넌 운수가 좋게만 좋게만 살아라. 그렇게 살 수 있는 놈이기도 하지."

이규가 프랑스로 간다는 바람에 박태영은 적잖이 충격을 받은 모양이었다.

"하영근 씨가 돈을 대주겠대서 프랑스로 가는데, 하영근 씨는 자네도 외국으로 갔으면 하는 의향이더라."

"하영근 씨가 내게도 유학을 시켜주겠다는 건가?"

"그렇지. 간곡하게 말씀하시던데. 박태영은 아까운 사람이니까 외국으로 데리고 가서 공부하도록 하라는 부탁이었어."

태영은 심각한 표정이 되더니 한동안 생각에 잠겼다. 그러다가 고개를 들어 천장을 보면서 말했다.

"자네나 가게. 나는 갈 수 없어. 이 나라를 떠날 수가 없어. 나는 이 나라의 혁명을 해야겠어. 불쌍한 이 나라를 구해야겠어,"

태영의 말이 처량하게 들렸다. 이규는 아까부터 가슴속에 깔려 있던 불쾌감 같은 것을 말쑥이 지워버리고 진심을 토했다.

"태영이, 우리 함께 가자. 10년 후에 돌아와 그때 혁명운동을 해도 늦지 않을 것 아닌가. 이현상 선생님은 벌써 오십 가까운 나이 아닌가. 그 나이에 시작해도 늦지는 않을 것 아닌가. 하영근 씨의 말은 이렇더라. 가능하다면 아인슈타인이나 마르크스처럼 되어가지고 애국운동을 하는 것이 더욱 보람 있지 않겠느냐고……."

태영은 빙그레 웃었다.

"아인슈타인처럼, 마르크스처럼? 멋진 표현인데? 하영근 선생이 함 직한 말씀이구만. 그러나 안 돼. 나는 스탈린처럼 인생의 시작을 혁명운동으로부터 시작해야겠어."

아까의 처량한 태도는 감쪽같이 사라지고 어느덧 거만한 태영으로 변해 있었다. 이규의 정열도 일시에 식었다. 주위를 전연 의식하지 못하고 둘이만 앉아 있는 것처럼 얘기를 주고받았는데, 이규는 갑자기 그곳이 서울 한복판에 있는 다방이란 것을 의식했다.

이규는 박태영에 대한 거리감을 새삼스럽게 느껴 그냥 일어서려다가, 하영근 씨에 대한 진주 공산당의 협박이 문득 뇌리에 떠올랐다. 박태영이 공산당에 입당했다는 얘기를 들었기 때문인지 모른다. 이규는 자리를 고쳐 앉아 그 얘기를 박태영에게 했다.

"그만한 부자가 그처럼 인색하게 굴 건 또 뭐고."

박태영의 말은 매정스러울 정도로 차가웠다. 이규는 발끈했다.

"태영이, 하영근 씨의 일을 두고 자네 그렇게밖에 말을 못 하나?"

이지러진 이규의 표정을 보았는지 박태영은

"괜히 한번 안 그래봤나."

하고 헛허 웃었다.

"무슨 방법이 없을까?"

"내가 이현상 선생님헌테 한번 얘기해보지."

"그렇게 하면 될까?"

"공산당의 명령 계통은 군대 이상이다. 이현상 선생님이 지령을 내린다면 만사 잘될 거다."

"지리산에서나 괘관산에서 하영근 씨의 도움을 얼마나 받았나. 그런 얘길 하면 이현상 선생님도……."

"내가 말을 하면 꼭 들어주지, 벌을 주겠나. 최선을 다해볼 테니 안심해라."

"고맙다."

"하영근 씨 일이니 가만있을 수 있나. 고맙단 말은 빼라."

그 얘기를 한 것이 계기가 되어 이규와 박태영은 중학생 시절로 돌아간 것처럼 이런저런 얘기를 꽃피우기 시작했다. 헤어질 무렵 이규가 식사라도 같이 하자고 권했으나 박태영은 사양했다.

"다섯 시간의 휴가를 얻은 거다. 나는 목하 피교육 중이거든."

박태영과 헤어져 총독부 청사 앞길을 걸어오면서 이규는 생각에 잠겼다.

박태영이 공산당에 입당했다는 사실이 아무래도 마음에 걸렸다. 공산당에 관해 권창혁 씨로부터 갖가지로 들었기 때문에 불길한 예감을 지워버릴 수가 없었다.

"혁명운동에 끼는 것도 좋고 공산주의 사상을 갖는 것도 좋지만, 공산당원이 되는 것만은 안 된다. 공산당원이 되면, 그 순간부터 인간을 포기해야 한다. 그 이유를 설명하면 이렇다……."

하고 공산당이 비인간적인 집단이 될 수밖에 없는 이유를, 소련의 예를 들어, 또는 이론적으로 누누이 설명했던 것이다.

우리나라의 앞날은 어떻게 될까.

눈앞에서 질주하고 있는 미군들의 지프를 보면서

'앞으로 만일 공산당이 미국과 대결해야 하는 입장에 몰린다면 박태영의 수난은 그때부터 시작되지 않을까?'

하여 이규는 가슴이 무거웠다.

이규는 혜화동에 있는 외삼촌 집으로 가려고 전차를 탔다.

외삼촌 집에서 이규는 뜻밖의 이야기를 듣고 당황했다.

며칠 전 외삼촌의 아들, 그러니까 이규에겐 외사촌 되는 사람이 시골에 갔었는데, 이규가 외삼촌 집에 있지 않고 윤희와 같이 있다는 소식을 듣고 이규의 아버지가 대경실색하더라는 것이다.

"윤희라는 그 처녀가 하영근 씨 본실의 딸이 아니라며?"

외삼촌이 짓궂은 표정으로 물었다.

"그런데 그게 어떻다는 겁니까?"

"자네 아버지가 대경실색한 이유가 바로 그거야."

"무슨 말씀인지?"

"참, 얘두……. 자칫 잘못하면 자네 아버지가 서출의 며느리를 보게 되었으니 놀랠 것 아닌가."

이규는 그때에야 납득이 되었다.

이규의 고향에선 혼인에 있어서 적서를 심하게 가리는 풍습이 있었다. 이규의 아버지도 예외가 아니었던 것이다. 아들이 하영근 씨의 서출인 딸과 한집에서 살고 있다는 소식을 듣고 대경실색한 것도 당연하다면 당연하다고 할 수 있었다. 이규는 눈앞이 캄캄해짐을 느껴 가까스로 소파 위에 몸을 가누었다. 이규로선 상상도 못 한 일이 발생한 것이다.

서울은 11월에 들어서니 완전히 겨울 경색景色이 되었다. 고궁의 숲은 바래진 녹색으로 스산하고, 담벼락은 햇빛을 받아도 차가운 감촉이다. 잎을 잃은 가로수 아래에서 거니는 사람들의 움츠린 어깨가 눈에 뜨인다. 해방의 감격도 계절과 더불어 그렇게 쇠잔해져가는 것 같았다. 겨울! 겨울은 언제나, 어느 곳에서나 쓸쓸하다.

이규는 고향의 아버지에게 보낼 편지를 호주머니에 넣고 돈화문 앞을 지나 종로 쪽으로 걸어가고 있었다. 벼르고 별러서 쓴 편지의 내용이 흐린 겨울 하늘처럼 이규의 마음을 덮고 있었다.

'……지금 소자는 하영근 씨의 서울 집에 머무르고 있습니다. 그런데 그건 별로 다른 이유가 있어서가 아닙니다. 외삼촌 댁은 비좁은데다 입원실이 가까이 있어 차분하게 공부할 환경이 못 되는데, 이 집은 텅텅 비어 있어 신경을 쓰지 않고 거처할 수 있습니다. 외삼촌의 얘기를 들으니 아버지께서 걱정하고 계시는 것 같은데, 만사를 휴념하시는 게 옳지 않을까 합니다. 소자는 30세 이전엔 어떤 일이 있어도 누구와도 결혼할 의사가 없습니다. 그리고 결혼에 관한 이야기를 누구에게서도 들은 적이 없고, 그와 비슷한 말을 하는 사람을 본 적도 없습니다. 소문에 마음을 쓰시지 않도록 비옵니다. 그런 터무니없는 말이 하영근 씨와 그 측근 사람들의 귀에 들어갈까봐 우선 그것이 두렵습니다. 남의 집 귀한 딸을 두고 지레짐작으로 본인들은 알 바 없는 것을 왈가왈부한다는 것은 그 이상 치사스러운 일이 없을 줄 압니다…….'

신중하고 정직하게 쓰려고 노력했지만, 이규는 그 편지 속에 담겨진 거짓을 스스로 인정하지 않을 수 없었다. 똑바로 말해서 이규의 마음은 이미 하윤희에게 기울어져 있었고, 결혼을 한다면 하윤희를 두곤 달리 없다는 마음이 굳어져 있었다. 그 편지에 유일한 진실이 있다면 그것은

30세 이전엔 결혼을 하지 않으리란 다짐이었다.

그런데 이규는 진실을 쓰지 못했다.

아버지에게 진실을 털어놓지 못하는 사연, 바로 그것이 불손 불효한 증거가 아닐까 싶어 더욱 마음이 무거웠다. 그런 마음 탓에 몇 차례나 우체통을 눈앞에 두었는데도 이규는 편지를 넣지 못하고 발이 어느덧 종로 쪽을 향해 걷고 있었다.

종로로 나와서 광화문 쪽으로 향했다. 서쪽으로부터 비낀 태양빛이 차가운 바람을 타고 이규의 이마를 스쳤다. 거리는 여느 때와 마찬가지로 붐비고, 전신주마다 핏빛으로 방선을 친 벽보들이 누더기처럼 다닥다닥 붙어 있었다.

'인민공화국 만세!'

'인민의 벗 공산당 만세!'

'근로 인민의 벗 조선공산당!'

이규는 그런 벽보에서 도저히 실감을 느낄 수 없는 자신을 발견했다. 과연 그런 벽보가 무슨 효과를 지니고 있을까 하는 생각도 들었다. 새로 붙인 듯한 벽보도 있었지만 대부분이 누더기처럼 낡아 볼품없이 돼 있어, 그런 벽보의 의미를 그대로 나타내고 있다고 느끼기도 했다.

화신 백화점 가까이에서였다. 닫혀진 가게가 있었는데, 그 가게의 덧문에 이제 막 붙여진 듯한 벽보에 이규의 눈이 와락 쏠렸다.

'악명 높았던 일본인 경찰관 사이가齊賀 피살!'

그러나 이규의 눈엔 교통사고로 누군가가 죽었다는 정도의 의식밖엔 떠오르지 않았다. 이어, 치사스런 보복이란 상념도 일었다.

'꼭 죽여야 한다면 놈의 기세가 당당할 때 죽였어야 옳지 않을까! 송장은 죽이나마나다. 산송장도 마찬가지다.'

이규는 마음속으로 이렇게 중얼거렸다. 우울했다.

바로 화신 백화점 앞에 이르렀을 때다. 어디선가,

"이군!"

하는 소리가 들리는 듯했다.

멈칫하고 두리번거렸다. 등 뒤에서,

"규야!"

하고 김상태의 모습이 쑥 나타났다.

"아아, 상태!"

이렇게 불러보는 게 겨우였다. 둘은, 지나가는 사람들의 의아해하는 눈초리도 아랑곳없이 서로 얼싸안았다. 피차 다음 말을 할 여유를 찾기에 약간의 시간이 걸렸다.

"이군, 네가 얼마나 보고 싶었다고."

상태가 말했다.

"나도 그랬어."

이규는 그때에야 해방 이후 줄곧 가장 보고 싶어한 사람이 바로 왕년의 명급장 김상태, 그 사람이었다는 것을 깨달았다.

"얼마 만이지?"

"5년이 넘었다."

둘은 단숨에 옛날 중학 시절의 말버릇으로 돌아왔다.

"길바닥에서 이럴 게 아니라, 어디 좀 들어가 앉자."

상태가 말했다.

"그렇게 하자."

서로들 마음이 바빠 좋은 장소를 가릴 엄두를 내지 못했다. 김상태와 이규는 화신 뒤 골목에 있는 설렁탕집으로 들어섰다.

"태영이하고 지리산에 같이 있었다쿠대?"

"잠깐 동안 같이 있었다."

"태영인 지금 어딨노?"

"서울에 있다."

"서울에? 어디?"

"잘 몰라."

"서울에 있다는 걸 알면서 자네가 주소를 몰라?"

김상태는 의아하다는 표정을 지었다.

이규는 박태영이 공산당에 입당했다는 얘기를 해야만 상태의 의혹을 풀 수 있을 것이라고 생각했으나 그 말은 할 수가 없었다.

"있는 곳이 정해지는 대로 내게 연락하겠다쿠더라."

"진작 알았더라몬 나한테 와 있으몬 될 낀디."

김상태는 수첩을 꺼내 종이를 한 장 찢어내더니 그 위에 자기의 주소를 적어 이규에게 내밀었다. 이규도 자기의 주소와 전화번호를 알리면서, 박태영은 상태의 하숙으로 갈 수 없을 것이라고 덧붙였다.

"와 그러노?"

"태영은 결혼했다."

"태영이가 결혼을?"

상태의 눈이 휘둥그레졌다.

이규는 태영이 결혼한 경로를 차근차근 설명했다.

"생각보단 행복한 놈이구나. 지리산 속에서 고생한 기 아니라 로맨스 했구만."

상태는 유쾌하게 웃었다.

"그런디 태영이 취직을 했나?"

"태영인 직업 혁명가가 되겠대."

"직업 혁명가?"

상태는 상을 찌푸렸다. 그리고 또 물었다.

"그게 뭔데?"

"낸들 알 수가 있나. 만날 기회가 있을 테니 그때 네가 직접 알아보라몬."

"태영인 괴짜니까."

설렁탕을 한 그릇씩 비운 뒤 이규가 물었다.

"내가 태영이허고 같이 지리산에 있었다는 얘긴 누구헌테서 들었노?"

"임홍태의 편지를 보고 알았지."

"참, 그렇지. 자낸 임홍태와 각별한 사이였으니까."

"임홍태 그놈, 좋은 놈 아니가."

"좋은 놈이지. 우린 임홍태의 신세를 단단히 졌다."

"아무런 도움도 못 주어 미안하더라고 내겐 썼던디."

"아냐. 임홍태는 지리산에 있는 사람들을 위해서 목숨 걸고 일했어."

"그리 했을 끼다, 홍태라몬. 그놈, 인자 해방이 됐으니 우리말로 얼마든지 문학 작품을 쓸 끼라."

"임홍태 문학을 기대해볼 만하다. 그자?"

김상태는 이어 옛날 급우들 소식을 차례로 전했다.

고등공업을 나온 정선채는 고향인 N시의 중학에서 교사 노릇을 하고 있다고 했다. 학병으로 나남 사단으로 간 임영태는 돌아와 학병동맹에 가담하고 있다고 했다. 김종업, 원두표 등은 고향에 있는데 가끔 서울에 나타나며, 정무룡, 곽병한은 아직 만주에서 돌아오지 않은 것 같고, 사쿠라이 노부오, 즉 주영중은 국군 준비대에 있다고 했다. 필리핀으로 간 이향석, 박석균의 소식은 아직 알 수 없고, 학병으로 중국으로 간 최양국, 박한수, 이효근, 김달석 등은 지금 중국 상해에 있는 모양이라고 했다. 그리고 허준규, 송해두가 세무 관리로 있고, 김용우, 고만성은 경남도청에 있고, 이준근, 박태조는 국민학교 교사로, 성기삼, 양춘재는 금융조합 서기로 있다고 했다. 그밖에도 김상태는 선후배의 소식까지 소상하게 알고 있었다.

"놀랬는데……. 우쩌면 그렇게 친구들 소식을 잘 아노."

이규는 정말 놀랐다.

"나는 급장 아니가. 급장은 급우들의 동태를 잘 파악해야 하는 기라."

"그렇다. 넌 우리의 급장이다. 영원한 우리의 급장이다."

이규는 감동해서 말했다.

"나는 급장을 한 것을 평생의 영광으로 생각할 끼다. 내 인생에 있어서 최초의 벼슬이며 마지막 벼슬이다. 그리고 어떤 벼슬과도 바꿀 생각이 없응깨."

상태는 뽐내는 투로 말했다.

"그건 그렇고, 자넨 박태영을 위해서라도 변호사가 되겠다고 했는데 우째서 의사가 되기로 했노?"

"아버지의 뜻을 받은 거다."

"넌 효자로구나."

"효자? 그것만이 아니다. 아버지의 말씀을 듣고 보니 그럴듯하드만. 일본놈 법률 배워갖고 일본놈 밑에서 치사스럽게 지내는 것보다 의사로서 사람의 생명을 구하는 일을 하는 것이 떳떳하지 않겠느냐는 거였으니까."

"옳은 말씀이구먼. 그런데 사람의 생명을 구할 만한 의사가 될 자신이 있나?"

"어림도 없어."

"자넨 의전을 졸업했지?"

"아니다. 아직 1년 남았어. 친구들이 학병으로 간다, 징용을 간다 하는 통에 마음이 싱숭생숭해서 한 해 안 빼묵었나. 그런데 그게 잘 된 것 같애. 지각知覺이 들었거든. 앞으로 자신이 붙을 때까지 차분히 공부할 작정이니까."

"그럼 자넨 정치에 초연할 수 있겠구나."

"그렇게 되도록 노력할 작정이다. 세계와 사람을 의학적으로만 볼 참잉께."

"그거 좋은 말이다."

"안 그렇나. 장군도 졸병도, 임금도 신하도, 선인도 악인도 칼로 베면 피가 나고 총탄을 맞으면 죽는 거 아니가. 어느 누구도 생리적인 한계를 넘어설 순 없단 얘기다. 정치니 경제니 하는 건 모두 이차적인 문젠기라. 그러니까 더욱 중요한 거긴 하지만……. 나는 악착같이 일차적인 사업에 집착할 작정이지. '서른 살까지 살았으면 천재가 될 사람이, 스물아홉에 죽었기 때문에 무의미한 인생이 되고 말았다'는 그런 일이 있지 않겠나."

"그와 비슷한 말을 독일의 철학자 지멜이 했지. '사람은 망원경을 통해 육안의 능력을 수만, 수십만 배로 늘리는 능력을 가질 수 있고, 현미경을 통해서도 역시 그런 능력을 갖고 있다. 비행기를 통해선 한 시간에 수백 킬로를 날기도 한다. 그러나 생물로서의 인간은 기껏 좌우 1.5의 시력 한계를 넘지 못하고, 백 미터를 고작 10초 안팎에 달리는 게 최고가 되는 주력의 한계를 넘어서지 못한다. 영원을 관념할 줄 알면서 기껏 그 생명이 백 년을 넘지 못한다. 인간의 본질적인 비극이 바로 이런 사정 속에 있다.'라고."

"수재와 만나 이야길 하니까 역시 기쁘구만."

김상태는 흐뭇한 표정을 지으며,

"어때, 우리 술이라도 한 잔 마셔볼까?"

하고 이규의 표정을 살폈다.

"자넨 술 맛을 아나?"

"맛을 알아야 술을 마시나? 취해보고 싶은 거지. 우리 왜, 옛날 중학교에 다닐 때 남강 모래밭에서 막걸리 더러 안 마셨나."

이규는 김종업, 원두표, 이향석, 박석균이 퇴학한 날 남강 백사장에서 송별연을 연 광경을 회상했다. 그때 이규도 막걸리를 꽤나 마셨다. 그리고 어지간히 취했었다.

"우리, 술 한번 마셔보자."

이규는 들뜬 기분이 되었다.

설렁탕집을 나섰다. 밖은 어느덧 밤이 되어 있었다. 가로등이 차갑게 거리를 비추고 있었다. 사람들의 발걸음이 빨랐다.

"서울이라쿠는 덴 묘한 곳이라. 겨울이 지나갔다 싶으몬 여름이고, 여름이 지나갔다 싶으몬 겨울이고……."

감상태는 바바리코트의 깃을 세우며 중얼거렸다. 그리고 이왕이면 여자가 있는 데로 가자며, 경성의전의 급우들과 같이 간 적이 있다는 술집을 찾아 다동 골목으로 이규를 안내했다.

"서울 술집은 천 층, 만 층 구만 층이라. 명월관, 국일관 같은 데가 있는가 하면 진주 뒷골목의 색주가 같은 데도 있고, 그보다 더 값싼 대폿집도 있고……."

걸어가며 상태가 한 소리다.

"자넨 술집을 마스터한 것 같은 소릴 하는구나."

"마스터하다니, 그게 무슨 소리고. 봐서도 알고 들어서도 아는 기지."

상태는 비좁은 골목으로 접어들어, 나지막한 어느 집 문 앞에서 발을 멈췄다.

"이 집인 성싶은디."

하고 좁은 문으로 안을 살피더니,

"서울 술집 가시나들은 경상도 말을 들으몬 되게 웃는대이."

하고 그 집으로 들어섰다.

안방 문이 홱 열리더니 두껍게 분칠한 중년 여자의 얼굴이 나타났다.

"아이구, 이게 누구시라우. 의사 학생 선생이 아닌개비여."

그 여자는 반색을 하고 상태와 이규를 안방으로 맞아들였다. 붉고 푸른 갖가지 옷을 입은 아가씨들이 주르르 일어섰다.

한곳에 모여 있던 호랑나비떼가 일시에 푸드덕거리며 활개를 펴고 일어선 그런 느낌이었다.

야릇한 냄새가 이규의 코를 찔렀다.

"웬 미인이 이렇게 많노."

하며 상태는 아랫목에 이규를 앉혔다. 이규는 얼떨떨했다. 촌닭이 장에 온 기분이란 말은 이런 때 쓰이는 말이 아닐까 싶었다.

"자, 인사를 해요. 이분은 아우다. 내 아우라도 내보단 훨씬 나은 아우요."

상태가 주인인 성싶은 중년 여자를 보고 한 말이다.

"그럼 이분도 의사 학생 선생님인가 부네유?"

중년 여자는 온 얼굴에 담뿍 애교를 피웠다.

"헌데 그 '의사 학생 선생님'이란 말이 뭡니까?"

상태가 빈정댔다.

"의사가 될 공부를 하시니께 의사 학생이시구유, 거기다 존대를 붙이자니까 선생님이시구유."

상태는 어이가 없다는 듯 웃었다. 이규도 겸연쩍게 웃었다.

어수선한 술상이 차려져 들어왔다.

격식대로 술잔에 술이 부어지자, 상태는 술잔을 들어 이규의 술잔에 딸그락 하곤 단숨에 들이켰다. 그리고 말했다.

"인자 자네 이야기나 들어보자."

"내 얘기 할 끼 있나, 뭐."

"대학 졸업은 안 했지?"

"언제 그럴 여유가 있었나."

"경성대학에라도 다녀야 될 것 아닌가?"

"경성대학에 안 갈 끼다."

"일본으로 가서 대학을 마칠래?"

"하여간 외국으로 갈 참이다."

"외국인으로서 동경제대에 다니는 것도 멋이 있을 끼다. 나는 수학여행 때 동경에 가서 외국인으로서 이 도시에서 살아보았으면 하는 생각을 했단다."

"나는 동경에서 그런 기분으로 있었어, 그 대학은 비교적 자유스러웠으니까."

"아까 박태영 군이 직업 혁명가가 되겠다고 하더란 얘길 했는데, 그건 좌익을 하겠다는 뜻이지?"

"그런 것 같애."

"자네도 박군과 사상을 같이하나?"

"나는 좀 다른 것 같애."

상태는 잔을 든 채 우두커니 생각하더니,

"친한 사람끼리 사상이 다르다는 건 쓸쓸한 일이다."

하고 우울한 표정으로 바뀌었다.

"할 수 없는 일 아닌가."

"그래, 자네는 우익인가?"

"우익도 아니다."

"좌익은 물론 아니고?"

"그렇지."

"그런데 그런 건 없는 기라. 좌익 아니면 우익이고, 우익 아니면 좌익이라고 해도, 어느 편엔가 경사傾斜를 하고 있는 게 사실 아닌가."

"그럴지도 모르지. 헌데 자넨 어느 편이고?"

"나는 올챙이 의사 아닌가. 우익, 좌익 따지지 않고 살 수 있는 유일한 직업이 의사 아닌가. 우익 환자도 고쳐줘야 하고, 좌익 환자도 고쳐줘야 하고……."

"그러나 자네 말마따나 어느 편엔가 마음의 경사는 있을 것 아닌가."

"그걸 없앨라는 기 나의 노력이라 안쿠더나. 건강과 생명의 문제만이 내 문젠 기라. 의사가 우익이면 좌익 환자는 께름칙할 것 아닌가. 그 반대도 그렇고. 그러니까 일절 정치적인 의견은 입으로도 행동으로도 나타내지 않을 끼라. 체온은 37돕니다, 소화 장기에 이상이 있습니다, 술 너무 많이 마시지 마십시오, 이런 따위의 말 외에는 하지 않을 작정이니까."

"철저하구만."

"철저해야지. 장난으로 의사 노릇 하려는 기 아니니까. 그리고 영원한 급장 노릇을 하기 위해서도 나는 내 태도가 최고라고 생각해. 원두표의 급장 노릇도 해야 할 끼고, 박태영의 급장 노릇도 해야 할 끼고, 이규의 급장 노릇도 해야 할 끼고…….'"

"주영중의 급장 노릇도?"

"물론."

"급장 자리를 자네에게서 뺏은 자가 주영중인데두?"

"아니지. 그는 일본 천황 폐하가 임명한 급장이고, 나는 느그들이 선출한 급장 아니가. 천황 폐하가 떠났으니, 느그들이 선출한 대로 내가 급장 자리를 도루 찾아야 할 것 아니가. 하기야 도루 찾고 안 찾고도 없지. 나는 느그가 선출한 급장 자리는 그대로 지키고 있었으니까."

"그렇다, 네 말이 옳다. 우리의 영원한 급장이다, 너는. 세상에 너 같은 훌륭한 급장은 없을 끼다. I am proud of being a classmate under the class master as you(나는 자네와 같은 급장을 가진 급원이었다는 것을 자랑으로 안다)."

취해서만이 아니라, 이런 영어를 지껄여보지 않을 수 없을 만큼 이규는 김상태 같은 급장을 친구로 한 것을 영광스럽고 행복하게 생각했다.

"우리가 뭐, 꿔다놓은 보릿자룬 줄 아세요? 손님들, 얘기 그만 해요."

생김새부터 기갈이 센 듯한 아가씨가 퉁명스럽게 이렇게 말하곤,

"우리에게도 술 한 잔씩 줘요."

하고 김상태와 이규의 얼굴을 번갈아 보았다.

"좋다. 주지, 줘. 오늘 밤 우리, 멋진 잔치를 하자꾸나."

김상태는 자기 앞에 있는 널쩍한 안주 쟁반을 비우더니, 주전자를 들어 그 쟁반에 가득 술을 부었다.

"자, 봐라, 나부터 먼저 마실 끼께 마시는 기다."
"돌아감성 마시는 기다?"
"그리쿵께 그리쿠라 안흐나."
서툴게 만들어놓은 인형같이 여지껏 입을 봉하고 앉아 있던 아가씨들이 와자지껄 경상도 사투리 흉내를 내기 시작하자 술자리가 갑자기 낭자하게 변했다.

어느덧 방방에 손님이 찬 모양으로, 상태와 이규의 방이 낭자하게 변한 무렵에는 다른 방에서 노랫소리가 일었다. 젓가락으로 술상을 치면서 엮어 대는 가락은 장소 탓도 있어 이규의 센티멘털리즘을 도왔다.

석탄 백탄 타는 덴 연기가 풍풍 나는데
요내 심장 타는 덴 연기도 나지 않누나.
어랑 어랑 어허라, 네가 내 사랑이로구나.

나는 너를 보기를 공산명월로 아는데
너는 나를 보기를 흑사리 껍질로 아누나.
어랑 어랑 어허라, 네가 내 사랑이로구나.

흔하게 들어온 속요였지만, 그 울부짖는 듯한 가락엔 민족의 비애와 통하는 뭔가가 있다.
"우리도 노래를 불러요."
하고 술에 취한 아가씨가 「십오야 밝은 달에 임 찾아가는」 노래를 뽑으려는데 김상태가 막았다.

"딴 방에서 나는 노랫소리만으로도 충분히 기분 좋응깨, 우리는 잠자코 듣자."

"그런 게 어딨어이."

하고 아가씨는 토라진 표정을 지었다.

"그럼 이따가 딴 방 노래가 끝나면 우리도 하기로 하고, 우선 저 노래 한번 들어보자."

이렇게 말하는 걸 보니, 상태도 이규와 같은 기분인 것 같았다.

옆방의 노래는「피 식은 젊은이의 설움에 젖어」로 바뀌더니,「흐르고 또 흘러서」란 노래로 옮아갔다.

또 다른 방에서도 노랫소리가 들려왔다. 그렇게 되고 보니 조그마한 집이 소음의 도가니가 되었다.

"이거 시끄러워 안 되겠는걸. 우리는 술이나 마시자."

상태가 이규에게 술잔을 권했다. 그러면서 문득 생각났다는 듯이 말했다.

"서울에 있는 우리 동기 동창만이라도 한자리에 모아볼까?"

"재미있겠는데."

이규가 맞장구를 쳤다.

"시일을 넉넉하게 잡고 연락하면, 시골에 있는 놈 가운데서도 올라올 놈이 있을 끼라."

하면서 상태는 손을 꼽아보더니, 지금 당장에라도 7~8명은 모을 수 있을 것이라고 했다.

"아 참, 임영태와 주영중인 그 뒤 화해를 했나?"

이규가 문득 이렇게 물었다.

"모르겠는데."

하고 상태는 생각하는 표정이 되었다.
 중학 4학년 때다. 곽병한에게 덤비려는 주영중에게 임영태가 싸움을 가로막고 대항했다. 그로부터 두 사람 사이는 원수처럼 되었는데, 이규는 4학년을 수료하고 고등학교로 가버렸기 때문에 그들이 화해를 했는지 어쨌는지 몰랐다. 같이 1년을 더 생활한 김상태도 모르겠다니, 아마 화해를 하지 않고 졸업해버렸을지 몰랐다.
 "학급의 중대사를 모르다니, 급장으로서의 자격이 좀 부족한 거 아니가."
 "부족한 기 아니라 조금 태만했지. 그런께 그놈들 화해시키기 위해서라도 급회級會를 소집해야겠는데."
 "지금 만나면 화해가 되겠지."
 "되고말고. 모두 어른이 됐는디."
 그러자 익살이 센 아까의 아가씨가,
 "또 시작이로군요. 의사 학생 선생님들은 말이 많아 김빠져."
하고 눈을 흘겼다.
 "김이 빠지게 해서 미안해. 우린 5년 만에 만난 기라 할 말이 안 많겠나. 안 그래?"
 상태는 그 아가씨의 어깨를 안았다.
 "전기가 통하는데유."
 아가씨가 움츠러드는 흉내를 냈다.
 "전기라니?"
 "남자의 몸이 닿으니 전기가 통한단 말예요."
 "그럼 참말로 전기를 한번 통해볼까?"
 "좋아요, 독수공방 3년이라……. 3년은 못 되어도 석 달이 넘었으니

님 그리워 견딜 수가 없구랴."

"이군, 어때? 오늘 밤 우리……."

하고 상태가 묘한 눈짓을 했다. 이규는 그 뜻을 알아차리고 얼굴을 붉혔다. 그리고 갑자기 체내 일부에서 남성이 꿈틀거림을 느꼈다. 이규는 가끔, 안방에서 자고 있는 하윤희의 육체를 생각하고 맹렬한 욕망에 사로잡힐 때가 있었다. 그때마다 창가娼街에라도 가볼까 했지만 그 충동을 가까스로 참고 대개는 변소에서 처리해버렸다.

'사랑하는 여자를 순결하게 보전하기 위해 창가로 가든지, 불결한 변소에서 불결한 행위를 해야 하는 이 꼴은?'

하고 이규는 자기혐오에 빠진 적도 있었는데, 아마 기회가 주어지면 오늘 밤엔 그 유혹을 물리칠 수 없을 것이란 예감이 들었다.

그런 복합된 감정을 숨기기 위해서라도 이규는 빨리 술에 취해야 했다. 앞에 놓인 술을 단숨에 들이켜고 그 잔을 상태 앞으로 쓱 내밀었다.

이규의 곁에 앉은 아가씨가 살며시 손을 뻗어 이규의 허벅다리 위에 놓았다.

"영자야, 오늘 밤 우리, 의사 학생 서방님들허구 호강 한번 하자야."

상태와 나란히 앉은 익살꾼 아가씨가 취기도 거들어 대담하게 선언했다.

옆방의 노래는 어느새 적기가로 변했다.

　　높이 들어라, 붉은 깃발을!
　　…….

그러자

"그 노래 부르는 놈들이 누구야!"

하는 고함 소리가 아랫방에서 터졌다. 옆방은 일순 조용해진 듯하더니, 아까보다 더 큰 소리로 적기가를 되풀이했다.

"그 노래 그치지 못해?"

다시 한 번 고함 소리가 나자 옆방 문이 홱 열리고,

"무슨 개야, 지금 짖고 있는 게?"

하고 거친 소리가 잇따랐다.

그것이 시작이었다. 이 방 저 방에서 튀어나온 사람들이 비좁은 마당에서 격투를 시작했다.

"이러지들 말아요!"

하는 여자들의 비명 소리가 사내들의 욕지거리와 치고받는 소리에 섞였다. 상태가 문을 열려고 했다.

"문 열지 말아요. 잠자코 계세요. 새우 싸움에 고래 등 터진다지 않아요. 가만있어요. 반동놈의 새끼 혼이 좀 나야지 뭐."

익살 아가씨의 이 말에 이규는 아찔한 충격을 받았다.

'반동놈의 새끼란 뜻이 뭣일까.'

했는데, 김상태가 열쩍게 웃으며 말했다.

"아가씬 상당히 정치적인디."

"정치가 뭔지 난 몰라요. 그러나 우린 인민의 딸예요. 인민의 딸이 자본계급의 희생이 되어 이 꼴이 돼 있는 거예요. 알았죠?"

이규는 어리둥절하여 익살 아가씨를 보고만 있었는데, 김상태는 재미가 나서 죽겠다는 표정을 하고 이규 곁에 있는 아가씨에게 물었다.

"영자 씨라고 했지? 영자 씨도 인민의 딸이오?"

영자란 아가씨는 수줍게 웃고만 있었다. 익살 아가씨가 대신 대답했다.

 "그렇구말구요. 영자도 인민의 딸예요. 이 다동, 무교동 아가씨들은 모두 인민의 딸예요."

 밖의 싸움은 흐지부지된 것 같았다. 옆방 사람들이 숨을 헐떡거리며 들어서는 소리가 들렸다.

 "상대할 것까지도 없었지. 똘마니 깡패가 술에 취해갖고 지랄한 거니."

하는 말에 이어,

 "여기가 어디라구, 기가 막혀서……. 하여간 그런 놈들은 뿌리를 뽑아야 해. 김 동무, 잘 했어."

하는 말도 있더니,

 "안 되겠어. 술 새로 가지구 와. 따끈하게 데워서 말야."

하고 술을 다시 시작하는 눈치였다. 이규는 완전히 술에서 깨어버린 기분으로, 이른바 좌익들의 침투력이 얼마나 강한가를 확인하는 느낌을 가졌다.

 그 뒤로도 이규는 술을 얼마를 마셨는지 몰랐다. 목이 말라 잠에서 깨었을 땐 전연 엉뚱한 방에 누워 있다는 사실을 깨달았다. 옆에 곯아떨어진 여자의 덩치가 있었다.

 이규는 가만히 간밤의 일을 되새겨보았다. 여자들과 어울려 그 술집에서 나왔다. 한 개의 전등불이 두 개, 세 개로 보이는 듯했고, 거리의 굴곡이 유난히 심했다. 골목 어귀의 검은 전신주가 넘어질 듯 위태로웠다. 무수한 골목을 헤맸다. 허리를 구부리고 문을 지났다. 비좁은 방에 상태와 여자들과 꽉 차게 앉았다. 무슨 소린지 지껄여댔고, 노래를 부르기도 했다. 그러다가…… 여자의 발가벗은 하얀 육체가 있었다. 일본

경도의 어느 여관에서 본 기노시타 세쓰코의 육체가 뇌리를 스쳤다. ……그건 아니고…… 영자란 여자다. 그 하얀 육체 위에서 수없이 되풀이된 행동…….

이규는 일어나서 전구를 더듬어 불을 켰다. 눈부신, 그러나 을씨년스런 전등불이 초라한 방을 가득 채웠다. 구석에 물그릇이 있었다. 물을 벌컥벌컥 들이켰다. 물을 마시고 이불을 젖혀보았다. 속옷을 걸친 알몸이 조용히 숨쉬고 있었다. 그 몸뚱아리는 창부 또는 작부라는 관념을 단호히 거부하는 고귀함을 지니고 있었다. 화장을 지운 얼굴에도 황폐한 흔적이란 없었다. 신선하다고도 할 수 있는 여자의 본바탕이 상아 빛깔로 눈부셨다.

'이 여자가 어젯밤 술상머리에 앉았던 바로 그 여인인가?'

도무지 믿어지지 않을 만한 변신이었지만, 이 여자가 그 여자임이 틀림없었다.

이규는 자기 내부에서 조용히 불타오르는 정염을 느꼈다. 그리하여 이불 속으로 비집고 들어가며 여자를 가볍게 안았다. 여자의 눈이 꽃봉오리처럼 열리더니 눈이 부신 듯 눈을 좁혔다. 이규를 의식하자 여자의 얼굴에 조용한, 그리고 수줍은 미소가 번졌다. 입 언저리에서 눈 가장자리로 번져가는 그 웃음의 파동은 신비하고 섬세했다.

이규는 문득, 그런 미소야말로 첫날밤의 신부가 신랑에게 보여주어야 할 미소라고 생각했다. 그런데 이 여자는 어쩌자고 하룻밤 풋사랑의 상대인 남자에게 그런 미소를 보이는가 말이다.

'웃음을 팔아도 좋고 몸뚱어리를 팔아도 좋고 정신을, 영혼을 팔아도 좋지만, 그러한 웃음만은 팔면 안 되지 않을까. 그것은 팔 것이 아니라, 사랑하는 사람에게 선사해야 하는 것이다.'

이규는 이런 생각을 하며 사랑의 동작을 시작했다. 간밤의 행동을 동물의 동작, 탕아의 동작이라고 불러야 옳다면, 새벽의 그 동작은 분명히 사랑의 동작이었다. 부드럽게, 강하게, 침착하게, 정열을 담아 뜨겁게, 장인匠人을 닮아 정교하게, ……사랑의 비의秘儀는 이렇게 행해야 한다는 범례를 만드는 마음으로 이규의 사랑의 동작은 여자의 민감하고 격렬하고 감미로운 반응을 확인해가며 끊임없이 되풀이되었다. 순간, 하윤희에게 죄를 느끼고, 그 죄를 느낌으로 해서 영자에게도 죄를 느꼈는데, 그런 죄의식조차 이 사랑의 비의를 장식하여 보다 호화롭게 하는 작인作因이 되었다…….

강렬한 정열이 가고 황홀한 피로가 남았다. 이규는 옆으로 몸을 가누며 다시 한 번 여자를 안았다.

"성씨도 모르는데……."

이규가 말했다.

"성은 김가예요. 그 흔한 김가!"

여자의 말에 가벼운 한숨이 서렸다.

"김영자, 김영자 씨로구먼요."

"영자가 아녜요, 정란이가 제 본이름이에요."

"정란, 김정란, 좋은 이름이네요."

"이름이 좋으면 뭣 합니까."

그건 그렇다고 이규는 생각했다.

"고향이 어디죠?"

"고향요?"

정란은 한동안 말이 없었다.

"만주예요. 아버지 고향은 충주."

"만주라면 해방 전까지 거기에 있었소?"

"그렇습니다."

"아버지와 어머닌?"

"돌아가셨어요."

"해방되고?"

"바로 그 직후에요. 아버진 만주 사람들에게서 인심을 잃었었나봐요. 일본 사람 일을 돕고 있었거든요."

"그래서 혼자 조선으로 나오셨군요."

정란은 이규의 품으로부터 몸을 비집어 엎드리고 울기 시작했다. 소리도 없이 어깨만 들먹거리는 정란을 보며 이규는 후회했다. 공연한 문답을 시작해서 풋사랑일망정 그 사랑의 향연을 망쳤다는 생각이 들었다.

서투른 위로를 할 수도 없어 이규는 정란의 알몸의 어깨에 이불을 덮어주는 동작을 몇 번이나 하다가 어느덧 다시 잠에 빠져들었다.

이규가 다시 잠에서 깨었을 땐 햇살이 창문에 비치고 있었다. 방엔 아무도 없었다. 귀를 기울여보았다. 밖에서 소곤소곤하며 왔다갔다 하는 여자들의 소리가 들렸다. 음식을 장만하는 소린가 보았다.

이규는 방문을 열었다. 행주치마 차림의 두 여자가 한꺼번에 이규를 보았다.

"잘 주무셨수?"

익살 아가씨가 인사를 했다.

바로 창밖에 조그마한 마루가 있고, 그 마루에 잇달아 부엌이 있었다. 올망졸망한 단지와 그릇들이 제법 청결하게 챙겨져 있었다.

"김군은 어딜 갔을까?"

이규는 부끄러움을 이런 말로 얼버무렸다.

"세수하시고 산책하러 나갔어유. 학생두 세수하구 산책하구 돌아오세요. 그동안 우리가 밥 맛있게 지어놓을게요."

익살 아가씨의 말이다. 정란은 그 여자의 등 뒤로만 돌았다.

방에서 뜰로 나왔다. 조망이 탁 트여 있는 높은 곳이었다. 싸늘한 아침 바람이 상쾌했다. 도대체 여기가 어딜까 하고 이규는 두리번거렸다.

저쪽에 전차가 보였다. 그곳이 전차 종점인가 보았다. 독립문이 눈 아래에 있었다. 서대문이었다. 바른쪽에 붉은 벽돌담의 형무소가 있었다. 형무소의 구조가 장난감처럼 내려다보였다. 낭떠러지 위에 위태위태하게 선 오막살이가 익살 아가씨와 김정란이 살고 있는 집이었다.

"세수하세요."

정란이 세숫대야를 들고 나와 이규의 발밑에 놓았다. 양치 소금과 양칫물과 비누도 갖다놓았다.

'지금 양치질을 하고 세수를 하고 있으니 분명 꿈은 아닌데……'

그러나 이규는 정녕 꿈만 같았다.

다시 한 번 오막살이를 봤다. 판자울을 둘러친 30평가량의 대지 위에 열 평가량 집을 지었는데, 부엌을 사이에 두고 기역자형으로 되어 있었다.

"오막살이라도 내 집이니까요."

익살 아가씨는 이렇게 뽐냈는데, 미상불 뽐내볼 만한 집이었다. 그런대로 재목이 듬직하고 기와도 튼튼하고 조망도 좋았다.

"공기가 맑구, 이웃이 번거롭지 않구."

익살 아가씨는 이렇게 덧붙였다.

김상태가 판자문을 밀고 들어왔다. 그의 표정에도 겸연스러운 미안한 빛이 있었다. 그런 빛을 감추기 위해선지,

"너, 그렇게 서 있으니까 꼭 이 집 바깥주인 같구나."
하고 수작을 부렸다.

"판자문을 밀고 쑥 들어서는 네가 바깥주인 같다."
이규는 이렇게라도 응수하지 않을 수 없었다.

두 청년은, 날이 새기가 바쁘게 털털 털고 빠져나가 버릴 수 없었던 심정을 말하지 않아도 서로 이해했다.

오막살이집의 아침 식사로선 성찬이었다. 동태찌개가 있고, 쇠고기를 곁들인 두부찜이 있었다. 게다가 반주까지 끼여 나왔다.

"숙녀들은 우릴 술꾼으로 아시나 보지?"
김상태가 빙그레 웃으며 한 마디 했다.

"술꾼으로 봤으면 이 고대광실에 모셔오지도 안 해유."

"뭣으로 보고 우릴 데리고 왔소. 설마 봉으로 치진 않았을 건데."

"의사 학생 선생님이니까 데리고 왔죠. 앞으로 좋은 의사가 돼서 우리들 병 잘 고쳐달라구요."

"난 의사 학생 선생이 아닌데요."
이규가 한 마디 했다.

"의사 학생 되기엔 나이가 조금 모자란다 했죠?"
익살 아가씨의 이 말을 받아 김상태가 한바탕 지껄였다.

"나는 의사 학생이니 기껏 한 사람 한 사람의 병을 고치는 재간밖에 익히지 못하겠지만, 이군은 천하의 병을 고칠 공부를 하는 사람이라. 뭐? 나이가 모자라? 허기야 나보단 두세 살 아래지만, 동경 어마어마한 대학의 학생이다."

"천하의 병을 고치건 말건 난 의사가 제일 좋아."

"밥이나 먹읍시다."

상태가 숟갈을 들었다.

식사를 하는 동안, 그리고 식사를 하고도 갖가지 말이 오갔다.

익살 아가씨의 본명은 양혜숙, 김정란과는 이종사촌간이라 했다. 양혜숙은 아침술에 거나하게 취해, 활동사진 변사조를 빌려 다음과 같이 신세 타령을 했다.

"천안 태생 양혜숙은 팔자가 기박해 조실부모하여 춘풍추우 헤매다가 천안 삼거리 수양버들의 신에 들려 다동 고해茶洞苦海를 헤매는 신세가 됐는데, 충주 태생 김정란은 좋은 부모 슬하에서 금지옥엽으로 자랐으나 아뿔싸 천도도 무심한지라, 일시에 사고무친의 몸이 되었을 뿐만 아니라 되놈으로부터 화를 입고 양혜숙을 찾아왔으니 이 어찌 기막힌 상봉이 아니랴. 쥐구멍에 볕들 날을 기다려 같이 다동 고해에 있자고 하였지만, 언니인 나는 정란의 시녀로다. 좋은 신랑 구해서 그의 행복 마련할까 하던 차에 이 도령을 만났으니 마음이나 변치 마오. 하룻밤을 자도 만리성을 쌓는다 하니, 이제 헤어져 다시 보지 못할망정 정란의 고운 정성 잊지 말으시오."

그러더니 양혜숙은 갑자기 울음을 터뜨렸다. 그리고 그 울음 사이로 말했다.

"이애가 말유, 정란이가 말유, 잠자고 나와서 절더러 뭐라고 했는지 아세유? 너무나 행복해서 지금 죽어도 한이 없겠다고 했어요. 이왕 옳은 남편 얻어서 살긴 틀린 형편인데 하룻밤이라도 이 선생과 정을 나눌 수 있었으니 더 바랄 것 없다고 하잖겠어유. 이애는 만주서 겁탈을 당했대유. 그러나 다동에 와서 한 달이 되었지만 전연 남자를 몰라유. 숫

처녀나 마찬가지예유. 그런 아이가 그런 소릴 하니 전 억장이 무너지는 것 같앴어유."

이규와 상태는 뜻밖인 국면의 전개에 당황했다. 말쑥한 서울말 쓰길 잊고 충청도 사투리가 마구 튀어나올 만큼 양혜숙은 진실을 말하고 있었다.

돈을 줄래도 줄 돈이 없었다. 무슨 약속을 할래도 그럴 수가 없었다. 다시 찾을 날이 있을 것이란 애매한 말만 남기고 상태와 이규는 비탈길을 내려가 서대문에서 전차를 탔다. 시각이 벌써 정오를 넘어 있었다.

자리가 비었는데도 이규와 상태는 서로 의논이나 한 것처럼 손님들이 뜸한 구석으로 가서 드림줄을 잡고 섰다. 서대문 네거리를 지날 무렵, 김상태가 뚜벅 말했다.

"인생이란 기막힌 기라."

양혜숙과 김정란을 생각하고 있는 것이 분명했다. 이규도 줄곧 그들 생각만 하고 있었다. 그러나 뭐라고 말할 순 없었다.

"사실은 말이지."

하고 상태가 속삭였다.

"오늘 아침 일어나자마자 자네를 데리고 병원으로 갈 작정을 했지. 성병이 겁나서 조금 아프더라도 카테텔로 세척해야겠다고 생각한 거지. 그런디 그 아가씨들의 사정 얘길 듣고 보니 '병에 걸릴라몬 걸려라' 하는 생각이 들더구만. 병에라도 걸려 고생이라도 해야 보상이 될 것 같은 기분이니 이상하지."

"그 익살 아가씨는 몰라도 김정란이란 아가씬 그런 병이 있을 것 같지 않던데……."

"양혜숙이란 여자도 그래. 그런데 성병이란 묘한 거다. 본인들의 자각 증상이 전연 없는 경우도 있거든. 하여간 좋아."

전차가 광화문에 이르렀다.

"어때, 여기서 내려 차라도 한 잔 할까?"

상태가 말했다.

"그러지 말고 내 외삼촌 병원으로 가자."

언뜻 생각이 떠오르는 대로 이규가 말했다.

"자넨 앞으로 의사가 될 사람이니, 지금 의사 노릇을 하고 있는 내 외삼촌에게 소개해주고 싶어."

상태는 간단히 응했다. 그런데 이규의 저의는, 지금 그런 상태로 하윤희를 만나기가 거북해서였다. 외삼촌 집에서 전화라도 걸어야 외박에 관한 변명을 꾸며댈 수 있을 것 같았다.

인생이란 기막힌 거라고 한 상태의 말이 엉뚱하게 이규의 마음에 파문을 일으켰다. 하룻밤의 모험으로 인해 윤희에게 거짓을 꾸밀 수밖에 없는 사정이 되었다는 것, 그것이 바로 기막힌 인생의 단면이 아닌가.

그런데도 이규는 김정란으로부터 받은 충격적인 인상을 지워버릴 수가 없었다. 새벽녘에 보여준 그 화사하고 신비롭고 정다운 미소, 그리고 그 정열적이며 민감한 육체의 반응, 창부의 신세로 있으면서도 도무지 창부답지 않은 수줍은 인품과 다소곳한 매력! 그리고 그 여자가 짊어지고 있는 기막힌 운명! 이규는 창밖을 스치는 거리를 외면하기 위해 눈을 감을 수밖에 없었다.

'다시 만나는 일이 없더라도 잊지나 말아달라고? 세상에 어찌 그런 말이 있을 수 있을까!'

이규는 문득,

'그런 불행을 없애기 위해선 어떤 정치를 해야 할까?'

하고 생각해보았다. 정치 갖곤 어림도 없는 문제란 생각이 곧 잇따랐다.

이규의 외삼촌은 김상태가 경성의전의 학생이란 걸 알자 대단히 기쁜 모양이었다. 자기는 의사가 아니라 의술을 빙자한 상인에 불과하다고 겸손해하면서, 김상태에겐 훌륭한 의사가 되어야 한다고 충고를 아끼지 않았다.

외삼촌은 또 김상태가 이규의 친구라는 사실 때문에 마음을 풀었는지, 한민당韓民黨의 발기 선언이 있자 곧 참여했다는 얘기도 했다. 김상태는, 의사는 그 본분으로 봐서 정파를 초월해야 할 것이라고 소신을 밝혔다.

이규는 외삼촌에게 상태를 맡겨놓고 약제실로 가서 명륜동에 전화를 걸었다.

"지금 어디에 계시죠?"

윤희의 목소리가 떨렸다.

"외삼촌 댁에 있소."

"거기 몇 번이나 전화를 걸었는데요. 언제 거기 갔죠?"

"한 시간쯤 전에."

이규는 둘러댈 구실이 없어졌다는 것을 느꼈다. 그리고 혜화동으로 오기를 잘 했다고 생각했다. 그러지 않았더라면 외삼촌 집에서 잤다고 꾸며대서 당장 거짓이 폭로될 뻔했기 때문이었다.

"전 어젯밤 한숨도 자지 못했어요. 애비도 에미도 식모 아이까지두요. 어쩌면 그렇게 걱정을 끼치죠?"

"미안해. 어제 김상태라고 하는 중학교 시절의 급장을 만났거든. 하두 반가워 거의 밤샘을 하고 늦잠을 자버렸지."

"전화 한 통도 못 해요?"

"그 집에 전화가 있어야지."

"근처에 공중 전화도 없었어요?"

"촌놈이 서울에 와서 공중 전화를 어떻게 찾노."

"전 이규 씨가 그런 분인 줄 몰랐어요."

"그러니까 미안하다고 하잖소."

"미안하다는 것, 질색이에요."

앞으론 그런 일이 없을 거란 말을 하려다가 그만두었다. 김정란의 모습이 뇌리를 스쳤기 때문이다. 그 대신,

"하윤희 씨가 이렇게 나오실 줄 몰랐는데요."

했다. 생각하기 따라서는 엉뚱하게 해석될 수도 있는 말이다. 하윤희는 풀이 죽은 목소리로 말했다.

"오늘도 들어오지 않으실래요?"

"안 들어가는 게 좋겠소?"

"너무해요."

하윤희는 울먹거렸다.

"내 곧 들어갈게요."

"빨리 들어와요. 시골에서도 편지가 오고, 박태영 씨한테서도 편지가 와 있어요."

"알았습니다."

하고 이규는 수화기를 놓았다. 약제사실에 있던 간호원이 키득키득 웃었다.

저녁때까지 놀다가 가라는 외삼촌의 권유를 물리치고 이규는 상태를 데리고 나왔다. 상태를 꼭 명륜동으로 데리고 가고 싶었으나 어젯밤의 일이 있고 보니 주저하지 않을 수 없었다. 내일 또 만나기로 하고 이

규와 상태는 혜화동 로터리에서 헤어졌다. 이규는 상태와 헤어지자, 눈에 뜨인 우체통에 어제부터 호주머니에 넣고 다니던 편지를 망설임 없이 넣어버렸다.

'이 정도로 불량해졌구나.'
하는 의식이 가슴에 괴었다.

시골에서 왔다는 편지는 권창혁으로부터 온 것이었다.
'……하영근 씨 댁 골치 아픈 문제는 무난히 해결되었네. 공산당 진주 시당 책임자란 강모 씨가 하영근 씨를 찾아와 정중하게 사과하고 갔네. 짐작건대 이현상 씨로부터 무슨 지시가 있었던 것 같네. 재산 정리가 착착 진행 중이어서 12월 중엔 하영근 씨와 함께 서울로 갈 수 있을 것 같으니, 고향에 통지해서 호적 등본을 떼어놓도록 하게. 서두른 김에 빨리 서둘러야 하니, 여권 수속에 필요한 서류를 미리 갖추어놓도록 바라네. 윤희 공주님께 안부 전해주게…….'

다음에 박태영의 편지를 뜯었다. 깨알만한 글씨로 장장 일곱 장을 채우고 있었다. 그 요지를 간추리면 다음과 같다.

'사태가 예상 외로 어렵다. 피를 흘리는 사태로까지 발전될 우려도 없지 않다. 철저하게 불쌍한 민족이란 느낌마저 든다. 지금 와서 후회되는 일이 한두 가지가 아니다. 그러나 때는 이미 늦었다. 주사위는 던져진 것이다. 지금 나는, '나'라는 개인과 개성을 죽이는 훈련을 하고 있다. 끝장을 볼 때까지 버틸 도리밖에 없다. 정의도 당분간 보류다. 진리도 당분간 보류다. 승리만이, 승자가 되는 것만이 문제다. 너는 네 길로 가라! 그것이 프랑스로 통했으면 프랑스로 가고, 미국으로 통했으면 미국으로 가라! 언젠가 너만이 나의 증인이 될지 모른다. 나는 지금 경성대학의 학생 아닌 학생이다. 신학기가 오면 정식 학생으로 등록하겠지만, 학생의 사명 외의 사명을 가진 학생의 신분이란 게 이상하다. 지도자의 말씀에 의하면, 이런 생각을 하는 것 자체가 설익은 소아병이라는구나. 우리의 하 두령은 사명을 띠고 어디론가 떠났다. 노동식 동지는 학병동맹으로 갔다. 그런데 솔직한 이야기로, 그 학병동맹이란 게 달갑지 않다. 일제 시대에 학병 가길 피해 지리산에 숨어 산 사람을 해방된 이날 학병동맹 맹원으로 보내다니 어처구니없는 일 아닌가. 나와 하 두령이 주동이 되어 학병 거부자 동맹을 만들려다가 스타일만 구겼다. 학병으로 간 사람이 많고 거부한 사람이 적은 데 문제가 있었는데, 속이야 어쨌건 매일 동쪽을 향해 일본 천황 폐하에게 절하던 자들이 하루아침에 애국자가 되어 설치니 꼴불견이 아닌가. 그런데 그들에게 무력이 있다고 해서 그걸 이용할 셈으로 비판도 못 하게 하니, 먹은 밥이 소화될 까닭이 있나. 하기야 전쟁이니까 외인 부대 또는 용병을 채용한 셈치고 보아 넘기지 못할 바는 아니지. 그리고 일전에 자네가 말한 하영근 씨에 대한 협박사건에 관해서 지도자에게 보고를 했으니 무난히 해결될 것이라고 생각은 하고 있지만, 그 결과가 궁금하다. 끝으로 자네에게 부탁이 있다. 나의 사람 김숙자를 하영근 씨의 서울 집에 머물도록 해줄 수 없을까. 현재의 내 처지로선 아내를 거느릴 수도 없고, 그렇다고 해서 고향으로 보낼 수도 없구나. 무슨 일이라도 해서 조금이라도 폐를 덜 수 있도록 노력할 여자니까, 심히 부담이 될 존재는 아닐 테니 말이다. 덧붙여 미안하네만 하영근 씨에게라도 의논해서 내게 돈을 10만 원 가량 융통해주도록 주선해줄 수 없을까. 돈은 김숙자의 거처 문제를 해결한 뒤에도 좋으니까, 우선 김숙자를 부탁하네. 나에 대한 연락은 봉투에 쓰여 있는 주소로 하면 된다. 복잡한 사연을 쓸 필요도 없으니 '예스', '노'만을 적어 가능한 한 빨리 연락해주었으면 좋겠다. 지금 몸을 빼낼 시간적 여유는 없으나, 자네가 외국으로 가게 되면 꼭 한 번 만나고 싶다…….'

편지를 읽고 이규는 태영이 불쌍하다고 생각했다.

'왜 하필 박태영은 스스로를 불행의 나락으로 몰아넣는가 말이다.' 하는 격한 감정도 솟았다.

아직도 먼 인생을 가지고 있지 않은가. 서서히 걸어가도 되지 않은가. 성급하게 결정할 것 없이 어려운 문제는 잠깐 회피하고 지나가도 되지 않은가. 정의도 보류하겠다고 했다. 진리도 보류하겠다고 했다. 그렇게 되면 인간성마저 보류하겠다는 얘기가 아닌가.

이규는 편지를 펴든 채 암담한 심정으로 유리창 너머의 저물어가는 바깥을 바라보았다.

"왜 불도 켜지 않구."

하며 하윤희가 들어와 전등을 켰다. 그리고 암담한 표정을 짓고 앉아 있는 이규를 살피듯 보며,

"무슨 걱정스러운 일이 있어요?"

하고 물었다.

이규는 대답 대신 박태영의 편지를 내밀었다. 어차피 김숙자 문제는 하윤희가 결정해야 하는 것이었다.

윤희는 편지를 끝까지 읽더니 별로 표정을 바꾸지도 않고,

"김숙자 씨 있을 곳이 없으면, 돈을 마련해줘서 하숙이라도 하게 하면 될 게 아녜요."

했다. 김숙자와 같은 지붕 밑에 있고 싶지 않다는 하윤희의 의사 표시였다.

이규는

'외삼촌의 병원에 간호원으로 추천해볼까.'

생각하다가 얼른 그 생각을 지워버렸다. 한민당이 발기하자마자 입당원서를 낸 사람의 집에 공산당원의 아내를 데려다놓을 순 없었다.

"10만 원 융통해달라는 부탁은 아버지께 의논할 필요 없어요. 생활비로 가져온 돈이 남아 있으니까 그 가운데서 주면 되겠죠."

윤희는 이규의 걱정을 덜어줄 양으로 말했다. 그러나 이규에겐 김숙자 문제가 보다 중요했다. 돈을 주면서까지 하숙을 하라고 하는 건 김숙자를 달갑게 생각하지 않는다는 결정적인 태도 표시가 된다. 이규로선 도저히 그럴 수가 없었다. 이규는 그런 뜻을 하윤희에게 말해보았다.

"다른 일이면 뭐든 도와드리겠어요. 그러나 한집에 있는 것만은 곤란해요. 그분들과 같이 있으면 왠지 거북해요. 멍청해져요. 공연히 무슨 죄를 지은 것 같은 기분이 되거든요. 하숙비를 마련해주는 것으로 되지 않을까요?"

이렇게 말하는 윤희에게 더 이상 사정해볼 수는 없었다. 그런데 박태영은 다른 말 말고 '예스'냐 '노'냐만 알려달라는 것 아닌가.

이규는 슬그머니 화가 났다. 하윤희의 마음속에 도사리고 있는 부르주아 근성에 대한 미움이었다. 동시에, 김숙자는 박태영의 부인이란 뜻 이상으로 자기에게도 소중한 사람이란 사실을 새삼스럽게 깨달았다. 상냥하면서도 의지가 강하고 깊은 마음을 가진 정다운 여성이다. 동경에서, 괘관산에서 이규는 김숙자의 신세를 이만저만 지지 않았다. 이규의 빨래를 김숙자가 도맡아 해주기도 했다.

이규는,

'하윤희가 김숙자를 거부한다면 친구 또는 인간의 도리로 봐서 나도

하윤희의 집에 머물러 있을 수 없지 않은가.'
하고 생각해보게 되었다.
'박태영이 그런 제안을 한 원인 가운데에는 내가 그 집에 있다는 사실이 가장 크지 않았을까.'
하고 짐작하고 보니, 이규는 박태영과 김숙자에 대한 우정을 위해서 결연한 행동을 해야겠다는 마음이 굳어졌다.
"윤희 씨."
"예."
"권 선생님한테서 온 편지도 보셨죠?"
"보았어요."
"여권 수속에 필요한 서류도 있고 해서 난 시골로 내려갈까 합니다."
"우편으로는 안 되나요?"
"어차피 한 번은 다녀와야 하니까요."
"그래도 아직 시일이 있으니 미리 서두를 필요는 없잖아요? 그런데 언제 가시렵니까?"
"오늘 밤에라도 떠날까 해요."
하윤희의 얼굴이 굳어졌다. 그리고 말했다.
"저도 같이 가겠어요."
이번엔 이규가 당황했다.
"오늘 밤 외삼촌 집에서 자고…… 외삼촌과 의논할 일도 있고 하니…… 내일이나 모레 떠날 예정인데요."
"오늘 외삼촌 집에 가셨는데 그땐 의논할 수 없었어요?"
"……."
"이규 씬 저하고 같이 있기가 싫으신 거죠?"

"천만에요."

"그럼 왜 그러시죠?"

"아까 말했지 않습니까."

"그 이유 갖곤 납득이 안 돼요."

"납득이 되건 안 되건 난 가야겠소."

이규는 자기도 모르게 거칠게 말하고 일어서서 짐을 챙기기 시작했다.

이규의 그런 동작을 한참 동안 화석처럼 지켜보다가 하윤희는 와락 이규의 팔에 매달렸다.

"제가 잘못했어요."

"뭣을 잘못했단 말요?"

"이규 씨의 마음도 모르고 제가 김숙자 씨를……."

"그런 게 아닙니다."

"전 알아요. 전 바보가 아녜요. 김숙자 씨를 모시도록 할게요. 그분을 이해하도록 노력할게요."

하윤희는 엉엉 울기 시작했다. 갑작스런 울음소리에 안채로부터 하인 에미가 달려와 문을 열었다.

"애씨. 우찌 된 겁니꺼?"

"되련님, 왜 이러십니꺼?"

하윤희는 계속 울고, 하인 에미는 안절부절못했다. 이규는 짐을 챙기던 손을 멈추지 않을 도리가 없었다.

"제가 잘못했어요."

윤희는 울음을 거두고 조용히 말했다. 이규는 꺼내놓은 트렁크를 구석으로 밀쳐버리고 무릎을 안고 앉았다. 왠지 어수선한 기분이었다. 생각해보면 윤희가 잘못했다고 할 까닭은 한 가닥도 없었다.

"윤희 씨가 뭘 잘못했습니까?"

"이규 씨의 마음을 몰랐다는 게 잘못 아녜요?"

윤희는 눈을 아래로 깐 채 한숨을 쉬었다.

"그런 게 아닌데……."

하고 이규가 망설이자, 윤희는

"지금이라도 제가 편지를 쓰겠어요. 곤란한 처지에 있는 사람을 도와야 하는데 제가 깜박 마음을 잘못 먹고……. 하여간 제가 경솔했어요."

하고 일어섰다.

윤희가 사라진 뒤 한참을 멍청히 앉아 있다가 이규는 벌렁 그 자리에 드러누웠다.

사람과 사람의 관계는 참으로 미묘하다는 생각이 들었다. 조그마한 실마리가 인생의 방향을 크게 바꿀 수도 있다는 느낌이 들었다. 이규는 자기가 트렁크를 들고 밖으로 나갔을 때를 상상해보았다.

우선 박태영과 하윤희 사이가 석연하지 못하게 될 것이고, 나아가 하영근 씨와 박태영의 사이에 금이 갈 것이 분명했다. 그렇게 되면 이규 자신도 어디론가 다른 방향을 취해야만 한다.

이규는 또 자기가 결연한 행동을 취할 각오를 한 마음의 바다엔 박태영과의 우정 이외에 어젯밤 같이 지낸 김정란이란 모습이 있다는 것을 발견하고 놀랐다. 김정란에 대한 애착 때문에 하윤희와 결별해도 좋다는 그러한 것이 아니라, 인생의 또 다른 가능에 대한 암시 같은 것을 김정란과의 하룻밤이 제시한 것이다.

아무튼 모든 일이 파탄의 방향으로 흐르지 않고 소강 상태를 유지할 수 있게 한 것은 하윤희의 재빠른 판단력과 따뜻한 마음이라고 할 수 있었다.
'내게 있어서의 하윤희!'
이규는 그 사건으로 인해 더욱더 강하게 하윤희와 결합된 스스로를 느꼈다.

김숙자가 명륜동 집으로 와 있게 된 것은 그로부터 일주일쯤 후였다. 김숙자는 엄청나게 변해 있었다. 불과 한 달 남짓 못 보는 동안 사람이 그처럼 변할 수 있을까 싶을 정도의 변화였다.

활달하고 침착한 여인이었던 김숙자는 침울하고 불안한 여자로 변해 있었다. 이규와 하윤희의 환대에 힘껏 애상愛想을 꾸몄지만, 그런 미소와 표정을 오래 지탱하지 못했다. 곧 어두운 그림자가 얼굴을 덮고 음성이 까부라져 들었다.

"무슨 까닭일까?"

윤희와 단둘이 있는 자리에서 이규는 이렇게 말을 꺼냈다.

"박태영 씨와 무슨 사건이 있었을까요?"

윤희도 걱정스런 얼굴빛으로 말했다.

"그럴 리야 없을 끼고……."

"그렇다면?"

"그러니까 딱해."

하윤희의 말을 빌리면, 김숙자는 줄곧 방에 처박혀 무언가를 열심히 쓰고 있다는 것이었다. 그것이 박태영에 대한 편지 같기도 한데, 쓰기만 할 뿐 보낸 흔적은 없다는 것이었다.

"윤희 씨가 한번 물어보소. 무슨 고민이 있는가 하고 말요."

"어떻게 그런 걸……."

하고 윤희는 망설였다. 아닌 게 아니라, 함부로 남의 마음의 심처를 파고들 순 없었다.

이런 까닭으로 김숙자는 점점 이규와 하윤희에게 있어서 부담스러운 존재가 되어갔다. 모르는 척하고 지내기도 어색하고, 그렇다고 해서 관심을 쏟아 지켜보기도 거북했다.

그런데 어느 날 밤이었다.

이규가 사랑에서 누운 채로 책을 읽고 있는데 노크 소리와 함께,

"아직 주무시지 않으세요?"

하는 김숙자의 소리가 났다.

"아직 안 잡니다."

하고 이규는 일어나 황급히 옷을 주워 입고 문을 열었다.

전등불 밑이어서 더욱 초라해 보이는 숙자의 모습이 거기 있었다.

"바람이 찹니다. 들어오시죠."

"실례합니다."

숙자는 방으로 들어와 구석 쪽에 자리를 잡고 단정히 앉았다.

"어디 아프신 건 아닙니까?"

이규가 물었다.

"아아뇨."

숙자의 힘없는 대답이 돌아왔다.

"드릴 말씀이 있어서 왔어요."

"말하십시오,"

숙자는 옷고름을 만지작거리며 한참 고개를 숙인 채 앉아 있더니 가까스로 입을 열었다.

"태영 씨가 공산당을 그만두게 이규 씨께서 말해주실 수 없겠어요?"

하도 뜻밖의 말이 돼서 이규는 얼른 대답을 못 했다.

"이규 씨 같으면, 아니 이규 씨의 말이라면 혹시 태영 씨가 들을지도 모르니, 어떻게 이규 씨가 좀 서두르셔서……."

"이만저만한 각오를 가지고 시작한 일이 아닐 텐데…… 제가 말한다고 해서 어디……."

이규는 이렇게 더듬을 수밖에 없었다.

"아닙니다, 선생님."

선생님이란 소리에 귀가 가려웠지만, 그런 걸 따지고 있을 계제가 아니었다.

"어떻게 하든 박태영 씨를 공산당에서 손떼도록 해야 합니다."

숙자의 말은 너무나 침통했다.

"왜 그러십니까. 무슨 일이 있었습니까?"

"큰 불행이 닥쳐올 것 같애요."

"그걸 어떻게……?"

"공산당을 하지 않아도 나라와 민족을 위해 봉사할 수 있지 않아요?"

"그야 그렇죠."

"그런데 왜 꼭 공산당을 하려고 하는지 알 수가 없어요."

"나도 그건 동감입니다. 그래서 나와 함께 외국 유학을 하자고 권했죠. 태영이 그런 말 안 합디까?"

"못 들었어요."

"하영근 씨가, 돈을 대줄 테니 외국에 유학을 하라고 박군에게 권해 달라고 부탁을 하드먼요. 김숙자 씨도 함께요. 그런데 박군은 딱 거절합디다."

김숙자는 옷고름으로 눈시울을 눌렀다.

"아무래도 큰 불행이 닥칠 것만 같애요. 그걸 번연히 알면서도 가만히 보고만 있을 수는 없어요. 선생님, 우리 태영 씨를 말려주십시오. 선생님은 태영 씨와 친구가 아닙니까. 제 힘으론 어떻게 할 수가 없어요."

"노력은 해보죠. 곧 큰 불행이 닥칠 거라고 하셨는데, 무슨 그런 징조라도 있습니까?"

"보고 듣는 게 전부 징조 아네요? 이북에선 소련이 거들어서 이북 전역을 소비에트화하고 있답니다. 그런데 이남에선 그런 짓을 하도록 미군이 내버려두겠어요? 많은 병사를 죽여 전쟁에 승리해서 이 남한을 점령한 미국군이, 자기들과는 이해가 전연 다른 공산당의 수작을 보고만 있겠어요?"

"그것이 상식이지요."

"그런데 공산당은 남한의 공산화를 위해서 악착같이 서둘고 있거든요. 사방에서 폭동을 일으킬 계획까지 세우고 있는 모양입니다. 일본을 때려눕힌 미군의 무력에 맞서서 말입니다. 그것이 될 일이에요? 태영 씬 그런 짓을 하려고 하고 있어요."

"나름대로 자신이 있겠죠."

"그 자신이란 것이 엉뚱한 꿈이란 말입니다. 터무니없는 망상이란 말입니다. '민중을 조직한다. 그리고 신호를 내린다. 전국에서 일제히 폭동이 일어난다. 그러면 미군은 굴복하고 자기 나라로 돌아갈 것이다.' 이런 식의 사고방식이거든요. 웃기는 일 아닙니까? 미국을 무서운 자본주의 국가, 제국주의 국가, 반동 국가라고 비난하면서, 미국은 민주주의 국가니까 우리 국민의 집결된 결의만 보이면 후퇴할 것이라고 낙관하니 어이가 없단 말입니다. 미국이 무섭고 흉악한 나라라고 한 그들의 비난이 옳다면 어떻게 그런 낙관론이 성립될 수 있으며, 반대로 낙관론이 성립될 수 있다면 어떻게 미국이 흉악한 나라가 되겠습니까. 어린애들도 지적할 수 있는 그 뻔한 모순을 그들은 이해하지 못한단 말입니다."

"이해하지 못하는 것이 아니라, 이해하지 않으려고 드는 거겠죠."

"그렇다면 그게 무슨 정치운동이란 말입니까?"

"숙자 씨의 말씀은 일일이 옳습니다."

"공산화의 망상에 사로잡혀 있으니 뻔한 사실도 보이지 않는 모양이에요. 뿐만 아니라, 무슨 사실이건 자기들의 망상을 살찌우는 방향으로만 해석하려고 한단 말입니다."

"혁명 정당은 그런 식으로 끌고 나가야 부지가 되는 모양 아닙니까?"

"이규 씨는 더 잘 알고 계시겠지만, 박태영 씬 여간 총명한 사람이 아니지 않아요? 그런데 요즘 하시는 말을 들어보면 아주 정신이 나간 사람 같애요. 이런 소릴 예사로 하거든요. '우리나라에서 인민들의 폭동이 일어나도 미군은 총을 쏘지 않을 것이다'라고요. 왜 그러냐고 물으니, 미군 병사는 모두 인민의 아들이니 인민들을 동정할 거라나요. 우리나라에서 폭동이 일어나면 미국의 노동자가 총파업을 해서 우리들을 도울 거라고도 하구요. 세상에, 멀쩡한 정신을 갖고 그런 말을 할 수가 있어요?"

"일부러 농담을 했겠죠."

"천만의 말씀입니다. 집회에서 그런 말을 했다면 대중의 마음을 사로잡기 위한 술책이라고 이해할 수 있지만, 제게 그런 말을 하는걸요. 정색을 하고서 말입니다. 언젠가 그런 말을 하기에 되게 웃었더니 막 화를 내지 않아요? 형편없는 반동 사상을 가지고 있으니 그런 꼴이란 거예요."

"사람이 그렇게 될 수 있을까?"

"환장한 사람 같애요. 공산당이 신호만 하면 전국의 인민이 일제히 일어설 거라고 믿고 있거든요. 제가 보기엔 도저히 그럴 것 같지 않은데 말입니다. 공산당은 꼭 무슨 일을 내고 말 것 같애요. 그리고 모조리 죽을 것 같애요. 그렇게 되면 박태영 씨 같은 사람이 제일 먼저 죽어요. 지금 공산당은 무슨 군사 조직 같은 걸 만들고 있는 모양이에요. 그걸로 미군에 대항할 요량이니 될 말입니까?"

김숙자는 조금도 흥분하지 않고 차근차근, 때론 한숨을 섞으며 박태영을 통해서 파악한 공산당의 내용을 설명해나갔다. 김숙자의 말엔 조금도 거짓이 있는 것 같지 않고 그 판단력도 건실하다고 보았다. 그래서 이규는 조선공산당은 시작부터 실패작이란 판단을 내릴 수 있었다.

공산당이 성공하려면 세계의 정세를 비롯해 내외의 현실을 가장 정확하게 파악한 위에 가장 건실한 정책과 행동 방침을 세울 줄 알아야 하는데, 김숙자의 말에 의하면 터무니없는 망상을 좇아 광분하고 있는 꼴 그 이상도 이하도 아니었다.

"이규 씨가 어떻게라도 서둘러서 박태영 씨를 구해주세요."

김숙자의 모습 전체가 애원하는 빛깔이 되었다.

"그렇게 미쳐 있는 사람이 내 말을 듣겠습니까?"

"불안하고 초조해서 견딜 수가 없어요. 뻔히 물에 빠지는 것을 보고도 건져내지 못하는 그런 심정이에요. 이대론 도저히 살아갈 수 없어요. 공산당은 지금 몸에 휘발유를 끼얹고 불속으로 들어가려는 찰나에 있어요."

이규는 김숙자가 알고 자기가 알고 있는 일을 태영이 어째서 모를까 하여 안타까움을 금할 수가 없었다.

"여하간 최선을 다해보겠습니다. 친구들의 도움을 청해서라두요."
하며 이규는 김상태와 임홍태를 생각했다. 그 두 사람과 합세해서 박태영을 설득해볼까 하는 마음이었다.
'그러나 어림없을 것이다.'
하는 체념이 앞섰다.
동시에 이규는 김숙자의 박태영에 대한 깊은 사랑을 이해했다. 활달하고 침착한 여자가 침울하고 불안한 여자로 변할 만큼 숙자는 박태영에게 집중하고 있는 것이다.
"그럼 안녕히 주무세요."
하고 일어서려다가 말고 김숙자는 지나가는 말처럼 이렇게 말했다.
"이규 씨가 서둘러도 안 되면 최후의 방법이 있습니다."
"그것이 뭡니까?"
"제가 생명을 걸고 말려보겠어요."
"생명을 걸다뇨?"
"유서를 남기고 죽으면 혹시 마음을 고쳐먹지 않을까요?"
이규는 와락 공포에 질렸다.
"무슨 말씀을 그렇게 하십니까?"
"제가 죽어도 마음을 바꾸지 않는다면 할 수 없죠."
숙자의 눈에서 갑자기 두어 방울의 눈물이 솟더니 뺨 위로 굴렀다.
"그런 생각은 하지 마십시오. 절대로 그런 생각은 하지 마십시오."
"저대로 두면 박태영 씨는 죽어요. 박태영 씨가 죽으면 저도 죽어요. 그럴 바엔 제가 먼저 죽겠다는 겁니다. 혹시 그로써 한 사람은 살아남게 될지 모르니까요. 그러지 못하더라도 결과는 똑같을 테니까요."
"그런 생각 마시고 기다려보십시오. 내가 최선을 다하겠습니다."

"실례했습니다."

김숙자는 조용히 일어서서 밖으로 나갔다.

숙자가 나간 문 쪽을 향해 멍청히 앉아 있는데 장지가 조용히 열렸다.

잠옷에 외투를 걸친 하윤희가 들어왔다. 밤중에 하윤희가 사랑방에 들어온 일은 아직까지 없었다. 그런 뜻을 이규의 표정에서 읽은 하윤희는 살금 이규의 곁에 앉으며,

"친구의 부인이 들어올 수 있는 방에 내가 왜 못 들어와요?"

하고 속삭이듯 말했다.

이규가

"숙자 씨는……."

하자, 하윤희는 손을 저었다.

"다 알고 있어요. 숙자 씨가 불쌍해서 나도 울었어요."

"엿들었구만."

"미안하지만 그렇게 됐어요."

"밖이 추울 텐데……."

"아무리 추워도 이규 씨 방에 여자가 들어갔는데 가만있을 수 있어요?"

"그럼 들어오지 않구."

"얘길 듣다가 보니까 들어오기가 쑥스러워졌어요."

"쑥스럽긴……."

"그 대신, '하아, 나두 저 방에 들어갈 수 있구나' 하는 용기를 얻었죠."

"그건 그렇고, 숙자 씨의 사정이 딱해요."

"아아, 나는 행복해."

윤희는 와락 몸을 이규의 무릎 위에 내맡기며 한 팔을 이규의 목에

걸었다. 자연스럽게 입술이 합쳐졌다.

　남의 불행을 통해 자신의 행복을 확인한다는 건 죄스럽기 짝이 없었지만, 그만큼 짜릿한 황홀감이기도 했다. 이규는 뭉클 달아오르는 자기의 남성을 의식하자 윤희의 팔을 풀어 일으켜 앉혔다.

"그렇게 제가 싫으세요?"

"싫긴……."

"전 사랑방에 이규 씨가 누워 있다는 그 생각만으로도 행복하게 잠들 수 있었는데……."

"그랬는데?"

"지금은 어쩐지 그것만으론, 그것만으론 부족한 것 같애요. 되레 잠이 오질 않아요."

"그럼 천상 내가 딴 곳으로 가야겠구만."

"김숙자 씨만이 죽을 줄 안다고 생각하세요?"

"오늘 밤 이 방에 죽음이 범람 상태를 이루는데?"

"그러니까 그런 말 말아요."

　윤희의 상기된 얼굴과 윤이 나는 눈동자가 기막히게 아름다웠다.

"오늘 밤 저 여기서 자도 돼요?"

"천만에! 큰일 날라구?"

"큰일이 또 뭐예요?"

"만일 아버지가 아셔봐요."

"아버진 이미 각오하고 계실지도 모르죠."

"무슨 각오를?"

"다 큰 계집애를 머슴애와 함께 텅텅 빈 집에 같이 있도록 할 땐 어느 정도의 각오는 하고 있는 걸루 알아도 되잖을까요?"

"나를 그만큼 신뢰하시는 거요."

"만사를 그렇게 이해하고 우등생처럼 행세하는 사람, 난 싫어요."

"싫어도 할 수 없지."

"그거 참말이에요?"

"상대방의 감정까지 내가 어떻게 지배할 수 있겠소."

이런 말이 오가는 순간에도 이규의 내면에선 불이 튀고 있었다. 이규는 위험 수위를 지켜보는 것 같은 아슬아슬한 기분이 되었다.

"결혼식이란 절차가 그렇게 중요할까요?"

장난스러운 말치곤 윤희의 음성이 떨렸다.

"중요하지 않은 바도 아니겠지."

이규의 대답은 건성이었다.

숨막히는 순간이 계속되었다.

"윤희 씨, 돌아가 주무세요."

이규는 겨우 말했다.

"꼭 돌아가야 해요?"

윤희의 눈동자가 이글이글 타고 있었다.

"자, 우리의 위대한 앞날을 위해서."

하고 이규는 벌떡 일어나서 윤희의 팔을 끌었다. 윤희는 일어선 그 자세대로 이규의 품에 얼굴을 묻고 흐느끼기 시작했다.

"울긴……."

문을 열고 밖으로 나왔다. 윤희가 안채로 사라지는 것을 보고도 이규는 한참 동안 찬바람 속에서 서성거렸다. 업화業火와도 같은 욕망의 불길을 끄기란 그렇게 쉽지 않았다.

맑은 하늘에서 총총한 별들이 차가운 금속성 빛깔로 반짝이고 있었다.

지리산 3

지은이 이병주
펴낸이 김언호

펴낸곳 (주)도서출판 한길사
등록 1976년 12월 24일 제74호
주소 10881 경기도 파주시 광인사길 37
홈페이지 www.hangilsa.co.kr
전자우편 hangilsa@hangilsa.co.kr
전화 031-955-2000~3 팩스 031-955-2005

부사장 박관순 총괄이사 김서영 관리이사 곽명호
영업이사 이경호 경영이사 김관영 편집주간 백은숙
편집 박희진 노유연 이한민 박홍민 김영길
관리 이주환 문주상 이희문 원선아 이진아 마케팅 정아린
디자인 창포 031-955-2097
인쇄 예림 제책 예림바인딩

제1판 제1쇄 2006년 4월 20일
제1판 제6쇄 2023년 7월 10일

값 14,500원
ISBN 978-89-356-5926-5 04810
ISBN 978-89-356-5921-0 (전30권)

• 잘못 만들어진 책은 구입하신 서점에서 바꿔드립니다.